A Bitter Touch of Yesterday
A Sensation of Time – Band 1

Ursula Kollasch

A Bitter Touch of Yesterday

A Sensation of Time – Band 1

Ursula Kollasch

Verlag:
Zeilenfluss
Implerstraße 24
81371 München
Deutschland

ISBN 978-3-96714-100-9

Text: Ursula Kollasch
Bildmaterialien: ©Shutterstock.com (tomertu, Gyuszko-Photo, Olga_C)
Cover: Wolkenart.com – Marie-Katharina Becker, www.wolkenart.com
Korrektorat: Sabrina Undank/Dr. Andreas Fischer
Satz: André Piotrowski

Alle Rechte vorbehalten.
Jede Verwertung oder Vervielfältigung dieses Buches – auch
auszugsweise – sowie die Übersetzung dieses Werkes ist nur mit
schriftlicher Genehmigung der Autorin gestattet.

Dies ist ein Roman!
Die Namen der behandelten Personen sind frei erfunden. Eventuelle
Ähnlichkeiten mit real existierenden (lebenden oder toten) Menschen
wären reiner Zufall.

*Für meine großartige Schwiegermutter Helga Hauch
(1947–2014).*

*»Ich liebe deine Geschichten. Schreib einen Roman und ich
darf dann die Erste sein, die ihn liest.«*

*Leider kannst du nicht die Erste sein. Aber danke, liebe
Helga, für alles.*

Prolog

»Was würdest du heute am liebsten machen? An den Strand fahren?« Ich zeichne ein Herz.

An jedem Morgen der einhunderteinundsechzig Tage, die ich nun hier eingesperrt bin, habe ich etwas auf die Wand gemalt. Heute ist es ein rotes Herz, weil ich in guter Stimmung bin.

»Da das nicht drin ist, werde ich wohl ...« *Stopp!* Ich ertappe mich dabei, wie ich wieder Selbstgespräche führe. Das passiert mit einem, wenn man zu viel allein ist.

In den letzten dreiundzwanzig Wochen habe ich neben roten Herzen auch deprimiert-schwarze Grabkreuze oder frustriert-graue Wolken, hoffnungsvoll-grüne und zuversichtlich-blaue Smileys sowie sonnig-gelbe Blumen auf dem weißen Putz hinterlassen. Und braune Hundehaufen, etwas albern, ich weiß. Aber diese Farbe steht für Langeweile, und ich habe sie sehr oft verwendet. Kein Wunder, in meiner Lage, gefangen in diesem Raum, der seelenloser eingerichtet ist als ein Hotelzimmer: ein Bett, ein Schrank, ein Tisch mit zwei Stühlen, Vorhänge, ein schlichter Teppich. Davon abgehend eine winzige, fensterlose Kammer, die die Bezeichnung ›Badezimmer‹ kaum verdient.

Das einzig Persönliche sind neben meinen Zeichnungen die Fotos, sie bedecken fast die komplette Wand über dem Bett. Es sind Bilder von den Menschen, die ich liebe und schätze, ihr Lächeln spendet mir Trost und Mut. Doch an manchen Tagen ertrage ich ihre strahlenden Gesichter nicht. Dann überwältigen mich die Einsamkeit und die Sehnsucht nach ihnen. Sie kennen nicht den wahren Grund, warum ich hier eingesperrt bin, und ich spüre, wie bei diesem Gedanken der Knoten in meinem Inneren fester wird, es fühlt sich an, als ob die Wände, die mich umgeben, ein bisschen näher rücken. Allein mein Liebster und seine Mutter sind eingeweiht, aber nur er besucht mich jeden Morgen, bevor er zur Universität fährt, und eilt zu mir, sobald er zurückgekehrt ist.

Bringt mir Essen, auf das ich Appetit verspüre. Erzählt mir von Leuten, die ich kenne. Natürlich schaue ich die Nachrichten, aber täglich liest er mir aus der Zeitung oder den Briefen meiner Freundinnen vor, die in regelmäßigen Abständen eintrudeln.

Das ist ein schönes Ritual, um zu erfahren, was draußen passiert.

Nachts trennt uns nur eine Wand im Haus. Ich vermisse die Nähe und seine Wärme neben mir im Bett. Oft stelle ich mir dann vor, was er, nur wenige Meter von mir entfernt, gerade tut.

Ohne ihn würde ich die Isolation nicht durchstehen.

Letzte Nacht habe ich geträumt, durch Großmutters Garten zu spazieren, an den Eichen und Obstbäumen entlang, die ich täglich aus dem Fenster betrachte, ihren Wandel in den Jahreszeiten. Granny war bei mir, sie lächelte mich an, und wir sprachen über Gott und die Welt, wie früher. Ein vertrautes Gefühl. Beim Erwachen war sie mir noch so nah, dass ich fast weinen musste, als ich erkannte, dass unser Zusammensein nicht real war.

Ich wünschte, ich könnte nebenan im Salon auf dem Flügel spielen oder ein Buch aus dem Regal nehmen. Selbstverständlich gehe ich ab und zu aus diesem Zimmer in die Küche, um mir einen Kaffee oder Tee zuzubereiten, aber ich muss auf der Hut sein, dabei nur die für mich bestimmten, erinnerungslosen Haushaltsgegenstände zu verwenden. Doch mich frei im Haus zu bewegen oder es zu verlassen, um die Sonnenstrahlen und den Wind auf meiner Haut zu spüren, einfach normale Dinge zu erleben, über die andere gar nicht nachdenken, wie Essen gehen, in Geschäften stöbern, Freunde umarmen – das ist mir versagt.

Um es klarzustellen: Ich *kann* hinaus. Jederzeit. Aber ich *darf* es nicht. Es war mein persönlicher Entschluss, mich hier vom Rest der Welt abzuschotten. Wenn ich mein gewohntes Leben wieder aufnähme, könnte das böse Folgen haben. Verläuft es planmäßig – was selten der Fall ist –, harre ich weitere acht Wochen hier aus.

Noch sechsundfünfzig Kritzeleien auf der Wand. Das ist absehbar.

Jetzt schaue ich einen Stapel Fotos durch, es sind alles Bilder von mir. Mom hat mir die frisch gedruckten Abzüge auf meinen Wunsch geschickt, und sie sind höchstwahrscheinlich harmlos. Trotzdem streife ich dünne Handschuhe über, ehe ich sie berühre, um das eine Foto zu finden, das mich am deutlichsten trifft und charakterisiert. Ich will es meinen Aufzeichnungen für dich beilegen. Welches soll ich wählen? Das, das Vater am Strand von Charleston aufgenommen hat, auf dem ich in die Sonne lache? Oder dies hier, auf dem ich in Shorts vor *Oakley Gardens* auf der Veranda stehe? Ich betrachte weitere Bilder.

Auf allen Porträts ist mein herzförmiges Gesicht zu sehen, die meergrüne Farbe meiner Augen. Die kleinen Grübchen in meinen Wangen, wenn ich lächle. Der leichte Überbiss, der mich immer an mir gestört hat, mir aber angeblich etwas Niedliches verleiht. Mein hellbraunes Haar, das mal im Knoten oder zum Zopf gebunden ist oder offen über die Schultern fällt. Auf den jüngeren Bildern leuchten die roten Narben auf meiner rechten Hand und dem Unterarm.

Ich kann mich nicht entscheiden, darum lege ich die Fotos beiseite und greife nach dem Füller und der Mappe mit dem Papier.

»Ich werde mich heute sinnvoll beschäftigen und alles aufschreiben«, sage ich. Diesmal ist es kein Selbstgespräch, denn ich rede zu dir, meinem ungeborenen Schatz, und lege mir die Hand auf den runden Bauch.

»Die Aufzeichnungen sollen dir helfen, zu verstehen, was ich erlebt habe und warum ich jetzt hier bin. Aber vor allem sollen sie dich auf dein Leben als *Wanderer* vorbereiten.«

Ich werde die Zuversicht bewahren, dich gesund auf die Welt zu bringen, und es wird der glücklichste Moment sein, dich und deinen Vater endlich in meinen Armen zu halten.

Darum bin ich hier. In meinem Gefängnis.

1

Charleston 1982

Ich erinnere mich genau an das erste Mal, als es mir passierte, in den Sommerferien vor meinem zwölften Geburtstag. Ich war zu Besuch bei meiner Großmutter Mathilda in Charleston. Großmutter war das, was ich aus heutiger Sicht als eine echte Südstaaten-Lady bezeichnen würde, mit ihrem schneeweißen, hochgesteckten Haar, den strahlend blauen Augen, die beim Lächeln in kleinen Fältchen verschwanden, und ihrer geraden Haltung. Immer trug sie Kleider, legte Wert auf Eleganz, aber für mich war sie schlicht meine Granny, und ich liebte sie sehr.

Sie wohnte in einer dieser prächtigen Antebellum-Villen, mit Säulen und dunkelgrünen Fensterläden. Umgeben von einer überdachten Veranda, auf der weiße Korbmöbel standen und eine Bankschaukel von der Decke des Vorbaus hing. Letztere war einer meiner Lieblingsplätze. Stundenlang schaukelte ich vor mich hin und schaute über den Rasen und die Blumenbeete auf die von Eichen und Platanen gesäumte Straße, während ich an einem Glas mit Grannys selbstgemachtem Eistee nippte.

Langweilig wurde mir nur selten, es gab immer etwas zu beobachten, zu hören oder zu riechen, denn in Charleston war alles ganz anders als im hohen Norden, wo ich mit meinen Eltern lebte. Oft hörte ich Großmutter in der Küche vor sich hinsummen, während sie eines ihrer weitervererbten Familienrezepte zubereitete, und mir stiegen die köstlichen Düfte von Gebratenem und Gebackenem in die Nase. Nur wenn sie Besuch hatte, kochte sie aufwändige Gerichte, denn sie lebte allein in dem riesigen Haus.

»Für mich alte Frau lohnt es sich nicht, aber wenn du hier bist, Engelchen, ist das was anderes.« Sie zwinkerte mir zu. Ihr Lächeln, das sie mir stets schenkte, wenn sie mich anblickte, wärmte mein Herz, denn ich fühlte, dass sie sich genauso über meine Gesellschaft freute wie ich mich über ihre.

Grannys Haus, in dem sie 1896 das Licht der Welt erblickt hatte, war hundert Jahre vor ihrer Geburt erbaut worden. Sie erzählte mir eine Menge fesselnder Geschichten über ihre Kindheit in *Oakley Gardens* und die Vorbesitzer des Hauses. Im Garten wuchsen Obstbäume, in denen ich klettern und Früchte naschen konnte. Daneben ragten auf dem Grundstück uralte, mit spanischem Moos überwucherte Eichen in den Himmel, in deren Schatten ich während der schwülen Sommerhitze des Südens gerne spielte. Diesen Giganten verdankte die Villa ihren Namen, *Oakley Gardens*.

Für mich waren Ferien bei Granny Mathilda das Paradies. Meine Eltern lebten mit mir nahe Detroit in Michigan, dieser ziemlich heruntergekommenen Industriestadt, die mir als Kind wie ein riesiger, kribbelnder Ameisenhaufen erschien. Die Straßen zwischen den Betonklötzen vollgestopft mit drängelnden Menschen und Autos. Mom und Dad betrieben gemeinsam eine Anwaltskanzlei, sie arbeiteten nahezu rund um die Uhr. Daher blieben sie während der Schulferien immer nur für ein paar Tage mit mir bei Granny, um dann zurück nach Detroit zu fliegen und mich erst Wochen später wieder bei ihr abzuholen.

Oakley Gardens und die fürsorgliche Liebe meiner Großmutter, mit der sie mich bei meinen Besuchen umhüllte, waren wie eine Oase des Friedens und der Ruhe für mich.

Ich liebte es, durch die Zimmer und Korridore des alten Hauses zu schlendern, die historischen Möbel und Gemälde zu untersuchen, jeden Winkel zu inspizieren. In meiner Fantasie stellte ich mir vor, wie es früher dort ausgesehen hatte. Wie die Menschen vor hundert Jahren gekleidet gewesen waren, wie sie gelebt hatten. Das Eintauchen in die Vergangenheit war nur ein Spiel für mich gewesen – bis zu diesem verhängnisvollen Nachmittag.

Morgens hatte bereits drückende Schwüle geherrscht. Die Hitze hatte sich über Tage angestaut, und in jedem Zimmer liefen die Ventilatoren unter der Decke auf Hochtouren, ohne wirklich lindernde Kühlung zu verschaffen.

»Ich fühle mich etwas matt«, sagte Großmutter beim Essen. »Wenn wir den Tisch abgeräumt haben, werde ich mich ein wenig hinlegen.«

Noch während wir aßen, zog sich draußen der Himmel zu, ein Wind erhob sich, der durch die Bäume rauschte und im Haus die Türen klappen ließ. Kurz darauf blitzte und donnerte es gewaltig. Der Regen prasselte los, als hätte Gott im Himmel alle Schleusen geöffnet, und wenn es in South Carolina regnet, dann wie aus Kübeln und manchmal tagelang. Granny schloss die Fenster und suchte mir Papier und Stifte heraus. »Abby, fürchtest du dich vor dem Gewitter?«

Ich schüttelte den Kopf, denn ich fühlte mich sicher und geborgen im Haus.

»Wenn du Langeweile bekommst, weck mich auf.« Daraufhin küsste sie mich auf den Kopf, legte sich auf ihre Couch im Wohnzimmer, und während draußen das Gewitter weitertobte, der Regen unablässig auf das Verandadach trommelte, war sie rasch eingeschlummert. Bald verspürte ich keine Lust mehr, zu malen, aber ich hatte nicht vor, Großmutter zu wecken. Ich wusste, dass sie alt war und ihren Schlaf brauchte. Außerdem hatte ich mich schon immer selbst beschäftigen können.

Mir fiel der Dachboden ein, auf dem ich bisher nicht gewesen war, von dem mir Granny hin und wieder Spielsachen meiner Mutter oder aus ihrer eigenen Kindheit holte, wie den alten Puppenwagen samt Puppen, den sie mir letztes Jahr ins Zimmer gestellt hatte. Was wartete dort noch alles darauf, von mir entdeckt zu werden? Ohne weiteres Zögern schritt ich zur Treppe, legte meine Hand auf das Geländer und erklomm die Stufen, bis ich ganz oben anlangte.

Einen winzigen Augenblick fürchtete ich, die Tür könnte abgeschlossen sein, aber sie ließ sich problemlos aufziehen.

Dunkel war es hier oben. Warm und stickig drang die Luft aus der Tür, es roch nach Staub und Spinnweben. Ich drückte auf den Lichtschalter, aber der größte Teil des Speichers blieb im Schatten. Im Dämmerlicht machte ich mit Tüchern behängte Möbel und Kartons aus, sowie einen Standspiegel mit Goldrahmen, eine altmodische Maschine und nostalgische Spielsachen. Sofort erregte ein Holzschaukelpferd mein Interesse. Ihm war ein Sattel aufgemalt, es besaß eine geschnitzte Mähne sowie einen richtigen Schweif aus Haaren, der etwas dünn und zerzaust aussah. An vielen Stellen war die Farbe vom Holz abgeplatzt. Mit einem Zipfel meines T-Shirts wischte ich den Staub vom Rücken des Pferdes, setzte mich darauf und nahm die steifen Lederzügel in die Hand. Die Größe des Pferds passte perfekt zu meiner, die Dielen knarrten unter den Kufen, als ich zu reiten begann.

Ob Granny als Kind auf ihm gesessen hatte? Warum hatte sie mir das Schaukelpferd nicht gezeigt? Vielleicht war ihr das Spielzeug zu schwer gewesen, um es die Treppe hinunterzutragen. Ich versank in meinem Ritt, rutschte immer schneller und heftiger mit dem Pferd über den Boden.

Mit einem Mal legte sich Kälte über mich. Eine Gänsehaut breitete sich über meinen Körper aus. Gleichzeitig erfasste mich ein seltsames Schwindelgefühl, mein Herz galoppierte, ich rang nach Atem. Der Raum um mich herum flimmerte, dann wurde mir schwarz vor Augen. Besser gesagt sah ich nichts mehr, nur Dunkelheit, und ein Brennen zog durch meine Hände, schoss mir in schmerzenden Hitzewellen die Arme hinauf, während die äußere Kälte mich weiter zittern ließ. Ich umklammerte die Zügel fester, presste die Augen zu, hatte schreckliche Angst. Spürend, dass sich etwas verändert hatte, öffnete ich die Lider … und erschrak. Ich war nicht mehr auf Grannys Dachboden, sondern in einem fremden Kinderzimmer! Auf einer dunklen Holzkommode saßen weißgesichtige Porzellanpuppen neben ordentlich aufgereihtem Spielzeug, und in der Mitte des Raumes stand das Schaukelpferd, auf dem ich saß. Es sah nur wesentlich neuer aus, die Farben glänzten. Wie war ich hierhergekommen?

Mein Herz raste weiter. Ich hatte das Gefühl, kaum atmen zu können. Nie war mir etwas Derartiges widerfahren, ich war vollkommen verwirrt. In diesem Moment schwang eine Tür auf, und ein Mädchen, etwa im selben Alter wie ich, hüpfte herein. Es trug ein weißes Kleid mit Rüschen, ein Lächeln im blassen Gesicht, und sein feuerrotes, dichtes Haar war am Hinterkopf mit einer Schleife zusammengebunden. Während das Mädchen durch das Zimmer tanzte und sich so rasch im Kreis drehte, dass seine Haare flogen, schien es etwas zu singen. Seine Lippen bewegten sich, aber kein Laut drang an mein Ohr. Das Ganze war wie ein Film ohne Ton. Wie gebannt beobachtete ich das fremde Kind, betrachtete seine schmalen, schwarzen Stiefel mit den vielen kleinen Knöpfen. Schneller und schneller wirbelte es auf ihnen im Kreis, es warf den Kopf in den Nacken und lachte, doch nach wie vor hörte ich nichts. Die Stille war in Anbetracht der Lebendigkeit der Szene gespenstisch. War ich taub geworden? Oder verrückt? Panisch rief ich dem Kind zu: »Hallo! Wer bist du?«

Kleine Eiswölkchen bildeten sich vor meinem Mund. Keine Reaktion. Das Mädchen schien mich weder zu hören noch zu sehen. Es spielte weiter, während mich erneut eine Welle der Kälte und Übelkeit überrollte, wesentlich heftiger als die erste, die mich aufschreien ließ. Das Zimmer drehte sich um mich, als säße ich auf einem außer Kontrolle geratenen Karussell. Meinen Fingern entglitten die Zügel. Nur am Rande nahm ich wahr, dass ich vom Schaukelpferd rutschte, während mein Magen zu zucken begann und mir das Mittagessen hochkam. Ich glaubte, mich ein weiteres Mal schreien zu hören, ehe alles um mich herum in Schwärze versank.

»Abby! Hörst du mich?« Wie aus weiter Ferne drang Großmutters Stimme in mein Bewusstsein. Ich spürte etwas Kühles auf der Stirn und tauchte gänzlich aus der Ohnmacht auf. Ein bitterer Geschmack füllte meinen Mund, der erneut Übelkeit hervorrief. Endlich schlug ich die Augen auf, schaute in Grannys Gesicht, das sich über mich beugte, vor Sorge zerknittert.

»Engelchen, was ist passiert?« Ich lag auf dem Sofa im Wohnzimmer. Sie saß neben mir und wendete soeben den kalten, feuchten Lappen auf meiner Stirn. Sie musste mich heruntergetragen haben.

»Granny«, krächzte ich matt. Nach wie vor hatte ich das Gefühl, ich läge in einem winzigen Boot in heftigem Seetreiben.

»Ich habe dich schreien gehört, aber du hast mir nicht geantwortet, als ich dich rief. Endlich fand ich dich auf dem Speicher. Auf dem Boden, nicht ansprechbar, und du hast dich übergeben. Ich werde Dr. Henderly anrufen.«

Großmutter war im Begriff, aufzustehen, aber ich umklammerte ihre Hand. »Nein, es geht schon wieder. Bleib, bitte.«

Sie sollte bei mir sitzen und meine Hand halten. Ihre Nähe war tröstlich und beruhigend.

»Bitte, ich bin okay«, bekräftigte ich erneut, als ich ihren sorgenvollen Blick sah.

»Nun gut«, gab Granny nach. »Aber wenn das Fieber nicht sinkt und du ein weiteres Mal spuckst, rufe ich sofort den Doktor.«

Sie strich mir mit den Fingern über die Wange, ehe sie seufzte. Mich beschäftigte, was mir dort oben auf dem Dachboden – in diesem seltsamen Kinderzimmer – geschehen war. Ich versuchte mich genau zu erinnern. Oder war es nur ein Traum gewesen? Aber warum hatte ich mich dann so furchtbar elend gefühlt, war jetzt immer noch ganz schwach? Gerade öffnete ich meinen Mund, um Granny von dem rothaarigen Mädchen zu erzählen, als das Telefon schrillte. Sie erhob sich und eilte zum schwarzen Apparat an der Wand, der, wie alles im Haus, recht antiquiert war. Es waren meine Eltern, die anriefen. Während Großmutter ihnen von meinem Unwohlsein erzählte, kurz umriss, wie sie mich aufgefunden hatte, hörte ich, wie sie mit den Tränen kämpfte. Da erst wurde mir bewusst, wie sehr ich sie erschreckt hatte. Nein, auf keinen Fall wollte ich, dass sie sich Sorgen machte. Schon gar nicht meinetwegen. Daher beschloss ich, sie nicht weiter aufzuregen, und schwieg über das beunruhigende Erlebnis.

Einige Tage später wachte ich frühmorgens auf und lauschte dem Gesang der Vögel. Ihre Stimmen, mit denen sie den neuen Tag begrüßten, harmonierten perfekt, nur einer stieß immer wieder einen langen, klagenden Ruf aus. Ich schwang die Beine aus dem Bett und trat an mein Zimmerfenster. Das rosige Stückchen Horizont, das ich zwischen den Nachbarhäusern erspähte, zeigte mir, dass es kurz vor Sonnenaufgang war. Es war zu früh zum Aufstehen, aber ich tappte hinaus auf den dunklen Flur, öffnete die Tür zu Grannys Schlafzimmer und bemerkte, dass sie noch schlief. Das Morgenlicht beschien ihr Gesicht, sie sah entspannt aus, und ihr langes, weißes Haar auf dem Kissen ließ sie einen Augenblick wie ein junges Mädchen erscheinen. In diesem Moment wurde mir zum ersten Mal bewusst, dass meine alte Granny früher eine schöne Frau gewesen war.

Als ich das Zimmer wieder verlassen wollte, sah ich in der Ecke etwas aufblitzen. Das weckte mein Interesse, und ich trat an den antiken Frisiertisch. Dort lagen drei glänzende Gegenstände nebeneinander, sie schienen aus Silber zu sein und wirkten so edel, als ob sie einer Prinzessin gehörten: ein Kamm, ein Handspiegel und eine Haarbürste. *Dass ich die nicht früher entdeckt habe*, dachte ich, griff nach der Bürste und strich mit den Fingern über die weichen Borsten. Dieses Mal überwältigte es mich schneller und heftiger. Mein Körper verkrampfte sich durch die plötzlich auftretende Kälte. Es verschlug mir den Atem, das Herzrasen setzte ein. Die Übelkeit und das Schwindelgefühl, die dem Frieren auf dem Fuß folgten, ließen mich hilflos auf die Knie sinken. Ich versuchte, langsam ein- und auszuatmen, aber die Panik erfasste mich, sodass ich die Luft sogar anhielt, bis sie zischend meiner Lunge entwich.

Meine Hand umklammerte die Haarbürste, auf keinen Fall wollte ich sie fallen lassen und beschädigen. Wieder vollzog sich das Flimmern vor meinen Augen, tauchte den Raum in ein unwirkliches Licht, und ein weiteres Mal fiel ich in das dichte, schwarze Nichts, das ich schon vom Dachboden kannte. Ich stöhnte leise, als die Schmerzen in meinen Händen einsetzten, sich wie ein Brand in mir ausbreiteten, bis mein Inneres in Flammen zu stehen schien, während mich die äußerliche Kälte zittern ließ. Ich hatte schreckliche Angst vor dem, was da mit mir passierte. Gerade, als ich nach Granny rufen wollte, entstand wieder eine Szene vor meinen Augen, wie ein Foto, das sich in Entwicklerflüssigkeit materialisierte, und aus meinem Mund stahl sich nur ein Krächzen.

Ich war am gleichen Ort, in Grannys Schlafzimmer, aber es sah verändert aus: Das Himmelbett stand am selben Platz, doch niemand lag darin, fremde Bilder hingen an der Wand. Die Vorhänge und die Tapete zeigten ein anderes Muster. Da öffnete sich die Tür, die zu Grannys Badezimmer führte. Eine Frau in einer hochgeschlossenen Bluse und tailliertem Rock, der ihr bis zu den Füßen reichte, trat herein. Ihr Gesicht zeigte einen grimmigen Ausdruck, eiserne Strenge ging von ihr aus, die von ihrer geraden Haltung unterstrichen wurde. Hinter ihr sprangen zwei Mädchen in langen, weißen Nachthemden in das Zimmer. Ihre Haare fielen ihnen über die Rücken, sie schienen herumzualbern, und in dem einen erkannte ich das rothaarige, wilde Mädchen wieder, das ich bereits gesehen hatte.

Das andere Kind war ein wenig jünger, und sein Haar hatte die Farbe von Kastanien. Die Frau wandte sich zu den beiden um, sprach zu ihnen. Obwohl ich keinen Ton hörte, ahnte ich, dass sie die Mädchen ermahnte, und augenblicklich standen sie still mit ernsten Gesichtern.

Mit einer Handbewegung gebot die Frau dem älteren Kind, sich auf den Stuhl vor den Frisiertisch zu setzen, griff nach dem silbernen Kamm und der Haarbürste, die ich gerade in der Hand hielt. Abwechselnd zog sie Kamm und Bürste mit festen, stetigen Strichen durch das lange Feuerhaar. Im Spiegel sah mir das blasse Gesicht des Mädchens entgegen. An seinem zuckenden Mund und dem gleichzeitigen Kneifen der Augen erkannte ich, dass die unsanfte Kämmprozedur heftig ziepte, als sich plötzlich unsere Blicke verbanden.

»Hey«, sagte ich, hob eine Hand und nahm wahr, dass sich die Augen des Mädchens einen winzigen Moment weiteten, ihr Mund sich öffnete … So, als hätte sie mich gesehen!

Mir wurde kalt, in mir zog sich alles zusammen, als lägen Eiswürfel in meinem Bauch. Auch um mich herum sank die Temperatur. Mein Atem bildete frostige Wölkchen.

»Siehst du mich?«, wiederholte ich aufgeregt, ehe wieder genau das passierte, was das letzte Mal geschehen war: Mein Magen stülpte sich von innen nach außen, das Zimmer wirbelte um mich, sodass ich Orientierung und Gleichgewicht verlor und stürzte. Den Aufprall spürte ich nicht mehr, zuvor war ich bewusstlos geworden.

Dieses Mal musste ich länger ohnmächtig gewesen sein, denn als ich erwachte, vernahm ich nicht nur Grannys Stimme, sondern auch die eines Mannes. Sie unterhielten sich in meiner Nähe. Mir war nach wie vor so elend, dass ich mehrfach schluckte, die Augen geschlossen hielt.

Ich zwang mich, sie zu öffnen, und sah Granny mit Dr. Henderly, ihrem langjährigen Arzt und Freund, auf dem Flur vor meinem Zimmer stehen. Ich selbst lag – trotz der Wärme – zugedeckt im Bett. Mein erster Impuls war, nach Granny zu rufen, doch ich blieb still, als ich bemerkte, dass sie gerade mit gedämpften Stimmen über mich sprachen. Meine Neugier siegte über mein Verlangen nach Trost. Rasch klappte ich die Augen wieder zu und stellte mich schlafend.

»Es ist jetzt das zweite Mal passiert, sie übergibt sich und wird ohnmächtig. Was hat sie nur?«

Großmutter unterdrückte ein Aufschluchzen, das hörte ich. Dr. Henderly antwortete mit tröstender Stimme: »Sie hat vielleicht eine Sommergrippe, nicht ungewöhnlich. Geht im Moment um. Dazu passt nur nicht, dass sie sich ein paar Tage wieder gesund fühlt, bevor sie erneut die Symptome zeigt.«

Der Arzt räusperte sich, schien zu überlegen, was er weiter sagen sollte, aber Granny war es, die als Nächste sprach. »Das erinnert mich an damals ... An Elizabeth ... Bei ihr war es genauso.«

Als ich meine Lider ein klein wenig hob, sah ich, dass der weißhaarige Dr. Henderly ihr kurz den Rücken tätschelte.

»Mach dich nicht verrückt, Mathilda. Die Kleine hat sich zweimal übergeben und ist ohnmächtig geworden. Das wird schon wieder.« Allerdings wirkte er nicht gänzlich überzeugt von seinen Worten, das spürte ich.

Granny schien es ebenfalls bemerkt zu haben, denn sie flüsterte erregt: »Wenn es nicht besser wird, muss ich sie zurück nach Detroit schicken, dann kann sie nicht hierbleiben.«

Dieser Satz erschreckte mich derartig, dass ich mich verschluckte und zu husten begann. Sofort eilten die beiden an mein Bett. »Liebling, wie geht es dir?«

Grannys Augen waren groß vor Angst und Sorge. Ich sah, dass ihre Hand ein wenig zitterte, als sie nach meiner griff und sie fest umschloss. »Bitte schick mich nicht nach Hause«, flüsterte ich mit gepresster Stimme und versuchte, die aufkommenden Tränen wegzublinzeln.

»Nein, ich möchte dich nicht nach Hause schicken, keinesfalls, aber irgendetwas hier macht dich krank.«

Sie verstummte, blickte hilfesuchend den Arzt an, der sich erneut räusperte, ehe er sich über mich beugte. Er legte mir prüfend seine Finger auf die Stirn, hob kurz meine Augenlider an.

»Öffne bitte deinen Mund.« Gehorsam folgte ich seiner Anweisung, und er bewegte seinen Kopf hin und her, während er mir in Mundhöhle und Rachen spähte.

»Keine Auffälligkeiten zu sehen. Gib ihr viel zu trinken«, sagte er dann zu meiner Großmutter und fuhr, während er seine klugen Augen wieder auf mich richtete, in etwas strengerem Ton fort: »Ich verordne Bettruhe. Du stromerst nicht mehr allein durch das Haus. Stell dir vor, du wirst auf der Treppe ohnmächtig, was …« Er unterbrach seinen Vortrag, weil Granny ihn anfunkelte, nachdem sie ihn unauffällig an den Arm gestupst hatte. Doch ich hatte es gesehen.

»Ruh dich ein wenig aus. Es ist nur ein leichter Infekt«, sagte der Doktor etwas sanfter und griff nach seiner Tasche. Dann wandte er sich an Granny. »Wenn sich ihr Zustand dennoch verschlechtern sollte, ruf mich an. Zu jeder Zeit.«

Damit küsste er meine Großmutter freundschaftlich auf die Wange, ehe er das Zimmer verließ. Sie atmete tief durch und setzte sich neben mich.

»Ach, Schätzchen. Was soll ich nur tun?«

Sie schien mehr zu sich selbst zu sprechen als zu mir. In mir brodelte das Bedürfnis, ihr von den ›seltsamen Filmen‹ zu erzählen, die ich gesehen hatte, bevor ich ohnmächtig geworden war. Ohne nachzudenken, sprudelte ich los, berichtete ich ihr von meinem Ritt auf dem Schaukelpferd. Was daraufhin passiert war und von dem rothaarigen Mädchen. Granny lauschte meinen Worten, ohne mich zu unterbrechen, doch die Besorgnis in ihrem Gesicht wurde immer größer, die Falten auf ihrer Stirn und zwischen ihren Brauen vertieften sich. Als ich ihr von der zweiten Szene mit der Haarbürste, der Frau und den beiden Mädchen erzählte, schlug sie sich die Hand vor den Mund, die Augen geweitet, und ich verstummte.

»Du hast es auch! Wie Elizabeth. Ach, Kind.«

Ihre Stimme war nur ein Wispern. Sie presste die Lippen zusammen, versuchte, Haltung zu wahren. Sie tat mir furchtbar leid, aber ich musste nachbohren, sie schien Bescheid zu wissen.

»Was habe ich? Und wer ist Elizabeth?«

Ihr Gesichtsausdruck verriet Trauer. Widerstreitende Gefühle kämpften in ihr.

Wie um Zeit zu gewinnen, zog sie ein Taschentuch aus ihrem Kleid, schnäuzte sich dezent und zerknüllte es in ihrem Schoß, ehe sie leise antwortete. »Wir beide haben uns versprochen, uns immer die Wahrheit zu sagen, auch wenn es nicht einfach ist. Was ich dir gleich erzähle, wird dich vermutlich erschrecken. Vielleicht wirst du es nicht sofort verstehen ...«

Sie zögerte einen Moment, ehe sie fortfuhr: »Die Räume und die Menschen, die du sahst, gibt – oder gab – es wirklich, hier im Haus. Du hast gesehen, wie sie früher, vor vielen Jahren, ausgesehen haben, als ich ein Kind war. Das Mädchen mit dem ›Feuerhaar‹, wie du sagst, war meine ältere Schwester Elizabeth. Ein Wildfang, wie du bereits erkannt hast. Die strenge Frau war unsere Mutter Abigail, nach der deine Mom dich benannt hat. Und das jüngere, etwas stillere Mädchen – das war ich.«

Wieder hielt sie inne, übermannt von ihren Gefühlen. Eine einzelne Träne stahl sich aus ihrem Augenwinkel und bahnte sich einen Weg über ihre Wange. Ich war komplett verwirrt.

»Es tut mir so leid, ich will dich nicht traurig machen. Aber warum sehe ich das alles? Habe ich ... Ist es eine schlimme Krankheit?«

Ich fürchtete mich vor ihrer Antwort, denn derart aufgelöst hatte sich meine Großmutter mir nie gezeigt.

»Nein. Es ist keine Krankheit. Jedenfalls heutzutage nicht mehr. Es gibt nur äußerst wenige Menschen auf der Welt, die in die Vergangenheit sehen können, wenn sie bestimmte Gegenstände berühren. Ich vermute, sie vermögen es eher mit alten Dingen. Deshalb meine Sorge. Du bist daheim in eurem modernen Haus garantiert besser aufgehoben als hier in meinem Museum.«

»Fang nicht schon wieder damit an! Ich bleibe bei dir, die ganzen Ferien, wie abgemacht!«

Ein Anflug von Panik schwang in meiner Stimme mit. Granny hob die Hände, stieß dabei einen beschwichtigenden Laut aus.

»Beruhige dich. Ich schicke dich nicht fort, wenn du nicht willst. Aber lass mich bitte zu Ende sprechen. Ich weiß das alles nur, weil meine Schwester dasselbe erlebte wie du. Auch sie fiel in Ohnmacht, klagte zuvor über Schmerzen und Übelkeit. Sie erzählte die seltsamsten Dinge über Orte und Menschen, die sie gesehen hatte. Nur glaubte ihr keiner. Sie schimpften mit ihr, weil sie dachten, sie hätte zu viel Fantasie und wolle sich nur wichtigmachen.«

Granny atmete leise durch, als sähe sie die vergangenen Geschehnisse erneut vor ihrem inneren Auge.

»Sie nannten sie ungehorsam und bestraften sie streng. Als es einmal besonders schlimm war und Elizabeth schrie und sich am ganzen Körper rieb, weil er brannte, rief unser Vater den Arzt, der verschrieb ihr Morphium, ein starkes Schmerz- und Beruhigungsmittel, das sie fast den ganzen Tag vor sich hindämmern ließ. Elizabeth hasste es, betäubt zu werden, wie sie mir anvertraute. Darum erzählte sie niemandem mehr davon, wenn es ihr wieder passiert war – nur noch mir.«

Granny umklammerte ihre Kette, als wäre sie ein Anker, der sie daran hinderte, vollends in der Erinnerung zu versinken. Ich aber war sprachlos, und plötzlich packte mich Entsetzen.

»Ich will kein solches Morfi… wie auch immer. Ich will nicht den ganzen Tag schlafen!«

»Aber nein, keine Angst! Du musst kein Morphium nehmen. Früher wussten es die Menschen nur nicht besser.«

Als ob sie sich einen Ruck gäbe, straffte sie ihren Rücken. Ihre Augen strahlten wieder so liebevoll und zuversichtlich wie sonst, und ihre Stimme klang entschlossen.

»Ich rufe gleich einen Freund an. Wenn es passt, werden wir ihn morgen besuchen. Er wird dir helfen können, da bin ich mir sicher. Ganz ohne Medikamente, versprochen. Ich vertraue ihm.«

Sie drückte meine Hand und lächelte mir zu. »Aber jetzt lass uns von anderem sprechen. Hast du Appetit? Möchtest du etwas essen?«

Ich hatte so viele weitere Fragen, meine Neugier war längst nicht gestillt, doch kannte ich Granny gut genug, um zu wissen, dass sie im Moment nicht mehr darüber reden würde. Außerdem verspürte ich tatsächlich Hunger. Deshalb nickte ich zur Antwort.

»Ruh dich ein wenig aus, Spatz. Ich bereite uns rasch etwas zu. Bin gleich wieder bei dir.«

Und damit erhob sie sich, verließ das Zimmer, und ich blieb für eine Weile mit meinen verwirrten Gefühlen allein.

Plötzlich fielen mir frühere Erlebnisse ein, die ich damals für Einbildung gehalten und verdrängt hatte. Waren das die ersten Anzeichen gewesen? Hatten sie etwas mit meiner Krankheit zu tun? Nein, es war ja keine Krankheit, hatte Granny gesagt. Bereits in den letzten Ferien hier in der Villa hatte ich einmal ein kühles Prickeln in den Fingerspitzen verspürt, als ich mit ihnen über ein Ölgemälde gestrichen hatte. Erschrocken hatte ich die Hand zurückgezogen, erst sie, dann das Bild aus der Nähe betrachtet. Da war nichts Auffälliges gewesen. Neugierig geworden hatte ich meine Finger ein zweites Mal über das Bild gleiten lassen. Doch bei dieser Berührung war nichts passiert, und ich hatte es wieder vergessen.

Dasselbe Ziehen und Kribbeln hatte ich empfunden, als ich Granny auf ihre Bitte hin ihre alten Perlenohrringe aus der Schmuckschale geholt hatte. Ich hatte die Ohrringe in der Hand gehalten, war mit ihnen über den Flur und die Treppe hinabgelaufen. Das heißkalte Prickeln war mit jeder Sekunde stärker geworden, ich hatte es fast wie kleine Stromstöße empfunden, sodass ich die letzten Stufen hinuntergesprungen und in die Küche gerannt war, um den

Schmuck rasch loszuwerden. Ich erinnerte mich an weitere, ähnliche Erlebnisse mit Gegenständen, und nicht nur in *Oakley Gardens* waren sie geschehen. Da gab es einen Vorfall in meinem letzten Jahr an der Grundschule. Wie hatte ich auch den vergessen können?

Unsere Lehrerin, Mrs. Goodall, hatte ein altes, abgegriffenes Buch mitgebracht. *Der kleine Lord* von Frances Hodgson Burnett. Mit nahezu feierlichem Gesicht hatte sie uns das Bild auf dem Einband gezeigt.

»Dieses Buch hat meiner Großmutter gehört, danach meiner Mutter, und die schenkte es mir, als ich so alt war wie ihr«, hatte Mrs. Goodall gesagt. »Ich finde, es ist eine zeitlose, wunderbare Geschichte, die auch ihr kennen solltet, und daher darf jeden Tag einer von euch ein Stück daraus vorlesen. Wer möchte beginnen?«

Die Finger aller sicheren Leser, auch meiner, waren in die Höhe geschossen. Und sie hatte wirklich mich aufgerufen. Ich war zu ihr vor die Klasse getreten, und sie hatte mir das Buch mit den Worten »Sei bitte vorsichtig damit« überreicht. Ich hatte die erste Seite aufgeschlagen und begonnen, vorzutragen, als meine Stimme zu zittern begann, ich mich nicht mehr auf die Worte vor meinen Augen konzentrieren konnte. Denn erst hatte es sich angefühlt, als ob winzige Insekten durch meine Finger krabbelten, dann war das Buch mit einem Schlag eiskalt geworden, als wäre es mit Raureif überzogen. Ich hatte es fallen gelassen und die Hände erschreckt über mein Tun vor den Mund geschlagen. Mrs. Goodall tadelte mich streng, trotz meiner hervorgestammelten Entschuldigungen, und ich durfte kein weiteres Mal aus *Der kleine Lord* vorlesen.

Mittlerweile, bei den letzten Vorkommnissen, hatte ich nicht nur etwas Unerklärliches gespürt, sondern zusätzlich auch Dinge *gesehen*, die früher passiert waren. Was geschah da nur mit mir? Es ängstigte mich, und ich beruhigte mich

erst etwas, als Granny mit zwei dampfenden Tellern zu mir
zurückkehrte.

2

Carl Jones

Am nächsten Morgen wirkte Granny ungewohnt rastlos. Ihre Bewegungen waren fahrig, sie zwitscherte ununterbrochen Belangloses vor sich hin, und ich bemerkte, obwohl ich ein Kind war, dass sie nicht nur mich, sondern vor allem sich selbst damit zu beruhigen versuchte.

Hinter ihrem Lächeln sah ich ihre Anspannung. Und auch ich wurde immer aufgeregter, je näher der verabredete Termin mit dem Mann rückte, den Granny am Abend zuvor angerufen hatte.

Während der Autofahrt erzählte sie mir, dass er Carl heiße, blind sei und sie ihn seit Jahren kenne. Mehrmals betonte sie, dass er ein ›reizender Mann‹ wäre und ich ihm vertrauen könnte, dennoch war mir ein wenig mulmig zumute.

Granny parkte den Wagen vor einem Haus in einem recht heruntergekommenen Viertel der Stadt. Am Ende der Straße konnte ich den Hafen, den *Port of Charleston*, erkennen, ein salziger Geschmack lag in der Luft.

Vor den Nachbarhäusern sah ich einige Afroamerikaner auf ihren Treppenstufen oder auf Stühlen sitzen. Sie beäugten uns, wie ich fand, etwas misstrauisch, als wir das quietschende Tor aufzogen und Carls Grundstück betraten. Granny ließ sich von den Blicken nicht beirren, grüßte freundlich in Richtung der Nachbarn, während sie mit geradem Rücken wie immer auf die Haustür zulief, vor der eine Fliegengittertür angebracht war. Als sie geläutet hatte, lächelte sie mir aufmunternd zu und drückte meine Schulter.

Erst nach einer kleinen Weile – in der ich schon längst ein zweites Mal geklingelt hätte, aber nicht meine Großmutter – hörten wir endlich schlappende Schritte auf die Tür zukommen. Eine beleibte Schwarze mit straff auf dem Kopf geflochtenem Haar öffnete und stand, uns mit unbewegtem Gesicht musternd, im Türrahmen. Ihre Augen wirkten wie schwarze Kiesel. Granny begrüßte die Frau, aber die erwiderte nichts, ihre Züge blieben weiter ausdruckslos wie die einer Statue. Dann winkte sie uns, ihr zu folgen, und schlurfte uns voraus durch einen düsteren Korridor, wobei ihre Flipflops bei jedem Schritt auf die Fliesen klatschten. Vor der Hintertür blieb sie stehen, vollführte eine wedelnde Geste in deren Richtung, ehe sie in einem Nebenzimmer verschwand, wo ein Fernseher in höherer Lautstärke lief.

Wir betraten einen Innenhof, in den nur wenig Sonnenlicht fiel. In seiner Mitte stand einzig ein Plastiktisch, von drei Stühlen umringt. Auf einem davon saß ein schmächtiger Afroamerikaner. Er schien alt zu sein, denn sein krauses Haar hatte die Farbe von Stahlwolle. Entspannt zurückgelehnt hielt er sein Gesicht mit geschlossenen Augen in die spärlichen Sonnenstrahlen, die nackten Füße von sich gestreckt. Ein Lächeln trat auf seine Lippen, als Granny auf ihn zuging und ihn begrüßte.

»Guten Morgen, Carl! Ich hoffe, es geht Ihnen gut. Danke, dass Sie so schnell Zeit für uns haben!«

Carl lachte ein heiseres Altmännerlachen, erhob sich von seinem Stuhl und streckte ihr beide Hände entgegen, die sie ergriff.

»Ich habe zu danken, Missus. Es ist schön, Besuch zu bekommen, wenn man so ein alter Kauz ist wie ich, schön ist das! Sie wissen ja, wie meine Tochter mich abschirmt. Bewacht mich, als wäre ich das Gold von Fort Knox.«

Diesen letzten Satz sollte ich erst später verstehen. Wieder kicherte er. Dann öffnete er seine Augen, und ich sog scharf den Atem ein, wich einen Schritt von ihm zurück. Sein linkes Auge war milchig weiß, das andere bräunlichgrau mit Schlieren, es sah unheimlich aus. Ich erinnerte mich, dass Granny mir von der Blindheit des Mannes erzählt hatte, schämte mich für mein Erschrecken und hoffte, dass er es nicht bemerkt hatte.

»Wo ist die kleine *Wanderer*? Komm her zum alten Carl, lass dich anschauen!«

Er schien oft in sich hineinzukichern, es klang ein bisschen wie ein Gackern, jetzt tat er es schon wieder. Dabei wackelte sein Kopf hin und her. Ich hatte nie jemanden getroffen wie ihn, er besaß eine merkwürdige Art. Als ich auf seine Bitte nicht reagierte, warf mir Granny einen auffordernden Blick zu, sodass ich endlich neben sie vor den alten Mann trat.

»Mein Name ist Abigail, nicht Wanderer. Meine Großmutter hat gesagt, Sie sind blind. Wie können Sie mich da angucken?«

»Abby!«, zischte Granny tadelnd, doch Carl klopfte sich auf die Schenkel und lachte herzlich.

»Das ist gut, ja, das ist gut! Nun, kleine Abigail, ich bin wirklich blind, wie man unschwer erkennen kann. Aber es gibt andere Sinne, einen Menschen zu betrachten. Und – Wanderer – ob du vielleicht eine bist, deshalb bist du hier.«

Er drehte den Kopf in Richtung des halb geöffneten Fensters, aus dem das Geräusch des Fernsehers tönte. Seine Stimme klang mit einem Mal erstaunlich volltönend für den schmalen Brustkorb. »Tanya! Sei so gut, bring uns Tee und Cookies.«

Dann wandte er sich wieder an uns. »Kommt, setzt euch, setzt euch. Wir wollen uns erst einmal stärken.«

Wenige Minuten später trat die Frau, die uns eingelassen hatte, mit einem Tablett heraus. Für ihre Körperfülle balancierte sie es äußerst geschickt durch die schmale Hintertür, stellte es dann auf dem Tisch ab. Ihr Gesicht war genauso gelangweilt wie zuvor.

»Danke, Tanya«, rief Carl ihr hinterher, als sie sofort wieder im Haus verschwand. Während er uns den selbstgemachten Tee aus einer Glaskaraffe einschenkte, in dem Eiswürfel und Pfefferminzblätter schwammen, bewunderte ich sein Geschick.

Trotz seiner Blindheit ging kein Tropfen daneben. Nachdem er die Gläser gefüllt hatte, bot er uns riesige Kekse aus einer Schale an.

»Die hat meine Tochter gebacken. Tanya macht die besten Cookies der Straße.«

Ich war überrascht, hätte nicht gedacht, dass dieser wortkarge Berg von Frau die Tochter des redseligen Carls mit den vielen Lachfalten wäre. Beherzt griff ich zu und biss in einen Keks. Carl hatte nicht zu viel versprochen, es war wahrhaftig eine butterig-süße Geschmacksexplosion in meinem Mund, die Schokoladenstückchen schmolzen auf der Zunge. Carl und Granny unterhielten sich, tauschten Neuigkeiten aus, wobei sie mich in ihre Unterhaltung mit einbanden. Sie schienen sich länger nicht getroffen zu haben, das entnahm ich ihrem Gespräch. Nach einer Weile hatte ich keine Scheu mehr vor dem alten Mann. Nein, ich hatte ihn in der kurzen Zeit, die wir uns nun kannten, als durchweg freundlich erlebt.

Daher fragte ich ihn mit der interessierten Unverblümtheit eines Kindes: »Waren deine Augen schon immer kaputt?«

Carl schien es nicht unhöflich zu finden. »Nein, mein

Augenlicht verschlechterte sich in meiner Jugend immer mehr, bis ich gar nichts mehr sah. Es ist eine Erbkrankheit mütterlicherseits. Meine Eltern hofften, es möge keines ihrer sechs Kinder treffen, ja, sie hofften. Später waren sie dankbar, dass nur ich die Krankheit bekommen hatte.«

»Und wann ist es dir passiert, dass du Vergangenes gesehen hast?«

»Ich war ein wenig älter als du beim ersten Mal, fast ein Jugendlicher«, antwortete er und mümmelte versonnen an einem der großen Kekse. Es wirkte fast so, als imitierte er ein Kaninchen, und er ließ sich Zeit, mit dem Erzählen fortzufahren.

»Wie hast du es gemerkt? Was war passiert?«, fragte ich daher ungeduldig.

»Abby, lass Carl doch bitte erst aufessen«, wandte Granny ein.

»Nein, nein, ich versteh', dass sie neugierig ist, das versteh' ich.« Rasch spülte er den Rest des Cookies mit einem Schluck Eistee hinunter.

»Nun, ich war ein Junge von vierzehn Jahren, als ich das erste Mal in die Vergangenheit sehen konnte«, sagte er dann. »Ich half meinem Vater, Waren auszuliefern. Er arbeitete damals in einem kleinen Gemischtwarenladen. Wir bepackten den Lieferwagen mit den Bestellungen, fuhren unsere Runde ab, wie jeden Tag. Vater hielt vor den Häusern, und ich sprang aus dem Auto, nahm die Tüten von der Ladefläche und brachte sie den Kunden, die mir an der Haustür das Geld gaben. Als ich bei Mrs. Anderson, einer alten Lady, läutete, öffnete diese, auf einen Gehstock gestützt. Ich überreichte ihr die Bestellung. Dabei rutschte ihr der Stock weg. Ich bückte mich und hob ihn auf. Da passierte es.«

Ich beugte mich ein wenig vor, als er innehielt, hatte

gebannt gelauscht, jetzt wurde es spannend. Aber Carl schwieg, schien zu überlegen.

»Was geschah dann?«, drängte ich.

Granny berührte mich – neuerlich mahnend – am Arm. Sekunden verstrichen, ehe der alte Mann endlich fortfuhr.

»Es erging mir so ähnlich wie dir. Es überrollte mich. Die Vision, die ich hatte, war nicht schön, nein, war sie nicht.« Bedauern und etwas wie Abscheu stand in seinen Zügen, er schüttelte den Kopf. »Mit dem Stock war Gewalt verübt worden. Schlimme Gewalt. Mehr möchte ich dazu nicht sagen. Mir wurde furchtbar schlecht, kalt und heiß zugleich. Ich hatte Angst, bekam die schrecklichen Bilder nicht aus dem Kopf, übergab mich in die Hecke. Mein Vater und die Kundin waren außer sich. Gab Ärger. Kein schöner Nachmittag für mich, nein.«

Sein Gesichtsausdruck veränderte sich. Als ob eine luftige Brise die traurigen Erinnerungen fortwehte, kehrte sein sonniges Gemüt in seine Züge zurück.

»Zum Glück gab's meine Großmutter, welch ein Glück! Sie glaubte mir, verstand, was da mit mir passierte, und brachte mich zu einem Mann. Der half mir, so wie ich jetzt versuche, dir zu helfen.«

Ich dachte über seine Worte nach. Es gab noch viele weitere Fragen, doch Granny würde es nicht gutheißen, wenn ich Carl löcherte. Eine Sache interessierte mich jedoch brennend.

»Warum heißen Leute wie wir *Wanderer*?«

»Nun, genau weiß ich das nicht. Vielleicht, weil wir durch die Zeit wandern. Otis, der mich damals unterrichtete, hatte den Ausdruck benutzt.«

Später erklärte mir Granny, dass es eine seltene, faszinierende Gabe sei. Deshalb, so sagte sie, hielten Carl und die Tochter seine Fähigkeit geheim. Nur ausgewählte Menschen waren eingeweiht. Vor allem Tanya befürchtete, dass andernfalls ständig Leute, auch üble Personen, vor der Tür des alten Mannes stünden, ihn belagern und an den Rand der Erschöpfung bringen würden, um von seiner Gabe zu profitieren. Oder dass die Medien Wind von ihm bekommen könnten. Daher schützte Tanya ihren gutmütigen, auch etwas naiven Vater wie ein scharfer Wachhund.

Nachdem wir unseren Eistee ausgetrunken hatten, rief Carl wieder nach Tanya, die das Tablett abräumte, und bat mich, meinen Stuhl an seinen heranzuziehen, sodass wir Knie an Knie saßen.

»Darf ich dein Gesicht berühren?«, fragte er. Als ich bejahte, ließ er vorsichtig seine Finger über meine Züge gleiten, und ich begriff, dass er mich auf seine Art betrachtete. Es entlockte ihm ein Lächeln. Dann nahm er meine Hände, umschloss sie, und ich spürte, dass seine warm waren, trocken und rau wie feines Sandpapier. Er wies mich an, die Augen zu schließen, ruhig und gleichmäßig ein- und auszuatmen, was mir überraschenderweise recht schnell gelang, denn er atmete mit mir gemeinsam.

Nach kurzer Zeit fühlte ich eine angenehme Wärme in meine Hände fließen, die von dort über die Arme in meinen gesamten Körper zog.

Es war nicht die schreckliche Hitze, die so geschmerzt hatte, als ich die ›Filme‹ sah, nein, es war ein angenehmes Gefühl. Ich kam zur Ruhe, entspannte mich vollkommen.

Nach einer Weile erst ließ der alte Mann meine Hände los, sodass ich aus diesem dämmrigen Zustand erwachte, die Augen wieder öffnete und etwas verwirrt blinzelte. Er grinste mich breit an. Ich sah zwei Goldzähne in seinem Mund blitzen. »Du bist eine *Wanderer*, genau wie ich. Deine Großmutter hat mir gesagt, du hast es erst zweimal erfahren und dass es schlimm für dich war. Das ist nicht gut.«

Carl schüttelte bedauernd den Kopf, ehe er wieder lächelte. »Ich kann dir zeigen, wie du es steuerst und dich vor dem Unangenehmen schützt.«

Er brachte sein Gesicht so dicht vor meines, dass ich die winzigen, weißen Bartstoppeln, sogar die schwarzen Poren auf seiner Haut wahrnahm. Aber das war in Ordnung, denn inzwischen hatte ich keinerlei Angst mehr vor den weißen Augen oder vor ihm.

»Abigail, willst du es lernen? Möchtest du die Gabe in dir annehmen?«

Ich nickte nur, derartig hypnotisiert war ich von Carl und seiner Stimme, bis mir einfiel, dass er diese Zustimmung ja nicht sehen konnte. Doch auf welche Weise er meine Reaktion auch wahrgenommen hatte, er nickte ebenfalls. »Gut. Dann lass uns beginnen.«

Eine der ersten Lektionen, die ich lernte, war, niemals zu versuchen, Kontakt mit den Menschen der Vergangenheit aufzunehmen. Als er das sagte, erinnerte ich mich daran, dass ich zweimal in Ohnmacht gefallen war, weil ich genau dies getan hatte. Er zeigte mir ebenfalls, wie ich meine Konzentration erhöhen und dadurch intensiver das Vergangene erfahren konnte, um nicht nur zu sehen, sondern auch die anderen Sinne zu nutzen. Zudem erklärte er mir, dass nicht alle Gegenstände funktionierten. Die Dinge, die einen in die Vergangenheit brachten, waren zumeist alt oder oft berührt und benutzt worden, aber darauf sollte ich mich nicht verlassen. Daher war es so wichtig, dass Wanderer die Fähigkeit erlernten, den Schirm, eine Art gedankliche Barriere, zu bilden, um nicht unvorbereitet oder ungewollt in die Vergangenheit zu stürzen.

Ich war derartig fasziniert von dem alten Mann, der ein begnadeter Erzähler und Lehrer war, dass ich Grannys Anwesenheit nach einer Weile gar nicht mehr wahrnahm. Erst als sie mich ansprach, wandte ich mich ihr wieder zu.

»Ist es für dich in Ordnung, Liebes, wenn ich für eine Stunde gehe? Es gibt hier in der Nähe ein ausgesprochen gut sortiertes Teegeschäft. Da würde ich mich gerne einmal umsehen.« Sie lächelte. »Ihr kommt bestens ohne mich aus, oder?«

»Kein Problem. Ich bleibe bei Carl.«

Sie gab mir einen sachten Kuss auf den Kopf, nahm ihre Handtasche und verließ den Innenhof.

Die nächste halbe Stunde erklärte mir Carl, wie ich mit ›belasteten Dingen‹ umgehen musste, um nicht von deren Geschichte, den gespeicherten negativen Erinnerungen, überwältigt zu werden. Wie ich sie und mich unter Kontrolle halten konnte.

»Hast du alle Schritte verstanden?« Ich bejahte, wiederholte ihm zum Beweis, was ich mir eingeprägt hatte, worauf er anerkennend mit der Zunge schnalzte. »Sehr gut, Abby, sehr gut. Bin gleich zurück.«

Wieder bewegte er sich erstaunlich rasch und sicher durch die Tür und ins Haus. Nach kurzer Zeit kehrte er zurück, in einer Hand hielt er kleinere Gegenstände, mit der anderen tastete er nach dem Stuhl, auf den er sich sinken ließ. Dann legte er einen altmodischen Füllfederhalter, eine Haarschleife aus Samt und einen goldenen Siegelring auf den Tisch.

»Das sind Dinge, an denen du üben kannst. Probier aus, was du eben gelernt hast. Berühr zuerst den Ring.«

Ich betrachtete das Schmuckstück. Es sah alt aus, besaß einen dunkelroten, geschliffenen Stein sowie eine beachtliche Größe.

»Wem hat der Ring gehört?«, fragte ich.

»Meinem Großvater.«

»Was werde ich sehen, wenn ich ihn berühre? Etwas Schlimmes?«

Carl schüttelte den Kopf. »Nicht alles, was wir Erwachsenen ›belastend‹ nennen, ist wirklich furchtbar, ist es nicht. Das können Enttäuschungen sein, verpasste Chancen. Situationen, die einem Kind nicht halb so erschütternd erscheinen. Erwachsenenkram eben. Ich werd' dir nichts zeigen, was dich erschreckt. Nein, das tu' ich nicht.«

Er gab ein leises Glucksen von sich. »Ich mag diese Erinnerung, jep, ich mag sie. Aber ich werd' nix verraten. Du musst deine eigenen Erfahrungen machen. Denk an das, was ich erklärt habe. Wenn dir etwas, was du siehst, zu viel wird, dann …«

Er hielt inne. Das letzte Wort hatte er auffordernd betont. Ich verstand sofort, dass ich den Satz beenden sollte.

»Dann bilde ich den Schirm – die gedankliche Mauer – und ziehe mich zurück. Denke mich an den wohligen, warmen Ort, den ich mir ausgemalt habe, bis ich wieder im Hier und Jetzt bin.«

»Richtig.« Er wies auf den Ring.

Ich schwieg, kaute auf meiner Unterlippe. Im Nachbargarten hörte ich Leute lachen, die penetranten Stimmen der Fernseh-Talkshow dröhnten dagegen an. Ich versuchte, mich nicht ablenken zu lassen, die Geräusche wieder auszublenden. Mein Denken voll auf den Gegenstand vor mir zu konzentrieren. Aber ich traute mich nicht, den klobigen Siegelring anzufassen. Was, wenn Carl es nicht angemessen einschätzte? Wusste er wirklich, was mich ängstigte und was nicht? Würde ich in der Lage sein, das, was er mir erklärt hatte, umzusetzen, oder würde ich scheitern?

»Trau dich, kleine Wanderer, trau dich. Glaub an die Kraft in dir.«

Langsam bewegte ich die rechte Hand auf den Ring zu. Meine Fingerspitzen schwebten vor ihm über der Tischplatte.

»Ich bin bei dir. Du brauchst keine Angst zu haben.«

Einmal tief durchatmend, was er mit einem stummen

Lächeln quittierte, legte ich die Kuppen von Zeige- und Mittelfinger entschlossen auf das Schmuckstück.

Zuerst setzte das Flimmern ein, verstärkte sich, dann verschluckte mich die lautlose Dunkelheit. Wenn ich sie beschreiben sollte, würde ich sagen, es war die gedämpfte Schwärze in einem geschlossenen Wandschrank, in dem man sich beim Spielen versteckt. Ich versuchte, Gedanken und Willen allein auf den Ring zu richten, Atmung und Herzschlag auszublenden, wie Carl es mir erläutert hatte. Keine Übelkeit. Keine Schmerzen. Keine Hitze mit gleichzeitigem Frieren. Erleichterung stieg in mir auf. Allmählich kristallisierte sich die Umgebung aus der Finsternis heraus, bis das ›Bild‹ scharf war.

Ich war in einem kleinen Zimmer, allein, wie ich feststellte, als ich mich umblickte. Es schien ein Arbeitszimmer zu sein, denn ich stand neben einem Schreibtisch, an dem jemand gearbeitet hatte. Das zeigten mir die vielen Papiere, allesamt handgeschrieben in einer altmodischen Schrift, die Schreibutensilien, eine lederne Mappe. Eine Petroleumlampe warf ihr Licht auf die Unterlagen. Ich konnte das Datum auf einem Brief entziffern, 1867, sowie die Unterschrift, Joseph William Jones.

Wow, ich war weit in die Vergangenheit zurückgegangen!

Meine Konzentration erhöhend rief ich mir Carls Erklärungen ins Gedächtnis und schärfte meine Sinne. Es funktionierte! Als ob ich den Ton eines Radios lauter stellte, drangen Alltagsgeräusche von draußen herein, sodass ich ans Fenster trat und auf eine Straße hinabsah. Das Arbeitszimmer lag im ersten Stock. Zwei Frauen mit kunstvoll gekringelten Frisuren, schmal geschnürten Taillen und ausladenden Röcken flanierten den Bürgersteig entlang. Die eine lachte auf. Ein Mann in einem gestreiften Anzug kam ihnen entgegen, lüftete grüßend und mit einer angedeuteten Verbeugung seinen Hut vor den Damen, die den Gruß im

Weitergehen mit einem Nicken erwiderten. Ein Zweispänner, auf dessen Kutschbock ein dicker Mann mit Backenbart und Zylinder saß, rumpelte vorüber, wirbelte kleine Staubwolken von der Straße auf.

Ein schleifender Laut in meinem Rücken ließ mich herumfahren. Unbemerkt von mir hatte ein bärtiger Afroamerikaner mittleren Alters das Zimmer betreten, schloss die Schublade des Schreibtisches und zog eine weitere auf. Er schien nach etwas zu suchen. Fündig geworden holte er eine kleine Schachtel hervor und ließ sich auf den Stuhl sinken. Sein Gesicht zeigte einen sorgenvollen Ausdruck. War das Carls Großvater?

Jetzt öffnete er das Kästchen und nahm etwas heraus, betrachtete es auf seiner Handfläche. Neugierig schob ich mich näher heran, neben den Schreibtisch, darauf vertrauend, dass der Mann mich weder sehen noch auf andere Art wahrnehmen konnte, wenn ich mich unauffällig verhielt. Dort auf seiner Hand lag der Ring mit dem roten Stein. Erneut öffnete sich die Tür, eine schwarze Frau, zierlich wie ein Mädchen, in einem schlichten, dunklen Kleid kam herein und trat neben den Mann.

»Joseph«, sagte sie leise. So viel schwang in diesem einen Wort mit. Zuneigung. Vertrautheit. Mitgefühl. Eine Aufforderung? Der Mann gab einen Laut des Unmuts von sich, fuhr sich mit der Hand über das Gesicht, wie um die Besorgnis darin wegzuwischen.

»Ich werde ihn verkaufen müssen. Wir sind so gut wie bankrott. Wenn ich die letzten Rechnungen nicht bezahle, kommen die Pfänder. Masterson, der Juwelier in der Forth Street, hat mir einen fairen Preis angeboten.«

»Ach, Liebster. Es tut mir so leid. Ich weiß, was er dir bedeutet.«

»Joseph Junior wird ihn nie tragen. Und das ist meine Schuld.«

»Nicht du bist schuld an der schlechten Wirtschaftslage, der Krieg ist erst zwei Jahre vorbei. Aber der Erlös wird dein Geschäft retten. Und unser Haus. Denke nur daran.«

Sie legte ihm ihre Hand auf die Schulter. Ohne aufzublicken, umschloss er sie mit seiner.

»Alles wird gut werden«, sagte die Frau.

»Ich liebe dich, Estelle.« Er umfasste ihre schmale Gestalt mit beiden Armen, zog sie auf seinen Schoß und drückte sie fest an sich. Sie legte ihren Kopf an seine Schulter. Ich war so ergriffen und gerührt von dieser innigen Szene, dass mir unbewusst ein lautes Seufzen entfuhr. Sogleich hob der Mann den Kopf, als wäre er aufmerksam geworden, schien mich direkt anzublicken. Erschrocken taumelte ich einen Schritt zurück. Hatte er mich etwa gehört oder meine Anwesenheit bemerkt? Seine Augen tasteten den Raum ab, man sah ihm an, dass er zeitgleich angestrengt lauschte, während er weiter den Rücken der Frau streichelte. Mein Magen sank herab wie die Temperatur im Raum, mein Atem gefror, und mir wurde flau. *Nein, nicht der Schwindel und die Übelkeit! Bitte nicht.*

Rasch bildete ich den Schirm, zog mich selbst rückwärts aus der Szene zurück, als wäre ich eine Marionette, so wie Carl es mich gelehrt hatte. Die beiden Menschen, das Zimmer, verschwammen, während ich die Schwärze durchquerte und in Carls Hinterhof wieder auftauchte.

Sein freundliches Gesicht hatte eine beruhigende Wirkung. Sofort berichtete ich ihm, was ich gesehen und gehört hatte. Bis ich zu der Stelle kam, als ich das Gefühl hatte, der Mann hätte mich bemerkt.

Carl schnalzte mehrmals tadelnd mit der Zunge, hob seinen Zeigefinger. »Wie heißt Lektion eins?«

»Ich nehme keinerlei Kontakt auf zu den Leuten der Vergangenheit. Ich mache sie nicht auf mich aufmerksam.«

»Richtig. Nicht berühren, nicht ansprechen, rufen, lachen oder eben auch nicht seufzen oder niesen. Wenn die Menschen, die du besuchst, feine Antennen haben, spüren sie sonst deine Anwesenheit. Das darf nicht sein. Nein, darf es nicht.«

Ich war zerknirscht, weil ich diese einfache Lektion nicht eingehalten hatte, mir wieder unwohl geworden war. Auch wenn es glücklicherweise nicht in Erbrechen und Ohnmacht geendet hatte. Carl hingegen hatte mein Fehlverhalten wohl längst abgehakt, denn er wechselte das Thema. »Was hältst du von meinem Großvater?«

»Er schien ein netter Mann gewesen zu sein. Er und seine Frau haben sich geliebt.«

»Ja.« Carl grinste versonnen. »Aber meine Geschwister und ich hatten Angst vor ihm, denn uns gegenüber war er immer äußerst streng und ernst. Deshalb mag ich diese Erinnerung so, jep, ich mag sie. Sie zeigt mir seine liebevolle Seite.«

Ich überlegte. »Dein Großvater sprach davon, den Ring verkaufen zu müssen, und dass sein Sohn ihn nie tragen würde.« Carl nickte ahnungsvoll, und ich fuhr fort. »Aber wieso hast du ihn dann?«

»Kluge Frage, kluges Kind«, lobte er. »Großvater musste den Ring doch nicht verkaufen. Er fand einen Partner, der Mitbesitzer des Geschäfts wurde und Geld hineinbutterte, eine Menge Geld. Ein Jahr später lief der Laden erfolgreich.«

Mich beschäftigte etwas anderes, was ich von Carl unbedingt erfahren wollte.

»Was passiert eigentlich mit mir hier, wenn ich in die Vergangenheit reise?«

Obwohl ich mich etwas ungenau ausgedrückt hatte, verstand er mich sofort.

»Nun, es kommt einem vor, als ob man minutenlang, manchmal sogar stundenlang fort ist von hier. Aber das stimmt nicht. Als du eben meinen Großvater besucht hast, warst du höchstens eine halbe Minute dort.«

»Und ... wie bin ich dann ... Wie sehe ich aus?«

Dumme Frage an einen Blinden, dachte ich sofort, aber Carl schmunzelte. »Bestimmt genauso hübsch. Als ob du mit offenen Augen träumst.«

Meine Verlegenheit über das Kompliment überspielend, fragte ich rasch weiter. »Sind es immer die gleichen Dinge, die man erlebt? Ich meine, siehst du dasselbe wie ich, wenn du den Ring berührst?«

Carl zwinkerte, wiegte den Kopf hin und her. »Mal so, mal so. Das, was du beschrieben hast, ist das Gleiche, was ich mit dem Ring erlebt habe. Ich hab' aber schon Dinge berührt, da sah ich beim zweiten oder dritten Mal was anderes.«

»Können wir beide zusammen reisen? Wenn wir gleichzeitig etwas berühren?«

»Nein. Das funktioniert nicht. Jeder von uns macht seine Erfahrungen allein.«

Er klopfte sich mit den Handflächen auf die Schenkel, wie um meine Fragerei zu beenden. »So, ein weiterer Ausflug?«

Ich überlegte, horchte in mich hinein. Ich fühlte mich gut. Das hatte Carl mir ebenfalls erklärt: ›Geh nur in die Vergangenheit, wenn du dich fit genug fühlst.‹ Ich sah auf die Haarschleife und den Füllfederhalter, die neben dem Ring in der Mitte des Tisches lagen.

»Was soll ich als Nächstes ausprobieren?«

Er spitzte den Mund, hob die Schultern und die Handflächen nach oben und ließ sie wieder sinken.

»Wonach dir ist.« Er lachte leise in sich hinein. »Beides aufregende Geschichten.«

Irgendwie sprach mich die Schleife aus schwarzem Samt an. Der Ring hatte einem Mann gehört. Das Haarband war garantiert von einem Mädchen. Was hatte es erlebt, was war ihm geschehen?

Carl bemerkte, wie sich meine Finger der Schleife näherten.

»Greif nicht ein«, glaubte ich noch zu vernehmen, ehe die Umgebung und alle Geräusche um mich herum verblassten und ich in den Tunnel der vollkommenen Dunkelheit eintauchte.

Ich fand mich auf dem Gehweg einer Straße mit zweistöckigen Backsteinhäusern wieder. Die Autos, die am Straßenrand parkten, hatten seltsame Formen, manche eine Art Flosse am Heck. Sie erinnerten mich an die Wagen aus den Fernsehserien, die vor meiner Geburt gedreht worden waren und die Granny so gerne schaute. Mein Blick schweifte weiter. Es schien früher Herbst zu sein, der Himmel war grau, die wenigen Bäume, die ich sah, hatten bereits einiges Laub verloren, das sich stellenweise auf dem Bürgersteig häufte. Eine Windböe ließ die gelben Blätter auffliegen, sie wirbelten kreisförmig über das Pflaster oder verfolgten einander in ziellosem Wettlauf vor dem Schaufenster eines Friseurs. Hinter der Glasfront sah ich eine Dame sitzen, die in einer Zeitschrift blätterte, während ihr Kopf unter einer riesigen Trockenhaube steckte. Sie war die einzige Kundin. Vor dem Geschäft entdeckte ich einen silbernen Zeitungsautomaten und trat vor dessen Glasscheibe.

The Summerville Gazette hieß das Blatt, das mir praktischerweise nicht nur den Ort des Geschehens, sondern auch das genaue Datum verriet: Es war der fünfzehnte Oktober 1963. Der Name der Stadt kam mir bekannt vor. Ich erinnerte mich daran, dass Summerville nicht weit von Charleston lag, und richtete meine Aufmerksamkeit wieder auf die Umgebung.

Nur wenige Menschen waren auf der Straße unterwegs, es wirkte, als wäre es recht früh am Morgen. Drei Mädchen erschienen in meinem Blickfeld. Sie liefen in einem Grüppchen den Bürgersteig entlang, waren etwa im selben

Alter wie ich, bekleidet mit Röcken in Bonbonfarben, die
knapp über dem Knie endeten, und dazu passenden Strick-
jacken. Eines der Mädchen trug sein blondes Haar offen,
ein Haarband hielt es ihm aus dem Gesicht. Die anderen
beiden hatten sich mit großen Schleifen Zöpfe gebunden.
Langsam näherte ich mich den Mädchen, betrachtete ihre
Hinterköpfe. War eine von ihnen die Besitzerin des schwarzen Samtstücks, das mich hergeführt hatte? Nein, stellte
ich nach genauer Betrachtung fest, die Schleifen sahen anders aus. Die Mädchen waren auf dem Weg zur Schule, alle
hatten lederne Ranzen auf dem Rücken.

Nun blieben sie vor dem Laden stehen, schienen auf etwas zu warten und unterhielten sich währenddessen, wobei
sie immer wieder in albernes Gelächter ausbrachen. Als eine von ihnen in meine Richtung blickte, hielt sie plötzlich
inne, stupste ihre Begleiterinnen an und wies auf mich. Alle
verstummten, wandten sich wie eine Einheit mir zu. Ihre
Mienen hatten sich mit einem Schlag verändert. Da war
nichts Albern-Fröhliches mehr, stattdessen zeigten ihre Gesichter Geringschätzigkeit und Verachtung, während sie
sich über den Gehweg auf mich zubewegten. Trotz ihres
puppenhaften Äußeren strahlten sie etwas Bedrohliches
aus.

Ich schluckte, blieb wie erstarrt stehen. Was sollte ich
jetzt tun? Wie hatten sie mich wahrgenommen? Absolut ge-
räuschlos hatte ich hier gestanden, mich kaum bewegt, nur
beobachtet. Mein Herzschlag beschleunigte sich, während
sie sich näherten. Wie in Zeitlupe trat ich einige Schritte
zur Seite, auf den Ladeneingang zu, um notfalls darin zu
verschwinden. Erst, als sie mich passierten – das blonde
Mädchen bewegte sich so nah an mir vorbei, dass ich ihre
langen Wimpern erkennen konnte –, wurde mir bewusst,
dass sie gar nicht auf mich zustrebten.

Ich wirbelte herum. Einige Meter hinter mir entdeckte

ich ein afroamerikanisches Mädchen in einem karierten Mantel, das krause Haar war zu einem straffen, französischen Zopf geflochten. *Sie* trug die schwarze Samtschleife! Ihre großen, braunen Augen sahen der Mädchenschar, die sie fast erreicht hatte, abwartend entgegen, in ihrer Hand hielt sie eine Schultasche.

»Talisha Freemann.« Die Blonde spuckte den Namen wie eine Beleidigung aus. »Du hast doch wohl nicht vor, gleich denselben Bus zu nehmen wie wir?«

Die drei hatten das Mädchen jetzt erreicht, umringten es. Ich konnte das als Talisha angesprochene Kind kaum sehen, denn sie war kleiner als die anderen, darum reckte ich den Hals.

»Hast du das verstanden? Wir sitzen nicht im Schulbus mit einer wie dir. Entweder nimmst du den nächsten oder du gehst zu Fuß.«

Talisha gab keine Antwort, ihre Miene zeigte Trotz.

»Bist du über Nacht verstummt, Niggermädchen?«, giftete die Blonde weiter, die die Anführerin der Gruppe zu sein schien. Schockiert hielt ich einen Moment den Atem an, biss mir auf die Unterlippe.

Nun antwortete Talisha etwas, jedoch so leise, dass ich es nicht verstehen konnte, weshalb ich mich vorsichtig näher heranschob.

»Wie bitte? Man kann dein jämmerliches Gestammel nicht hören. Oder habt ihr was mitgekriegt?«, wandte sich das blonde Mädchen an ihre Freundinnen.

»Nein. Sprich lauter, wenn du was zu sagen hast«, brachte sich jetzt die mit der blauen Schleife ein.

»Ich habe dasselbe Recht, mit diesem Bus zu fahren, wie ihr. Lasst mich endlich in Ruhe«, erwiderte Talisha.

»Uhh, sie meint, sie hat Rechte!« Die Blonde lachte ätzend, die beiden anderen fielen in das Lachen ein. »Weißt du, was mein Daddy sagt? Er sagt, es ist eine Schande, dass

Niggermädchen wie du jetzt unsere Schule besuchen und mit uns im Bus fahren dürfen. Er will im Stadtrat dagegen vorgehen.«

Ich war entsetzt über die Bösartigkeit der drei. Einiges lag mir auf der Zunge, was ich ihnen gerne an den Kopf geworfen hätte, doch ich riss mich zusammen. *Misch dich auf keinen Fall ein!*

»Du wirst jedenfalls nicht im Bus mitfahren, nicht heute und nicht morgen, gar nicht!«, zischte das andere Schleifenmädchen. Sie gab Talisha einen Schubs, der sie einen Schritt zurücktaumeln ließ. Wut und Fassungslosigkeit schäumten in mir auf. Drauf und dran, auf die Gruppe zuzustürmen, hielt ich mich dennoch zurück. Sah mich stattdessen um. Irgendjemand musste doch mitbekommen, was hier passierte, und eingreifen! Ein Mann, der in seinem parkenden Auto saß und am heruntergekurbelten Fenster eine Zigarette rauchte, beobachtete zwar die Szene, machte aber keine Anstalten, auszusteigen.

Auch die Frau unter der Trockenhaube wandte den Kopf, schaute dem Gerangel vor dem Schaufenster kurz zu, ehe sie sich wieder in ihre Zeitschrift vertiefte. Sonst war niemand zu sehen.

»Lasst mich in Ruhe!« Talishas Stimme war schriller geworden, ihre Selbstbeherrschung bröckelte.

»Dumme Niggergöre!« Es klang wie ein bösartiges Fauchen. Erneut versetzte ihr das Schleifenmädchen einen Stoß, diesmal heftiger mit beiden Handflächen, sodass Talisha stürzte. Beim Fallen entglitt ihr die Tasche, die sich öffnete, als sie auf den Boden auftraf. Schulbücher und Hefte rutschten über den Gehweg. Die Angreiferin gab einem Buch einen Tritt, es landete im Rinnstein. Die Blonde beugte sich über Talisha, ruckelte an ihrem Kopf herum. Dann streckte sie ihre Hand mit der schwarzen Haarschleife wie eine Trophäe in die Höhe, bleckte triumphierend ihre Zähne.

»Hol sie dir, Abschaum!«

Während sich Talisha aufrappelte, war ein laut brummendes Motorengeräusch zu vernehmen. Sofort ließ die Blonde das Haarband fallen. Der Schulbus hielt vor der Gruppe, der Fahrer öffnete die Vordertür.

Talisha klopfte sich Blätter vom Mantel, die Haare ihrer vorher so ordentlichen Frisur standen wirr in alle Richtungen. Ihre Augen blitzten voller Zorn, und sie sah aus, als ob sie auf die Mädchen losgehen wollte. Aber sie ballte nur ihre Fäuste und schrie: »Ihr und eure Daddys, ihr könnt mich kreuzweise!«

Der Busfahrer starrte sie entrüstet an, während die weißen Mädchen schockierte Mienen aufsetzten und, sittsam grüßend, einstiegen.

»Sie ist einfach auf uns losgegangen«, hörte ich eine von ihnen zum Fahrer sagen.

»Mäßige deinen Ton, Kind!«, schimpfte der von seinem Sitz zu Talisha herunter. »In meinem Bus wird sich benommen.« Er sah auf das Chaos auf dem Gehweg. »Wie gehst du denn mit deinen Schulbüchern um! Steh nicht herum, heb sie auf.«

Sie verharrte weiter stumm auf dem Bürgersteig, ihre Brust bebte.

»Was ist, willst du jetzt mitfahren oder nicht?« Noch immer reagierte sie nicht, aber durch eine Bewegung aufmerksam geworden drehten sie und ich gleichzeitig den Kopf. Sahen, dass die Blonde ihr von einem Fensterplatz aus höhnisch lächelnd mit den Fingerspitzen zuwinkte.

»Nein, danke, Mister, ich nehme den nächsten Bus.«

Damit wandte sie sich ab, um ihre Schulsachen einzusammeln, teilweise mit dem Mantelzipfel sauber zu wischen und in die Tasche zu packen. Der Fahrer schloss kopfschüttelnd die Tür und fuhr an, der Bus hustete eine stinkende Abgaswolke aus.

Als Letztes hob Talisha ihre Haarschleife auf, bürstete sie mit den Fingern ab und steckte sie in die Manteltasche.

Ehe sie und die Straße sich vor mir auflösten und ich den Weg zurück in die Gegenwart nahm, sah ich sie mit gerader Haltung am Straßenrand stehen, das Kinn gereckt. Etwas leuchtete aus ihrem Gesicht wie die Scherben eines zerbrochenen Spiegels.

Ich blinzelte, als ich in Carls Hinterhof die Augen öffnete, atmete durch. Nach wie vor war mein Puls leicht beschleunigt, hielt mich mein Ärger über das abscheuliche Verhalten dieser drei Mädchen und die Ungerechtigkeit, die Talisha widerfahren war, gefangen. Auch Enttäuschung über meine erzwungene Tatenlosigkeit. Nein, ich hätte ihr nicht helfen können, das war mir klar. Wir waren Beobachter, konnten nicht eingreifen, die Vergangenheit nicht ändern. Carl hatte mir das erklärt.

Endlich hatte ich mich wieder gefasst und blickte den alten Mann an. Er lächelte wissend.

»Das war gemein, oder?«, fragte er.

»War das damals so, dass niemand geholfen hat? Dass diese drei Zicken sich so mies benehmen durften?«

»In den meisten Fällen, ja, leider. Doch es hat sich im Laufe der Zeit einiges geändert. Auch hier im Süden.«

»Talisha, wer ist sie? Ich fand sie bewundernswert. Und am Schluss, da hat sie so geguckt ... Ich kann es gar nicht beschreiben.«

Carl lachte leise. »Eine gute Beobachterin bist du. Eine sehr gute. Talisha ist meine jüngste Nichte. Dieser Morgen ihres Lebens hat sie geprägt. Das hat sie mir einmal erzählt. Darum hat sie zur Erinnerung die Haarschleife behalten, sie aber nie wieder getragen. Nie wieder. Später durfte ich sie haben.« Carl strich mit den Fingerspitzen über den Samt. »An diesem Tag beschloss sie, fleißig zu lernen und hart zu arbeiten, damit sie College und Universität besuchen kann, um Jura zu studieren. Um sich für Recht und Ordnung einzusetzen. Sie hat es geschafft. Sie ist vor einem Jahr die jüngste afroamerikanische Bezirksstaatsanwältin unseres Countys geworden. In ihren Kreisen nennt man sie eine knallharte Nuss. Sie ist hart, aber gerecht. Ich bin sehr stolz auf sie.«

Ich rechnete kurz nach. 1963 war sie etwa in meinem Alter gewesen. Dann musste Carls Nichte heute eine Frau von siebenundzwanzig Jahren sein.

»Aber sie hat auch eine weiche Seite. Die zeigt sie nur nicht jedem. Alle zwei Wochen besucht sie mich und bringt mir meine Medikamente, obwohl sie wenig Freizeit hat.«

In diesem Augenblick öffnete sich die Tür, und Granny trat in den Hof. Sie kam auf uns zu, zwei braune Papiertüten in den Händen. »Da bin ich wieder. Störe ich euch?«

»Nein, nein, Missus Mathilda, wir sind fertig für heute.«

»Das ist für Sie, Carl. Ein kleiner Dank für Ihre Hilfe.« Sie stellte eine der Tüten vor ihm auf den Tisch. Andere Menschen, die ich kannte, hätten mit der Floskel ›Das wäre doch nicht nötig gewesen‹ oder ähnlich geantwortet. Nicht so Carl. Er lachte auf wie ein kleiner Junge an Weihnachten, klatschte einmal in die Hände und wackelte dann lustig mit den braunen Fingern, ehe er in die knisternde Tüte griff. Nacheinander holte er Tee, Schokolade und eine verpackte Gebäckschachtel hervor, betastete vorsichtig die Präsente und schnupperte daran. Benannte genau, was es war, bis zum Aroma des Tees und der Sorten der Süßigkeiten.

»Danke.« Er lächelte meine Großmutter breit an.

»Wir haben zu danken.« Sie reichte ihm ihre Hand zum Abschied, die er mit seinen beiden schüttelte.

»Kommt doch morgen wieder. Ich hab’ Zeit, viel Zeit. Und, Abby«, wandte er sich an mich, »vergiss nicht, was du heute gelernt hast.«

Ich versprach es und umarmte ihn kurz, ehe wir uns auf den Heimweg machten.

Eine Menge hatte ich allein an diesem einen Nachmittag verinnerlicht. Und das Wissen vertiefte sich bei den folgenden Treffen. In den nächsten Ferien, die ich bei Granny verbrachte, stattete ich Carl weitere Besuche ab und schloss den alten Mann immer mehr in mein Herz. Er hatte mir die Angst genommen, indem er mir zeigte, wie ich mich ›normal‹ im Alltag bewegen konnte. Endlich begann ich, Freude an meiner, nein, unserer besonderen Gabe zu empfinden, und entdeckte die unzähligen historischen Möbel und Gegenstände in Grannys Villa auf eine neue, faszinierende Weise. Ich erlebte, wie wundervoll und aufregend die Ausflüge in die Vergangenheit waren, bedauerte nur, dass jeder von uns immer allein reisen musste.

Dafür war ich dem alten Mann dankbar und bin es bis heute, obwohl so viel Zeit verstrichen ist. Auf die Frage, woher sie Carl kenne, der die gleiche seltene Gabe besaß wie ich, antwortete mir Granny, sie habe ihn gesucht und schon vor langer Zeit kennengelernt. Es habe mit Elizabeth zu tun gehabt. Aber mehr wollte sie dazu nicht sagen, und wie immer, wenn das Gespräch auf ihre Schwester kam, zeigte sie sich verstockt.

Mom und Dad erzählte ich weder von meiner Fähigkeit noch von den Treffen mit Carl, und als ob Großmutter und ich eine geheime Absprache hätten, schwieg auch sie darüber. Tatsächlich befürchteten wir beide, meine Eltern würden uns für verrückt erklären und mir die Besuche bei Carl – oder schlimmstenfalls gar bei Granny – verbieten. Denn sie waren äußerst bodenständige, fantasielose Menschen, in keiner Weise offen für Übersinnliches. Nicht rational Erklärbares lehnten sie strikt ab. Selbst meiner besten Freundin Maylin vertraute ich das Geheimnis nicht an. Granny riet mir davon ab. Sie erklärte, dass Maylin zu jung wäre, um es zu verstehen, ich sie damit ängstigen könnte. Somit hüteten wir unser Geheimnis.

Trotz der tiefen Erkenntnisse, die ich in den nächsten Jahren für mich erlangte, und des Glücks, das mir die Reisen in die Vergangenheit bedeuteten, gab es etwas, das an mir nagte: die Tatsache, dass Granny Fragen nach Elizabeth auswich. Ich spürte die tiefe Traurigkeit, die sie jedes Mal erfasste, sobald ich nur deren Namen erwähnte. Stets fand sie Ausreden, um nicht von ihrem Schicksal zu erzählen, oder sie vertröstete mich auf später, bis ich irgendwann aufhörte, nach ihrer Schwester zu fragen.

Dann geschah etwas, was mich dazu brachte, Granny seltener zu sehen, nicht mehr wochenlang die Ferien bei ihr zu verbringen. Im Jahr 1985 lernte sie auf einer Charity-Gala einen gewissen Raymond Spencer kennen, einen älteren Finanzmagnaten, der vor Jahren sein Firmenimperium verkauft hatte. Er war der Veranstalter und zudem Vorsitzender der Stiftung, die an dem Abend Spenden für bedürftige Kinder in Guatemala sammelte. Granny zeigte sich äußerst beeindruckt von diesem Mr. Spencer sowie von dessen wohltätigem Engagement. Sie war so fasziniert, dass sie nicht nur großzügig spendete, sondern sich auch öfter mit dem Mann traf und ihn sogar mehrmals nach Guatemala begleitete, um sich selbst einen Eindruck von der Lage dort zu machen. Sie stellte ihn mir vor, als ich zu Besuch in Charleston weilte. Er war ein silberhaariger Mann in Maßanzug mit Seidenhalstuch, der beim Lächeln für meinen Geschmack zu viele falsche Zähne enthüllte. Ich mochte ihn nicht. Das lag – zugegebenermaßen – vor allem daran, dass ich vom ersten Augenblick an eifersüchtig auf die Aufmerksamkeit war, die Granny ihm schenkte. Darauf, wie sie an seinen Lippen hing, ihn bewundernd anblickte. In gänzlich anderem Tonfall mit ihm sprach oder lachte, als ich es von ihr kannte. Doch vor allem störte mich, dass sie meine Anwesenheit kaum wahrzunehmen schien, wenn Mr. Spencer zugegen war. Zumindest empfand ich es so.

Gemeinsam nahmen sie im Jahr darauf ein weiteres Hilfsprojekt in Angriff. Sie wurden kein Paar, zum Glück, aber sie waren sich äußerst freundschaftlich zugeneigt, verbunden im Interesse, die Welt ein Stück besser zu machen. Granny lud mich immer wieder ein, sie und Mr. Spencer bei ihren Reisen zu begleiten. Aber ich lehnte jedes Mal ab, fühlte mich irgendwie fehl am Platz zwischen diesen beiden älteren Menschen, ihrer wachsenden Vertrautheit. Es versetzte mir einen Stich, dass ich – wenn Raymond Spencer in der Nähe war – nicht mehr ihre Nummer eins zu sein schien, wenngleich das nicht stimmte.

Aber auch wenn meine Besuche bei ihr mit den Jahren weniger wurden und kürzer ausfielen, zumal ich als Teenager mehr Zeit mit Freunden verbrachte, blieb Großmutter der wichtigste Mensch auf der Welt für mich.

3
Harrison High School 1986

Über meine drei Schuljahre nach der Grundschulzeit gibt es nichts Spannendes zu berichten. Ich war stets eine fleißige, aber unauffällige Schülerin. Interessanter wurde es erst auf der Highschool. Ich weiß noch, wie aufgeregt ich vor dem ersten Schultag an der *Harrison High* war. Ich würde die Schule unseres Detroiter Vorortes Farmington Hills besuchen. Ihre Kanzlei hatten meine Eltern in Downtown Detroit, wir wohnten aber im beschaulichen Farmington Hills, in einem für uns drei zu großen Bungalow. Um die Sauberkeit im Inneren des mit klaren Linien eingerichteten Hauses – das im absoluten Gegensatz zu Grannys altmodischer, mit Möbeln, Bildern und Nippes vollgestopfter Villa stand – kümmerte sich unsere Haushälterin Mrs. Fuller. Praktischerweise erledigte die patente Frau neben der Hausarbeit auch die Einkäufe, kochte, vereinbarte für mich Vorsorgetermine bei Ärzten, zu denen sie mich kutschierte, und hatte sich im Laufe der Jahre für meine Eltern unentbehrlich gemacht.

Mom und Dad waren Perfektionisten, Leistung und Ansehen bedeuteten ihnen viel. Hin und wieder erhielten sie Besuch von Klienten, mit denen sie beim Dinner Fälle und anstehende Prozesse besprachen. Von mir wurde dann erwartet, die wohlerzogene Tochter aus gutem Hause zu spielen, die ich ja meistens ohnehin war, ehe ich mich in mein Zimmer zurückziehen durfte und die Erwachsenen ihren juristischen Gesprächen überließ.

Die Sommerferien, die bis Anfang September dauerten, waren für mich dieses Jahr wie im Flug vergangen. Meine beste Freundin Maylin Wong, die im Nachbarhaus wohnte, zeigte sich ebenso aufgekratzt wie ich. Im Schneidersitz saßen wir uns an diesem letzten Feriennachmittag auf meinem Bett gegenüber. Immer wieder zwirbelte Maylin ihr glattes, schwarzes Haar um den Zeigefinger, redete wie ein Wasserfall über die neue Schule. Wusste sie doch einiges zu berichten, denn ihre ältere Schwester Lee besuchte die *Harrison High* seit zwei Jahren. Lee würde uns morgen früh zum Sekretariat bringen und uns alles zeigen, wie mir Maylin versicherte. Ein beruhigender Gedanke, denn für mich, die große Veränderungen nicht so gelassen verdaute wie die quirlige Maylin, hörte sich das viele Neue erst mal verunsichernd an. Aber meine Freundin beschäftigten gerade gänzlich andere Dinge als mich.

»Ich bin so gespannt auf die Jungs!«, sagte sie. »In der alten Schule hat ja leider keiner angebissen.« Sie zog einen Schmollmund, der in ihrem hübschen Mondgesicht niedlich aussah, und blies sich die Ponyfransen aus der Stirn. »Neue Schule, neues Glück. Verlieb dich auch endlich mal, Abby. Damit ich dir Tipps geben und dich trösten kann, wenn du Liebeskummer hast.«

Ich lachte. Maylin und Tipps in puncto Liebe, dachte ich. Sie hatte zwar häufiger heftig für einige Jungen geschwärmt, sich mehrfach in meinen Armen die Augen ausgeheult, aber – genau wie ich – bislang nicht ein einziges Date gehabt. Das schmierte ich ihr jetzt jedoch nicht aufs Brot.

»Stell dir vor, Mom und Dad hätten mich auf diese Privatschule geschickt«, wechselte ich das Thema. Kurz zogen mir die anstrengenden Diskussionen mit meinen Eltern durch den Kopf. Sie hatten meinem Wunsch, die öffentliche *Harrison*-Schule zu besuchen, erst spät nachgegeben.

»Cool, dass wir beide zusammenbleiben«, schloss ich diesen Gedanken ab.

»Oh mein Gott, ja!« Maylin riss übertrieben weit ihre Mandelaugen auf. Dann sah sie mich gespielt ernst an und raunte: »Aber nichts ist cooler als die gangsterähnliche Haltung meiner Oma, wenn sie mir Geld zusteckt!«

Wir lachten. Meine Freundin besaß ein schier unerschöpfliches Repertoire an Sprüchen, um das sie jeder Komiker beneiden konnte. Als ein Nachmittagsangebot hatte sie den Theaterclub gewählt, das passte.

»Von dir getrennt zu sein, das hätte ich nicht überlebt«, fuhr sie fort. »Und du auch nicht, bei diesen Snobs in der Privatschule. Wahrscheinlich hättest du mich nach einer Woche mit den eingebildeten Fratzen schon nicht mehr gegrüßt.«

»Quatsch, May. Niemals! Du wirst immer meine beste Freundin sein.« Wir überkreuzten unsere Zeigefinger, wie wir es seit der Grundschulzeit stets taten, wenn wir von unserer Freundschaft sprachen.

Maylin umarmte mich fest, und mir stieg der vertraute Duft ihres Apfelshampoos in die Nase.

»Ich muss wieder rüber. Hab' meiner Mutter versprochen, ihr beim Großeinkauf zu helfen. Wenn ich sie zum Supermarkt bei den Klamottenläden lotse, fällt garantiert was Nettes für mich ab.« Sie grinste. »Danach werde ich stundenlang vor meinem Kleiderschrank stehen und überlegen, was ich morgen anziehe. Wir holen dich ab!«

Damit sprang sie auf, warf mir eine Kusshand zu und verließ mein Zimmer. Ich hörte sie die Treppe hinabspringen und meinen Eltern artig »Auf Wiedersehen, Mr. und Mrs. Hill« zurufen, ehe die Haustür hinter ihr ins Schloss fiel und ich mit meinen Gedanken an den morgigen Tag allein zurückblieb.

Auch wenn ich nicht so modebewusst war wie Maylin,

frisierte ich mich am nächsten Morgen mit mehr Sorgfalt als sonst, wählte meine beste Jeans und ein neues Oberteil aus und legte, was ich selten tat, etwas Wimperntusche auf. Einigermaßen zufrieden musterte ich mein Spiegelbild.

Als ich mit meinem Schulrucksack die Küche betrat, saßen Mom und Dad wie immer mit ihrem zweiten oder dritten Kaffee auf den Hockern an der Theke, sie frühstückten nie vor der Arbeit. Selbst so früh am Tag wirkten beide stets elegant und frisch poliert wie feinstes Glas.

Auf mein »Guten Morgen« hin murmelte Dad etwas kaum Verständliches in meine Richtung, ohne den Blick von der Zeitung zu heben. Mom hatte mir wie an jedem Schultag ein Sandwich zubereitet, checkte jetzt ihren Terminkalender. Ich verspeiste mein Frühstück. Gesprächig waren meine Eltern um diese Zeit nie, und ich respektierte das, ließ sie in Ruhe.

Als es an der Tür läutete, schulterte ich den Rucksack.

Mom warf einen Blick auf ihre Armbanduhr. »Wie immer pünktlich, die Wong-Mädchen. Ich wünsche dir einen erfolgreichen ersten Schultag.«

Ich schnappte mir meine Jacke vom Haken und verließ das Haus.

Maylin hatte sich gewaltig aufgedonnert, sogar Lipgloss und Lidschatten aufgelegt. Sie begann sofort zu schwatzen, nachdem wir uns begrüßt hatten. Wie so oft wurde mir wieder bewusst, wie unterschiedlich die Wong-Schwestern waren. Während Lee ein ernsthaftes, fast zengleiches Temperament und die hagere Figur einer Marathonläuferin besaß, war die rundliche Maylin ständig in Bewegung und eine äußerst neugierige Frohnatur, die es liebte, Sprüche zu reißen und Klatsch auszutauschen. Ihr loses Mundwerk hatte sie schon öfter in Schwierigkeiten gebracht. Aber wer sie näher kannte, wusste, dass sie ihr Herz am rechten Fleck trug.

Während wir auf den Schulbus warteten, bestritt Maylin den Löwenanteil des Gesprächs, wobei sie mit viel Mimik und Gestik teils so lustige Sachen erzählte, dass ich lauthals lachen musste. Im Bus unterhielt sie mich weiter mit witzigen Vermutungen, was heute, am ersten Tag, alles passieren könnte. »Wenn wir Geschichte haben, sollte ich aufstehen und zum Lehrer sagen: ›Sie müssen lernen, loszulassen. Sie können nicht nur in der Vergangenheit leben.‹«

Ich prustete los. Lee ermahnte uns, die Lautstärke zu drosseln. Maylin und ich grinsten uns an.

»Ich meine es ernst«, wies Lee ihre Schwester scharf zurecht, als die das Feixen nicht ließ. »Reiß dich in der Schule ein bisschen zusammen. Ich will nicht, dass die anderen denken, meine kleine Schwester ist eine alberne Gans.« Ein hintergründiges Lächeln umspielte ihre Lippen, als sie nachsetzte: »Jungs stehen nicht auf alberne Gänse.«

Dies hatte endlich die erwünschte Wirkung. Sofort stellte Maylin ihr Quasseln ein. Die restliche Fahrt senkten wir unsere Stimmen, was Lee zufrieden aus dem Fenster blicken ließ.

Der erste Eindruck, den ich von der *Harrison High School* bekam, war enttäuschend. Mehrere Gebäude standen auf dem Gelände, allesamt quaderförmige, graue Betonbauten mit langen Fensterfronten. Da der Himmel heute mit Wolken verhangen war, wirkte die Anlage besonders düster.

Während wir Lee in Richtung Haupteingang folgten, nahm ich wahr, wie groß auch die Zahl der Schüler war, die von allen Seiten auf das Hauptgebäude zustrebten, sich lautstark begrüßten oder lachend in kleinen Grüppchen zusammenstanden.

Lee führte uns durch eine überfüllte Halle in Richtung eines Flurs. Sie hob ihre Stimme in dem allgemeinen Lärmen etwas an, damit wir sie verstanden.

»Ich bringe euch jetzt zum Sekretariat, dort bekommen die Neuen ihre Stundenpläne. Danach zeige ich euch, wo ihr zuerst hinmüsst.«

Sie eilte voraus, und wir folgten ihr wie Entenküken ihrer Mutter.

»Los, weiter jetzt«, drängte Lee, nachdem wir Stundenpläne und Spindschlüssel erhalten hatten. »Ich möchte pünktlich in den Unterricht kommen.«

Maylin verdrehte hinter ihrem Rücken die Augen und flüsterte: »Elende Streberin!«, was mich grinsen ließ.

Unsere Spinde befanden sich auf demselben Flur. Lee wies mich an, nicht benötigte Sachen in meinen zu packen. Sie blieb bei Maylin stehen, während ich rasch fündig wurde und den Schlüssel ins Schloss steckte. Als ich ihn herumdrehte, überwältigte es mich. Es passierte derart überraschend, dass mir der Atem stockte. Fassungslos klammerte ich mich an der Tür fest, während mir schwindelig wurde und Kälte und Hitze gleichzeitig in mir aufstiegen. Darauf war ich überhaupt nicht vorbereitet gewesen, hatte keinen Schirm gebildet! Dies war kein altes, geschichtsträchtiges Gebäude, der Schrank konnte höchstens fünfzehn Jahre alt sein, denn die Schule war in meinem Geburtsjahr erbaut worden.

Warum geschah es dann? Lag es an der Aufregung und dem Schlafmangel? Für die trainierten Abwehrmechanismen war es zu spät, das spürte ich.

All das schoss mir in Sekundenschnelle durch den Kopf, während der Schulflur und die Schüler vor meinen Augen verschwammen und das Stimmengewirr um mich herum verblasste. *Nein, nicht hier*, war mein letzter Gedanke, ehe die Finsternis mich wie ein schwarzer Teich verschluckte.

Während sich die neue Umgebung in ein scharfes Bild verwandelte, richtete ich meinen Willen darauf, so schnell wie möglich in die Gegenwart zurückzukehren. Mit einem

Blick nahm ich wahr, dass ich mich im gleichen Schulflur aufhielt.

Ich zuckte zusammen, als unvermittelt ein komplett in schwarz gekleidetes Mädchen neben mich trat. So nah, dass unsere Arme sich in der Realität fast gestreift hätten. Daher wich ich ein kleines Stück zurück, stand nun eine Armlänge von ihm entfernt und betrachtete es von der Seite. Das Mädchen besaß einen voluminösen Körper, es bebte und atmete schnaufend, ehe eine Art Ächzen seine Kehle verließ. Lange Haarsträhnen hingen ihm ins Gesicht, als ob es sich dahinter versteckte. Die tiefe Traurigkeit, die das Mädchen ausstrahlte, ließ mich in meinen Rückkehrbemühungen innehalten.

Jetzt zog es die Tür des Spinds auf, der in der Gegenwart meiner war, und ich sah, dass irgendjemand mit einem roten Stift ›Fatty-Patty = dickes Schwein, oink, oink‹ darauf geschmiert hatte. Wie gemein!

Ein gehässiges Kichern lenkte meine Aufmerksamkeit auf eine Schülergruppe uns gegenüber. Zwei Mädchen und zwei Jungen, etwas älter als ich, starrten in unsere Richtung. Einer der Jungs zog sich mit dem Zeigefinger die Nase hoch und grunzte, was seine Begleiter auflachen ließ. Dann sagte er laut: »Gleich zwölf Uhr, Fatty-Patty, dann heißt es ordentlich Futter fassen am Trog in der Kantine.«

Ihr fieses Verhalten machte mich wütend, am liebsten hätte ich den Idioten zugerufen: ›Lieber ein paar Kilos zu viel als zu wenig Gehirnzellen im Kopf!‹

Pat – ich vermutete zumindest, dass sie so hieß – atmete schwer aus, dann knallte sie die Tür ihres Spindes zu, brauchte zwei Anläufe, um ihn mit zitternden Fingern zu verschließen. Ohne die Gruppe anzusehen, wandte sie sich ab und schlurfte in Richtung Mädchentoilette. Ihre Oberschenkel waren so dick, dass sie bei jedem Schritt aneinander rieben, was ihr einen watschelnden Gang verlieh.

Sie tat mir leid. Vermutlich war das heute nicht das erste Mal, dass sie derartige Schikanen über sich ergehen ließ. Und sie waren noch nicht fertig mit ihr.

»Jetzt muss Schweinchen Dick erst mal 'nen Haufen setzen, aber einen riesigen!«, rief ihr der andere Junge hinterher, was die Gruppe zu einer erneuten Lachsalve veranlasste.

Pat verschwand in der Toilette. Ich war derartig entsetzt über solche Bosheit, dass es mir die Kehle zuschnürte und ich die Hände zu Fäusten ballte. Ohne nachzudenken, folgte ich ihr durch die Tür, ehe diese wieder zuschwang.

Sie stand allein vor einem der Waschbecken. Zum ersten Mal konnte ich ihr Gesicht sehen, im Spiegel. Von Tränen verlaufene, schwarze Schminke war über ihre Hamsterbacken gelaufen, rotgefleckt war ihre Haut. Mit beiden Händen umklammerte sie das Waschbecken, starrte traurig und hasserfüllt zugleich ihr Spiegelbild an. Dann zog sie – langsam wie in Zeitlupe – etwas aus der Tasche ihrer Kapuzenjacke, betrachtete es. Obwohl es klein war, erkannte ich sofort, worum es sich handelte, und zuckte zusammen, mein Puls beschleunigte sich. Sie hielt ein Päckchen Rasierklingen in ihrer Hand! Ihr Blick wurde stumpf, als sie ihre Finger um die kleine Schachtel schloss und direkt an mir vorbei auf eine der Toilettenkabinen zuging, darin verschwand und sie verriegelte. Ich konnte mich im letzten Moment bremsen, gegen die Tür zu hämmern, sie zu bitten, herauszukommen. Zu ihr zu sprechen. Verflucht, warum musste ich das alles sehen, ohne dass ich in der Lage war, Schlimmes, nein, in diesem Fall womöglich das Schlimmste zu verhindern! Mein Herzschlag raste, pochte unangenehm in Brust und Ohren, als das vertraute Schimmern einsetzte, die Mädchentoilette zum Zerrbild wurde und ich durch die Schwärze entschwand.

Dumpf, wie aus weiter Ferne, drang mein Name an mein

Gehör. Ich musste mich von meinem Wohlfühlort losreißen, was mir erst gelang, als mir schlagartig klar wurde, wo ich mich in diesem Moment befand: im Schulflur, auf den kalten Fliesen liegend, und das an meinem ersten Tag.

Mein Seh- und Hörvermögen schärfte sich, aber erst, als ich endgültig im Hier und Jetzt ankam, erkannte ich die besorgten Gesichter von Maylin und Lee, die sich über mich beugten.

»Na endlich, da bist du ja wieder«, sagte Maylin erleichtert. »Kannst du aufstehen?«

Sie ergriff mich am Arm, und ich rappelte mich mit ihrer Hilfe hoch, guckte mich verstohlen um. Einige Schüler waren stehen geblieben und starrten zu mir herüber. Zwei Mädchen schienen über mich zu tuscheln. Ich fühlte, dass ich errötete. *Spitzen-Auftritt, wie peinlich.* Hoffentlich merkte sich keiner der Beobachter mein Gesicht. Inzwischen, da es nichts Dramatisches mehr zu sehen gab, setzten die Gaffer ihren Weg fort. Meine Freundin umarmte mich fest.

»Du hast mich erschreckt! Hast mindestens zwanzig Sekunden da auf dem Boden gelegen, mit offenen Augen, aber nicht ansprechbar, gruselig!«

Nach wie vor etwas benommen, riss ich mich zusammen, hob meinen Rucksack auf und straffte die Schultern. »May, schließt du bitte den Spind für mich ab?«

Auf keinen Fall wollte ich den noch einmal berühren. Dankbar nahm ich zur Kenntnis, dass sie meiner Aufforderung folgte und mir den Schlüssel in die Jackentasche steckte. Später würde ich bei den Sekretärinnen um einen anderen Spind bitten.

»Wenn du in Ordnung bist, sollten wir uns jetzt sofort auf den Weg machen. Ich hasse es, unpünktlich zu sein«, vernahm ich Lees Stimme. Sie musterte mich prüfend, voller Ungeduld. Dann fügte sie in ihrer trockenen Art hinzu: »Lass dich mal auf Epilepsie untersuchen.«

Ganz bestimmt nicht, dachte ich und antwortete: »Nein, alles bestens, war nur die Aufregung.«

Lee eilte uns voraus durch das Labyrinth der Korridore.

Obwohl mich amerikanische Geschichte brennend interessierte und mein Lieblingsfach war, hatte ich Mühe, jetzt den Worten unseres Lehrers Mr. Foster zu folgen. Nachdem er uns angewiesen hatte, an den Einzeltischen Platz zu nehmen, war er sofort in den Unterricht eingestiegen. Er war ein lebendiger Redner, doch immer wieder schweiften meine Gedanken zu dem heutigen Trip, der mich vollkommen überrumpelt hatte. Mir war nicht klar, wie es hier, in diesem recht neuen Schulgebäude, hatte passieren können. Das beunruhigte mich. Bisher hatte ich nur mit Hilfe älterer Gegenstände die Vergangenheit besucht. Zukünftig würde ich vorsichtiger sein müssen.

Ich nahm mir vor, möglichst bald mit Carl Kontakt aufzunehmen. Ich hatte den alten Mann lange nicht mehr gesehen oder gesprochen und hoffte, dass er mir eine Erklärung geben konnte. Ferner kreisten meine Gedanken um die bedauernswerte Pat oder Patricia, die vor einiger Zeit die *Harrison High* besucht hatte und so fürchterlich gemobbt worden war. Ihr grausames Schicksal ließ mir keine Ruhe. Ich musste herausbekommen, ob sich das arme Mädchen tatsächlich umgebracht hatte, und schauderte bei dem Gedanken. Etwas derartig Schockierendes hatte ich bisher noch nie bei einem Besuch in der Vergangenheit erlebt.

Während Mr. Foster über den amerikanischen Bürgerkrieg referierte, überlegte ich mein weiteres Vorgehen. Ich würde die Lunchzeit verkürzen und Maylin irgendeine Ausrede erzählen, warum ich etwas ohne sie zu erledigen hatte. In der Zeit konnte ich die Bibliothek aufsuchen, wo es garantiert Ausgaben der örtlichen Tageszeitung gab, auch der letzten Jahre. Vielleicht würde ich hier fündig werden.

Mit diesem Plan im Kopf gelang es mir endlich, mich auf

den Lehrer und die Scharmützel der Nord- und Südstaatler zu konzentrieren und mich sogar mündlich einzubringen.

Nach dem zweiten Block – dem unglaublich langweiligen, aber anstrengenden Mathematikunterricht bei der vertrocknet wirkenden Lehrerin Miss Finch – ertönte um Punkt zwölf Uhr das Signal, das den Beginn der Mittagspause einläutete. Mit der Unterrichtsruhe war es schlagartig vorbei. Alle Schüler packten sofort ihre Sachen ein und standen auf. Trotz des allgemeinen Aufbruchs redete Miss Finch unbeirrt mit monotoner Stimme weiter, obwohl ihr keiner mehr zuhörte. Mathe würde kein Lieblingsfach von mir werden …

Maylin und ich strebten zur Kantine und stellten uns in die Schlange bei der Essensausgabe.

Nachdem wir mit gefüllten Tabletts bewaffnet zwei Plätze ergattert hatten, plauderte meine Freundin über ihre ersten Eindrücke. Natürlich fehlte nicht die Bewertung der bisher in Augenschein genommenen Jungs. Ich hörte ihr nur mit halbem Ohr zu, während ich meine Pommes in die Mayonnaise stippte und aß, ohne etwas zu schmecken.

Auf irgendeine Weise musste ich sie gleich unauffällig loswerden. Wo steckte nur Lee? Wir hatten verabredet, uns zum Mittag hier zu treffen. Ich mochte Maylin nicht allein hier sitzen lassen und verschwinden. Oder war das gar nicht nötig? Konnte sie mich in die Bibliothek begleiten, während ich meine Nachforschungen anstellte? Doch welchen Grund sollte ich ihr nennen, warum ich alte Zeitungsartikel nach einer vermeintlichen Selbstmörderin an dieser Schule durchforstete?

Zum wiederholten Mal spielte ich mit dem Gedanken, Maylin einzuweihen, dass ich diese besondere Gabe besaß. Es wäre so erleichternd, mich meiner besten Freundin endlich zu offenbaren. Sie kannte mich so lange, und niemand so gut wie sie. Aber wie würde sie mit dem umgehen, was ich ihr über mich berichtete? Sie würde mich nicht für verrückt erklären, nein, das nicht, aber ich wusste, während ich auf ihren hübschen, plappernden Mund starrte und ihr inzwischen gar nicht mehr zuhörte, dass es unklug wäre, sie ins Vertrauen zu ziehen. Weil sie – wahrhaft eine Plaudertasche – oft unbedachte Äußerungen von sich gab und mein Geheimnis höchstwahrscheinlich nicht sicher war bei ihr. Ich musste daher einen Weg finden, sie gleich für den Rest der Mittagspause loszuwerden, auch wenn ich mir wie eine Lügnerin und miese Freundin vorkam.

»He, du hörst mir ja gar nicht zu.« Maylins Stimme riss mich aus meinen Grübeleien. »Ich habe eben eine oscarreife Parodie von Miss Finch gegeben, und du starrst auf den Tisch.«

»Verzeih, ich war in Gedanken. Der erste Tag ist doch anstrengender als gedacht.«

Sie legte ihre Hand auf meine. »Ist dir etwa wieder übel? Soll ich fragen, wo das Krankenzimmer ist? Nicht, dass du gleich wieder umkippst.«

Die ehrliche Besorgnis in ihren dunklen Augen rührte mich, und ich fühlte mich noch mehr wie eine Verräterin.

In diesem Moment trat Lee an unseren Tisch und löste, ohne es zu wissen, mein Problem.

»Wollt ihr meine Clique kennenlernen? Dann setzt euch den Rest der Pause zu uns.« Sie hielt den Zeigefinger in Richtung ihrer Schwester. »Aber du benimmst dich, damit ich das nicht bereuen muss.« Maylin nickte und erhob sich. Die Vorfreude auf neue Kontakte, vor allem mit älteren Jungs, war ihr deutlich anzusehen. Das war meine Gelegenheit, zu verschwinden.

»Ich will mir die Bibliothek anschauen, wenn das in Ordnung für euch ist.«

Lee, die beflissene Schülerin, nickte, schien das nicht ungewöhnlich zu finden. Mit ihrer Schwester im Schlepptau kehrte sie zu ihren Freunden zurück, und ich machte mich auf den Weg zur Bibliothek.

Wie alles hier besaß sie immense Ausmaße, als ich meinen Blick über die Vielzahl der hohen, mit Literatur gefüllten Regale, die Lesetische und Nischen gleiten ließ. Ich strebte sofort auf den Tisch der Bibliothekarin zu, die, eine Lesebrille auf der Nase, irgendwelche Formulare ausfüllte. Ein kleines Schild auf ihrem Pult verriet mir, dass sie Mrs. Ashton hieß.

»Guten Tag, Mrs. Ashton. Mein Name ist Abigail Hill, ich habe heute meinen ersten Tag.«

Sie hob den Blick, sah mich über den Brillenrand hinweg freundlich an.

»Herzlich willkommen, Abigail. Wie kann ich dir helfen?«

Ich beschrieb ihr, was ich suchte, wich bei der Begründung aber von der Wahrheit ab, indem ich behauptete, es sei für ein Referat über Mobbing und selbstmordgefährdete Jugendliche und solle einen Bezug zum Ort und der Schule haben.

»Oh, das ist aber recht harte Kost für deine erste Arbeit hier.«

In Mrs. Ashtons Stimme schwang leichter Tadel. Ich war froh, dass sie nicht den Namen der Lehrkraft wissen wollte, die mir als Neuling dieses belastende Thema aufgedrückt hatte.

Sie erhob sich und erklärte: »Zeitungen gehören zum Material, das nicht entleihbar ist und das wir Angestellten euch aus dem Archiv holen. Es dauert einen Augenblick.«

Mit zackigem Schritt entfernte sie sich.

Während ich wartete, sah ich mich um. Nur wenige Schüler hielten sich zur Mittagszeit in der Bibliothek auf, die meisten waren beim Essen.

Mein Blick blieb auf zwei Jungen hängen, die an einem Fenstertisch zwischen Büchern und Unterlagen saßen und mit gedämpften Stimmen, aber angeregt miteinander sprachen. Beide waren zwei, drei Jahre älter als ich. Der eine hatte sonnengebleichte, strubblige Haare, die einen attraktiven Kontrast zu seiner gebräunten Haut bildeten. Der andere war eher ein dunkler Typ.

Als der Blonde den Kopf hob und leise lachend in den Nacken warf, konnte ich meine Augen nicht mehr von seinem hübschen Profil abwenden. Seine Haltung, seine Bewegungen, selbst kleine Gesten waren lässig, fast katzenhaft. Er sah aus, als ob er viel Sport im Freien trieb. Das verrieten mir auch die muskulösen Arme, die aus dem T-Shirt lugten. Jetzt nahm ich seine weißen Zähne wahr, die süßen Grübchen, die sich bildeten, wenn er lächelte. Welche Augenfarbe er wohl hatte? Ich spürte ein leichtes Flattern in der Magengegend und schaute rasch weg, als er den Kopf in meine Richtung wandte, nur um kurz darauf wieder unauffällig zu den beiden Jungen hinüberzustarren.

In diesem Moment lenkte mich Mrs. Ashton ab, die mit einigen großen, gebundenen Ausgaben des *Farmington Hills Chronicle* in den Armen zurückkehrte und sie vor mich auf das Pult legte.

»So, hier hätten wir die Sammelbände der Jahre, in denen Artikel zu deiner Thematik erschienen. Ich hoffe, du findest, was du brauchst. Falls du Hilfe benötigst, frag einfach. Wenn du fertig bist, bringst du mir die Bände bitte zurück.«

Damit nahm sie wieder hinter ihrem Pult Platz, griff nach ihrem Stift und wandte sich ihrer vorherigen Aufgabe zu.

»Vielen Dank für Ihre Mühe.« Ich nahm die Bücher auf und guckte hinüber zu dem Fensterplatz, wo ich den gutaussehenden Jungen beobachtet hatte. Doch zu meiner Enttäuschung war er weg. Er musste in dem Moment gegangen sein, als ich mit der Bibliothekarin gesprochen hatte, seine

Jacke hing nicht mehr über der Stuhllehne. Der Dunkelhaarige saß allein über den Büchern.

Ich seufzte innerlich. *Schade!* Ich hatte vorgehabt, mich mit dem Material in die Nähe der beiden zu setzen und den Blonden weiter zu beobachten. *Was ist mit mir los?*, ging es mir durch den Kopf. *Ich bin ja schon wie Maylin.* Das entlockte mir ein leichtes Lächeln, während ich mich mit den Zeitungsbänden an den nächstbesten Tisch begab.

Ich würde den Jungen bald wiedertreffen. Garantiert war er Basketballer oder Footballspieler, so wie er aussah. Und bestimmt ergab sich bald eine Gelegenheit, unauffällig herauszubekommen, wie er hieß.

Ein Blick auf die große Uhr über der Eingangstür sagte mir, dass die Pause nur noch eine halbe Stunde dauerte, und ich riss mich von den Gedanken an den Jungen los. Nahm mir den ersten Band vor. Seite für Seite überflog ich die Überschriften der Artikel. Endlich, im dritten Band aus dem Jahr 1984 entdeckte ich, wonach ich suchte.

›Selbstmordversuch erschüttert die *Harrison High School*.‹

Erleichtert nahm ich das entscheidende Wort zur Kenntnis: Selbstmord*versuch*. Das Mädchen war demnach nicht gestorben. Dem Bericht zufolge hatte eine Schülerin Blut gesehen, das aus einer der Toilettenkabinen lief, und sofort Alarm geschlagen, weil die Tür abgeschlossen war und sie keine Reaktion auf ihr Klopfen und Fragen vernommen hatte. Die herbeigerufenen Sanitäter hatten die Kabine geöffnet und Patricia Kelly bewusstlos und mit – Gott sei Dank ziemlich stümperhaft – aufgeschnittenen Pulsadern gefunden. Das rechtzeitige Eingreifen hatte dem Mädchen das Leben gerettet.

Die Schüler, Lehrkräfte und die Schulleitung hatten sich schockiert gezeigt, hieß es weiter.

Direktor Kestner hatte versichert, baldmöglichst eine

zweite Vertrauenslehrerstelle zu besetzen, sowie ein Sorgentelefon an der *Harrison High* einzurichten.

Zeugenaussagen von Mitschülern, die zuvor geschwiegen hatten, jetzt aber alle auspackten, zeichneten das Bild der monatelangen, grausamen Schikane, die Patricia Kelly zu diesem traurigen Schritt veranlasst hatte.

Ein weiterer Artikel, der die Woche darauf im *Chronicle* erschienen war, nahm erneut Bezug auf das Geschehen. Ich erfuhr, dass die gesamte Schüler- und Lehrerschaft der *Harrison High* an einem mehrtägigen Anti-Gewalt-Programm teilgenommen hatte. Die Hauptakteure des Mobbings an Patricia, eine Clique von zwei Mädchen und zwei Jungen, waren durch diverse Zeugenaussagen identifiziert und zu etlichen Stunden Sozialarbeit verdonnert worden. Direktor Kestner betonte gegenüber der Zeitung, er werde auch in Zukunft mit ›harter Hand‹ gegen jegliche Form von Gewalt vorgehen. Patricia Kelly hatte ein Interview abgelehnt. Der Leser wurde nur informiert, dass sie einen Schulwechsel veranlasst hatte.

Ich blätterte weiter, entdeckte jedoch keinen Artikel mehr zum Thema.

Nachdenklich schlug ich den Band zu. Ich hoffte, dass es Pat, wo immer sie jetzt auch war, besser ging und sie niemals wieder derart tief verletzt und in die Verzweiflung getrieben wurde.

Und ich ermahnte mich ein weiteres Mal, während ich die Bücher zum Pult von Mrs. Ashton zurückbrachte, mich ab jetzt vorsichtiger und gewappneter durch die neue Schule zu bewegen. So etwas wie heute durfte mir kein zweites Mal passieren. Zu Hause, nach der Schule, würde ich bei Granny anrufen. Ich vermisste ihre kluge Warmherzigkeit und verständnisvolle Art. Mit ihr konnte ich über alles reden. Auch über den furchtbaren Trip in die jüngere Vergangenheit, den ich heute erlebt hatte.

Als ich am späten Nachmittag unser Haus betrat, bemerkte ich sofort, dass ich allein war. Perfekt.

In der Küche hing der leckere Duft nach gebratenem Hackfleisch, Knoblauch und Tomatensauce. Ich schaufelte eine Portion der Lasagne in mich hinein, die Mrs. Fuller vor ihrem Weggang warmgestellt hatte. Danach machte ich es mir auf unserer Couch bequem und wählte Grannys Nummer, die ich seit meiner Kindheit auswendig kannte.

»Hallo Engelchen! Wie schön, dass du anrufst. Ich habe heute viel an dich gedacht. Wie war dein erster Tag an der neuen Schule?«

Ausführlich berichtete ich ihr von den Ereignissen, und sie hörte mir zu, ohne mich zu unterbrechen. Großmutter zeigte sich besorgt über mein Erlebnis mit dem Spind. Um sie zu beruhigen, spielte ich es etwas herunter, ehe ich sagte: »Ich möchte mit Carl sprechen, kannst du mir seine Nummer nennen?«

»Oh, Carl ist im Krankenhaus. Er ist an der Hüfte operiert worden. Mach dir keine Sorgen, er ist in den besten Händen und wird es gut überstehen. Morgen besuche ich ihn, ich werde ihm deine Fragen übermitteln.«

»Grüß Carl bitte von mir und wünsch ihm gute Besserung«, sagte ich, ehe ich sie nach ihrem Befinden fragte.

Während ich Granny lauschte, was sie seit unserem letzten Telefonat erlebt hatte, dachte ich daran, wie alt sie und Carl waren. Ich mochte mir gar nicht ausmalen, wie es wäre, die beiden zu verlieren, und verdrängte den Gedanken rasch wieder.

Sie schloss ihren Bericht mit dem Wunsch, dass wir uns bald wiedersehen würden, ehe wir auflegten.

Ein warmes Gefühl erfüllte mich. Es hatte gutgetan, mit ihr zu sprechen.

4

Josh McAllen

In den nächsten Tagen wurden Maylin und ich vertrauter mit der neuen Schule, verliefen uns immer seltener und waren kaum mehr auf Lees Hilfe angewiesen. Vor allem Mays offener Art war es zu verdanken, dass wir schnell Freundschaften schlossen. Im Theaterclub hatte sie Teresa und Vivian kennengelernt, zwei witzige Mädchen, mit denen wir in den Pausen viel Spaß hatten.

Ferner gehörte bald zu unserer Clique die großgewachsene Ruth, deren Bekanntschaft ich machte, als sie mir beim Sportunterricht versehentlich, aber mit voller Wucht, einen Basketball an den Kopf geknallt und mich zu Fall gebracht hatte. Unter tausend Entschuldigungen hatte sie sich bei mir untergehakt und mich zum Krankenzimmer begleitet, wohin unser Sportlehrer mich nach dem Unfall geschickt hatte. Unterwegs war sie gestolpert, hatte mich mit zu Boden gerissen und sich heftig das Knie angestoßen, sodass wir beide im Krankenzimmer Kühlkissen erhielten. Ruth war so liebenswert unbeholfen, nicht nur in ihrem Auftreten, sondern auch in ihren Bemühungen, alles wiedergutzumachen, dass ich sie gleich in mein Herz schloss.

In einer der Mittagspausen saßen wir zu fünft in der Kantine und verzehrten unser Lunch, als Maylin, die ihre Augen immer überall hatte, Teresas Erzählung vom Theaterprojekt unterbrach. Mit Verschwörermiene neigte sie den Kopf zur

Tischmitte und raunte: »Achtung, unauffällig gucken, auf dreizehn Uhr: Absolutes Sahneschnittchen!«

Wir folgten ihrer Anweisung, alle recht verstohlen, bis auf Ruth, die ihren schweren Körper mit der Langsamkeit einer Schildkröte umwandte, dabei ein Messer vom Tisch wischte und neugierig durch ihre Brille in die genannte Richtung starrte.

»Unauffällig, Ruthy!«, zischte Maylin, während mir die Gabel aus der Hand rutschte, klirrend auf das Tablett fiel und sich in meinem Magen ein Schmetterlingsschwarm erhob. Der Blonde aus der Bibliothek hatte mit zwei anderen Jungen die Kantine betreten und sich am Buffet angestellt. Während er auf die Essenausgabe wartete, plauderte er mit einem ungemein hübschen, langbeinigen Mädchen, das sich mit ihren Freundinnen hinter ihm in der Warteschlange befand.

Wieder sah ich sein unglaubliches Lächeln, verfolgte mit den Augen seine durchtrainierte Gestalt und seine selbstsicheren Bewegungen. Er strahlte derart gute Laune aus, dass es ansteckend war.

»Was für ein süßer Typ. Wisst ihr, wie der heißt?«, flüsterte Maylin hingerissen. Inzwischen hatte sie ihre eigene Anweisung vergessen und gaffte ebenso hemmungslos zu dem Jungen hinüber wie Ruth.

»Das ist Joshua McAllen, er geht nächstes Jahr ab. Mein Bruder spielt mit ihm Football«, erwiderte Teresa.

Jetzt sagte das langbeinige Mädchen Joshua etwas ins Ohr, was ihn auflachen ließ. Die beiden wirkten vertraut miteinander, was mir einen Stich versetzte.

»Ist die Schönheit mit der braunen Wallemähne seine Freundin?«, wollte ich leise wissen.

Teresa grinste hintergründig, zeigte ihre silberne Zahnspange. »Du meinst Melissa Harper? Nein, ist sie nicht. Soweit ich weiß, hat Josh momentan keine Freundin. Aber sie wäre es gerne. Überall, wo Josh auftaucht, ist auch Melissa. Sie will ihn unbedingt. Dabei kann sie sich vor Verehrern kaum retten.«

An Teresas Tonfall hörte ich, dass sie das Mädchen nicht sonderlich mochte. Ich beäugte Melissa genauer. Sie war, zugegeben, äußerst gutaussehend, Typ Bikini-Model, schien dabei aber arrogant, zu sehr auf ihre Wirkung bedacht. Alles an ihr, die Art, wie sie ihr Haar zurückwarf, ihr Gewicht verlagerte, um ihren Körper in eine vorteilhafte Position zu setzen, und wie sie das Kinn reckte, schien zu rufen: ›Hey, seht mich an, ich bin die Schönste!‹

Ein attraktives Paar würden sie und Josh abgeben, was mir erneut in Herz und Magen stach. Wieder wurde mir bewusst, dass ich mindestens zwei Jahre jünger war als er und diese Melissa und nicht aussah wie ein Model.

»Ich bin zwar keine Botanikerin«, sagte Maylin mit einem Feixen, »aber ich erkenne eine Pissnelke, wenn sie vor mir steht.«

Ruthy klappte der Mund auf. Sie war als Einzige noch schockiert, wenn Maylin derartige Kommentare von sich gab. Ich musste grinsen. Auch Teresa lachte auf, ehe sie raunte: »Aber es gibt einen guten Grund, mit Melissa Harper befreundet zu sein: Jeder wirkt neben ihr zwar nicht hübsch, aber äußerst sympathisch!«

»Still. Sie kommen genau auf uns zu«, zischte Vivian, und schweren Herzens wandte ich den Blick von Joshua ab, richtete ihn auf mein inzwischen kalt gewordenes Essen.

Mein Innerstes flatterte, als er mit seiner Clique unseren Tisch passierte. Ich musste einfach hingucken. Für eine Sekunde trafen sich unsere Blicke – er hatte grüne Augen, grün wie Jade –, und ich hielt unwillkürlich den Atem an. Dann war er vorbei. Aus den Augenwinkeln spähte ich der Gruppe hinterher. Melissa folgte Josh auf dem Fuß wie ein Schoßhund, klebte fast an ihm, und ich hörte sie gekünstelt kichern, bis sie mit ihren Freunden aus unserem Blickfeld verschwanden.

»Schade, ich glaub', der ist zu alt und zu cool für mich«, sinnierte Maylin, ehe sie mit den Schultern zuckte und ein großes Stück von ihrem Burger abbiss. Ich dachte dasselbe wie sie, aber längst nicht so leichthin, denn ich verspürte keinerlei Hunger mehr. Morgen oder übermorgen würde meine Freundin den nächsten ›niedlichen Typen‹ entdecken, während ich gerade feststellte, dass ich mich zum ersten Mal verknallt hatte. In einen Jungen, der für mich unerreichbar war. Meine Kehle fühlte sich plötzlich an, als würde ein hartgekochtes Ei darin feststecken.

Joshua McAllen. *Josh.* Jetzt wusste ich zumindest, wie er hieß und dass er Football spielte. Er hatte keine feste Freundin … Ich erwischte mich bei einem dümmlichen Lächeln. Wieso freute mich das so? Denn ich rechnete mir keinerlei Chancen aus, ihn überhaupt näher kennenzulernen.

An diesem Freitag kam ich erst spät von der Schule. Meine Mutter deckte gerade den Tisch für das Abendessen. Sie trug noch ihre Arbeitskleidung, ein elegantes Kostüm und schweren Goldschmuck, jedes Haar in ihrer Frisur saß – auch nach einem langen Arbeitstag – am korrekten Platz.

»Wie war es in der Schule?«, fragte sie mich, als ich die Küche betrat, wo es nach Gebratenem duftete. Sofort knurrte mein Magen. Ich inspizierte kurz die Warmhalteplatten auf dem Herd: Mrs. Fuller hatte Fischfilet und Gemüse in Curry-Sauce zubereitet.

»Alles bestens. Übers Wochenende muss ich ein Referat für amerikanische Geschichte fertigschreiben. Über den Stamm der Potawatomi, der hier um Detroit herum lebte.«

»Das wirst du wunderbar hinkriegen, wie immer. Geschichte liegt dir.«

Eine typische Antwort meiner Mom. Sie sagte nie Dinge wie ›Wenn ich dir helfen kann, sag Bescheid‹ oder ›Wie interessant! Wenn das Referat fertig ist, kannst du es mir gerne einmal vortragen‹.

Aber an dieses wohlwollende Desinteresse meiner Eltern war ich gewöhnt und vielleicht auch deshalb ein sehr selbständiger Teenager, nicht nur in schulischen Belangen.

Während Mom eine Flasche Weißwein entkorkte und zwei langstielige Gläser für sich und Dad füllte, sagte sie: »Heute ist ein Brief für dich gekommen. Von einem Carl Jones. Ist das nicht der Bekannte deiner Großmutter?«

Ihrem Unterton entnahm ich, dass sie wissen wollte, warum Carl mir schrieb. Doch darauf ging ich nicht ein.

»Wo ist der Brief?«, fragte ich stattdessen. Sie zeigte zur Küchentheke und nippte an ihrem Wein.

»Würdest du deinem Vater Bescheid sagen, dass wir essen?«

»Klar.« Ich schnappte mir den Brief, brachte ihn in mein Zimmer und holte danach meinen Vater aus dem Arbeitszimmer ab.

Nach dem Essen konnte ich es gar nicht erwarten, Carls Schreiben zu lesen. Mir fiel sofort auf, dass seine Schrift zitterig wirkte und an manchen Stellen fast unleserlich war. Das besorgte mich. Ging es ihm doch schlechter, als Granny angenommen hatte? Ich fasste das Papier fester zwischen den Fingerspitzen, schloss die Augen und konzentrierte mich. Dachte an den alten Mann im Krankenhaus. Aber keine Bilder entstanden vor meinem inneren Auge. Ich hob die Lider und las.

Seine Vermutungen brachten mir leider keine neuen Erkenntnisse, alle von ihm genannten Gründe für diesen unerwarteten Trip – die Aufregung und dass meine Fähigkeiten stiegen – hatte ich mir bereits selbst zusammengereimt. Er bat mich, vorsichtig zu sein und nie unvorbereitet Dinge zu berühren, und schloss mit: ›Ich hoffe, dass wir uns bald wiedersehen. Dein Carl‹

Die letzten Worte waren derartig kraftlos auf das Papier gebracht, dass ich Mühe hatte, sie zu entziffern.

Sein Schreiben ließ eine dunkle Vorahnung in mir aufsteigen, die sich wie ein eisiges Band um mein Herz legte. War er kränker, als er zugab? Ich hatte das starke Bedürfnis, ihn und Granny zu besuchen. Aber erst zu Thanksgiving Anfang November hatten meine Eltern vor, mit mir nach Charleston zu fliegen.

Das Wochenende über recherchierte ich fleißig zu meinem Referat. Als ich erst einmal zu schreiben begonnen hatte, füllten sich die Seiten wie von selbst. Dazu gestaltete ich Folien und fertigte nachgemachte Alltagsgegenstände der Ureinwohner an. Bestens vorbereitet und mit den Materialien bepackt, machte ich mich am Montag auf zur Schule. Maylin half mir tragen, ließ es sich aber nicht nehmen, mich aufzuziehen. »Du siehst aus wie ein fliegender Händler. Willst du uns gleich überteuerten Indianerschmuck und Trinkgefäße verticken?«

Sie lachte schelmisch. Da sie es nicht böse meinte, ließ ich sie gewähren.

Doch ihre Witze minderten keinesfalls die aufkommende Nervosität.

Mr. Foster setzte sich ans Ende des Klassenraums und überließ mir den Platz vor der Tafel. Die ersten Minuten waren schrecklich. Ich stammelte die Einleitung herunter, denn die auf mich gerichteten Augen des Lehrers und meiner Mitschüler sowie ihr erwartungsvolles Schweigen brachten mich einen Moment lang völlig durcheinander. Doch kaum hatte ich mich in Fahrt geredet, gingen mir der Vortrag und das Vorstellen und Erklären des Materials leicht über die Lippen.

Nachdem ich mein Referat beendet hatte, dankte ich dem Kurs fürs Zuhören und setzte mich zurück an meinen Platz. Mr. Foster übernahm den Rest der Unterrichtszeit. Fünf

Minuten vor Unterrichtsschluss sagte er: »Ihr dürft heute etwas früher gehen, ich möchte mit Abby ihr Referat und die vorläufige Beurteilung besprechen. Den nächsten Vortrag hält Rosalyn in einer Woche, die anderen denken an die Hausaufgaben.«

Die entlassenen Schüler strömten aus dem Klassenraum, Maylin drückte vor dem Hinausgehen kurz meine Hand und zeigte mir mit einem Augenzwinkern den Daumen.

Ich trat an Mr. Fosters Pult, und er bat mich, ihm gegenüber Platz zu nehmen. Ich erwartete eine erfreuliche Bewertung, aber was mein Lehrer mir nun mitteilte, haute mich um.

»Zuerst eine Frage: Hast du dieses Referat selbstständig erarbeitet? Oder haben deine Eltern oder jemand anders dir geholfen?«

»Das Referat ist allein von mir. Ich habe das ganze Wochenende daran gearbeitet.«

Würden Sie meine Eltern kennen, würde sich die Frage erübrigen, fügte ich innerlich hinzu.

»Nun, ich glaube dir. Du zeigst auch im Unterricht ein für dein Alter äußerst fundiertes historisches Wissen und Interesse für das Fach. Ich bin tief beeindruckt. Schülerinnen wie dir begegne ich in einem Pflichtkurs selten. Darum fällt es mir schwer, dich aus meinem Kurs zu entlassen.«

»Was meinen Sie damit?«, entgegnete ich beunruhigt.

Er lächelte. »Du bist zu gut für den Grundkurs. Ich möchte, dass du mehr gefordert wirst. Wie wäre es, mit den höheren Jahrgängen amerikanische Geschichte zu lernen?«

Ich schluckte. Überlegte. Natürlich liebte ich das Fach, hatte ebenfalls bemerkt, dass ich die Einzige war, die über tieferes Wissen verfügte. Doch würde mich ein Leistungskurs überfordern?

Mr. Foster sah, dass ich hin- und hergerissen war. »Ich werde mit meinem Kollegen über dich sprechen. Und du überlegst dir in den nächsten Tagen, ob du in den Leistungskurs wechseln möchtest, und gibst mir Bescheid. Nun zu deiner Bewertung: Bestnote. Du bekommst sie schriftlich, wenn ich deine Unterlagen durchgesehen habe. Ich höre dann von dir.«

Er erwiderte mein strahlendes Lächeln, nickte mir zu, damit war ich entlassen. Ich raffte meine Sachen zusammen und verließ den Raum. Im Flur beschleunigte ich meine Schritte. Ich musste sofort Maylin und den anderen von dem Gespräch berichten.

Eine Woche später wechselte ich in den Leistungskurs Geschichte von Mr. Parker.

Zur ersten Stunde erschien ich kurz vor Unterrichtsbeginn beim angegebenen Raum, in dem sich etwa zwanzig Schüler aufhielten. Sie waren alle in ihrem Abschlussjahr. Während ich an der Tür wartete, hielt ich Ausschau nach einem bekannten Gesicht und entdeckte den braunhaarigen, großen Jungen, der mit Josh in der Bibliothek gearbeitet hatte. Er saß an seinem Platz und las, war vollkommen konzentriert auf das Buch, während um ihn herum alle redeten und lachten. Er schien ein langweiliger Streber zu sein.

Als Mr. Parker eintrat, bewegten sich die Schüler zu ihren Tischen, und Ruhe legte sich über den Raum. Dies verriet mir, dass sie Respekt vor ihrem Lehrer hatten. Er reichte mir die Hand, ehe er sich an die Klasse wandte.

»Guten Morgen. Wir haben einen Neuzugang, Abigail Hill. Aufgrund ihrer ausgezeichneten Leistungen und auf Empfehlung von Mr. Foster hat sie den Grundkurs verlassen und wird von heute an diesen Kurs besuchen.«

Sein Lob sowie die zwanzig auf mich gerichteten Augenpaare meiner neuen Mitschüler ließen mich leicht erröten.

In diesem Moment öffnete sich die Tür. Als ich sah, wer eintrat, stockte mir kurz der Atem, ehe sich mein Herzschlag beschleunigte.

»Verzeihung, Mr. Parker. Mein Wagen sprang heute nicht an.« *Josh.*

Seine Stimme klang für mich wie Honig auf einem warmen Brot. Der Lehrer nahm die Entschuldigung mit einem Nicken an, und Josh begab sich auf seinen Platz neben dem Dunkelhaarigen.

Ich bin mit ihm in einem Kurs, rauschte es mir immer wieder durch den Kopf, und ich musste mich zwingen, ihn nicht anzustarren. Als der Lehrer sich an mich wandte, riss ich mich zusammen.

»Abigail, dort hinten ist ein freier Tisch, das ist deiner. Herzlich willkommen in unserem Kurs.«

»Danke«, murmelte ich und begab mich zu dem Platz. Als ich an Josh vorbeiging, schenkte er mir ein kurzes, aber unglaublich süßes Lächeln, was ein wahres Feuerwerk in meinem Inneren explodieren ließ. Mit weichen Knien erreichte ich den Stuhl und ließ mich darauf sinken. Ich war froh, in der hintersten Reihe zu sitzen und mich den Blicken der anderen entziehen zu können. Und von hier aus Josh zu beobachten, der schräg vor mir saß. Mein Magen kribbelte, als ob dort eine Ameisenstraße verlief. Er hatte mich angelächelt!

Während ich mich auf Mr. Parkers Ausführungen zu konzentrieren versuchte, betrachtete ich immer wieder Joshs wohlgeformten Rücken und seinen blonden Hinterkopf, erhaschte ab und zu, wenn er leise mit seinem Tischnachbarn sprach, einen Blick auf sein anziehendes Profil. Mir war fast ein bisschen übel vor Aufregung, ihm so nahe zu sein. Wäre ich ein wenig mit dem Stuhl vorgerückt, hätte ich ihn mit ausgestrecktem Arm berühren können. Mit einer gewissen Befriedigung nahm ich zur Kenntnis, dass ›Model-Melissa‹

nicht in diesem Kurs saß. Zwar machte ich mir nach wie vor keine Hoffnungen darauf, Josh näher kennenzulernen, aber es versetzte meine Gefühle in Aufruhr, ihn von nun an regelmäßig zu sehen.

Leider vernahm ich seine Stimme während der heutigen Stunde nicht mehr. Er schien dem Unterricht aufmerksam zu folgen, beteiligte sich jedoch nicht mündlich. Sein dunkelhaariger Freund, den Mr. Parker mit Jacob aufrief, brachte sich umso mehr ein. Der ›Musterschüler‹, wie ich ihn für mich nannte, konnte sich hervorragend ausdrücken und hatte eine angenehme Stimme, doch ich hätte lieber der von Josh gelauscht.

5

Der Ball

Anfang Oktober fand ein aufregendes Ereignis statt, vielmehr waren es zwei: das traditionelle Homecoming-Footballspiel unserer Schule am Freitag sowie der anschließende Ball am Samstagabend. Beide Veranstaltungen wurden lange ersehnt. Während die weibliche Schülerschaft vor allem auf den Ball, die Abendkleider und die Kür der Ballkönigin gespannt war, fieberten die Jungen dem Spiel und einem Sieg unseres Footballteams entgegen. Wichtig für alle war es, vor dem Ball einen Tanzpartner zu finden. Nur wer eine Verabredung hatte, durfte am Tanzabend teilnehmen. Das war Tradition an den Highschools, auch an der *Harrison*. Daher wurden bereits Wochen vor dem Abend Einladungen ausgesprochen und versandt, manche sogar mit kleinen Geschenken oder Blumen. Leider hatte ich bisher keine Einladung erhalten und selbst niemanden angesprochen. Wen sollte ich fragen? Mein Schwarm ging mit Model-Melissa zum Ball. Das hatte ich mitbekommen, als ich während des Geschichtsunterrichts ein Gespräch von Josh mit dem ruhigen Dunkelhaarigen, Jacob, belauscht hatte. Von meinen Freundinnen waren nur Vivian und Teresa verabredet. Maylin war nach wie vor verbissen auf der Suche, und die schüchterne Ruth hatte ebenso wenig Hoffnung auf einen Ballpartner wie ich, wie sie mir gestand. Wir beide hatten uns schon damit abgefunden, dieses Jahr nicht dabei zu sein.

Doch zuerst stand das Footballspiel im Vordergrund. Es war das wichtigste Heimspiel unseres Teams, der *Harrison Hawks.*

Am Nachmittag strömten die Zuschauer zum Stadion, drängten sich auf den Rängen. Ein unglaubliches Zusammengehörigkeitsgefühl, der Spirit, hatte sich über die Menge gelegt. Ich brüllte mit den Schülern, Eltern und Lehrern im Chor, feuerte vor allem Josh an, der einer der Spielmacher war.

Fasziniert beobachtete ich meinen Schwarm, wie er perfekte Pässe warf, blitzschnell reagierte, wendig und kraftvoll wie ein Panther über das Spielfeld sprintete, sich zwischen seinen Gegnern hindurchschlängelte und einen Punkt nach dem anderen für unser Team erzielte.

Gemeinsam mit einem Jungen mit der Rückennummer vierzehn war er der beste Spieler auf dem Platz.

In der Halbzeitpause wurde die diesjährige Ballkönigin gekürt. Viele Mädchen träumten davon, dass die Wahl auf sie fiel und sie am Ballabend das Krönchen und die Schärpe tragen durften. In der Regel wurde eine ältere Schülerin aus den Abschlussklassen gewählt, hatte Lee erklärt. Auf jeden Fall musste sie bestechend gut aussehen, oft zeichnete sie sich auch durch soziales Engagement aus.

Als Direktor Kestner an das Mikrofon trat und die Musik verstummte, wurde es leise auf den Rängen. Die Stimme des Schulleiters dröhnte leicht verzerrt aus den Stadionlautsprechern. Er machte es äußerst spannend, denn zuerst verlas er die Namen aller Mädchen, die es in die engere Wahl geschafft hatten. Als er auch Melissa Harper erwähnte, verzog ich mein Gesicht. Sie mischte wirklich überall mit. Fast überall, korrigierte ich mich, denn wenigstens war es mir erspart geblieben, sie heute als eine der Cheerleaderinnen herumhüpfen zu sehen. Eigentlich seltsam, das hätte zu ihr gepasst. Aber vielleicht beschränkten sich ihre

Talente allein auf Schminken und Posen. Dafür saß sie mit ihrem Gefolge nur wenige Plätze hinter mir und meinen Freundinnen. Die Clique schien fest damit zu rechnen, dass sie die Ballkönigin werden würde, wie ich gerade hörte. Ich spitzte die Ohren.

»Kann mir nicht vorstellen, wer mehr in Frage käme als du«, schleimte das Mädchen zu ihrer Rechten.

»Nein, Mel, er wird dich aufrufen. Klare Sache«, pflichtete die andere bei.

»Ich will mir nicht ein halbes Jahr Omas-im-Altenheim-Besuchen umsonst angetan haben. Meine Mom hat dieses Jahr eine fette Spende an die Schule überwiesen, allein deshalb schon sollten sie mich wählen«, gab Melissa zurück. »Außerdem sehe ich am besten aus, oder?« Ihre Freundinnen beeilten sich, ihr eifrig zuzustimmen. Maylin und ich blickten uns an und verdrehten die Augen. Die drei verstummten, als ein Trommelwirbel ertönte.

»Unsere diesjährige Homecoming-Queen ist ... Coco Lieberman! Herzlichen Glückwunsch!«

Applaus brandete auf, die Musik wurde wieder eingespielt. Ein attraktives, flachsblondes Mädchen erhob sich in der zweiten Reihe, legte sich die Hände vor glücklicher Überraschung auf den Mund. Dann bewegte es sich an den unzähligen Beinen und Knien vorbei auf das Podest und Mr. Kestner zu. Mit vor Freude leuchtendem Gesicht nahm es seine Gratulation sowie Krone und Schärpe entgegen.

Melissa und ihre Freundinnen applaudierten nicht. Über den Lärm hinweg hörte ich eine von ihnen ätzen: »Wieso diese hässliche Kuh?«

»Sind die blind?«, fügte die andere hinzu.

»Haltet einfach die Klappe!« Melissas giftige Stimme ließ mich zusammenzucken. Aus den Augenwinkeln betrachtete ich ihr Gesicht. Es war vor Hass verzerrt und in diesem Moment gar nicht mehr liebreizend anzuschauen. Wenn

Blicke töten könnten, wäre die glückselige Coco auf dem Podest sofort zusammengebrochen. Das unfaire Verhalten rundete mein negatives Bild von Model-Melissa und ihren Freundinnen ab. Maylin hatte den Wortwechsel ebenfalls gehört, denn sie tat so, als ob sie sich zum Erbrechen den Finger in den Hals steckte, und raunte mir zu: »Widerlich. Es gibt Leute, da fängst du mit Kopfschütteln an, und am Ende hast du ein Schleudertrauma.«

Der Einlauf der Spieler und der Beginn der zweiten Halbzeit nahmen mich erneut gefangen, und ich beachtete die schmollenden Mädchen hinter uns nicht mehr.

Unser Team siegte mit großem Vorsprung gegen die Mannschaft aus dem Nachbarort. Der Jubel der *Harrison*-Schüler und aller dazugehörigen Erwachsenen war beispiellos. Selbst die alte Trockenpflaume Miss Finch, die in der ersten Reihe zwischen den anderen Lehrern saß, streckte eine Faust in die Luft und zeigte etwas wie ein Lächeln auf ihrem faltigen Gesicht, das mehr an ein Zähneblecken erinnerte.

Nachdem die *Harrison Hawks* unter Applaus und Jubel eine Ehrenrunde im Stadion gelaufen waren, wurden Josh und die Nummer Vierzehn von den anderen Spielern in die Luft gehoben und vom Feld zu den Umkleidekabinen getragen. Über die Entfernung konnte ich Joshs strahlendes Gesicht sehen, und mein Herz flog ihm zu.

Ehe die Zuschauer das Stadion verließen, bat der Direktor am Mikrofon noch einmal um Aufmerksamkeit. Er gratulierte unserem Team, die Stimme voll Stolz, dann machte er eine überraschende Ankündigung: Es wurde dieses Jahr mit einer Tradition gebrochen. Am Ball durften, nein, sollten *alle* Jungen und Mädchen der Schule teilnehmen. Mit oder ohne Tanzpartner. Der Direktor endete mit »Denn wir alle zusammen sind die *Harrison High*! Danke für eure Aufmerksamkeit« und verließ das Podest.

Jetzt setzte frenetischer Applaus ein. Auch ich klatschte automatisch, doch es dauerte einen Moment, bis die Information wirklich in meinem Hirn angekommen war. Ruth neben mir ging es genauso. Ihr stand der Mund offen, sie hatte die Augen hinter ihrer Brille aufgerissen, was ihr ein leicht dümmliches Aussehen verlieh. Ich löste mich aus der Erstarrung, umarmte erst Maylin heftig, dann Ruth zu meiner Rechten.

»Mädels, Ruthy und ich brauchen ein Kleid! Wollen wir uns nach der Schule im Einkaufszentrum treffen?«

Wahnsinn. Wir würden alle zusammen am Ball teilnehmen, und ich bekam das Bild von Joshs anziehendem Gesicht den ganzen Tag nicht mehr aus dem Kopf.

Mom sah mich erst recht perplex an, als ich nach der Schule aufgeregt ins Haus stürmte, meinen Rucksack achtlos in die Ecke feuerte und mein Anliegen atemlos und unzusammenhängend hervorstammelte. Derartiges Aufgewühltsein kannte sie von mir nicht. Doch als Anwältin war sie auf das Entnehmen wichtiger Informationen geschult, unterbrach meinen Redefluss. »Wie erfreulich, dass du mit deinen Freundinnen zum Ball gehen kannst. Du brauchst ein Kleid. Ich kann dich leider nicht zum Auswählen begleiten, ich habe noch Termine. Soll Mrs. Fuller dich in die Stadt fahren?«

»Nein, ich bin mit den anderen in der Mall verabredet. Mrs. Wong holt mich in«, ich warf einen Blick auf meine Uhr, »einer halben Stunde ab.« Ich atmete aus.

»Folglich brauchst du Geld.« Sie griff nach ihrer Handtasche, zog ihre Geldbörse hervor und zählte Scheine ab. Sie drückte mir eine hohe Summe in die Hand. Zu den Stärken meiner Mutter gehörte auf jeden Fall ihre Großzügigkeit. »Such dir ein schönes Kleid aus, dazu ein Paar Schuhe. Du wirst das Richtige finden.« Damit war die Sache für sie erledigt, und sie verließ die Küche.

Wir waren nicht die Einzigen, die sich auf die Schnelle ein Kleid besorgen mussten. Viele andere Mädchen aller Jahrgangsstufen hatten keine Verabredung gehabt und deshalb vor Kestners Ankündigung mit der Teilnahme am Ball abgeschlossen. Dementsprechend voll waren an diesem Nachmittag die Boutiquen, in denen es Abendmode gab. Vivian, Teresa und Maylin, die bereits Kleider besaßen, begleiteten Ruth und mich als Beraterinnen.

Nach zwei erfolglosen Stunden in drei Läden hatten wir immer noch nichts Passendes gefunden. Langsam wurde ich unruhig. Ruth war es, die zuerst ihr Kleid entdeckte. Unbemerkt von uns hatte sie es ausgewählt, war damit in eine Kabine gegangen. Während ich weiter die Kleiderstangen nach bisher unentdeckten Schätzen durchwühlte, nahm ich wahr, dass Maylin, Vivian und Teresa plötzlich verstummten und meiner besten Freundin ein ehrfürchtiges »Wow, Ruthy ...« entfuhr.

Ich drehte mich um und riss die Augen auf. Ruth sah ... bezaubernd aus. Trotz ihrer Größe – sie war mit ihren fünfzehn Jahren so groß wie die meisten männlichen Lehrer an unserer Schule – und ihres recht schweren Körperbaus sah sie in diesem Stück Stoff äußerst feminin aus. Normalerweise trug Ruth schlabbrige Pullover und weite Hosen. Nun umschmeichelte der gutgeschnittene, blaue Satin ihre glatten, weißen Schultern und zauberte ihr ein umwerfendes Dekolletee. Der Schlitz am Rock zeigte einen Teil ihrer langen, durchaus wohlgeformten Beine.

»Das ist es!«, hauchte ich.

»Du hast Geschmack und ein sicheres Auge«, lobte Vivian.

Ruth lächelte schüchtern, und ihre Wangen färbten sich leicht rosa. »Es ist auch noch heruntergesetzt, was für ein Glück.«

»Bitte, Ruthy, such mir auch ein Kleid aus. Du hast es

drauf!«, bat ich, was sie mit Stolz erfüllte, wie man ihr anmerken konnte.

»Ja, und dann besorgen wir dir Kontaktlinsen!«, rief Maylin, wie immer zu laut, sodass eine der Verkäuferinnen sich mit missbilligendem Blick zu uns umwandte. May riss Ruth die Brille von der Nase und drehte sie zum Spiegel um. »Guck doch mal, wie du jetzt aussiehst!« Wenngleich etwas ruppig vorgebracht, hatte sie durchaus recht. Ohne die dicke Hornbrille wirkte unsere Freundin eleganter.

Ruth kniff ihre Augen zusammen. »Ohne Brille sehe ich nichts.«

»Egal, vertrau mir einfach. Wenn Abby ihren Fummel hat, gehen wir zum Optiker.«

Endlich fand auch ich mein Kleid. Eines aus meergrüner, schillernder Seide, das mir bis knapp über das Knie reichte. Es betonte meine schmale Taille und besaß einen Unterrock aus Tüll. Trotz seiner Schlichtheit war es raffiniert geschnitten. Mein Gesicht strahlte mir aus dem Spiegel entgegen, und meine Augen leuchteten fast in derselben Farbe wie die Seide, während Maylin mir das lange Haar hochhielt.

»Uh, du siehst wunderschön aus. Das ist ein absolutes Traumkleid.« Sie zog das Preisschild aus dem Rückenausschnitt. »Oh, mein Gott!«, kreischte sie, was ihr erneut ein tadelndes Starren der Verkäuferin einbrachte.

»Bist du sicher, dass du dir das leisten kannst?« Ein Blick auf das Etikett ließ mich schlucken. Es war immens teuer, doch die Summe, die Mom mir in weiser Voraussicht mitgegeben hatte, reichte. Egal. Dies war mein Kleid!

Nachdem Ruth und ich bezahlt hatten, trugen wir voller Stolz unsere Tüten und begaben uns mit den Freundinnen zum Optiker. Die Frau im Geschäft stellte Ruth ein paar Fragen zu ihrer Sehstärke, suchte dann passende Linsen heraus und half ihr, sie einzusetzen, verabreichte ihr Tropfen für besseren Tragekomfort.

»Ich kann gut damit sehen«, sagte unsere Freundin und wandte sich uns zu. Das Blinzeln hatte fast aufgehört.

Sie lächelte, und zum ersten Mal fiel mir auf, welch bemerkenswerte Augen Ruth normalerweise hinter der reizlosen Brille versteckte. Sie waren von einem tiefen Blau, groß, mit seidigen, schwarzen Wimpern.

Maylin schien das Gleiche zu denken. »Okay, Aschenputtel, jetzt brauchst du nur noch Wimperntusche und Eyeliner, und du bist die wahre Homecoming-Queen! Und jeder, absolut jeder, wird mit dir tanzen wollen!«

Wir lachten über ihre Überschwänglichkeit, auch die Optikerin, und Ruth errötete verlegen über das Kompliment. Es war ein schöner Nachmittag, der uns noch enger zusammenschweißte, und unsere Vorfreude auf den Ballabend stieg mit jeder Stunde.

Am frühen Abend lackierte ich mir die Fingernägel, schlüpfte in mein Kleid und schminkte mich dezent. Die Haare hatte ich mit Perlenklammern hochgesteckt. Endlich war ich zufrieden mit meinem Spiegelbild. Als ich vom Frisiertisch aufstand, knisterte die Seide. Ich schlüpfte in die Pumps und nickte mir im Spiegel zu.

»Das wird ein fantastischer Abend«, sagte ich zu mir. Mein Herz klopfte, und immer wieder wanderten meine Gedanken zu Josh, den ich gleich sehen würde.

Als ich die Treppe zum Wohnzimmer herabschritt, blickten mir meine Eltern entgegen, die mit einem Glas Wein auf der Couch saßen.

Moms Lippen verzogen sich zu einem dünnen, anerkennenden Lächeln. »Das Kleid war eine sehr gute Wahl.«

»Wie wird der Abend ablaufen? Ist geklärt, wie du nach Hause kommst?«, fragte mein Vater wesentlich sachlicher, ganz der Anwalt.

»Maylins Vater bringt uns hin und holt uns nach dem Ball wieder ab.« Dad nickte.

Mom suchte mir eine ihrer eleganten Jacken sowie ein passendes Abendtäschchen heraus, steckte etwas Geld hinein.

»Perfekt«, befand sie dann. »Lad deine Freundinnen, vor allem Maylin, bitte ein. Die Wongs sind in letzter Zeit immer gefahren, da sollten wir uns zumindest im Kleinen revanchieren.«

»Mach ich, Mom«, antwortete ich, als es im selben Moment läutete und die Aufregung mich wieder erfasste.

Als ich zu meiner Freundin auf den Rücksitz stieg, quoll mir eine Wolke pinkfarbenen und schwarzen Tülls entgegen. Ich hatte ihr Kleid zuvor nicht gesehen. Sie sah aus wie ein großes Bonbon, sie hatte auch Tüll im Haar, dazu trug sie fingerlose Spitzenhandschuhe und hatte sich viel Schwarz und Glitzerlidschatten auf die Mandelaugen getupft. Es kam etwas schräg rüber, doch der Pop-Punk-Look passte zu ihr.

Der Ball fand in der Turnhalle statt. Ich war gespannt darauf, ob es den Lehrern und Eltern wohl gelungen war, die schmucklose, graue Betonhalle in einen feierlichen Ort zu verwandeln. Vivian und Teresa waren mit ihren Begleitern bereits da, Ruth stand daneben wie ein Leuchtturm und winkte uns zu ihnen in die Warteschlange. Während wir auf den Einlass warteten, hielt ich heimlich Ausschau nach Josh, konnte ihn jedoch nirgends entdecken. Auch nicht Melissa, seine Ballpartnerin.

Endlich schoben wir uns mit der Menge in die Halle. Die Eltern und Lehrer hatten wirklich ganze Arbeit geleistet. Statt des gewohnt grellen Neonlichtes empfing uns ein angenehmer, schummeriger Halbschatten. Bistrotische, Stühle und mehrere Getränkebars waren aufgebaut worden, in der Mitte des Ganzen befand sich die Tanzfläche, mit bunten

Scheinwerfern ausgeleuchtet. Sogar eine große Discokugel drehte sich darüber und ließ glitzernde Pünktchen über den Boden rotieren, Musik lief.

»Wow, cool«, sagte Maylin, hektisch auf ihrem Kaugummi kauend, und formte eine Blase, die sie platzen ließ, während sie sich umschaute.

Teresa und Vivian waren mit ihren Begleitern verschwunden. Den heutigen Abend würde ich vor allem mit Maylin und Ruthy verbringen, aber das war in Ordnung. In dem Moment trat ein Winzling mit Segelohren auf uns zu. Ruth sah neben ihm wie eine Riesin aus.

»Hey Maylin Wong.« Zielstrebig blieb er vor meiner Freundin stehen, zu der er leicht aufblicken musste. »Willst du mein Date für heute Abend sein?«

»Ben Hatcher«, grüßte sie ihn zurück und stemmte die Hände in die Hüften. »Wieso fragst du mich denn erst jetzt? Und dann so unromantisch?«

Mir fiel wieder ein, woher ich den forschen Zwerg kannte. Er war mit meinen Freundinnen im Theaterclub.

Ben winkte lässig ab. »Romantik wird überbewertet. Also, bist du jetzt mein Date oder nicht?«

Prüfend schielte er zu mir herüber, scannte mich von Kopf bis Fuß, sodass ich mir im Geiste eine Absage zurechtlegte, falls er mich gleich fragen sollte. Maylin beugte sich rasch zu mir und raunte mir ins Ohr: »Es gibt Leute, da fragt man sich, ob die Irrenanstalt gerade Wandertag hat.«

Aber sie steckte voller Überraschungen. Statt dem Jungen eine schnippische Abfuhr zu erteilen, erwiderte sie lässig: »Warum nicht, Ben? Ich hoffe, du kannst tanzen.«

Sie hakte sich bei ihm unter, und die beiden schlenderten in Richtung Bar. Mit dem ganzen pinken Tüll im Haar, dazu das schrille Kleid, würden wir sie überall wiederfinden.

»So was, Ruthy, jetzt sind nur wir zwei übrig.« Als sie nicht antwortete, blickte ich sie an. In dem diffusen Licht musste ich genau hinschauen, um zu erkennen, dass meine Freundin heftig zwinkerte. Sie hatte für den Abend auf unseren Rat ihre neuen Kontaktlinsen eingesetzt.

»Ich habe die Tropfen zu Hause vergessen, ich Trottel. Das brennt!«

Jetzt ertönte Direktor Kestners Stimme, der in ein Mikrofon sprach, die Schüler begrüßte und willkommen hieß.

»Unsere fantastische Schulband um Sängerin Michelle«, er wies hinter sich auf die fünf Jugendlichen auf der improvisierten Bühne, die an ihren Instrumenten saßen und standen, »wird euch gleich, nach dem Eröffnungstanz, mit einigen Liedern auf den Abend einstimmen. Danach dürft ihr jederzeit Musikwünsche bei DJ Mike abgeben, einem ehemaligen *Harrison*-Schüler.«

Ein Lichtkegel schwenkte auf Mike. Der hob lässig einen Zeigefinger hinter seinem DJ Pult, einige Schüler johlten und pfiffen.

»Nach dem Eröffnungstanz ist die Tanzfläche frei für alle. Wer allein hier ist und sich traut, setzt sich in die Single-Lounge, wo er garantiert noch einen Tanzpartner findet.«

Leises Kichern ertönte. War das ernst gemeint? Ich folgte Kestners weisender Hand mit den Augen. Die Erwachsenen hatten ein etwas albernes, großes Schild mit pinken und roten Herzen über der Single-Ecke aufgehängt. Nein, danke. Für mich war das jedenfalls nichts.

»Und nun bitte ich unsere bezaubernde Homecoming-Queen zu mir.« Unter Applaus folgte Coco seiner Aufforderung und stellte sich lächelnd neben ihn, das Krönchen funkelte in ihrem hellen Haar. »Coco, du bist zwar in Begleitung hier, doch du weißt: Der Eröffnungstanz gehört dem Homecoming-King. Und das ist in diesem Jahr – aufgrund seiner überragenden Leistungen beim Footballspiel – Joshua McAllen. Wo steckst du, Josh?«

Applaus und Jubel. Mein Herz hämmerte in meiner Brust,

als ich ihn endlich entdeckte, wie er sich durch das Publikum schob. Die Scheinwerfer ließen sein Haar golden leuchten, er sah schick aus, in schwarzem Hemd mit ebensolcher Anzughose. Auf eine Krawatte hatte er verzichtet, stattdessen trug er eine kurze Lederkette mit einem Muschelanhänger, was zu seiner lässigen Surfer-Art passte. Nun bemerkte ich auch Melissa am Tanzflächenrand. Ihr braunes Haar wallte ihr über Schultern und Rücken, und in ihrem goldenen, hautengen Paillettenkleid glitzerte sie heller als die Discokugel. Sie sah im wahrsten Sinne des Wortes blendend aus, wie sie da auf mörderisch hohen Stilettos stand.

Inzwischen hatte Josh sich auf die andere Seite des Direktors gestellt. »Ein reizendes Paar gebt ihr ab – du und Coco. Mike hat ein tolles Lied für euch ausgesucht. Ich warne euch schon einmal vor, es ist langsame, gefühlvolle Musik. Ich wünsche allen Schülerinnen und Schülern einen fantastischen Abend.«

Kestner hakte das Mikro in den Ständer, schob Coco und Josh sanft in Richtung Tanzfläche und begab sich zu den anderen Lehrern. Das Licht wurde weiter gedimmt.

Die beiden lächelten sich etwas verlegen an, als Whitney Houstons aktuelle Ballade *Greatest love of all* eingespielt wurde. Es war eines meiner Lieblingslieder. So gefühlvoll, es zog jedes Mal an meinem Herz, wenn ich es hörte. Auch jetzt. Josh ergriff Cocos Hand und legte seine zweite auf ihren unteren Rücken. Sie waren ein hübsches Paar, glitten im Takt über die Tanzfläche. Zwischendurch flüsterte er ihr etwas ins Ohr, was sie kichern ließ.

Sie wirkten fast wie Liebende, und automatisch wanderten meine Augen zu Discokugel-Melissa hinüber, der das garantiert nicht gefallen dürfte. Ich hatte richtig vermutet. Selbst über die Distanz, im Halbschatten, konnte ich ihren grimmigen Gesichtsausdruck sehen und dass sie ihre Hände zu Fäusten geballt hielt. Auch mir versetzte die Innigkeit der Tanzenden einen Stich, doch war Melissa offensichtlich wesentlich eifersüchtiger als ich. Und das, obwohl Josh nicht ihr Freund war. Aber was war das dann mit ihnen? Sie waren ja auch zusammen beim Ball …

Ein Stöhnen neben mir riss mich aus meinen Gedanken. Ich wandte mich Ruth zu. Ihre Augen schienen ihr nach wie vor erhebliche Probleme zu bereiten.

»Kann ich dir helfen? Soll ich die Lehrer fragen, ob irgendwer Tropfen dabeihat?« Ehe sie antworten konnte, stand plötzlich ein Junge vor uns. Eine ähnlich altmodische Brille, wie Ruth sie normalerweise trug, saß auf seiner Nase, hinter deren Gläsern die Augen eulenhaft groß wirkten. Er trat von einem Fuß auf den anderen, starrte Ruth an.

»Mein Name ist David. Du hast mir eben so nett zugeblinzelt. Heißt das, du möchtest mit mir tanzen?«

Rasch wandte ich mich ab, damit er mein Grinsen nicht sehen konnte. Er dachte wirklich, Ruthy hätte ihn angebaggert, hatte keine Ahnung von ihren Augenproblemen.

»Würdest du hier kurz auf mich warten, David? Ich bin sofort wieder da.« Sie ergriff meinen Arm, zog mich mit sich, und wir ließen den Jungen stehen.

»Warum willst du denn nicht mit ihm tanzen? Der ist hin und weg von dir«, neckte ich sie, davon ausgehend, dass wir beide gerade das Weite suchten.

»Doch, ich möchte mit ihm tanzen. Aber vorher hilf mir bitte, diese elenden Dinger aus den Augen zu fummeln. Besser nix sehen als das nervige Zwiebeln.« Ich lachte, und Ruth stimmte ein.

Wir betraten den Waschraum, Ruth stellte sich vor das Licht am Waschbecken, hob den Blick zur Decke und riss ihre Augen weit auf.

»Du musst sie nur vorsichtig Richtung Nase schieben.«

Nach einigen Anläufen hatte ich die erste Linse heraus. Als ich dabei war, die zweite zu entfernen, öffnete sich die Tür, und Miss Finch trat ein. Wie ertappt wandten wir beide uns ihr zu, Ruth hatte noch den Kopf in den Nacken gelegt.

»Was macht ihr denn da? Ihr nehmt doch wohl keine Drogen!«

Die Lehrerin ließ ihren gestrengen Blick über Ruthys vom ständigen Augentränen und Reiben verschmiertes Make-up wandern.

»Gott bewahre, Miss Finch«, beeilte ich mich zu sagen und hielt ihr die Kontaktlinse auf dem Zeigefinger entgegen.

»Mädchen, bring dein Gesicht in Ordnung, du siehst fast aus wie Alice Cooper«, knurrte sie ungewohnt humorvoll und verschwand in der hintersten Toilettenkabine. Ich wunderte mich, dass die alte Lehrerin den Schockrocker kannte und beim Namen nennen konnte. Ruth wischte vor dem Spiegel an ihren Augen herum.

»Besser so?«, fragte sie.

Ich nickte und umarmte sie. »Ich komme gleich nach. Viel Spaß mit David.«

Sie verließ den Waschraum, und ich hoffte, dass sie trotz der starken Kurzsichtigkeit ihren Tanzpartner fand und zurechtkam. Mich selbst zog nichts in die Halle zurück. Stattdessen hatte mich eine Art Wehmut erfasst, sich wie eine düstere Wolke über meine vorherige gute Laune gelegt. Mit einem Mal war mir nicht mehr nach Feiern zumute. Alle meine Freundinnen hatten nun ein Date. Aber das war es nicht allein, was mich wie das fünfte Rad am Wagen fühlen ließ. Auch der Anblick von Coco und Josh beim Eröffnungstanz wirkte in mir nach und lag wie ein Gewicht auf meinem Herz.

Warum hatte ich mich gerade in diesen Jungen, den Schwarm aller Mädchen, mit solcher Heftigkeit verlieben müssen. Erst als sich die hinterste Kabinentür öffnete, erinnerte ich mich daran, dass Miss Finch anwesend war. Sie trat neben mich ans Waschbecken, legte ihre Abendtasche auf dem Rand ab und wusch sich mit energischen Bewegungen die Hände.

»Bist ja immer noch hier«, sagte sie.

Ich wusste nichts zu antworten, fühlte mich den Tränen nahe und absolut fehl am Platz. Die Lehrerin warf mir einen prüfenden Blick zu, während sie Papiertücher aus dem Spender zog und sich die Hände abtrocknete. »Ist was passiert?«

Ihre Stimme klang monoton wie immer, doch ihre Augen zwischen den Falten schauten etwas weicher als gewohnt.

»Nein, alles in Ordnung. Ich gehe gleich wieder zu meinen Freundinnen«, log ich und zwang mich zu einem Lächeln.

Sie griff nach ihrer Tasche auf dem Waschbeckenrand, stieß diese jedoch versehentlich auf den Boden, wo sich ihr Inhalt über die Fliesen verteilte.

»Oh je.« Sie ging in die Knie, um ihre Utensilien wieder einzusammeln. Ich half ihr dabei, reichte ihr einen Autoschlüssel und eine Puderdose.

»Danke, Abby«, sagte sie. »Übrigens, ein exzellentes Kleid, das du da anhast.« Sie selbst trug ein altmodisches, beiges Kostüm mit einer perlgrauen Strumpfhose. Ein weiteres, aufgesetztes Lächeln von mir. Sie nickte mir zu und verließ den Raum.

Was sollte ich jetzt tun? Mich auf dem Klo einschließen und heulen? Warum dieser plötzliche Weltschmerz? Ich hatte mich so auf den Abend gefreut. Mir wurde bewusst, dass ich mich fürchtete, Josh und Melissa oder andere Mädchen mit ihm beim Flirten zu beobachten. Diese bohrende Wehmut und unerfüllte Sehnsucht aushalten zu müssen. Denn meine Augen würden ihn den ganzen Abend über suchen und entdecken, das wusste ich.

Aber ich konnte mich nicht überwinden, mit einem wildfremden Jungen zu tanzen. Da war eine Sperre in mir. Selbst die schüchterne Ruth war cooler als ich.

In diesem Augenblick blinkte mir unter dem Waschbecken etwas golden entgegen. Ich bückte mich und hob einen metallenen Anhänger auf, halb so groß wie mein kleiner Finger, der die Form eines Tanzschuhs besaß. Garantiert gehörte er Miss Finch.

Jetzt wusste ich, wie ich mich von meiner unglücklichen Verliebtheit ablenken konnte.

Wenn es klappte, was würde mir Miss Finchs kleiner Schuh über sie verraten? Gewiss nichts Spannendes, aber es brächte mich auf andere Gedanken. Ich betrat eine Toilettenkabine, verschloss die Tür und setzte mich auf den Klodeckel, während das Lied der Schulband dumpf zu mir hineindrang. Dann umfasste ich den Anhänger, ließ den Schirm sinken, und meine Mundwinkel hoben sich, als ich spürte, dass der Gegenstand funktionierte. Denn schon verblassten die Hintergrundgeräusche, setzte das leichte Frösteln und Ziehen ein, die Umgebung löste sich auf, und ich durchquerte den schwarzen Korridor zu einer Szene aus Miss Finchs Leben.

Das, was sich nur Momente später vor meinen Augen kristallisierte, hätte ich nie und nimmer erwartet. Ich fand mich in einem Tanzschulraum wieder. Eine verspiegelte Wand mit den typischen Ballettstangen. Parkettboden. Die Beleuchtung war gedimmt. Aus den Lautsprechern in den Ecken erklang Musik. Klavier und Streicher. Tangomusik. Sie strahlte Schwermut aus und war doch seltsam kraftvoll und leichtfüßig.

Nun erblickte ich Miss Finch, und vor Überraschung stand mir der Mund offen. Sie trug ein kurzes, schwarzes Kleid, dazu Nahtstrümpfe und rote Pumps. Ihre Waden waren recht trainiert, was ich meiner ältlichen Lehrerin unter

ihren blickdichten Oma-Strumpfhosen in der Schule nie
zugetraut hätte. Und ebenfalls nicht den knallroten Lippenstift, den sie auf ihren faltigen Mund aufgetragen hatte.
Sie sah verkleidet aus, wie eine gänzlich andere Frau. Ihr
Tanzpartner war ein Latino mit feurigen, dunklen Augen,
jung, vielleicht halb so alt wie sie. Sie tanzten allein durch
den großen Raum. Ihre Bewegungen harmonierten perfekt,
langsame wechselten sich ab mit schnellen. Immer wieder
Drehungen. In gespannter Haltung liefen sie über das Parkett, ein sinnlicher und doch kraftvoller Tanz. Miss Finch
schmiegte ihre Wange an die des Tänzers. Er legte den Arm
um sie, sanft und doch bestimmt führte er sie in die nächste
Bewegung hinein, ihre hohen Absätze zeichneten auf den
Boden eine unsichtbare Acht. Dann stoppte er sie. Ihr Bein
schob sich an seinem entlang, strich über die graue Hose.

Miss Finch gab sich vollkommen dem Tanz hin, schien
sich darin zu verlieren. Jetzt beugte sie sich weit zurück, um
ihren Körper kurz danach wieder emporzureißen. Erstaunlich, wie beweglich sie für ihr Alter war! Ich war fasziniert,
mit welcher Hingabe und Leidenschaft sie in dem melan-
cholischen Tango aufging. Sie musste schon lange tanzen,
es sah professionell aus. Als die letzten Akkorde verklan-
gen, sank Stille über den Raum, und das Paar verharrte
in inniger Pose. Miss Finch hatte, schwer atmend von der
Anstrengung, ihre Wange wieder an die des Latinos gelegt,
die Augen geschlossen, fast so, als wollte sie ihn küssen.

Die Szene wurde undeutlich, zerfloss, und ich verließ
die Lehrerin und ihren Tanzpartner, ehe sie sich aus ihrer
Umarmung lösten.

Die Musik und die Geräusche vom Ball draußen in
der Halle kehrten zurück. Wurden lauter, als einige Mädchen den Waschraum betraten, und wieder leiser, als sich
die Tür hinten ihnen schloss. Die Schülerinnen alberten
vor den Waschbecken herum, während ich nach wie vor

gefangen von dem Gesehenen auf dem Klodeckel saß. *Oha, Miss Finch …* ›Stille Wasser sind tief‹, würde meine Granny dazu sagen. Fast wie ein Doppelleben war das, was ich soeben beobachtet hatte, es ließ mich schmunzeln. Eine Art Anerkennung oder Respekt für die schrullig-strenge Lehrerin stieg in mir auf. Ich würde sie nicht mehr als alte Trockenpflaume bezeichnen. Aufgrund des eben Gesehenen hatte etwas in mir *klick* gemacht. Wenn eine unattraktive Jungfer wie Miss Finch für solche Leidenschaft oder zumindest Abwechslung in ihrem Leben sorgte, dann konnte ich das ebenfalls, oder? Ich sollte zusehen, das Beste aus dem Ball zu machen. Aber zuerst würde ich Miss Finch suchen, um ihr den Anhänger zurückzugeben, der sicherlich Bedeutung für sie hatte.

Ich entdeckte sie am Rande der Tanzfläche an einem Bistrotisch stehend, von wo aus sie die teils ungelenken Tänzer beobachtete. Ihr Gesichtsausdruck ähnelte dem einer Politesse, die Strafzettel ausstellte, gepaart mit etwas Mitleid. Ich unterdrückte ein Grinsen. Wusste ich doch, dass unsere vermeintlich graue Maus von Lehrerin alle dort Tanzenden mühelos übertrumpfen könnte. Ich trat auf sie zu und hielt ihr den Anhänger entgegen. »Den habe ich unter dem Waschbecken gefunden. Gehört er Ihnen?«

Ihre Augen weiteten sich leicht vor Überraschung, als sie den Anhänger entgegennahm. »Danke, wie aufmerksam von dir. Den hätte ich schmerzlich vermisst.«

Auf der Suche nach meinen Freundinnen erspähte ich schon nach kurzer Zeit Maylin, die wie eine pinkfarbene Welle auf mich zustürmte. Sie schien ebenfalls Ausschau nach mir gehalten zu haben. »Da bist du ja!«

»Wo hast du denn Ben Hatcher gelassen?«, fragte ich.

»Ach, der!« Sie winkte ab. »Den hab' ich in die Wüste geschickt. Ist mir dauernd auf die Füße getreten, der Trampel, und hat mich begrabscht. Das Niveau mancher Menschen hat sogar im Keller noch Höhenangst.« Typisch Maylin. Sie hakte sich bei mir unter und zog mich in Richtung unserer Freunde. »Das Beste hast du übrigens verpasst, wo immer du auch gesteckt hast! Melissa hat hier in der Halle einen riesen Auftritt hingelegt, Eifersuchtsdrama pur!«

Überrascht blieb ich stehen und sah sie an. Weil ein neues Lied mit viel Bass eingespielt wurde, musste Maylin ihre Stimme stark anheben, als sie fortfuhr. »Josh hat zwei weitere Lieder mit Coco getanzt, nach dem Eröffnungstanz. Da ist Melissa auf die Tanzfläche gestürmt und hat ihm eine Szene gemacht, von wegen, er wäre mit ihr hier und solle sie gefälligst nicht stehen lassen. Alle haben gegafft, und sie hätte Josh beinahe eine geknallt.«

Ich konnte mir Melissa als tobende Furie nur zu gut vorstellen.

»Und wie hat er reagiert?«, fragte ich neugierig.

»Ach, ganz lässig, wie immer. Hab' ich nur gehört, weil ich näher dran war. Er sagte, sie solle mal runterkommen und nicht so herumschreien, er würde gleich mit ihr tanzen. Was Melissa nur noch mehr in Rage brachte. Zum Schluss hat sie gebrüllt, sie gehe jetzt, er wisse ja, wo er sie finde, um sich bei ihr zu entschuldigen. Dann ist sie hocherhobenen Kopfes auf ihren Riesenabsätzen rausgestakst und hat ein Mädchen zur Seite geschubst, das ihr im Weg stand. Ich vermute, auf der Beliebtheitsskala pendelt sie momentan nur noch zwischen null und eins.«

Mann, da hatte ich ja wirklich was verpasst.

»Hat Josh auch den Ball verlassen?«

»Nein, soweit ich weiß, nicht. Vorhin stand er mit ein paar Kumpels an der Bar, andauernd kamen Mädchen an und wollten mit ihm tanzen. Der könnte doch jede haben. Wenn ich er wäre, würde ich Melissa, der Pute, nicht hinterherrennen. Den misslungenen Abend hat sich Tausendschön selbst eingebrockt, und nach dieser peinlichen

Bruchlandung braucht sie nicht nur ein erholsames Wochenende, sondern eine Delfin-Therapie.«

»Na, na, du solltest nicht so übel von Melissa sprechen. Sie hat durchaus ihre netten Seiten«, vernahmen wir da eine Stimme direkt hinter uns, die Maylins Redefluss abrupt enden ließ und mir einen Schauer über den Rücken jagte. Die Augen meiner Freundin wurden kugelrund, beide fuhren wir ertappt herum. Da stand Josh, die Hände in den Hosentaschen, mit diesem unverschämt niedlichen Lächeln, das auch aus seinen grünen Augen funkelte. Oh Gott, war das peinlich! Es gab Momente, da traten Maylin und ich nicht ins Fettnäpfchen, da fielen wir in die Fritteuse. Dieser gehörte unbedingt dazu.

Trotz seiner tadelnden Worte schien Josh aber eher belustigt über Maylins Lästerei zu sein. Das sah man ihm an.

»Ich geh' dann mal meine Würde suchen«, stammelte sie, Blickkontakt mit Josh vermeidend, und eilte fort. Ließ mich einfach mit dem Jungen und der unangenehmen Situation stehen.

Dies schien ihn noch mehr zu amüsieren, denn aus dem Lächeln wurde ein leises Lachen. »Ups, die habe ich wohl verscheucht. Aber soll man so fies lästern?«

Ich spürte, dass meine Wangen erröteten, und hoffte, dass es Josh im schummerigen Licht nicht auffiel. Versuchte, mir schnell ins Gedächtnis zu rufen, was wir alles geäußert hatten. Wie lange hatte er dort gestanden und uns zugehört?

Mir fehlten die Worte. Doch er schien keine Antwort von mir zu erwarten, sagte stattdessen etwas, was meinen ohnehin raschen Puls weiter beschleunigte.

»Ich wollte mit dir sprechen. Du bist ohne Ballpartner hier, oder?« Seine Stimme löste ein Kribbeln in meiner Magengegend aus und sorgte dafür, dass mir wieder die Knie weich wurden.

»Ja, bin ich«, konnte ich nur antworten. Fühlte mich der Situation nicht gewachsen. Seine plötzliche Nähe hatte mich dermaßen überrumpelt und verwirrt, dass mein sonst so kluges Hirn nicht mehr funktionierte.

»Hast du Lust, mit mir und meinen Freunden mit zu *Hershkys* zu kommen? Dort noch ein bisschen abhängen, Billard und Tischkicker spielen und so.«

Vor lauter Überraschung hielt ich unbewusst den Atem an. Josh fragte mich, ob ich ihn in eine Bar begleiten wollte! Mir schwirrte der Kopf, ich hatte das Gefühl, mich setzen zu müssen, hoffte, dass er es nicht bemerkte. Und atmete endlich wieder aus, als ich Druck auf der Lunge verspürte. *Reiß dich zusammen, Abby!*, fuhr ich mich innerlich an. *Das ist kein Traum, sondern die Realität. Auch wenn sie dich überfordert, sei einmal im Leben locker.* Aber diese vernünftige Stimme setzte sich nicht gegen den Trottel durch, der durch Joshs unerwartetes Interesse Besitz von mir ergriffen hatte. Statt einfach lässig ›Ja, gerne, warum nicht‹ zu erwidern, hörte ich mich stammeln: »Was wird Melissa dazu sagen? Vielleicht kommt sie zum Ball zurück.«

Vor Wut auf mich selbst biss ich mir in die Wangen. Doch er schien das keineswegs peinlich, sondern für eine normale Frage zu halten, denn er antwortete über den Lärm hinweg: »Mel beruhigt sich schon wieder, aber sie kommt garantiert nicht zurück. Eigentlich ist sie okay, in letzter Zeit scheint sie sich nur einzubilden, dass wir zusammen wären. Aber lass uns nicht über sie reden. Also – willst du gleich mitkommen?«

Jetzt wusste ich es aus erster Hand: Melissa und Josh waren kein Paar. Er wollte mich kennenlernen. Ein Glücksgefühl erhob sich wie ein Schwarm zarter Kolibris in meinem Bauch.

»Ich bin schon mit meinen Freunden in der *Milkshake-*

Bar verabredet. Dort holt uns Maylins Vater um elf ab.« Oh Gott, was redete ich für einen Müll.

»Ich kann dich nachher auch nach Hause fahren. Aber wenn du lieber mit den anderen weiterziehen willst –«

»Nein«, unterbrach ich ihn rasch. »Ich möchte mitkommen.« Ich warf einen verstohlenen Blick auf meine Uhr. Kurz nach halb zehn. Um zweiundzwanzig Uhr würde der Ball enden.

Josh trat einen Schritt näher an mich heran, beugte sich etwas zu mir hinunter und brachte seinen Kopf direkt an meinen. Er roch sehr gut, und seine Stimme so nah an meinem Ohr zu hören ließ mein Innerstes vibrieren. »Am liebsten würde ich jetzt schon fahren, dann können wir uns besser unterhalten als hier. Treffen wir uns gleich am Ausgang?«

Seine Selbstsicherheit und die Tatsache, dass er mein Verhalten anscheinend nicht albern fand, färbten auf mich ab. »Ich sag sofort meinen Freundinnen Bescheid.«

Er schenkte mir wieder dieses unwiderstehliche Lächeln, dann schlenderte er weg, und mir war, als ob ich fliegen konnte. Was für ein Abend! Aus all den Mädchen dieser Schule hatte er mich ausgewählt und angesprochen. Das Letzte, womit ich gerechnet hatte.

Mit vor Seligkeit fast berstendem Herzen und strahlendem Gesicht eilte ich auf meine Freundinnen zu, um ihnen das Unglaubliche zu erzählen. Zum Abschied umarmte mich Maylin fest und raunte mir ins Ohr: »Morgen musst du mir alles, aber auch alles berichten! Ruf mich vor dem Frühstück an, damit du mich noch erwischst. Wir machen einen Familienausflug an die Seen!«

Exakt fünf Minuten später erreichte ich den Treffpunkt beim Ausgang. Dort warteten sie auf mich: Josh, der Langweiler Jacob und seine Ballpartnerin, ein rotblondes Mädchen in einem dunkelblauen Kleid sowie ein stiernackiger

Schrank von einem Jungen, der ebenfalls zum Footballteam der Schule gehörte. Sein schlecht sitzender Anzug spannte über einem Körper, der aussah, als ob er täglich Fastfood aß und Gewichte stemmte.

Auf dem Weg zu seinem Wagen stellte Josh mir das Mädchen als Carrie und den Bulligen als Kyle vor. Letzterer entpuppte sich innerhalb kürzester Zeit als kindische Quasselstrippe und konnte eine ziemlich unangenehme Art haben, wie ich sogleich feststellen musste.

»Hast du Melissa gegen das Küken eingetauscht? Und nächstes Jahr holst du deine Ballpartnerin aus der Grundschule ab, was, Josh?«

Seiner geschmacklosen Ansage ließ er ein gackerndes Lachen folgen. Er schien jemand zu sein, der immer über die eigenen Witze lachte. Ich versank vor Scham fast im Boden, noch mehr, als ich bemerkte, dass Carrie über den doofen Witz grinste. Jacob verzog keine Miene. Nur Josh griff umgehend ein.

»Lass das, sonst fährst du nicht mit.« Er hatte es ruhig und leise gesagt, doch lag derart viel Überlegenheit in seinen Worten, dass Kyle sofort aufhörte zu lachen.

»Okay, okay.« Er hob in einer abwehrenden Geste die Hände. »Man wird doch noch einen Witz machen dürfen.«

Josh antwortete nicht darauf, schloss stattdessen seinen Wagen auf und ließ sich auf den Fahrersitz gleiten. Jacob stieg auf der Beifahrerseite ein.

»Ey, warum sitzt du vorne?«, beschwerte sich Kyle.

»Ich hab' die längeren Beine«, erwiderte Jacob.

Carrie rutschte auf die Rückbank, ich folgte ihr. Als Letzter quetschte sich Kyle neben mich auf den Sitz, schob mich durch seine Masse so dicht an Carrie heran, dass ich regelrecht eingezwängt wurde zwischen ihnen. Er schnaufte und schwitzte. Das, sowie sein aufdringliches Deo, stieß mich ab, doch ich versuchte es mir nicht anmerken zu lassen.

Der Dicke ließ es sich nicht nehmen, weiterhin alberne Witze zu reißen, aber wenigstens nicht mehr über mich. Insgeheim wunderte ich mich, dass ein heißer Typ wie Josh mit einem wie ihm abhing, auch wenn sie im gleichen Team spielten. Oder dass er sich mit einer Spaßbremse wie Jacob abgab. Als ich Joshs Gesicht im Rückspiegel betrachten wollte, traf ich stattdessen plötzlich auf Jacobs dunkle Augen. Er musterte mich. Lag da etwas Missbilligendes in seinem Blick? Fragte er sich etwa auch, was Josh von mir wollte? Rasch sah ich zur Seite. Hoffte, dass der Abend nicht in einem Fiasko enden würde, da mir von Joshs Freunden eine gewisse Ablehnung entgegenschlug.

Josh wiederum schien mein Unbehagen zu spüren, oder er war einfach nur jemand, der immer das Richtige tat. Denn er sagte im Plauderton über die Schulter hinweg: »Warst du schon mal im *Hershkys*, Abby?«

Es war ein beliebter Treffpunkt für die älteren Jugendlichen in unserem Ort. Ich war noch nicht dort gewesen, wollte das aber nicht zugeben, um Kyle nicht erneut eine Vorlage für einen miesen Spruch auf meine Kosten zu liefern. Darum antwortete ich ausweichend: »Ja, ist nett da.«

Josh erzählte ein bisschen darüber, was sie dort schon erlebt hatten, das ließ mich entspannen.

Kurze Zeit später erreichten wir unser Ziel, und ich war froh, endlich aussteigen und der Enge des Wagens sowie Kyles unangenehmer Nähe entkommen zu können.

Die Inneneinrichtung der Bar war ansprechend, stellte ich fest. Die schwarz-weißen Fliesen und die roten Ledermöbel erinnerten an ein typisches Diner. Viele, vor allem junge Leute, hielten sich hier auf. Ihr Lachen, das Stimmengewirr und die leise Hintergrundmusik erzeugten eine fröhliche Atmosphäre. Einige der Anwesenden waren wie wir zuvor auf dem Schulball gewesen, das erkannte ich an ihrer festlichen Kleidung.

Josh steuerte auf den einzigen freien Gruppentisch am Fenster zu und ließ sich auf die Sitzbank gleiten. Er lächelte mich an, klopfte neben sich auf das Leder. So lieb, wie er mich dabei anblickte. Mir wurde ganz warm, und ich wollte an keinem anderen Ort der Welt sein. Obwohl ich nach wie vor spürte, dass unseren Begleitern meine Anwesenheit nicht so recht war.

Ich setzte mich neben ihn, auch die anderen nahmen Platz. Die Bedienung kam an den Tisch und notierte die Bestellung, fünfmal Cola.

Jacob und Carrie steckten die Köpfe zusammen und unterhielten sich leise. Das hieß, das Mädchen sprach, und Jacob lauschte mit ernster Miene. Konnte der überhaupt mal witzig sein oder lächeln? Kyle wuchtete seinen Körper hoch und begab sich zu einem der Flipperautomaten, den er mit einer Münze fütterte und daran zu spielen begann. Sonderlich geschickt stellte er sich dabei nicht an, denn ich hörte ihn dauernd fluchen, dann gereizt auf das Gerät schlagen.

»Lass es heile«, sagte Josh über die Schulter zu ihm, wandte sich dann mir zu. »Dieses Kleid ist toll, steht dir total gut.«

»Und schwarz steht dir«, erwiderte ich. Wir strahlten uns an.

»Kannst du Billard spielen?«, fragte er.

Ich zögerte. Hatte es ein- oder zweimal versucht, aber nicht einmal alle Regeln verstanden. Ich schüttelte den Kopf. »Eher nicht.«

Josh berührte, wie zufällig, mit seinen Fingern meine Hand, was ein Kribbeln auslöste, das sich über meinen Arm im ganzen Körper ausbreitete.

»Ich kann es dir zeigen, wenn du magst. Worin bist du denn richtig gut, außer in amerikanischer Geschichte natürlich?« Seine hellgrünen Augen leuchteten wie Smaragde.

104

»Mmh, darüber muss ich erst mal nachdenken. So viel, wie du kannst, da will ich nicht einfach was sagen.« Das Kompliment kam mir erstaunlich leicht über die Lippen, und es schien ihn zu freuen, das sah ich ihm an. In diesem Moment trat die Bedienung mit den Getränken an den Tisch, was Kyle auf seinen Platz zurückkehren ließ. Kaum war die Kellnerin verschwunden, zog er ein kleines Fläschchen aus der Sakkotasche, schaute sich verstohlen um und gab etwas von der Flüssigkeit in seine Cola.

»Jetzt wollen wir den Abend ein wenig aufpeppen. Ich hab' Bourbon dabei, wer möchte?« Carrie lachte erfreut auf, ihre Augen glitzerten, und sie griff unter dem Tisch nach dem Alkoholfläschchen, das Kyle ihr reichte.

»Unauffällig«, zischte er. Carrie leerte den Inhalt des Fläschchens in ihre Cola, ließ es dann in ihrer Handtasche verschwinden.

»Du trinkst ja nichts«, sagte Kyle in Jacobs Richtung, prostete Carrie zu und nahm einen großen Schluck. »Was ist mir euch? Josh? Abby?«

Josh schüttelte den Kopf. »Ich bin der Fahrer.«

Ich wusste nicht, was ich antworten sollte. Alkohol unter einundzwanzig Jahren zu trinken, war verboten, also für uns alle. Doch taten es viele ältere Jugendliche trotzdem, aber eher auf privaten Partys. Erwischt zu werden, würde mächtigen Ärger bedeuten. Ich hatte keinerlei Erfahrung mit Alkohol. Doch – wenn ich jetzt nicht probierte, würden sie mich dann wieder als ›Küken‹ hänseln? Ehe ich antworten konnte, vernahm ich Jacobs missbilligende Stimme. »Sie ist zu jung.«

»Stimmt, ich müsste ihr den Drink in einer Nuckelflasche mixen.« Kyle gluckste und lachte wieder so dämlich.

»Ich hab dir vorhin schon gesagt, dass du das lassen sollst.« Joshs Stimme klang jetzt kühl. »Abby ist alt genug, um zu entscheiden, was sie möchte.«

Diese Aussage gab den Ausschlag. Ich hatte es satt, wie ein Baby behandelt zu werden, als das Kyle, Carrie und Jacob mich offensichtlich ansahen. Möglichst lässig streckte ich meine Hand aus. Der Dicke grinste, zog einen weiteren Mini-Bourbon aus seiner Tasche und steckte ihn mir zu.

Da ich keine Ahnung hatte, wie viel man davon einschenkte, und zudem nicht erwischt werden wollte, kippte ich einfach einen Schwall in mein Glas, ohne hinzusehen.

Der Geruch, der mir in die Nase stieg, als ich das Glas an die Lippen setzte, war ekelerregend. Dennoch trank ich einen ordentlichen Schluck, musste ein Husten unterdrücken, weil die Flüssigkeit in Mund und Kehle brannte, dann wie eine Feuerspur hinab in meinen Magen zog. Das war ja widerlich. Weil alle mich anblickten, setzte ich das Glas ein zweites Mal an und trank es aus. Tapfer lächelte ich in die Runde, um mein Unbehagen zu überspielen.

»Nochmal Cola für alle!«, rief Kyle der Frau am Tresen zu und hielt sein leeres Glas in die Höhe. Weitere Fläschchen wurden herumgereicht.

»Lass uns Billard spielen«, sagte Josh etwas später zu mir und stand auf.

Als ich es ihm nachtat, merkte ich, dass mir schwindelig war. Das lag garantiert an dem ungewohnten Alkohol. »Ich komme gleich nach.«

Ich hoffte, dass mein Gang zum WC sicherer aussehen würde, als ich mich fühlte. Der Flur vor den Toiletten war recht düster, sodass ich die Augen zusammenkniff, um zu erkennen, welche die Tür für die Damen war. Ich stellte mich an das Waschbecken, ließ das Wasser laufen und spülte mir den Mund aus. Wiederholte es, doch der üble Geschmack schien sich nicht verflüchtigen zu wollen. Leicht schwankend hielt ich mich kurz am Waschbeckenrand fest. Mist! Warum hatte ich das blöde Zeug getrunken? Prüfend blickte ich in den Spiegel, versuchte, ein möglichst lässiges

Gesicht aufzusetzen. Keiner sollte mir anmerken, dass mir der Alkohol derart zu schaffen machte.

Als ich die Toilette verließ, wäre ich fast in Jacob hineingelaufen, der mitten im Flur stand. Seine breitschultrige Gestalt überragte mich um einiges. Hatte er etwa dort auf mich gewartet?

»Hi«, sagte ich leichthin, wollte an ihm vorbeigehen, aber er trat einen Schritt zur Seite und versperrte mir dadurch den Weg. Was sollte das? Ich blickte auf in sein Gesicht, konnte aber dessen Ausdruck in der spärlichen Flurbeleuchtung kaum erkennen.

»Du solltest nicht hier sein«, sagte er.

Ich spürte Ärger in mir hochsteigen. Warum hackten – außer Josh – dauernd alle auf mir herum? Ich war eingeladen worden, hatte keinem von ihnen etwas getan. War Carrie etwa eine Freundin von Melissa? Lehnte mich deshalb auch Jacob ab? All das zog mir in der Spanne weniger Wimpernschläge durch den Kopf. Ich entschied, mir das nicht gefallen zu lassen, ihn zur Rede zu stellen.

»Was hast du gegen mich?«, fragte ich scharf. »Wir kennen uns kaum. Josh hat mich eingeladen, mitzukommen. Und hier bin ich. Akzeptier das doch einfach.«

Er sah mich seltsam an. Überrascht? Ärgerlich? Ich vermochte es nicht zu deuten.

Dann blickte er zur Seite, fuhr sich mit der Hand durchs Haar, ehe er zu einer Erwiderung ansetzte. »Ich –«

Weiter kam er nicht, denn Josh streckte den Kopf in den Flur. »Hey, wo bleibt ihr?«

Ich nutzte die Gelegenheit, der unangenehmen Situation zu entkommen, schob mich an Jacob vorbei und folgte Josh zum Billardtisch.

Die Zeit ging allzu schnell vorüber. Gerade, als ich anfing, meinen Aufenthalt im *Hershkys* zu genießen, hörte ich Josh sagen: »Es ist Zeit. Ich bringe dich jetzt nach Hause.« Die

Enttäuschung stand mir offenbar ins Gesicht geschrieben, denn er strich mir sachte über den Arm und flüsterte mir ins Ohr: »Man soll immer aufhören, wenn's am schönsten ist.«

Während er sich den anderen zuwandte und fragte, wer mitfahren wollte, schluckte ich. Was hatte er genau damit gemeint, man solle aufhören, wenn es am schönsten ist? Betraf es nur diesen Abend oder unser Kennenlernen?

Allein Jacob zog sich seine Jacke über und trat zu uns, was mir verriet, dass er mit uns fahren würde.

Draußen war es dunkel und sehr kühl geworden, ich fröstelte in Moms dünner Jacke. Wortlos gingen wir zum Wagen. Mit einem Mal war der ganze Zauber des Abends dahin.

Während der Fahrt saß ich stumm allein auf dem Rücksitz, lauschte dem Gespräch der beiden Jungen, die sich über eine anstehende Arbeit in Physik unterhielten. Mich schienen sie gar nicht mehr auf dem Schirm zu haben, auch nicht Josh, der zuvor solches Interesse an mir gezeigt hatte. Würde er mich jetzt gleich kurz oder gar wortlos abservieren? Mir wurde es plötzlich eng in der Brust. Ich krallte meine Finger in das Abendtäschchen, versuchte, die lächerlichen, aufkommenden Tränen wegzublinzeln.

Kurze Zeit später hielten wir vor einem Haus. Im Schein der Straßenlaterne sah es verlassen, fast ungepflegt aus. Hier wohnte also Jacob. Seine Eltern erwarteten ihn offenbar nicht. Kein Licht brannte in einem der Zimmer, niemand hatte die Lampe über der Eingangstür eingeschaltet.

»Ich komme dann morgen Nachmittag zu dir, wegen Physik«, murmelte Jacob und stieg aus. Mir sagte er nicht mal Tschüss, als ob ich gar nicht im Wagen säße.

Jetzt war ich mit Josh allein. Abermals spürte ich meine Kehle eng werden, den unangenehmen Druck auf der Brust. Zum Glück war meine Sorge unbegründet.

»Worauf wartest du, komm nach vorne.« Und da war es wieder, dieses hinreißende Lächeln, das mein Herz hüpfen ließ. *Er mag mich doch*, frohlockte es bei jedem Schlag.

Während der Fahrt flirtete er mit mir, und wie den ganzen Abend mit ihm hatte ich das Gefühl, die Zeit flöge allzu rasch dahin, denn schon hatten wir mein Haus erreicht.

Ich suchte nach passenden Worten, um mich für die Einladung zu bedanken, als Josh den Motor abstellte und sich mir zuwandte. Einen Moment dachte, nein, hoffte ich, er würde mich küssen, war schon drauf und dran, mich ihm entgegenzubeugen und die Augen zu schließen, da sagte er: »War ein schöner Abend mit dir.«

Ich lächelte. »Ja, finde ich auch.«

»Wollen wir morgen telefonieren? Wenn du mir deine Nummer aufschreibst, kann ich dich anrufen.« Er sah süß aus, als er das fragte, fast, als fürchtete er, ich könnte Nein sagen, und innerlich schmolz ich wie Schokolade in der Sonne.

Da wir nichts zu schreiben hatten, kritzelte ich ihm die Nummer mit meinem Kajalstift auf den Unterarm. Seinen warmen Arm dabei festzuhalten, ihm so nahe zu sein, ihn wegen des kitzelnden Stiftes leise lachen zu hören, ließ wieder dieses Prickeln in mir aufsteigen.

»Du, wenn wir uns Montag in der Schule sehen ... Wie soll ich sagen, dann ...« Er hielt verlegen inne. Ich sah ihn fragend an.

»Ich meine, es wäre gut, wenn wir nicht zu offensichtlich zeigen, dass wir uns nähergekommen sind. Wegen Melissa, weißt du. Trotz ihrer Ausraster ist sie eine alte Freundin von mir. Ich will ihr zuerst sanft nahebringen, dass sie und ich kein Paar sind und auch keins werden. Verstehst du das?«

Wow. Er war wirklich unglaublich. Sah nicht nur blendend aus, war charmant und cool zugleich, nein, dazu zeigte er auch noch Fairness. Nahm Rücksicht auf die Gefühle von Melissa, die sich heute Abend ihm gegenüber so unmöglich benommen hatte.

»Natürlich«, antwortete ich.

»Okay, dann sprechen wir uns morgen.«

Mit Daumen und Zeigefinger formte er einen Telefonhörer.

Dann endlich neigte er sich mir entgegen, hielt vor meinem Gesicht kurz inne, ehe seine Lippen die meinen berührten, er mir einen zärtlichen Kuss gab. Meinen ersten Kuss. Nicht zu kurz und nicht zu lang. Er fühlte sich perfekt an und versetzte meinen Körper in Aufruhr. Mir war, als hätte mein Herz mit einem Mal Schwingen und schraubte sich wie ein Adler in den weiten Himmel empor.

»Schlaf gut, Abby«, sagte er zum Abschied und ließ den Motor an. Ich stieg aus und hob, wie er, lächelnd die Hand, als er wegfuhr, blickte seinem Wagen nach, bis er am Ende der Straße abbog. Mein Herz raste. Josh! Gelöst und glücklich wie nie zuvor schritt ich auf unser Haus zu.

6

Erstes Date

Wie versprochen rief ich Maylin früh am nächsten Morgen an und erstattete ihr Bericht. Sie lauschte, unterbrach mich immer wieder durch Zwischenrufe. Meine Erfahrungen mit dem Bourbon quittierte sie mit lautem Lachen und sagte neckend: »Du kannst dich jetzt mit der Titanic streiten, wer tiefer gesunken ist!«

Als ich ihr den Kuss zum Abschied beschrieb, quiekte sie dermaßen laut in den Hörer, dass ich ihn vom Ohr weghalten musste. Maylin freute sich so für mich. War überhaupt nicht neidisch, obwohl ihr selbst solch ein Glück bisher versagt geblieben war.

Gespannt erwartete ich Joshs Anruf. Leider hatte ich ihn nicht gefragt, wann er mit mir telefonieren wollte. Somit musste ich mich heute wohl oder übel im Haus aufhalten, um den Anruf nicht zu verpassen. Ich erinnerte mich, dass Josh nachmittags zum Lernen verabredet war. Rief er davor oder erst nach dem Treffen mit Jacob an? Würde er sich überhaupt melden? Meine Zuversicht geriet wieder ins Wanken.

Meinen Eltern erzählte ich beim Frühstück nicht viel vom Ball. Verschwieg natürlich die ersten Alkoholerfahrungen. Verlor auch kein Wort über Josh. Ich teilte nur mit, dass ich einen lustigen Abend mit meinen Freundinnen verbracht hätte. Die Einzelheiten interessierten Mom und Dad auch nicht sonderlich. Nach dem Kurzbericht wandte sich ihr Gespräch sofort wieder einem juristischen Fall zu.

Den ganzen Tag umschlich ich das Telefon. Ich wollte unbedingt vor meinen Eltern am Apparat sein, um das Gespräch entgegenzunehmen.

Denn die Tatsache, dass ein fremder Junge bei uns anrief, um mich zu sprechen, würde sie weitaus stärker interessieren als der gestrige Schulball.

Die Zeit kann sich endlos dahinziehen, wenn man auf etwas wartet. Langsam wurde ich unruhig. *Alles kann warten, nur die Liebe nicht.* Ich wusste nicht mehr, wer das gesagt hatte, doch das Zitat kreiste durch meinen Kopf. Mich überkam das dringende Bedürfnis, mit Granny zu sprechen. Ihr konnte ich mich bedingungslos anvertrauen. Über Josh und meine Unsicherheit reden.

Wie immer freute sich Großmutter über meinen Anruf. Ich schilderte ihr, was beim Ball passiert war. Beschrieb ihr Josh haarklein. Geriet ins Schwärmen. Nur die Alkoholepisode verschwieg ich lieber auch ihr, obwohl sie dafür sicher Verständnis gezeigt hätte.

»Jetzt warte ich. Kann an nichts anderes denken. Ich komme mir so dumm vor«, schloss ich meinen Bericht. An Grannys Stimme konnte ich hören, dass sie lächelte.

»Oh, das sind ja aufregende Neuigkeiten. Du bist nicht dumm, nur verliebt! Wenn dieser Josh ein so anständiger und bezaubernder Junge ist, wie du ihn beschreibst, dann wird er anrufen. Ganz sicher.« Sie lachte leise. Im Geiste sah ich ihre freundlichen blauen Augen in den Lachfältchen verschwinden. »Das erinnert mich daran, wie sehnsüchtig ich damals auf Nachricht von deinem Großvater James wartete, nachdem wir uns kennengelernt hatten. Da gab es kaum Telefone, wir besaßen zumindest keins. Man musste sich besuchen, Briefe schreiben oder Boten schicken. Ich glaube, ich tigerte damals genauso ungeduldig durch unser Haus wie du jetzt und ging allen schrecklich auf die Nerven.«

Ich schmunzelte, als ich mir Granny als junge Frau dabei vorstellte. Als sie meinen Großvater kennenlernte, war sie nur wenig älter gewesen als ich jetzt.

»Hat er sich denn am verabredeten Tag gemeldet?«

»Ja. Zwar erst am frühen Abend, aber da stand er höchstpersönlich vor der Tür, mit einem kleinen Blumenstrauß, aufgeregter, als ich es war.« Sie seufzte. »Das ist lange her. Dein Josh wird sicher anrufen. Lenk dich ein wenig ab, Liebes. Ich freue mich übrigens schon sehr auf Thanksgiving.«

Zum wichtigsten Familienfest im Jahreskreis würden meine Eltern und ich wie jedes Jahr nach Charleston fliegen, um Granny zu besuchen. Den traditionellen Truthahn und all die leckeren Speisen genießen, die sie am Feiertag für uns zauberte.

»Richtest du deinen Eltern bitte aus, dass ich diesmal auch Carl und Tanya eingeladen habe? Ich dachte, das würde dir gefallen.«

»Eine gute Idee. Ich habe Carl lange nicht gesehen. Ich werde es Mom und Dad sagen.«

Oben wurde die Tür zum Arbeitszimmer geöffnet, die Stimmen meiner Eltern näherten sich.

»Muss Schluss machen, Granny. Ich umarme dich.«

»Ich dich auch, Kleines«, hörte ich Großmutter antworten, ehe ich die Verbindung trennte.

Kurz vor zehn verlor ich jegliche Hoffnung, dass Josh sich noch melden würde. Zutiefst deprimiert spulte ich meine Abendrituale im Badezimmer ab, ehe ich mich ins Bett legte, den Tränen nah.

Es ist ihm etwas dazwischengekommen, wollte ich mich beruhigen.

Eine zweite, boshafte Stimme in mir stichelte dagegen an.

Er hat's glatt vergessen, weil du ihm gar nicht wichtig bist.

Aber weshalb hat er dann nach meiner Nummer gefragt? Mich so süß dabei angelächelt?, gab sich die zuversichtliche Seite nicht geschlagen.

Garantiert fragt er jedes Mädchen danach, das er kennenlernt, ätzte es hämisch zurück.

»Stopp! Schluss!«, sagte ich laut zu mir. Fast hätte ich mir das Kissen über den Kopf gezogen. Wenn ich einschlafen wollte, musste ich jetzt damit aufhören. Doch das Gedankenkarussell drehte sich weiter. Wie sollte ich mich Josh gegenüber morgen in der Schule verhalten? Ich hatte keinerlei Erfahrung, was in solch einem Fall angebracht wäre. Was, wenn er mich gar nicht mehr beachtete? Ich versuchte, diesen quälenden Gedanken wieder zu verdrängen. Zu spät. Er glitt mir durch die Kehle wie Quecksilber und lag mir schwer im Magen.

In diesem Moment schrillte unten im Wohnzimmer das Telefon. Ich zuckte zusammen, ehe mein Herz wie wild klopfte, sprang aus dem Bett und hetzte die Treppe hinab. Aber meine Mutter hatte das Gespräch bereits angenommen. Sie musterte mich, wie ich leicht außer Atem in meinem Schlafanzug vor ihr stand.

»Einen Moment bitte«, sagte sie in den Hörer, bedeckte die Sprechmuschel mit ihren Fingern und wandte sich leise an mich. »Da ist ein Josh.«

Eine gewisse Missbilligung sprach aus ihren Zügen. Ich nahm ihr das Telefon aus der Hand und verließ das Wohnzimmer, spürte ihren Blick im Rücken. Mein Herz pochte vor Aufregung.

»Hi«, sagte ich ins Telefon, als ich über den Flur hastete, mich im Gästeklo auf das geschlossene WC setzte und die Tür zuzog.

»Sorry, dass es so spät geworden ist. Du hast doch noch nicht geschlafen?«

»Nein, ich hab' ein bisschen Musik gehört, ferngesehen«, schwindelte ich.

»Wo bist du? Es hallt so komisch.« *Oh*, dachte ich und errötete leicht. In dem winzigen, gefliesten Raum musste meine Stimme seltsam klingen, doch ich würde ihm mit Sicherheit nicht mitteilen, wo ich gerade saß.

»Wie war dein Tag?«, stellte ich rasch eine Gegenfrage.

»Ganz okay. Hab' ausgeschlafen, dann lange mit Jacob für Physik gelernt. Die Arbeit nächste Woche wird ein schwerer Brocken. Dann sind meine Eltern mit mir Essen gefahren. Deshalb rufe ich jetzt erst an. Was hast du heute erlebt?«

Ich habe permanent an dich gedacht, sehnsüchtig neben dem Telefon gesessen und auf deinen Anruf gewartet, zog es mir durch den Kopf, aber ich sagte leichthin: »Hab' mit Freundinnen telefoniert, auch ein bisschen was für die Schule erledigt.«

Selbst wenn ich diesem gutaussehenden Jungen nicht persönlich gegenüberstand, sondern nur mit ihm telefonierte, neigte ich dazu, Schwachsinn zu stammeln und nicht die brillante, witzige Person, die tief in mir steckte, hervorkommen zu lassen.

Eine kurze Redepause entstand, weil wir beide nicht wussten, was wir sagen sollten.

Ehe es unangenehm wurde, meinte Josh: »Ich würde dich gerne treffen, am Donnerstag. Vorher passt es leider nicht. Ich muss noch mein Referat für Geschichte fertigschreiben und hab' Footballtraining.«

Mein Magen senkte sich vor Aufregung wie bei einer Achterbahnfahrt.

»Ja, gerne. Wo wollen wir uns treffen?«

»Kommst du mich besuchen? Nachmittags?«

»Ja, gerne«, antwortete ich erneut und biss mir verlegen auf die Lippe. Ich klang wie ein Papagei.

»321 Chestnut Grove. Ist ja nicht weit von dir.«

»Ich weiß.« Und *erhalte garantiert keinen Preis für die pfiffigsten Dialoganteile*, fuhr ich im Kopf fort.

Josh beendete das Gespräch, indem er mir eine gute Nacht wünschte, was ich erwiderte.

Eine ganze Weile noch hielt ich den Hörer an meine Brust gedrückt und lächelte selig.

Er hatte angerufen! Wir waren verabredet, wenn auch erst in vier Tagen.

Meinen Eltern, die sich nach wie vor im Wohnzimmer aufhielten, als ich das Telefon auf die Station zurückstellte, erzählte ich nur, dass Josh ein Junge aus dem Geschichtskurs sei, der eine dringende Frage gehabt hätte. Sie schluckten das. Meine Mutter ließ es sich jedoch nicht nehmen, spitz anzumerken: »Der Junge sollte sich mehr an gemeingültige Gesprächszeiten halten.«

Am nächsten Tag in der Schule klärte ich meine vier Freundinnen in der Mittagspause darüber auf, dass die beginnende Beziehung von Josh und mir noch geheim war, erzählte ihnen den Grund dafür. Auch, dass wir Donnerstag ein Date hatten. Maylin und Vivian fanden das aufregend. Ruth lächelte, allein Teresa sah leicht skeptisch drein. Ich achtete jedoch nicht auf sie, denn als wir den Speisesaal betraten, war da Josh, saß inmitten seiner Clique an einem der Tische. Wie immer hatte er diese starke Präsenz, sodass ich ihn sofort entdeckte. Gutgelaunt scherzte er mit seinen Freunden. Meine Mundwinkel verzogen sich nach unten, als ich auch Melissa sah, es versetzte mir wieder schmerzhafte, kleine Hiebe in die Magengegend, bis ich mir Joshs Worte in Erinnerung rief, dass er sie, so bald wie möglich, sanft über die wahre Natur ihres Verhältnisses aufklären wollte. Zudem fiel mir auf, dass Melissa heute nicht wie eine Klette an ihm klebte, nicht mal neben ihm saß. Kein Lachen erhellte ihr Gesicht, sie starrte missmutig vor sich hin.

Irgendwann bemerkte Josh auch mich, unsere Blicke bildeten ein Band. In weniger als zwei Sekunden schaffte er es, mir unbemerkt von den anderen verschwörerisch zuzuzwinkern und ein inniges Lächeln zu schenken. Darin lag so viel Zuneigung, dass mir ganz flau vor Glück wurde. Ich erwiderte es, ehe er den Augenkontakt unterbrach und ich mich wieder meinen Freundinnen zuwandte.

»Achtung, ich glaube, er kommt«, zischte Ruth kurze Zeit später, für ihre Verhältnisse unauffällig.

Schon stand er an unserem Tisch, lächelte lässig in die Runde. »Hi.«

Fünf Mädchenstimmen erwiderten den Gruß gleichzeitig, was albern klang, Ruthys Wangen färbten sich rosa, Maylin saß stumm da. Josh hatte diese Wirkung auf Mädchen.

Nun blickte er allein mich an, derart intensiv, als wären wir die einzigen Personen im Raum, und beugte sich zu mir herunter. »Ich kann's kaum erwarten, unser Date.«

Er sagte es mit diesem speziellen Lächeln, das ich unwiderstehlich fand, dann war er schon wieder weg. Statt an seinen Tisch zurückzukehren, verließ er die Kantine.

»Okay … Ich denke, er scheint doch ganz in Ordnung zu sein«, änderte Teresa ihre Meinung.

»Und wenn ihr euch Melissa anseht, ahnt oder weiß sie schon etwas«, ergänzte Maylin und nickte seitwärts, sodass ich den Kopf in die Richtung wandte. Ohne Vorwarnung hätte ich mich erschreckt. Melissas Augen spießten mich regelrecht auf, wie einen Erzfeind. Den Mund hatte sie zu einem gemeinen Strich zusammengepresst, als ob ich mich fürchten sollte, heute irgendwo allein mit ihr zu sein. Rasch schaute ich wieder weg. Hatte Josh es ihr bereits gesagt?

Am Tag unserer Verabredung hatten wir den einzigen gemeinsamen Kurs, Geschichte. Heute würde Josh sein Referat halten. Ich freute mich schon darauf, ihn den ganzen ersten Unterrichtsblock lang anzusehen und ihm zuhören zu können. Aber sein Stuhl neben Jacob, dem Streber, der wie immer vor Unterrichtsbeginn seine Unterlagen hervorkramte, blieb leer. Gähnte mich boshaft an. War Josh erkrankt? Würde unsere Verabredung heute deshalb ausfallen? Ich war enttäuscht wie ein Kleinkind, dem man sein Weihnachtsgeschenk wegnahm. Nein, Geburtstagsgeschenk war passender, denn in einer Woche wurde ich sechzehn Jahre alt.

Ich ließ die letzten Stunden, den kreativen Wahlkurs, ausfallen, und fuhr stattdessen nach Hause. Meine Eltern waren in ihrer Kanzlei. Wenn ich Josh heute schon nicht sah, wollte ich zumindest seine Stimme hören, ihm gute Besserung wünschen. Vielleicht konnte ich ihm den Gefallen tun, die schriftliche Ausarbeitung des Referats abzuholen, um sie morgen Mr. Parker zu geben. Josh war selbst am Apparat, und mein Herz machte sofort einen Hüpfer.

»Ich bin's. Du warst heute nicht in der Schule. Da hab' ich gedacht, ich rufe an.«

»Mir geht's nicht sonderlich. Hab scheinbar gestern was Verdorbenes vom Chinesen gegessen, mir war die ganze Nacht schlecht. Auf Einzelheiten verzichte ich lieber.«

»Dann wird das nichts mit unserem Treffen heute ... Oder?«

»Ich fürchte nicht. Ich hatte vorgehabt, das Referat gestern Abend zu beenden, aber da kam mir die Übelkeit dazwischen. Da muss ich jetzt ran. Parker will auch im Krankheitsfall immer das Schriftliche.«

»Stimmt, Mr. Parker bat mich, dir das auszurichten.«

»Zu dumm, dass ich nicht fertig geworden bin. Nächste Woche hab' ich eine mündliche Prüfung, dafür muss ich ebenfalls lernen. Aber ich schaff' das schon.« Seine Stimme klang allerdings nicht sonderlich überzeugend. Man hörte ihm an, dass es ihm nicht gutging, und ein Gedanke keimte in mir.

»Ich kann dir helfen, beim Referat. Wenn du magst, komme ich zu dir, und wir packen das gemeinsam.«

»Nein, danke, lieb gemeint, aber ich will das alleine geregelt kriegen.«

Es gelang mir jedoch, mit weiteren Argumenten seinen Widerstand zu brechen. Endlich willigte er ein, meine Unterstützung anzunehmen. Rasch suchte ich zusammen, was ich an Büchern und Artikeln fand, packte alles in meinen Rucksack und machte mich auf den Weg zu ihm.

321 Chestnut Grove entpuppte sich als moderne Villa, viel Glas, verwinkelt gebaut, umgeben von einem weitläufigen Grundstück. Über die Auffahrt fuhr ich auf das Haus zu, stellte mein Rad neben einem Dreier-Carport ab, unter dem zwei europäische Luxuswagen und ein schwarzglänzender amerikanischer Oldtimer standen. Etwas abseits, in der Auffahrt, entdeckte ich Joshs Golf, der für einen Schüler ein durchaus schicker Wagen war, aber neben den Nobelkarossen seinen Glanz verlor.

Ich hatte nicht geahnt, wie wohlhabend Familie McAllen war, es schüchterte mich ein wenig ein. Meinen schweren Rucksack schulternd schritt ich auf den Eingang zu und läutete. Durch die Glastür sah ich einen stilvoll eingerichteten Eingangsbereich, jetzt näherte sich eine Frau. Als sie die Tür öffnete und ich in ihr äußerst attraktives Gesicht blickte, fiel mir sofort die Ähnlichkeit mit Josh auf. Sie musste seine Mutter sein. Dieselben Smaragd-Augen, dichtes Haar in der Farbe goldenen Weizens. Obwohl es Herbst war, zeigte sie lange, gebräunte Beine in kurzen Shorts.

»Das sieht nach Arbeit aus«, begrüßte sie mich. »Komm rein.« Ich wollte ihr guterzogen die Hand reichen, mich ihr vorstellen, aber sie ignorierte meine ausgestreckte Hand, wandte sich ab und rief eine Treppe hinauf: »Josh, du hast Besuch.«

Wieder an mich gerichtet fuhr sie fort: »Er ist oben, erstes Zimmer rechts.«

Ein kurzes, professionelles Lächeln anknipsend verschwand sie mit graziösem Gang in einem Nebenzimmer.

Während ich die Treppe erklomm, passierte ich großformatige, gerahmte Schwarz-Weiß-Fotografien. Im Vorbeigehen betrachtete ich ein hübsches Mädchen, das ebenfalls die Familienähnlichkeit besaß. Joshs Schwester? Vor dem nächsten Foto blieb ich abrupt stehen und hielt den Atem an. Es zeigte Josh im Profil, übergroß. Im Hintergrund das Meer, sein Haar leicht vom Wind zerzaust. Der Fotograf hatte genau den Gesichtsausdruck eingefangen, den ich so liebte. Was würde ich dafür geben, dieses Bild zu besitzen. Ich löste mich von dem Anblick und stieg die letzten Stufen hinauf. Klopfte an die erste Tür, dann trat ich ein.

Joshs Zimmer sprach nicht von Ordnung, elektronisch war es bestens ausgestattet: Fernseher, Videorekorder, Stereoanlage mit großen Boxen. Auch ein PC mit Drucker war vorhanden.

Ein breites Bett stand an der Wand, auf dem Josh sich aufrichtete, als ich eintrat.

»Da bin ich«, sagte ich zur Begrüßung und legte Rucksack und Bücher ab.

Er war blasser als sonst, hatte leichte Augenringe. Dennoch sah er umwerfend aus. Als er Anstalten machte, aufzustehen, ließ er sich auf das Bett zurückfallen. »Sorry. Wenn mir nur nicht so übel wäre«, murmelte er. »Mit mir ist nichts anzufangen. Du solltest besser wieder gehen.«

»Kommt gar nicht in Frage«, antwortete ich. »Bleib liegen.«

»Unser erstes Date hast du dir sicher anders vorgestellt, nicht?« Er grinste schief.

»Schon okay.« *Hauptsache, ich bin bei dir.*

»Magst du dich zu mir setzen? Ich bin ja nicht ansteckend.« Ich folgte seiner Bitte und nahm auf dem Rand der breiten Matratze Platz.

»Deine Mom ist eine sehr schöne Frau«, begann ich ein Gespräch.

»Ja, und das weiß sie auch. Sie war früher Fotomodell. Inzwischen ist sie Fotografin, sogar eine recht bekannte.«

In Joshs Stimme schwang unverhohlener Stolz.

»Dann sind die Bilder im Treppenaufgang von ihr? Die sind großartig. Euer ganzes Haus ist so besonders.«

»Dad ist Architekt, in der Branche ziemlich angesehen. Er hat sich hiermit sein Traumhaus gebaut.« Obwohl er über seinen Vater ebenso positiv sprach wie zuvor über die Mutter, hatte sich sein Gesichtsdruck verändert. War angespannter, verschlossener.

»Und du hast eine Schwester, nicht?«, sagte ich, an das Foto im Treppenaufgang denkend.

»Caroline. Sie ist gerade in Europa, in England. Besucht Verwandte von uns, bis ihr Studium anfängt.« Sie war also älter als Josh, musste mindestens neunzehn oder zwanzig sein. Unglaublich, dass Mrs. McAllen zwei fast erwachsene Kinder hatte, sie sah so jung aus.

»Kann ich das, was du für das Referat bisher geschrieben hast, lesen?«

»Ach, Abby, ich weiß nicht … Lass uns doch einfach ein wenig reden, uns kennenlernen.« Es fiel ihm nicht leicht, meine Hilfe anzunehmen, das spürte ich. Deshalb erwiderte ich rasch: »Tun wir, nach dem Referat. Freunde halten doch zusammen, nicht?«

Sein Gesichtsausdruck wurde weich. »Das hast du nett gesagt.« Er wies auf seinen Schreibtisch, zum PC. »Ich hab’s schon ausgedruckt. Du findest es aber auch geöffnet auf dem Bildschirm, falls du was ändern möchtest.«

Ich ging hinüber und setzte mich an den Schreibtisch.

»Ist es okay für dich, wenn ich duschen gehe? Vielleicht fühle ich mich dann ein bisschen besser«, hörte ich ihn sagen.

»Klar«, murmelte ich, bereits in den Text vertieft, denn ich hatte vor, diese Aufgabe möglichst schnell hinter mich zu bringen, damit der angenehme Teil der Verabredung beginnen konnte. Ich bemerkte nur am Rande, dass Josh das Zimmer verließ. Nach dem ersten Überfliegen stellte ich fest, dass wichtige Teile fehlten. Vor allem gegen Ende hin hatte er recht fahrig und ungenau geschrieben, traten gehäuft Fehler auf. War ja auch nicht leicht, zu formulieren, wenn man krank war, entschuldigte ich das im Geiste. Ich holte mir meine Bücher an den Platz und machte mich an die Arbeit. Meine Finger flogen über die Tastatur. Wenn ich eine Aufgabe mit geschichtlichem Hintergrund bekam, war ich wie ein Hund, der sich in seinen Knochen verbiss. So gut wie möglich wollte ich Josh helfen, entwickelte einen regelrechten Ehrgeiz, den Text zu perfektionieren. Natürlich war ich darauf aus, ihn zu beeindrucken. Geschichte war mein Steckenpferd.

Als ich nach einiger Zeit aus der Versunkenheit auftauchte und mich umwandte, lag Josh auf seinem Bett und schlief. Die Uhr enthüllte, dass ich fast zwei Stunden vertieft gearbeitet hatte. Oh, dachte ich, kein Wunder, dass er eingeschlafen war …

Ich unterdrückte den Impuls, ihn zu wecken, ihm mitzuteilen, dass das Referat fertig war. Seine Freude darüber zu sehen, weil es wirklich erstklassig geworden war. Sein friedlicher Schlummer hielt mich zurück. Ich betrachtete sein entspanntes, engelsgleiches Gesicht. Nichts war zu hören in dem stillen Zimmer, außer dem elektronischen Rauschen des PC.

Innerlich seufzend dachte ich: *Das war also unser erstes Date.*

Gerne hätte ich ihn noch gefragt, ob er mit Melissa gesprochen hatte. Nun, ein anderes Mal.

Ich schrieb ihm eine Notiz, klebte sie an den Bildschirm, dabei fiel mein Blick auf einen Kinderfootball im Regal über dem Computer, der ziemlich abgenutzt aussah. Josh hatte als Kind allem Anschein nach oft damit gespielt.

Ich konnte der Versuchung nicht widerstehen, den Ball zu berühren, legte meine Fingerspitzen darauf und fühlte das vertraute Kribbeln und Ziehen. Nahm die Hand wieder zurück. War das Schnüffeln? Im Leben dessen, den ich liebte? Das sollte ich nicht tun. Aber – was würde ich schon zu sehen bekommen? Einen Football spielenden, jüngeren Josh, garantiert keine intimen Geheimnisse. Mit einer gewissen Vorfreude legte ich meine Finger auf das Leder und gab der Neugier nach.

Ich tauchte in einem Park auf einer Rasenfläche auf. Alte Bäume. Ein See, auf dem Enten und Schwäne schwammen. Spaziergänger. Ein Jogger. Der Himmel war bewölkt, aber es war warm. Und da war Josh. Etwa fünf oder sechs Jahre alt, schätzte ich. Sein Haar leuchtete heller als heute, fast weiß. Die Arme und Beine, die aus T-Shirt und Shorts hervorlugten, waren dünn wie Pommespikser. In einiger Entfernung von ihm stand ein großgewachsener Mann. Sein Vater?

Er hielt den Football in den Händen und rief: »Fang ihn, lass ihn nicht aus den Augen und fang ihn!«

Dann holte er aus und warf das Leder in Joshs Richtung. Mit Wucht. Josh trippelte, den Blick unentwegt auf den Football gerichtet, die Arme erhoben. Das Geschoss traf auf seine Hände. So fest, dass er es nicht halten konnte, es prallte ab und fiel ins Gras. Der kindliche Josh verzog schmerzerfüllt das Gesicht, rieb sich die rechte Hand, war kurz davor, zu weinen, das sah man ihm an. Der Mann rannte auf ihn zu. Aber statt ihn zu trösten und ihm auf die Hände zu pusten, hörte ich ihn brüllen: »Warum hältst du den verdammten Ball nicht? Warum? Fang bloß nicht wieder an zu heulen, du Memme.«

Die Gefühllosigkeit des Mannes erschreckte mich. War das wirklich der Vater oder ein privater Trainer? Joshs leise Antwort entsetzte mich. »Ich heule nicht, Dad.«

Sein Vater packte ihn an den Unterarmen, wie Löwenpranken umschlossen die Finger die zarten Gelenke. Er beugte sich hinab, starrte seinem Sohn in die Augen.

»Wir trainieren so lange weiter, bis du den Ball fängst. Du musst härter werden. Du bist ein McAllen!« Es klang wie eine Drohung. »Sag es: Ich bin ein McAllen. Ich gebe mein Bestes. Ich bin der Beste.«

Bei jeder Silbe hatte er seinen Sohn an den Unterarmen gerüttelt. Mir brach es fast das Herz, dies alles zu sehen. Was war das nur für ein fürchterlicher Kerl! Ich hörte Joshs Kinderstimme: »Ich bin ein –«

»Lauter!«, herrschte ihn der Vater an. »Du musst härter werden oder willst du, dass die anderen Spieler auf dir herumtrampeln?« Endlich ließ er seine Arme los.

»Ich bin Josh McAllen. Ich gebe mein Bestes. Ich werde den Ball fangen«, sagte die jüngere Ausgabe von Josh mit festerer Stimme. Endlich hörte der Mann auf, ihn zu fixieren, richtete sich auf.

»Dann zeig's mir, Partner.«

Er hob den Football auf, sah nicht, dass sich sein Sohn verstohlen über die Augen wischte, denn er entfernte sich bereits wieder über die Rasenfläche. Als er ausholte, um einen weiteren Pass zu werfen, verblasste die Umgebung, und ich verließ den Park.

Zurück in Joshs Zimmer zog ich fast angewidert die Finger vom Leder des Footballs, der die Unschuld des Kinderspielzeugs verloren hatte. War sein Vater an jenem Tag nur übel gelaunt gewesen oder hatte er sich seinem Sohn gegenüber öfter derartig hartherzig gezeigt, so immensen Druck auf ihn ausgeübt? Ich sträubte mich, daran zu glauben, dass es Letzteres war. Dann fiel mir Joshs veränderter Gesichtsausdruck ein, als er vorhin von seinem Dad gesprochen hatte. Aber wie hatte er mit solch einem Vater zu dem lässigen, fröhlichen Teenager heranwachsen können? Denkbar, dass die Szene aus dem Park nur eine Momentaufnahme war – oder?

Ich bin ein McAllen. Ich bin der Beste. Du musst härter werden, oder willst du, dass sie auf dir herumtrampeln? Wer brauchte fremde Kinder dafür, wenn der eigene Vater schon seine Fußabdrücke hinterlassen hatte?

Innerlich seufzend erhob ich mich, sah hinüber zum schlafenden Josh. Mitleid mit dem kleinen Jungen in ihm durchströmte mich. Ich würde nie begreifen, warum es vor allem die grausamen Gefühle und Erinnerungen waren, die sich in bestimmten Gegenständen am besten hielten.

Ich nahm meinen Rucksack in die eine, die Türklinke in die andere Hand und wandte mich noch einmal um, schenkte ihm einen letzten zärtlichen Blick. Ihn so friedlich schlafen zu sehen, erfüllte mich mit Wärme und tiefer Zuneigung. Endlich zog ich die Tür auf und ging. Wäre mir in diesem Moment bekannt gewesen, was in naher Zukunft passieren würde, hätte ich ihn geweckt.

7

Achterbahn der Gefühle

Ein paar Tage später hatte ich Geburtstag. Morgens gratulierten mir meine Eltern, wie immer recht förmlich. Dad schleppte zwei große Kartons aus dem Arbeitszimmer heran, die nicht als Geschenk verpackt waren. Somit sah ich gleich, dass sie einen PC und einen Drucker für mich gekauft hatten, was mich wirklich freute. Jedes Jahr erhielt ich teure, aber praktische Präsente. Dann überreichte mir Mom ein in fliederfarbenes Papier gewickeltes Päckchen. Ich wusste sofort, dass es von Granny war, überflog ihren liebevollen Geburtstagsgruß: ›Meine liebe Abby, alles Gute zum sechzehnten Geburtstag. Nächste Woche besucht Ihr mich zu Thanksgiving, doch Du sollst schon heute Dein Geschenk erhalten. Ich hoffe von Herzen, dass es Dir gefällt. Ich habe äußerst schöne Erinnerungen daran … Einen wundervollen Tag wünscht Dir Deine Granny‹

Ich packte das Geschenk aus und betrachtete es ehrfürchtig. Es war ein antikes Medaillon, aus Gold oder vergoldet, mit Intarsien, meisterlich gearbeitet. Das vertraute Kribbeln in meinen Fingerspitzen verriet mir, dass Eindrücke oder Erlebnisse darin gespeichert waren. ›Äußerst schöne Erinnerungen‹, wie Granny mir geschrieben hatte. Wie gut sie mich kannte, denn ich fand es bezaubernd. Ich würde es mir später in Ruhe ansehen.

Meine Freundinnen gratulierten mir in der Schule vor Unterrichtsbeginn. Maylin zauberte einen kleinen Kuchen aus einer Tüte, auf dem sechzehn Wunderkerzen steckten, die sie entzündete. Und während die prasselnden Strahlen in der morgendlichen Herbstdunkelheit funkelten und sprühten und die vertrauten Gesichter meiner Freundinnen beleuchteten, sangen sie für mich ein Geburtstagslied. Es war ein wohliger Moment. Wir ließen es uns nicht nehmen, den Kuchen gleich zu teilen und aufzuessen. Ich wischte Ruth ein paar Krümel vom Mundwinkel. Sie hatten ein Geschenk für mich besorgt. Ein Tagebuch, mit blauem Samtumschlag.

»Damit du all die unvergesslichen Momente mit deinem Liebsten festhalten kannst«, spöttelte Maylin, woraufhin ihr Vivian gespielt genervt den Ellenbogen in die Seite stieß.

Auf dem Weg in den Unterricht kamen mir Josh und Jacob auf dem Flur entgegen. Sobald Josh mich sah, strahlte er, und mein Gesicht spiegelte ihn. Würde sich diese elektrisierende Wirkung, die er bei jedem Aufeinandertreffen auf mich hatte, jemals abnutzen? Er setzte seinen Rucksack ab, ließ Jacob stehen und eilte auf mich zu, hob mich in die Luft und wirbelte mich mühelos mehrmals herum. »Happy Birthday, Abby. Hast du in der Pause Zeit? Ich habe etwas für dich.«

Er roch sehr gut, nach frischer Wäsche und Duschgel.

»Natürlich. Sehen wir uns in der Mensa?«, fragte ich. Er setzte mich wieder auf den Boden ab.

»Nein, lass uns uns bei den Linden am Parkplatz treffen. Ich wäre gerne mit dir allein.«

Er neigte den Kopf, hauchte mir einen Kuss auf den Mund, der meine Knie zu Wachs werden ließ, dann kehrte er zu dem wartenden Jacob zurück. Als ich Josh versonnen nachsah, erstarrte ich, da Jacobs Blick den meinen kreuzte. Der dunkelhaarige Junge stand unbewegt wie ein großer Baum im Flur, schaute derart finster zu mir herüber, dass mich fröstelte, ehe er sich abwandte und mit Josh weiterging. Was hatte er nur gegen mich? Warum schien er mich regelrecht zu hassen? Doch ich ließ mir mein Glück nicht trüben, schob den Gedanken an den mürrischen Jungen beiseite und freute mich auf die Pause mit Josh.

Als das Signal zur Mittagszeit ertönte, eilte ich zum Parkplatz, auf die Gruppe alter Linden zu. Josh war noch nicht da.

Nachdem ich das gelbe Herbstlaub von der Sitzfläche gewischt hatte, setzte ich mich auf eine der Bänke und wartete.

Es dauerte nicht lange, da sah ich ihn kommen. Selbst wenn er in Eile war, verlor sein Gang nicht seine Lässigkeit, bewegte er sich wie eine Katze. Mit funkelnden Augen ließ er sich geschmeidig neben mich auf die Bank gleiten.

»Hallo Geburtstagskind.« Er lächelte und nahm meine Hand, streichelte sie sacht, es fühlte sich an wie kleine Stromstöße. Jedes Mal in seiner Nähe bekam ich Herzklopfen, auch jetzt.

Mit der anderen Hand zog er etwas aus der Hosentasche, hielt es in der Handfläche verborgen.

»Schließ deine Augen.« Ich folgte der Anweisung. Spürte, wie er meinen Jackenärmel ein wenig hochschob, sich vorsichtig an meinem Handgelenk zu schaffen machte.

»Augen auf.« Er hatte mir ein Armband angelegt, es war indianischen Ursprungs. Dunkelbraunes, verschlungenes Leder, in die Schnüre waren kleine Perlen aus Türkissteinen eingeflochten. Handwerklich war es gut gemacht, gefiel mir. Vor allem, weil es ein Geschenk von Josh war. Ich wusste, dass er stets ein ähnliches Lederarmband trug, nur ohne die Ziersteine.

»Gefällt es dir?«

»Danke, es ist wundervoll«, hauchte ich, weiterhin das Schmuckstück betrachtend. Seine folgenden Worte verursachten bei mir eine leichte Gänsehaut und verstärktes Herzklopfen.

»Ich kann nicht so gut über Gefühle reden. Aber …«

Als er innehielt, sah ich ihn an. Er wich meinem Blick aus, biss sich leicht auf die Lippe, schien zu überlegen, wie er fortfahren sollte.

»Du bist für mich etwas Besonderes. Ich weiß, ich hab nicht den besten Ruf, was Mädchen angeht. Aber ich war bisher auch noch nie wirklich verliebt ... Bis jetzt.« Endlich sah er mir in die Augen. Ich glaubte, eine gewisse Unsicherheit, auch Verletzlichkeit in seinen zu erkennen, und mein Herz schwoll an vor Liebe, mein Magen schlug einen kleinen Salto, als hätte ich soeben etwas gewonnen. Es waren die Worte gewesen, die ich die ganze Zeit herbeigesehnt hatte.

»Ich war auch noch nie verliebt«, gestand ich. »Bis ich dir begegnet bin.«

Sein erleichtertes Lächeln traf mich bis ins Mark. Er schloss mich in seine Arme und küsste mich mit einer Innigkeit, die mich überwältigte.

Wie auf Wolken schwebte ich durch den Tag, fühlte, wie beschwingt meine Schritte waren. Drehte immer wieder das Armband am Handgelenk und dachte an Joshs Worte. Wir hatten uns unsere Liebe gestanden. Ich war das glücklichste Mädchen der Welt. Für den morgigen Freitagabend hatte er mich eingeladen, ihn zu einer Party zu begleiten. Er würde mich abholen. Einer seiner Freunde feierte den achtzehnten Geburtstag. Dort wollte er mich sicherlich offiziell als seine Freundin einführen, frohlockte ich. Endlich keine Heimlichtuerei mehr. Spätestens morgen würde ich meinen Eltern erzählen müssen, dass ich einen Freund hatte. Aber nicht heute. Bis dahin blieb es mein süßes Geheimnis.

Ich nahm Grannys Geschenk mit auf mein Zimmer, machte es mir auf dem Bett gemütlich. Ließ das kostbare Medaillon an der Kette durch meine Finger gleiten. Betrachtete die feinen Verzierungen, die im Licht der Nachttischlampe schimmerten, ehe ich den Anhänger aufklappte. Im Inneren steckten zwei winzige, vom Alter vergilbte Sepia-Fotografien. Auf der linken Seite blickte mich meine jugendliche Großmutter an. Rechts mein Großvater James als schmucker, junger Mann. Wie es zur damaligen Zeit üblich war, lächelten sie nicht, dennoch wirkten sie beide alles andere als ernst. *Wie hübsch du warst, Granny*, dachte ich, umschloss das Schmuckstück mit der Hand und trat den Ausflug in die Vergangenheit an.

Oakley Gardens. Ich erfasste sofort, dass ich mich im Salon von Großmutters damaligem Elternhaus befand, obwohl die Einrichtung zum großen Teil eine andere war. Ich stand vor dem Kamin, in dem ein Feuer prasselte. Die Flammen hinter meinem Rücken strahlten eine derartige Hitze ab, dass ich vorsichtig einen Schritt hinein in den Raum machte, um ihr zu entkommen.

Mir gegenüber saß die junge Granny mit geradem Rücken auf der Kante eines Sessels. Ihr langes, kastanienfarbenes Haar trug sie mit einer Schleife zurückgebunden, ihre Finger nestelten unaufhörlich am Rock ihres hochgeschlossenen Kleides. Sie sah wie eine zierliche Elfe aus, die sich unwohl fühlte, weil man sie in Menschenkleidung gesteckt hatte. Ihr gegenüber saßen ihre Eltern – meine Urgroßeltern – ebenso steif nebeneinander auf dem Sofa. Ich erkannte sie, denn ich hatte alte Fotografien von ihnen in Grannys Haus gesehen. Die drei schienen auf etwas zu warten, sprachen jedoch nicht miteinander. Auf dem Tisch entdeckte ich ein Tablett, darauf Gebäck und Teegeschirr für vier Personen. Sie erwarteten jemanden.

Die Standuhr tickte in die Stille hinein. Aus Richtung der Eingangshalle vernahm ich das Läuten der Türglocke, die auch heute noch Besuch ankündigte. Kurz darauf betrat ein Dienstmädchen den Salon, knickste und kündigte einen James Morrison an, ehe es sich wieder zurückzog und ein junger Mann in der Uniform eines Marineoffiziers im Türrahmen erschien und Haltung annahm. Nur ein aufmerksamer Beobachter bemerkte, dass seine Hände leicht zitterten. Es war mein Großvater, den ich leider nie kennengelernt hatte.

Die junge Granny erhob sich in einer fließenden Bewegung. Erst dachte ich, sie würde auf ihn zustürmen, doch sie riss sich im letzten Moment zusammen, blieb mit sittsam vor dem Körper gefalteten Händen stehen. Die Eltern erhoben sich ebenfalls, ihre Mienen waren weiterhin ausdruckslos.

»Guten Abend, Mr. und Mrs. Harrington. Guten Abend, Mathilda.« Den Namen meiner Großmutter hatte er unbewusst zärtlich ausgesprochen.

Mein Urgroßvater räusperte sich, trat dann auf den jungen Mann zu und schüttelte ihm fest die Hand. Dann hörte ich seine Bassstimme. »Setzen wir uns.«

Die vier nahmen um den Tisch herum Platz. Urgroßmutter Abigail schenkte allen Tee ein. Dass dies nicht das Hausmädchen erledigte, zeigte mir, dass es sich um eine wichtige, fast geschäftliche Unterredung handelte. Dazu gehörte ebenfalls, dass man zuerst ein wenig Tee trank, über Belangloses wie das Wetter sprach, ehe man zum Wesentlichen kam. Ich hatte eine Ahnung, worum es gehen würde. Die offensichtliche Nervosität der beiden jungen Leute verriet es mir, ehe James Morrison sein Anliegen vortrug.

»Mr. und Mrs. Harrington, ich danke Ihnen, dass Sie mich empfangen. Ich bin hier, um Sie in aller Form um die Hand Ihrer Tochter Mathilda zu bitten. Ich ersuche weiterhin Ihren elterlichen Segen für diese Verbindung, falls Sie mit unserer Ehe einverstanden sein sollten.«

Oh Gott, wie gestelzt er sprach! Was waren das für förmliche Zeiten gewesen, fuhr es mir durch den Kopf.

Die jugendliche Granny schien den Atem anzuhalten. Ihr Vater ließ sich Zeit mit der Antwort, trank mehrere

Schlucke Tee, ehe er die Tasse absetzte und sich endlich dem jungen Mann zuwandte.

»James Morrison, Sie entstammen einer ehrenwerten Familie, Sie besitzen einen ebenso tadellosen Ruf sowie genug Einkommen, um unserer Tochter ein sorgenfreies Leben zu bieten. Meine Gattin und ich sind einverstanden, dass Sie Mathilda zur Frau nehmen.«

Alle erhoben sich, nach wie vor mit ernsten Gesichtern, allein Grannys strahlende Augen, mit denen sie zu ihrem zukünftigen Mann aufblickte, verrieten ihre Seligkeit.

James zog eine kleine schwarze Schachtel hervor, ließ sie aufklappen und entnahm ihr einen schmalen Goldring mit einem Brillanten. Er steckte ihn Granny an den Ringfinger. Mein Urgroßvater legte die Hände seiner Tochter und ihres Verlobten ineinander. »Hiermit gebe ich euch unseren elterlichen Segen.«

»Danke, Sir, für Ihr Vertrauen und das Ihrer Gattin. Ich werde stets mein Bestes geben, ein guter und ehrenhafter Ehemann zu sein.«

Ich wusste aus Großmutters Erzählungen, dass Großvater James dieses Versprechen gehalten hatte.

Nun schüttelten meine Urgroßeltern dem jungen Mann kurz die Hand. Urgroßmutter Abigail hauchte Granny einen Kuss auf die Stirn, ehe die beiden Älteren taktvoll den Salon verließen, um dem verlobten Paar ein wenig intime Zeit zu gewähren.

Kaum hatte sich die Tür hinter den Eltern geschlossen, veränderten sich Haltung und Mienen der jungen Menschen, fielen Anspannung und Förmlichkeit von ihnen ab. Granny betrachtete den Goldring an ihrer Hand. »Welch bezaubernder Ring.« Dann fiel sie Großvater um den Hals und juchzte leise. »Oh, James. Ich bin so glücklich.«

»Und ich erst, Matty. Ich dachte, ich ersticke in der engen Uniform. Haben deine Eltern den Raum im Spätsommer absichtlich derart aufgeheizt, damit ich ordentlich ins Schwitzen gerate?«

Die junge Granny lachte schelmisch. »Zuzutrauen wäre es ihnen.«

Weiterhin hielt sie Großvaters Nacken umschlungen, seine Hände lagen auf ihrer Hüfte. Er küsste sie zärtlich.

»Meine Mathilda, ich liebe dich. Ich werde dich immer lieben.« Er griff in die Tasche seiner Uniform, zog das Medaillon hervor und ließ es in Grannys Hand gleiten. Sie betrachtete es ehrfürchtig.

»Bist du von Sinnen! Der Ring hat doch schon ein Vermögen gekostet.«

»Schau hinein.«

Sie öffnete den Anhänger und schlug sich vor Entzücken die Hand vor den Mund. »Das sind ja wir beide.«

»Lass es mich dir umlegen.« Sie wandte ihm den Rücken zu, er nestelte kurz an ihrem Nacken, dann drehte sie sich wieder um. Das Medaillon schimmerte auf ihrer Brust.

»Liebster, ich glaube, heute ist der schönste und glücklichste Tag meines Lebens.«

»Es werden sehr viele schöne und glückliche Tage werden«, versprach er lächelnd. Erneut fanden sich ihre Lippen zu einem zarten Kuss, ehe die Szenerie undeutlich wurde, gänzlich verschwamm und ich durch den dunklen Korridor in mein Zimmer zurückkehrte.

Die Innigkeit des soeben Beobachteten erfüllte mich. Ich strich über das Medaillon, ehe ich es auf den Nachttisch gleiten ließ. Ich würde es in Ehren halten. Granny hatte damals ihre große Liebe erlebt. Nachdem Großvater James gestorben war, viele Jahre vor meiner Geburt, hatte sie nicht wieder geheiratet. Keinen anderen Mann in ihr Herz gelassen. Versonnen spielte ich mit dem Armband, das Josh mir geschenkt hatte. Rief mir sein Lächeln in Erinnerung. Dieser

Junge war ebenso liebenswert wie Großvater James, befand ich. Voller Vorfreude auf unser nächstes Zusammensein schlief ich an diesem Abend ein.

Beim gemeinsamen Frühstück setzte ich meine Eltern darüber in Kenntnis, dass ich einen Freund hatte und dass Josh mich abends zu einer Party abholen würde. Meine Mutter sah mich über den Tisch hinweg einen Moment lang prüfend an. Allein ihre leicht hochgezogenen Augenbrauen verrieten ihre Überraschung.

»Seit wann ist er dein Freund?«, fragte sie dann.

»Wir sind erst vor ein paar Tagen zusammengekommen«, murmelte ich.

Dad interessierte sich für etwas anderes. »McAllen, sagst du? Der Sohn von Bernard McAllen, dem Architekten? Der mit diesem gefeierten Haus im Chestnut Grove?«

Ich bejahte. Das schien Vater zu gefallen, denn er brummte zustimmend, ehe er einen Schluck Kaffee trank. Aber so waren meine Eltern. Sie legten Wert auf Herkunft und den sozialen Rang einer Person, schätzten es, sich mit Prominenten zu schmücken.

»Dann ist seine Mutter Judy McAllen, das ehemalige Fotomodell«, bemerkte Mom. »Kommt der Sohn äußerlich nach ihr? Diese Familie scheint einfach alles zu besitzen. Gutes Aussehen, Erfolg, Geld, Einfluss.«

Ich nickte, und ihre Mundwinkel hoben sich leicht. Wie erwartet, hatten meine Eltern nach diesen Informationen nichts dagegen, dass Josh und ich zusammen waren. Und für die Party gaben sie mir zum ersten Mal keine Zeit mit, zu der ich wieder daheim sein sollte.

Sorgfältig zurechtgemacht wartete ich auf Josh. Ich stand am Küchenfenster, hatte eine Hand auf die kühle Scheibe gelegt und sah hinaus auf die dunkle Straße. Es war bereits zehn Minuten über die verabredete Zeit, als endlich ein schwarzglänzender Wagen vorfuhr, er hielt am

Straßenrand im sanften Schein der Laterne. Ich erkannte den amerikanischen Oldtimer, den ich unter dem Carport der McAllens gesehen hatte.

Josh verließ den Wagen und kam auf unser Haus zu. Ehe er läuten konnte, öffnete ich bereits die Tür. Er war wieder ganz in Schwarz gekleidet, was ihm wahnsinnig gut stand. Auch Mom und Dad waren hinzugetreten.

»Hi Abby. Guten Abend, Mr. und Mrs. Hill.« Josh schüttelte meinen Eltern die Hand, wechselte ein paar Sätze mit ihnen. Er beherrschte den leichten Smalltalk, nahm die beiden sofort für sich ein, wie ich zufrieden feststellte. Ich sah Moms wohlwollenden Gesichtsausdruck und fühlte einen gewissen Stolz, dass dieser umwerfende, selbstbewusste Junge mich gewählt hatte.

Nachdem wir uns von meinen Eltern verabschiedet hatten, führte mich Josh zum Wagen, hielt mir galant die Beifahrertür auf, und ich rutschte auf den Ledersitz. Einen Anschnallgurt suchte ich vergeblich, während Josh den Oldtimer umrundete und ebenfalls einstieg. Er hatte meinen suchenden Blick bemerkt.

»Gurte gab's in den Fünfzigerjahren kaum. Aber keine Sorge, ich bin ein sicherer Fahrer.«

Der Wagen war trotz seines Alters in tadellosem Zustand, roch angenehm gepflegt nach Leder und Politur.

»Das ist ein wirklich schickes Auto«, sagte ich, während wir fuhren. Josh verzog die Lippen zu einem breiten Lächeln.

»Ein 1957er Cadillac El Dorado. Dads Traumauto, als er ein Teenager war, das er sich damals aber nicht leisten konnte. Letztes Jahr hat er sich den Jugendtraum erfüllt.«

»Und heute Abend vertraut er ihn dir an.« Ich strahlte ihn an.

»Ja, er weiß, dass ich vorsichtig damit bin. Meine Mutter darf ihn nicht fahren.« Er lachte.

Ich legte die Hände auf den Schoß, genoss die Fahrt in dem schnurrenden Oldtimer, Joshs Nähe.

Nach einer Weile bog er von der Straße ab und fuhr eine Auffahrt hinauf. Schon von Weitem sah ich ein hell erleuchtetes, großes Haus, vor dem sich eine Menge Jugendliche aufhielten. Die Familie des Gastgebers schien ebenso wohlhabend zu sein wie die von Josh. Während wir uns dem Haus näherten, wurden das Geräusch wummernder Bässe und das Lachen und Johlen der Partygäste immer lauter. Wir passierten eine Gruppe mit Bierflaschen in den Händen, viele rauchten, zwei Jungen torkelten Josh fast vor das Auto. Seit wann war diese Party im Gange? Die hatten garantiert schon nachmittags angefangen, Alkohol zu trinken, dachte ich leicht befremdet.

Die Jungs aus der Footballmannschaft, darunter auch Kyle, hatten Josh sofort erkannt, zogen Grimassen, winkten ihm fröhlich zu. Oder waren es obszöne Gesten? Zwischen ihnen entdeckte ich auch Melissa mit ihren Freundinnen. Das versetzte meiner guten Laune einen Dämpfer, doch ich hatte ihre Anwesenheit erwartet. Als sie den Cadillac und seine Insassen erblickt hatte, erstarb ihr Lachen. Sogar aus der Entfernung sah ich, dass sich ihr Körper versteifte. Wie ihre Freundinnen starrte sie zu uns herüber, als Josh den Wagen parkte.

»Ich wusste nicht, dass so viele hier sind.« Ich versuchte, die aufkommende Unsicherheit zu überspielen. Alle Anwesenden waren ein paar Jahre älter als ich. Die Stimmung war für meinen Geschmack etwas zu ausgelassen.

»Bradys Partys sind beliebt und berüchtigt«, erwiderte Josh grinsend. »Seine Eltern fahren immer weg, wenn er feiert, wir sind ganz unter uns. Komm, lass uns ein wenig Spaß haben.«

Er stieg aus. Ich schluckte, fasste dann nach dem Türgriff. Mit einem Schlag schien das Wageninnere um mich herum zu schrumpfen. Eiseskälte drang herein und griff mit unsichtbaren Fingern nach mir. Ebenso eisige Blitze durchfuhren meine Hände, meine Arme, stießen direkt in meine Brust. Gleichzeitig erfassten mich grelle Hitzewellen, und es fühlte sich an, als hätte mich jemand von hinten gepackt und drückte mir die Kehle zu. Furchtbare Übelkeit ergriff mich. Herzrasen. *Nein! Das Auto ...*

Ich fiel ins Dunkel, tauchte sofort wieder auf. Ganz gleich, wie sehr ich mich bemühte, die Erinnerungen fernzuhalten, mich vor ihnen im letzten Moment zu schützen – grässliche Bilder stürmten auf mich ein. Blut spritzte. Weit aufgerissene Augen, starr vor Angst. Der rote, schreiende Mund einer jungen Frau. Ihre panische Verzweiflung. Ihre Hände, die vergeblich versuchten, das immer wieder zustechende Messer abzuwehren. Die Scheiben des Cadillacs verdunkelten sich von herabrinnendem Blut.

Die grauenhaften Erinnerungen an das brutale Verbrechen, das in der Vergangenheit in diesem Auto passiert war, stoben in mir durcheinander wie aufgescheuchte Fledermäuse, ich war ihnen hilflos ausgeliefert. Hatte nie etwas Schrecklicheres gesehen. Mir war noch immer, als würde mir jemand die Lunge zudrücken, ich rang nach Atem. Richtete meinen verbliebenen Rest Willen darauf, mich aus der Szene zu befreien. In die Gegenwart zurückzukehren. Dann wurde alles um mich herum erneut schwarz. Fast zu entkräftet, den Korridor zu durchqueren, zwang ich mich dazu. Es kostete mich unglaubliche Anstrengung.

Wieder im Jetzt, im Oldtimer, zuckte mein Magen, heiße Säure stieg in meiner Kehle auf, und ich konnte nicht verhindern, dass ich mich auf das Armaturenbrett und die Fußmatte übergab, ehe ich, einer Ohnmacht nahe, aus der offenen Wagentür auf den feuchtkalten Asphalt der Auffahrt rutschte. Ich spuckte ein weiteres Mal. Die Geräusche der

Umgebung kehrten zurück. Die Bässe aus dem Haus hämmerten, doch aus dem Johlen der Jugendlichen vernahm ich jetzt vereinzeltes Kreischen des Ekels.

»Kommt schon total voll an, die Braut!«, rief Kyle und lachte gehässig. Andere fielen in das Gelächter ein. Scham erfasste mich, ich verspürte den Drang, zu flüchten, war jedoch viel zu geschwächt, um aufzustehen. *Wie hatte das nur passieren können?*, zog es mir durch das benebelte Hirn. Beim Einsteigen hatte mir Josh die Tür aufgehalten ... Während der Fahrt hatte ich nichts im Wagen berührt. Der Türgriff ... Wieder war ich unachtsam und leichtfertig gewesen. Zahlte jetzt den Preis dafür. Übelkeit und Schwäche hielten mich am Boden, ich würde mich jeden Augenblick ein drittes Mal übergeben.

Ein Paar Schuhe und schwarze Hosenbeine tauchten in meinem Blickfeld auf. *Josh. Hilf mir*, stöhnte ich innerlich, unfähig, Laute zu bilden. Das, was jetzt folgte, traf mich wie ein Faustschlag.

»Verdammt! Ich fass es nicht! So eine Sauerei in Dads Wagen!« Josh hatte mich angeschrien. Voller Zorn. Erschüttert sah ich zu ihm auf ... und erschrak, denn ich erkannte ihn kaum wieder.

Mit seinem kalten, durchdringenden Blick erinnerte er mehr an einen Androiden als an einen Menschen aus Fleisch und Blut.

Um uns herum wurde es stiller, als hätte jemand allen eine Decke über den Kopf geworfen. Niemand wollte das Folgende verpassen. Jetzt trat auch Melissa in mein Sichtfeld, neben Josh, sah voller Verachtung auf mich herab. »Das kommt davon, wenn man sich mit Babys einlässt. Lass die Kleine den Wagen putzen.«

Ihre Stimme triefte vor Genugtuung. Einige Umstehende lachten wieder. Melissas getuschte Wimpern flatterten, dann brach auch sie in Gelächter aus. Ein Geräusch, so klar

138

und kalt wie klirrende Eiszapfen. Sie hakte sich bei Josh unter, der ihren Arm – nach wie vor bebend vor Wut – abschüttelte. Er beugte sich zu mir herunter, fixierte mich. Ich wich seinen starren Augen aus, ertrug es nicht, diesen fremden, bösartigen Josh anzusehen.

»Steh endlich auf. Was für eine Scheiße! Du wirst jetzt reingehen, dir Sachen zum Putzen holen und mir Bescheid sagen, wenn der Wagen wieder sauber ist. Komplett sauber. Hast du das verstanden?«

Das Surreale der Situation lähmte mich. Ein Albtraum, das konnte nur ein Albtraum sein. Das war die schlimmste Erfahrung, die ich je mit einem Besuch in der Vergangenheit gemacht hatte, mit schrecklichen Auswirkungen auf die Gegenwart. Nahezu handlungsunfähig vergrub ich mein Gesicht in den Händen, unterdrückte den Drang, zu weinen.

»Genug, hör auf!«, vernahm ich da eine bekannte Stimme. Jemand ergriff meinen Arm, zog mich auf die Füße. *Jacob*, dachte ich verwundert.

»Halt dich da raus, Hunter!«, schnauzte Josh. »Mein Vater bringt mich um, wenn er erfährt, dass sie mir den Wagen vollgekotzt hat.«

»Sie geht jetzt.« Jacobs Stimme war ruhig, duldete aber keinen Widerspruch. Ich spürte seinen warmen, großen Körper neben mir, seine Kraft, als er mich mühelos aufrecht hielt und wegführte. Hätte er mich nicht gestützt, wäre ich gefallen wie eine Marionette, der man die Fäden durchschnitten hatte.

»Was fällt dir ein? Das dämliche Miststück haut jetzt nicht ab und lässt die Sauerei –«

»Halt die Klappe, Josh. Im Übrigen werde ich keine weiteren Arbeiten mehr für dich schreiben oder dir anderweitig durch die Prüfungen helfen. Steck dir dein Geld wer-weiß-wohin.«

Ich hörte die Worte, doch wie von weither, durch einen

Tunnel. Verstand nicht, wovon er sprach, war nur dankbar dafür, dass er mich von diesem Ort, von den Gaffern fortbrachte. Und von Josh. Es tat so weh … Der brüllte uns hinterher: »Abigail Hill, du bist das Letzte! Und du bist genauso asozial wie dein versoffener Vater, Hunter!«

Die Musik und die Stimmen wurden leiser, als wir uns von dem Haus in Richtung Straße entfernten. Zum Glück folgte uns niemand. Nach wie vor hatte ich dieses beklemmende, mulmige Gefühl im Magen, als hätte ich eine Schüssel Würmer verschluckt, bewegte mich wie eine Hundertjährige vorwärts. Zitterte.

Einmal stolperte ich, doch Jacob hielt mich mit sicherem Griff, sodass ich nicht stürzte.

Wir erreichten einen alten Toyota. Er ließ mich nicht los, als er zuerst die Beifahrertür aufschloss, sie aufzog und mir auf den Sitz half. Er schnallte mich sogar an, als ob ich ein Kind wäre. Doch genauso fühlte ich mich gerade. Wie ein hilfloses, verletztes Kind.

Jacob stieg ein und wandte sich mir zu. »Du hast keine Fahne, also keinen Alkohol getrunken. Was hat Josh dir gegeben? Soll ich dich ins Krankenhaus fahren?«

Ich erschrak. War so mit mir und meinen körperlichen Befindlichkeiten beschäftigt gewesen, dass ich keinen Gedanken daran verschwendet hatte, was jetzt unausweichlich alle über mich denken und tratschen würden: Abigail Hill, komplett betrunken auf der Party erschienen. Oder zugedröhnt mit Drogen. Oh Gott …

Ich schüttelte den Kopf. »Ich habe nichts genommen. Mir ist einfach nur übel geworden. Es geht gleich wieder.«

Mein Puls hatte sich noch nicht beruhigt.

»Bist du sicher?«

»Ja, ich bin mir sicher!«, blaffte ich, fühlte mich plötzlich in die Enge getrieben. »Mir ist nur schlecht geworden.« Das Kinn vorreckend sah ich stur geradeaus.

Jacob neben mir sagte nichts, ich spürte, dass er mich aufmerksam musterte. Als ich ihn ebenfalls ansah, erschrak ich über seinen düsteren Gesichtsausdruck. Mit dem er mich schon früher betrachtet hatte. Erst als er mit seiner warmen Hand vorsichtig mein Handgelenk umfasste, um meinen Puls zu fühlen, begriff ich: Dieser vermeintliche Ausdruck von Missbilligung und Ablehnung war in Wirklichkeit Sorge. Genauso hatte er mich an meinem Geburtstag auf dem Schulflur angesehen, als Josh mich umarmt hatte. Und an diesem Abend im Gang vor den Toiletten, als wir nach dem Ball im *Hershkys* gewesen waren. Als er mir etwas hatte sagen wollen.

Die ganze Situation war mir furchtbar unangenehm, überforderte mich. Ich entzog ihm meinen Arm und versteifte mich.

»Danke, dass du mich da weggebracht hast.« Meine Stimme klang kühler als beabsichtigt.

»Möchtest du, dass ich dich nach Hause fahre? Bist du fit genug?« Er hörte sich jetzt ebenfalls distanzierter an. Ich überlegte, war zu keinem klaren Gedanken fähig. Was sollte ich Mom und Dad sagen, weshalb ich jetzt schon auftauchte? Warum mich nicht Josh, sondern ein anderer Junge heimbrachte. Aber ich wollte unbedingt nach Hause, mich in meinem Bett verkriechen und hemmungslos weinen. Es kostete mich Selbstbeherrschung, nicht jetzt schon loszuheulen.

Jacob wartete meine Antwort nicht ab und fuhr los. Schweigend lenkte er den Wagen. Aus den Augenwinkeln betrachtete ich sein markantes Profil, die gerade Nase, das energische Kinn. Als er sich mir zuwandte, blickte ich rasch aus dem Seitenfenster. An einem Diner verließ er die Straße und parkte davor.

»Du solltest dich ein wenig frischmachen, ehe du deinen Eltern gegenübertrittst.«

Wieder wartete er meine Erwiderung nicht ab, stieg aus. Ich bildete den Schirm und berührte zögerlich den Türgriff, doch nichts geschah. Keine gespeicherten Erinnerungen. *Deine Vorsicht kommt zu spät, Abby,* schalt ich mich neuerlich, ehe auch ich den Wagen verließ. Als Jacob meinen Arm ergreifen wollte, trat ich einen Schritt zurück.

»Geht schon«, murmelte ich.

Dieser plötzliche Rollenwechsel von Josh und Jacob, dessen Freundlichkeit, seine Nähe, waren zu viel für mich. Nach wie vor wackelig auf den Beinen bewegte ich mich auf den Eingang des Diners zu, während Jacob etwas zu dicht neben mir lief, jederzeit bereit, mich aufzufangen.

Es war nicht viel los in dem Restaurant.

»Ich besorge uns Cola.« Er stellte sich an den Tresen. Erst jetzt bemerkte ich, wie trocken meine Kehle war, dass ich nach wie vor einen üblen Geschmack im Mund hatte, und nickte, ehe ich mich auf den Weg zum Damen-WC machte.

Mein Spiegelbild bestätigte meine Befürchtungen. Ich war kreidebleich, meine Augen groß und leer. Erbrochenes klebte an mir. Kein schöner Anblick. Kurz davor, in hysterisches Schluchzen auszubrechen, unterdrückte ich die Gefühlsaufwallung, wusch mir Gesicht und Hals und säuberte die Kleidung, so gut es mit feuchten Papiertüchern funktionierte. Das Zittern meiner Glieder sowie das Herzrasen hatten nachgelassen, auch die Übelkeit war fast fort, aber nach wie vor fühlte ich mich gefangen in diesem Albtraum, als das Erlebte wieder durch meinen Kopf zog. Das alles konnte nicht wahr sein. Natürlich verstand ich Joshs Ärger darüber, dass ich mich im Wagen seines Vaters übergeben hatte. Aber die zügellose Wut, dieser Hass, der mir entgegengeprallt war, und seine abwertenden Worte schmerzten mich. ›Dämliches Miststück‹ hatte er mich genannt. Ich sei das Letzte. Da war keinerlei Sorge, kein Funken Zuneigung mehr gewesen. Dazu Melissas Vertrautheit mit ihm, ihre unverhohlene Verachtung, ihr Triumph. Alle hatten mich ausgelacht, würden jetzt über mich lästern.

Und dann war Jacob Hunter als Retter erschienen, die letzte Person, von der ich Hilfe erwartet hatte. Der in diesem Moment drinnen im Diner auf mich wartete und mich – wie alle anderen – in diesem erbärmlichen Zustand gesehen hatte. Vermutlich empfand er nur Mitleid mit mir und würde mich, wenn wir ausgetrunken hatten, schnell nach Hause fahren und loswerden wollen.

Nun gut, damit musste ich leben, ich war ihm dankbar für das, was er für mich getan hatte. Warum auch immer er sich für mich eingesetzt hatte. Wenn das Gespräch unangenehm wurde oder ins Stocken kam, würde ich ihn bitten, mich heimzufahren. Ich gab mir einen Ruck und verließ die Toilette.

Jacob saß an einem Tisch am Fenster, er hatte sein Getränk noch nicht angerührt.

Als ich auf ihn zukam, sah er auf. Musterte mich wieder. Ich ließ mich auf die Bank ihm gegenüber gleiten, griff nach meinem Glas und trank es halb leer. Die eisgekühlte Flüssigkeit rann mir fast schmerzhaft die Kehle hinab, doch sie erfrischte mich.

»Du siehst schon etwas fitter aus«, meinte er. Im Licht der Hängelampe bemerkte ich, dass in seinen braunen Augen goldene Sprenkel leuchteten. Wie in Bernsteinen. Eine ungewöhnliche Augenfarbe. Das war mir zuvor nicht aufgefallen. Genauso wenig wie die kleine Narbe über seiner linken Braue. Aber ich hatte ihn bisher nie aufmerksam angesehen.

»Ich fühle mich auch besser.« Ich räusperte mich, wollte gleich zum Wesentlichen kommen. »Hoffentlich habe ich dich durch mein Verhalten nicht in Schwierigkeiten gebracht. Josh und du, ihr seid Freunde. Wenn sie jetzt über mich herziehen und mich in der Schule auslachen, dann ist das so. Aber –«

»Ist schon in Ordnung«, fiel er mir sachte ins Wort. Ein leichtes Lächeln erschien in seinen Mundwinkeln, es reichte bis in seine Augen, hellte sein sonst eher gleichmütiges Gesicht auf. Die Worte klangen bitterer.

»Um es klarzustellen: Josh und ich sind keine Freunde. Nie gewesen. Es war an der Zeit, diese unselige Geschäftsbeziehung zu beenden.«

Ich sah ihn wohl etwas verständnislos an, denn er erklärte: »Ich war bisher einer von denen, die Josh seine guten Noten ermöglichten. Er bezahlte mich für das Schreiben von Referaten, Hausaufgaben und Spickzetteln, wenn er unausweichlich selbst zum Stift greifen musste.« Das Lächeln in seinem Gesicht war beim Reden wieder erloschen. »Schätze, auch du gehörtest zu denen, die ihm den Weg aufs College ebneten.«

»Ich verstehe nicht …«, murmelte ich verwirrt. Josh sollte Leute bezahlt haben, seine Schularbeiten zu erledigen?

»Lass mich raten: Du hast ihm in amerikanischer Geschichte auf die Sprünge geholfen«, fuhr Jacob fort.

Trotz seines miesen Verhaltens heute Abend hatte ich das Gefühl, Josh verteidigen zu müssen. »Ja, ich habe sein Geschichtsreferat für ihn fertiggestellt. Aber nur, weil er krank war. Er hatte meine Hilfe erst abgelehnt, ich musste sie ihm regelrecht aufdrängen!«

Jacob lachte freudlos auf. »Wann ist das gewesen?«

»Vorletzten Donnerstag. Er hatte abends zuvor was Verdorbenes gegessen.«

»Du meinst, er hat sich mit anderen ebenso Verdorbenen volllaufen lassen. Melissa hatte Mittwoch Geburtstag, und die ausgewählten Gäste, darunter Josh, haben sich, wie so oft, sinnlos betrunken und wer-weiß-was eingeworfen. Das weiß ich von meiner Cousine, Carrie, du kennst sie. Sie war auch dort. Alle sind am nächsten Tag nicht in der Schule gewesen.«

Die rothaarige Carrie vom Ball war Jacobs Cousine? Melissas Geburtstag eine Saufparty? Meine Gedanken schwirrten durcheinander, kehrten dann zu Josh zurück. Hatte er mich wirklich angelogen? Mein Magen zog sich zusammen, dennoch wollte ich es nicht glauben.

»Dann … Dann war er nicht krank, sondern verkatert?«

Einen Moment schien Jacob abzuwägen, was oder wie viel er sagen sollte.

»Klär mich auf, bitte«, drängte ich.

»Nein, er war nicht krank. Aber hat bei dir mit der Mitleidstour voll ins Schwarze getroffen. Josh kann sich bestens verkaufen, leicht Menschen für sich einnehmen, sie manipulieren. Vor allem Mädchen bezaubern. Und dann gezielt für sich und seine Zwecke einspannen. Meist wählt er Spitzen-Schülerinnen, die nicht so viele soziale Kontakte haben. Da warst du nicht die Erste, die er benutzt hat, und sicherlich nicht die Letzte.«

Etwas wie Mitgefühl lag in seinen Bernsteinaugen. Er sah mich an, wie man einen Hundewelpen betrachtet, der sich ungeschickt gebärdet und die Pfote vertreten hat, und ich presste die Lippen zusammen, ballte die Hände unter der Tischplatte zu Fäusten. Das konnte nicht wahr sein. So war Josh nicht. Gut, heute Abend hatte er mir eine äußerst unangenehme Seite gezeigt, doch ich wusste, dass er Angst vor seinem Vater hatte. Er war wegen des verunreinigten Wagens in Panik geraten. Unter den Lindenbäumen hatte er mir doch seine Liebe gestanden.

Was fiel Jacob ein, ihn so schlechtzumachen? Was erhoffte er sich davon?

»Das siehst du falsch«, erwiderte ich scharf. »Josh hat mir gesagt, ich sei etwas Besonderes für ihn und er –«

»... war nie zuvor verliebt gewesen, bis er dich kennenlernte. Spielte den Schüchternen, stimmt's?«, fiel mir Jacob erneut ins Wort. Die nahezu lautgetreue Wiederholung von Joshs vermeintlichem Geständnis stach mir ins Herz. Machte mich einen Augenblick sprachlos.

»Abby, ich will gar nicht so über ihn herziehen, aber siehst du nicht, dass das seine Masche ist? Er ist ein egoistischer Blender, der niemanden außer sich selbst liebt. Weder dich, noch Melissa, die ihm hörig ist und das alles mitmacht, wenn auch widerwillig. Ich kenne ihn schon länger.«

Stille legte sich über den Tisch. Die Geräusche und Gespräche um uns herum erschienen mir mit einem Mal zu laut, das Licht zu grell.

»War es das, was du mir im *Hershkys* sagen wolltest? Hattest du mich vor ihm warnen wollen?«, fragte ich leise.

Er nickte.

»Wenn das stimmt, warum kommt das nicht raus? Wieso hat keins der Mädchen je was darüber erzählt?«

»Er ist der beliebte Sunnyboy aus gutem Hause. Dem vermeintlich alles gelingt. Zu dem alle aufschauen. Dabei kann er außer Footballspielen nicht wirklich viel. Er würde die Anschuldigung in der Luft zerreißen, sich als Opfer von Verleumdung hinstellen, behaupten, das sei nur Geläster und Enttäuschung, weil er das betreffende Mädchen abserviert hat. Eine Einzige hat es gewagt, offen darüber zu reden, kaum einer hat ihr geglaubt. Sie ist danach gemobbt worden.«

Jacobs Miene sah bitter aus. Er schien zu spüren, dass auch ich ihm nicht glauben wollte, biss sich kurz auf die Unterlippe.

»Er hat dir ein indianisches Armband geschenkt, nicht? Wie den anderen.«

Ich blinzelte. Griff automatisch unter den Ärmel meines Pullovers, ertastete die Lederschnüre.

Da warst du nicht die Erste, die er benutzt hat, und auch nicht die Letzte …

Tränen stiegen mir in die Augen, die ich kaum zurückhalten konnte. Neben der tiefen Traurigkeit wuchsen Wut und Scham in meiner Brust, drohten, sie zu sprengen. Alle Informationen setzten sich wie Puzzleteile zusammen, schmerzten so sehr. Ich ertrug es nicht, das Armband länger auf der Haut zu tragen, an den Verrat erinnert zu werden. An den Jungen, der mich nur ausgenutzt hatte. Und mich weiter wie eine Marionette tanzen lassen würde, solange er meine Fähigkeiten benötigte, hätte Jacob mir heute Abend nicht die Augen geöffnet. Ich fummelte an dem Armband herum, stellte mich derart hektisch dabei an, dass es dauerte, bis ich es abgestreift hatte. Von meinem Platz aus wollte ich es in einen Mülleimer werfen, traf jedoch nicht. Das Lederband blieb daneben auf dem Boden liegen. Schien mich auszulachen.

»Du hältst mich bestimmt für eine Idiotin. Wie dumm ich war«, murmelte ich.

»Nein, du bist keine Idiotin. Nur verliebt. Wenn, dann bin *ich* der Volltrottel, ich habe heute meine beste Einnahmequelle sausen lassen.«

Wieder sah ich ihn fragend an. Was meinte er jetzt damit? Bedauerte er sein Handeln? Befürchtete er unangenehme Konsequenzen, weil er sich meinetwegen mit Josh angelegt hatte? Er wich meinem Blick aus, senkte seinen auf das Glas, um das seine Finger lagen, und fuhr leiser fort: »Verliebte tun manchmal dumme Dinge – so wie ich, heute Abend.«

Was sollte das heißen? Meinte er etwa, dass er in mich … Ich weigerte mich, den Gedanken zu Ende zu führen, trank stattdessen meine Cola fast aus, wechselte rasch das Thema.

»Am liebsten würde ich mich Montag krankmelden und zu Hause bleiben. Die hämischen Sprüche und das Gelächter nicht ertragen zu müssen, das mich in der Schule erwartet.«

Jacob schien ebenfalls froh über den Themenwechsel, denn er ging sofort darauf ein. »Mach dir nicht zu große Sorgen wegen des Getratsches. Josh wird dafür gesorgt haben, dass die Partygäste nichts über … deine Unpässlichkeit erzählen werden. Er hat zu große Angst davor, dass es seinem Dad zu Ohren kommt. Sein Vater ist ein echtes …« Jacob hielt inne, verschluckte das Schimpfwort. »Er ist kein netter Mann. Sehr jähzornig, kalt, fordert die perfekten Kinder. Caroline, Joshs Schwester, ist fast daran zerbrochen. Sie ist in einer Entzugsklinik.«

Was? Ich setzte mein Glas etwas zu hart auf der Tischplatte ab.

»Josh hat mir gesagt, dass sie momentan in England ist, bei Verwandten«, platzte es aus mir heraus. Jacobs Mund verzog sich, als habe jemand unmittelbar neben ihm ein faules Ei geöffnet.

»Wieder eine Lüge, um zu vertuschen, dass die McAllens Schwierigkeiten haben … Aber genug von ihnen. Bitte, hab nicht zu große Panik wegen der anderen, der Schule. Ich gehe davon aus, dass Josh seinen Einfluss nutzen wird, um die Geschichte unter den Teppich zu kehren. Außerdem hat er garantiert Schiss, dass man annehmen könnte, er hätte dich mit Alkohol oder Drogen abgefüllt. Also, ich denke, das wird am Montag nicht so schlimm werden.« Jacob trank ebenfalls sein Glas aus.

Ich überlegte, stimmte ihm innerlich zu. Es konnte keinesfalls in seinem Interesse sein, dass die Vorkommnisse von der Party publik wurden. Dennoch zog sich alles in mir stechend zusammen, wenn ich an Josh dachte. Daran, ihn wiederzutreffen, ihm in die Augen zu sehen. In seine grünen Augen, von denen ich bis zu diesem Abend geglaubt hatte, sie betrachteten mich mit Liebe und Zuneigung.

»Wie soll ich ihm nur gegenübertreten«, murmelte ich, senkte den Blick auf den Tisch. Meine Kehle wurde eng, und ich blinzelte. Ich durfte nicht weinen, nicht jetzt. Dafür war später genug Zeit.

»Abby.« Die Art, wie Jacob meinen Namen aussprach, ließ mich aufschauen. In seinem Gesicht lag Wohlwollen. Und noch etwas anderes. Einen Moment sah es aus, als wollte er nach meiner Hand greifen, aber er ließ es. Stattdessen sah er mich eindringlich an, beugte sich leicht vor.

»Du wirst hocherhobenen Hauptes zur Schule gehen. Dir nichts anmerken lassen. Es wird wehtun, verdammt weh, ihn zu sehen, das Tuscheln. Aber du bist stark. Du hast Freundinnen, die dir beistehen. Jedem, auch den Besten, passieren unangenehme Dinge. Es kommt darauf an, wie du damit umgehst. Er wird dich in Ruhe lassen. Die Clique ebenfalls. Da bin ich mir sicher.«

Seine Worte hatten fast etwas Hypnotisches, strahlten Bestimmtheit und Lebenserfahrung aus. Er wirkte wesentlich reifer auf mich als achtzehn Jahre. Ich beruhigte mich tatsächlich ein bisschen und nickte. »Kannst du mich bitte nach Hause fahren?«

Er zögerte nicht, stand auf, und wir verließen das Diner.

Auf der Fahrt sprachen wir kein Wort. Jacob respektierte, dass ich nicht mehr reden wollte, stumm wie eine Schaufensterpuppe nach draußen starrte. Obwohl ich die vorüberziehenden Straßenzüge kaum wahrnahm. Ich musste unter Schock gestanden haben, denn allmählich ließ dessen lähmende Wirkung nach, und der Schmerz, den er mit seinen unangenehmen Symptomen ein wenig betäubt hatte, packte mich nun ungebremst und tobte in meinem Inneren. Als der Wagen hielt, schreckte ich auf.

»Wir sind da«, sagte Jacob sanft.

Ich sollte irgendetwas erwidern, mich für seine Hilfe bedanken, doch mir fehlten die Worte. Wieder schien er nachzuempfinden, was in mir los war.

»Alles wird gut werden, auch wenn du das jetzt nicht glauben kannst«, meinte er leise. Ich nickte automatisch. Als ich meine Hand auf den Türgriff legte, um auszusteigen, hielt mich seine Stimme zurück.

»Darf ich dich morgen Vormittag anrufen ...? Um zu fragen, wie es dir geht?«

Ich zögerte. War mit der Situation überfordert. Auch das schien er zu bemerken, denn er setzte schnell »Entschuldige. Vergiss, was ich gesagt habe« hinzu und ließ den Motor an.

Ich aber hörte mich selbst wie jemand anderen sprechen: »Ja, lass uns morgen telefonieren. Und – danke.«

Warum nur hatte ich das gesagt? Ich war ja komplett durcheinander. Rasch stieg ich aus und flüchtete, ohne mich noch einmal umzudrehen, in unser Haus.

Zum Glück waren meine Eltern bereits zu Bett gegangen, sodass ich jetzt nicht mehr über den Abend sprechen und mir auf die Schnelle etwas ausdenken musste. Zu dem Kummer über Josh und das Geschehene kam eine weitere Traurigkeit hinzu: dass ich mich über die Wahrheit, die Schattenseite meiner Gabe, niemandem anvertrauen konnte außer Granny. Zum ersten Mal empfand ich es als beängstigend, als einen Fluch, Begebenheiten aus der Vergangenheit sehen zu können. Von den schlimmen unter ihnen übermannt zu werden. Rasch verdrängte ich die wieder aufsteigenden Bilder des grausamen Angriffs oder Mordes, dessen Zeugin ich heute Abend in dem Cadillac geworden war.

Das Haus war, bis auf wenige Lichtquellen, dunkel und friedlich. Bis morgen würde mein Kopf klarer sein, mir etwas Passendes einfallen, das ich Mom und Dad erzählen konnte. Einen Grund, warum Josh und ich kein Paar mehr waren ...

Wieder überrollte mich eine Welle des Schmerzes, legten sich Felsbrocken auf meine Seele. Ich erklomm die Stufen zum Obergeschoss wie ferngesteuert, machte mich im Bad so leise wie möglich bettfertig. Dabei bemerkte ich, dass ich nur noch eine der Goldcreolen trug, die Mom mir geliehen hatte. *Shit.* Den zweiten Ohrring hatte ich im Laufe des Abends verloren, was sie aufregen würde. Endlich schlüpfte ich unter die Decke.

Die Gedanken kreisten unaufhörlich, ich hatte viel zu verarbeiten.

Morgen würde ich Granny anrufen. Und Maylin besuchen, um mich bei ihr auszuheulen. Allein meiner Großmutter durfte ich den wirklichen Grund für mein unmögliches Verhalten in Joshs Auto erzählen, aber ich brauchte ebenfalls den Trost und die Umarmung meiner besten Freundin.

Einen Moment lang verweilten meine Gedanken bei Jacob.

Wie leicht es mir gefallen war, mit diesem Jungen, der mir doch vollkommen fremd war, offen zu sprechen. Ihm gegenüber Worte nicht abzuwägen, mich nicht verstellen zu müssen. Was für ein angenehmer, aufmerksamer Gesprächspartner er war. Mit welcher Fürsorge der vermeintlich so abweisende Junge mit mir umgegangen war. Und ich stellte fest, dass es mir gar nicht unangenehm sein würde, falls er mich morgen anrief. Auch wenn ich mir nicht klar darüber war, welches Interesse er an mir hatte. Oder was ich überhaupt von ihm wollte. Wie falsch ich ihn zuvor beurteilt hatte. Und wie ich mich in Josh getäuscht hatte, auf den ich naiv hereingefallen war.

Josh. Ich schloss meine brennenden Augen und schluckte.

Nie wieder will ich mich verlieben, mein Herz jemandem schenken, um derart verletzt zu werden …

Jetzt endlich öffneten sich die Schleusen in mir, rollten die aufgestauten Tränen über meine Wangen. Es kostete mich Anstrengung, so leise wie möglich in das Kissen zu schluchzen, während sich mein Körper schüttelte.

Völlig erschöpft schlief ich irgendwann ein. Ich hatte wirre Träume, in denen Josh mit starrem Blick immer wieder auf die junge Frau in dem Cadillac einstach und mir danach kalt befahl, den Wagen zu reinigen. Melissa legte ihm die Arme um den Nacken, aber er stieß sie von sich, herrschte sie an, sie solle mir beim Putzen helfen. Sie weinte wie ein kleines Mädchen. Schweißnass fuhr ich aus dem Albtraum hoch und musste mich mit klopfendem Herzen erst orientieren, wo ich war.

8

Überraschender Besuch

Am Morgen weckten mich die Stimmen meiner Eltern. Sie redeten gedämpft in ihrem Schlafzimmer miteinander, mit einer gewissen Hektik. Warum waren sie an einem Samstag bereits – ich blickte auf die Uhr – um sieben in der Frühe wach? Hatten sie einen Termin?

Ich blieb liegen und lauschte, wie sie ihr Zimmer verließen, konnte einen Satz von Mom verstehen, die direkt vor meiner Zimmertür stand.

»Hast du Phyllis und Margery verständigt?« Das waren die Sekretärinnen meiner Eltern.

Dad bejahte, sagte, sie solle sich beeilen, während er die Treppe hinabstapfte. Mom trat leise in mein Zimmer, an mein Bett.

»Abby, bist du wach?« Ihre Stimme vibrierte vor Sorge und unterdrückter Erregung. Ich murmelte etwas, tat verschlafen. Aus dem Augenwinkel sah ich im wenigen Licht, das vom Flur hereinfiel, dass sie trotz der frühen Stunde sorgfältig gekleidet war wie immer. Roch ihr teures Parfüm.

»Wir müssen sofort zur Kanzlei. Die Polizei hat angerufen. Heute Nacht wurde eingebrochen. Nicht nur bei uns, auch in den Nachbarbüros. Totales Chaos!« Sie hielt inne. »Ich weiß nicht, wann wir zurück sein werden«, sagte sie dann und eilte hinaus.

Kurze Zeit später hörte ich meine Eltern das Haus verlassen und wegfahren.

Obwohl es mir leidtat für Mom und Dad, dass sie jetzt Stress und Sorge wegen des Einbruchs hatten, war ein Teil von mir dankbar dafür, diesen Morgen nicht mit ihnen frühstücken zu müssen, den Vormittag für mich zu sein. Allerdings – kaum war ich allein, rumorten sie wieder in mir, der Schmerz und die Scham.

Einen Moment zog ich in Erwägung, Josh anzurufen, um mich bei ihm zu entschuldigen. Vielleicht kam das mit uns wieder in Ordnung. Aber sofort empfand ich diese Vorstellung als armselig. Ich hatte Mist gebaut, ja, aber er hatte sich weitaus mieser benommen, mir gestern eine abscheuliche Seite gezeigt, und ich sollte ihn ab jetzt ignorieren.

Das Telefonat mit Granny tat wie immer wahnsinnig gut. Regelrecht entsetzt war sie, als ich schonungslos alles berichtete, warnte mich eindringlich, nicht mehr so unvorsichtig zu sein. Gab mir dann denselben Rat wie Jacob und sagte, dass sie froh sei, dass dieser mich aus der Situation gebracht habe. *Zeit heilt alle Wunden, Liebes, Kopf hoch.*

Später klingelte ich bei den Wongs. Maylin sah auf den ersten Blick an meinen vom Weinen verquollenen Augen, dass etwas Schlimmes passiert war. Sie reagierte auf den Bericht – in dem ich einzig das furchtbare Erlebnis aus der Vergangenheit aussparte – mit weniger Vernunft als Granny.

»Als Joshs Mutter ihn früher vor der Schule absetzte, wurde sie für das Liegenlassen von Müll angezeigt! Widerlicher Drecksack!«

Mit finster zusammengezogenen Augenbrauen betitelte sie Josh und Melissa mit weiteren Schimpfwörtern, zählte mir verschiedene Racheakte auf, die teils so absurd waren, dass sie mich sogar zum Lachen brachte, ehe Traurigkeit und Leere mich wieder umklammerten. Ich bat sie um Verschwiegenheit. Das, was mir widerfahren war, musste unter uns und den anderen drei Freundinnen bleiben. Sie versprach es, wenngleich zähneknirschend, während sie mich innig umarmte. Am liebsten hätte sie Josh in der Luft zerrissen.

Mrs. Wong lud mich ein, zum Mittagessen zu bleiben. Obwohl es ausgezeichnet nach chinesischem Essen aus der Küche duftete, lehnte ich dankend ab, da ich absolut keinen Hunger verspürte, und verabschiedete mich. Draußen blieb ich abrupt stehen, als ich Jacobs Toyota am Straßenrand parken sah. Er hatte mich ebenfalls erspäht, denn er stieg aus und bewegte sich auf mich zu.

»Den hast du im Wagen verloren.« Er hielt Moms Goldcreole in der Hand, reichte sie mir. Verblüfft nahm ich den Ohrring entgegen. Blickte kurz zu Jacob auf, dann zur Seite.

»Wartest du schon lange?«, fragte ich, um irgendetwas zu sagen, meine Verlegenheit zu überspielen.

»Nein.« Er bemerkte, dass ich mich überrumpelt fühlte. »Ich wollte dir nur den Ohrring vorbeibringen.«

Mit einem leicht unsicheren Lächeln wandte er sich ab und ging auf seinen Wagen zu. Gleich wäre er weg und ich mit meinen quälenden Gedanken allein.

»Hey«, hörte ich mich da sagen. Er blieb stehen, drehte sich zu mir um.

»Hast du ein bisschen Zeit, spazieren zu gehen?« Sein Lächeln wurde breiter. »Gerne.«

Der Lake St. Clair befand sich etwa zehn Kilometer nordöstlich von Detroit. Es war ein milder Novembertag. Die Bäume trugen noch etwas buntes Laub, der graublaue See lag still und weit vor uns, als wir den Weg entlanggingen. Ein herber Geruch erfüllte die Luft, klar und frisch, es roch ein wenig nach dem Gewässer, nach feuchtem Laub und Erde.

Eine Weile liefen wir schweigend, was sich aber nicht unangenehm anfühlte. Da ich jedoch nicht wusste, wie Jacob die Stille empfand, begann ich ein Gespräch.

»Bist du öfter hier?«

»Als Kind war ich am Wochenende häufiger mit meinen Eltern hier. Du auch?«

»Nein, nur ein- oder zweimal. Mom und Dad haben eine Anwaltskanzlei, sie arbeiten gefühlt rund um die Uhr«, gab ich zurück. »Was machen deine Eltern beruflich?«

Es sollte Smalltalk sein, aber ich sah, dass sich ein Schatten über Jacobs Gesicht legte.

»Dad arbeitete bis letztes Jahr als Kurator im *Detroit Institute of Arts.*«

Ich dachte an das große Kunstmuseum, das ich schon öfter besucht hatte. Es schien Jacob unangenehm zu sein, weiterzureden, aber während ich über ein unverfänglicheres Gesprächsthema nachdachte, fuhr er fort.

»Es ist kein Geheimnis. Mein Vater hat nach vielen Abmahnungen seine Stelle verloren, weil er trinkt. Er kam mit Moms Tod nicht klar.«

Du bist genauso asozial wie dein versoffener Vater ... Joshs gehässige Worte leuchteten in meinem Kopf auf, die er uns nachgerufen hatte. Mit diesem Wissen wirkten sie umso gemeiner.

Obwohl er in gefasstem Ton gesprochen hatte, spürte ich Jacobs tiefe Traurigkeit, und Mitgefühl ergriff mich.

»Das tut mir sehr leid«, sagte ich. Er räusperte sich.

»Lass uns nicht weiter darüber sprechen. Wir machen hier einen Spaziergang, um dich aufzuheitern.« Er versuchte zu lächeln, was misslang. Seine Tapferkeit berührte mich.

Wie nichtig war mein Desaster von gestern Abend gegen seinen erlebten Verlust und Schmerz, seine Sorgen, zog es mir durch den Kopf. Wie oberflächlich wäre ich, jetzt über das Wetter oder die Schule zu plaudern.

»Wenn du darüber reden möchtest – oder kannst –, dann erzähl es mir bitte«, sagte ich vorsichtig. Und mein Interesse war ehrlich.

Jacob sah kurz zu mir herüber, dann wieder auf den Weg zu seinen Füßen. Schien mit sich zu ringen, ehe er auf die Bitte einging.

»Meine Mutter hatte vor zwei Jahren die Krebsdiagnose erhalten. Brustkrebs im fortgeschrittenen Stadium. Sie wurde operiert, es gab Bestrahlungen, Chemotherapie. Doch ihr Zustand verschlechterte sich, sie wurde immer weniger und schwächer. Wir haben sie bis zum Schluss zu Hause gepflegt. Aber ...«

Jacob schluckte. Instinktiv ergriff ich seine Hand, wie ich es bei einer meiner Freundinnen getan hätte. Nach kurzem Zögern umschloss er die meine.

»Mein Vater kam nicht damit klar. Er begann zu trinken, auch Tabletten zu nehmen. Trank bei der Arbeit. Mom war immer die Starke in unserer Familie gewesen. Seit ihrem Tod ...« Abrupt ließ er meine Hand los, wischte sich harsch über die Augen. »Lass uns bitte über was anderes reden.«

Oh, Abby, du Trampel!, schimpfte ich innerlich mit mir. *Warum bohrst du in seinen Wunden ... Lenk ihn ab.*

»Hast du Geschwister?« Etwas Besseres fiel mir auf die Schnelle nicht ein.

Jacob schüttelte den Kopf, gefangen in seiner Traurigkeit.

»Ich bin auch Einzelkind«, plapperte ich weiter. »Aber ich habe mir oft eine Schwester oder einen Bruder gewünscht. Am liebsten einen großen Bruder, mit dem ich mich verbünden und Unsinn aushecken kann. Als Einzelkind bin ich leider recht brav und angepasst und wohl eine ziemliche Langweilerin geworden.« Mein Redefluss endete. Was redete ich da nur für einen Stuss!

Aber Jacobs Züge hatten sich wieder aufgehellt.

»Du bist garantiert keine Langweilerin!«, stellte er mit Nachdruck fest. »Ich habe mir auch einen Bruder gewünscht. Bloß keine große, zickige Schwester, die einen ständig herumkommandiert, wie einige Freunde von mir sie haben.«

Ich dachte an Lee, auf die das öfter zutraf, und stimmte ihm zu.

Während wir am See entlangschlenderten und über Unverfängliches redeten, fanden wir weitere Gemeinsamkeiten heraus. Verblassten die Schatten, die zuvor auf unseren Seelen gelegen hatten.

Just in einer Redepause meldete sich plötzlich mein Magen mit einem fordernden Grummeln, nein, es war schon ein lautes, langgezogenes Grollen. Jacob blieb stehen, zog die Augenbrauen hoch. »Wann hast du das letzte Mal was gegessen?« Peinlich berührt schwieg ich, und er stellte fest: »Garantiert noch gar nichts heute, oder?«

»Hab keinen Hunger.«

»Da sagt dein Bauch was anderes. Da vorne«, er zeigte auf ein blau-weiß gestrichenes, einladend wirkendes Restaurant, »gibt es den besten Fisch in der Gegend. Magst du Fisch?«

Dies war auch eine Gemeinsamkeit. Das Essen, das wir uns bestellten, war köstlich, ich verputzte meine komplette Portion.

Es war bereits Nachmittag, als Jacob mich nach Hause brachte. Wir sahen uns an, ehe ich ausstieg, und da war wieder eine gewisse Befangenheit. Beide schienen wir zu überlegen, was das mit uns war.

Zeitgleich begannen wir zu sprechen, hielten inne und lachten verlegen.

»Du zuerst«, sagte ich und dachte, wie viel anziehender sein Gesicht wirkte, wenn er gelöst war.

»Das war einer der besten Tage seit Langem.«

»Dito«, antwortete ich.

»Nun, dann bis Montag.«

Ich winkte Jacob noch einmal zu, ehe er losfuhr.

Als ich auf unser Haus zuschritt, sah ich Mom mit ernstem Gesicht in der Tür stehen.

»Wer war das denn? Und wo kommst du her?«, fragte sie, während sie mir in die Küche folgte, wo ich mir etwas zu Trinken einschenkte.

»Jacob, ein Freund aus der Schule. Wir waren spazieren«, antwortete ich leichthin, setzte das Glas an die Lippen.

Freund, dachte ich. Ich hatte Jacob einen Freund genannt, aber genauso fühlte es sich an.

Mom zog kaum merklich die Augenbrauen und die Lippen zusammen. Ein Zeichen ihrer Missbilligung. Doch ehe sie etwas sagen konnte, kam ich ihr zuvor.

»Um es gleich klarzustellen: Josh und ich sind nicht mehr zusammen, waren es eigentlich auch nicht gewesen. Ich will gar nicht viel dazu sagen. Nur: Josh ist längst nicht so nett, wie er tut. Im Gegenteil. Und er hat kein weiteres Interesse an mir.«

Sie sah mich stumm an. Ich hatte ruhig und fest gesprochen, die Traurigkeit bewusst aus meiner Stimme verbannt. Es funktionierte. Falls sie Fragen gehabt hätte, unterließ sie es, sie zu stellen. Vielleicht lag es an ihren eigenen Sorgen, denn sie wechselte das Thema.

»Dein Vater und Phyllis sind noch im Büro. Das Durcheinander dort kannst du dir nicht vorstellen! Sie werden bis heute Abend aufräumen. Der Schaden durch den Vandalismus ist wesentlich kostspieliger als die gestohlenen Dinge.«

Ich hörte ihr vermeintlich weiter interessiert zu, doch meine Gedanken schweiften ab.

Man ist nicht das, was man sagt, sondern das, was man tut, zog mir eins von Grannys unzähligen Zitaten durch den Kopf. Und wenn ich Josh und Jacob im Hinblick darauf miteinander verglich, konnten sie unterschiedlicher nicht sein. Je näher ich Jacob kennenlernte, desto mehr mochte ich ihn.

Durch das offene Gespräch hatte ich eine Menge über ihn erfahren. Glaubte ich, jetzt zu ahnen, warum er so ernst und düster wirkte, dabei aber so selbstständig und erwachsen war für sein Alter. Irgendwie war das alles wie in einem schlechten Film. Ich, die zuvor nie verliebt gewesen war, lernte zwei Jungen fast zur gleichen Zeit kennen, die sich als so unterschiedlich entpuppten. Doch statt eine wundervolle, erste Liebe zu erleben, war es bei mir ein tränenreicher, unschöner Schlamassel, Verwirrung pur, überschlugen sich die Ereignisse.

Hoffentlich würde es am Montag kein Fiasko für mich in der Schule werden.

Meine Befürchtungen traten zum Glück nicht in dem Maße ein, wie ich es mir als schlimmstes Szenario ausgemalt hatte.

Flankiert von meinen Freundinnen schritt ich durch den Schulflur, wobei ich ein möglichst gleichmütiges Gesicht aufsetzte, obwohl mein Herz klopfte und mir leicht übel war.

Einige, die ich von der Party wiedererkannte, tuschelten oder lachten verhalten, als sie mich sahen. Doch keiner sprach mich offen an oder riss lautstark Witze. Allein Kyle ließ es sich nicht nehmen, so zu tun, als müsste er sich übergeben, als wir ihn passierten. Sein Gelächter, das an eine meckernde Ziege erinnerte, folgte uns. Aber das war auch schon alles.

Ich blieb abrupt stehen, und mein Herz verkrampfte sich einen Moment, als ich Josh inmitten seiner Clique am Ende des Flures erblickte. Gutgelaunt wie immer alberte er mit den Freunden herum. Aus einem Impuls heraus wollte ich mich umdrehen, flüchten, doch Maylin hielt mich am Arm fest. »Geh einfach weiter, Abhauen bringt nichts.«

»Wir sind bei dir.« Ruthy strich mir über den Rücken. Ich schluckte, setzte folgsam einen Fuß vor den anderen, den Blick auf den Boden gerichtet. Dachte an Jacobs Worte, die Großmutter bekräftigt hatte.

Du wirst hocherhobenen Hauptes zur Schule gehen. Dir nichts anmerken lassen. Jedem, auch den Besten, passieren unangenehme Dinge. Es kommt darauf an, wie du damit umgehst ...

Ich straffte meinen Rücken, sah von den Fliesen auf – genau in Joshs Gesicht. Kurz blitzten seine Augen auf, als unsere Blicke aufeinandertrafen, ehe sein Grinsen erstarb und sich ein Ausdruck tiefster Verachtung auf seine attraktiven Züge legte. Auch wenn ich mit solch einer Reaktion gerechnet hatte, tat es weh, trieb es mir Tränen in die Augen. Dann wandte er sich ab, schulterte seinen Rucksack und schlenderte weg, sein Gefolge im Schlepptau. Laut ausatmend bemerkte ich, dass ich die Luft angehalten hatte. Ruth drückte sachte meine Schulter. Als die Gruppe um Josh in einen anderen Flur abbog, gab sie den Blick frei auf Jacob, der an der Wand lehnte, als ob er auf jemanden wartete. Auf mich?

Kaum hatte er mich gesehen, lächelte er mir zu, doch statt auf mich zuzukommen, hob er nur grüßend die Hand und entfernte sich.

In der Mittagspause betrat ich mit meinen Freundinnen die Kantine. Gleich am vordersten Tisch bei der Tür saß Melissa mit ihrem ›Hofstaat‹. Im ersten Moment, als sie meiner ansichtig wurde, sah sie aus, als wollte sie mich in klitzekleine Stücke zerreißen. Ihre Abneigung war unverhohlen. Als sie bemerkte, dass ich mich nicht einschüchtern ließ, wandte sie zuerst den Blick ab. Doch jedes Mal, wenn ihre Augen mich streiften, presste sie die Lippen zu einer schmalen Linie zusammen. Anscheinend kam sie nicht darüber hinweg, dass ich unbehelligt durch die Schule laufen konnte. Ihre Freundin flüsterte ihr etwas ins Ohr. Wieder verweilte Melissas Blick auf mir, und ein eiskaltes, zufriedenes Lächeln ließ ihre Mundwinkel in die Höhe schnellen, als wüsste sie mit einem Mal etwas, was kein anderer wusste.

Als ich später zu meinem Spind trat, um die Bücher einzuschließen, kannte ich den Grund für ihr Verhalten. Jemand, ich schätzte eine ihrer albernen Freundinnen, hatte auf meine Spindtür mit rotem Lippenstift ›dummes Baby‹ gekritzelt. Es war so kindisch und lächerlich, dass ich nicht einmal wütend wurde, sondern nur ein Taschentuch herauskramte und die Schmiererei, so gut es ging, entfernte.

Wenn dies das Schlimmste war, was sie auf Lager hatten, war ich nicht beunruhigt. Ein ebenso kindischer Teil in mir zog einen Moment in Erwägung, Melissa ›hohle Nuss‹ auf den Spind zu schreiben. Aber meine Vernunft entschied sofort, es zu lassen, keinen Kleinkrieg herauszufordern.

Nach Schulschluss stand ich mit Ruth zwischen den anderen wartenden Schülern an der Bushaltestelle, als Jacobs Wagen vorfuhr. Er kurbelte das Seitenfenster herunter. »Soll ich euch nach Hause fahren?«

Ruth sah überrascht aus, doch ich willigte sofort dankend ein, denn soeben hatte Melissa mit ihren Getreuen das Schulgebäude verlassen, sie bewegten sich auf die Haltestelle zu. Es war mir lieber, nicht auf sie zu treffen. Wir stiegen ein.

Da Ruth näher an der Schule wohnte, setzte Jacob sie zuerst ab.

Kaum waren wir allein im Wagen, breitete sich wieder diese gewisse Spannung aus.

»Wie war dein Tag?«, fragte er. Ich wusste, was er meinte.

»Es ist nichts Schlimmes passiert, sie lassen mich in Ruhe, na ja, fast alle jedenfalls.« Kurz berichtete ich ihm von dem beschmierten Spind.

Jacob verdrehte die Augen. »Sehr albern.«

Ich gestand ihm, dass es mir in den Fingern gejuckt hatte, Melissa die Retourkutsche auf ihre Tür zu schreiben. Das ließ ihn auflachen.

»Hohle Nuss … Arrogante Schnecke wäre auch schön gewesen«, schlug er grinsend vor.

»Oder Provinzprinzessin«, warf ich glucksend ein.

»Barbiepuppe für Arme«, erwiderte er prompt.

»Amöbenhirn.«

»Miss Sprechdurchfall.«

»Bettnässer-Beauty.«

»Ausgeburt der Kosmetikhölle.«

»Intelligenzallergikerin!«

Es waren nicht unbedingt die geistreichsten Bezeichnungen, aber wir kriegten uns gar nicht mehr ein.

Als wir vor unserem Haus stoppten, wurde Jacob wieder ernst. Schien kurz zu überlegen, wobei er mich regelrecht forschend betrachtete, dann gab er sich einen Ruck.

»Hast du dich in letzter Zeit von einem Arzt durchchecken lassen?«

»Warum sollte ich?«

»Freitag war doch nicht das erste Mal, dass dir so übel wurde und du zusammengeklappt bist.«

Ich starrte ihn entgeistert an. »Wie kommst du darauf?«

»An deinem ersten Schultag bist du auch ohnmächtig geworden, im Flur«

»Was – das hast du gesehen?«, entfuhr es mir.

Jacob nickte ernst. »Da warst du mir vorher aufgefallen. Und plötzlich lagst du am Boden.«

»Ich habe einen niedrigen Blutdruck, ein bisschen Kreislaufprobleme, das ist alles. Nicht dramatisch«, log ich. Wieder zögerte er, schien abzuwägen, ob er seine weiteren Worte äußern sollte.

»Ich weiß nicht, was du noch für Josh empfindest. Aber auch auf die Gefahr hin, dass es zu früh ist, und du dich …

vielleicht bedrängt fühlst, was ich keinesfalls will: Ich möchte dich näher kennenlernen. Zeit mit dir verbringen. Wenn du das für aufdringlich hältst, sag es bitte, und ich gehe auf Abstand.«

Einen Moment herrschte angespanntes Schweigen, war ich verblüfft, obwohl ein Teil von mir es geahnt hatte. Mit einem solch offenen Geständnis hatte ich nach so kurzer Zeit nicht gerechnet. Aber als ich kurz in mich hineinhorchte, spürte ich, dass seine Gesellschaft mir guttat. Dass ich ihn ebenfalls besser kennenlernen wollte. Und das sagte ich ihm auch.

9
Aufklärung

Mit jedem verstreichenden Tag schmerzte meine von Josh verletzte Seele etwas weniger, legte sich auch meine Scham darüber, dass ich mich vor den Augen einer großen Zuschauerschaft in Joshs Wagen übergeben hatte.

An diesem Abend war ich garantiert nicht die Einzige, die gekotzt hat, dachte ich im Rückblick auf die vollkommen betrunkenen Partygäste.

Was ich aber nicht aus dem Kopf bekam, waren die Bilder von dem Verbrechen, das vor Jahren im Cadillac der McAllens verübt worden war, sie sprangen mich immer wieder an. Wie damals, an meinem ersten Schultag, als ich die bemitleidenswerte Pat dabei beobachtet hatte, wie sie sich mit Rasierklingen in einer Toilettenkabine einschloss, ließ mir auch das Schicksal der jungen Frau in dem Auto keine Ruhe. Ich musste herausbekommen, was geschehen war. Da war so viel Brutalität und Blut gewesen, das konnte sie gar nicht überlebt haben. Oder doch?

Es war keine Neugier oder – schlimmer noch – Schaulust, die mich antrieb, nein, mich schauderte bei dem Gedanken, die Hintergründe zu ermitteln. Vielleicht reichte es, nur in Erfahrung zu bringen, ob man den Täter damals gefasst und zur Rechenschaft gezogen hatte. Ich hoffte, dass dieser Albtraum dann endlich für mich abgeschlossen sein würde, die Bilder mich nicht mehr quälten und ich meinen Seelenfrieden zurückerlangte.

Ich hatte versucht, mir die Kleidung und die Frisur des Opfers genau in Erinnerung zu rufen, jede Kleinigkeit, die half, den Zeitpunkt der Tat zu bestimmen, zumindest einzugrenzen.

Das Alter der jungen Frau schätzte ich auf um die zwanzig Jahre, sie hatte ein grell gemustertes Minikleid und hohe, weiße Plateau-Stiefel getragen. Blondes, glattes Haar, sehr lang. Auffällig waren auch ihre stark geschminkten Augen gewesen, viel Eyeliner und Mascara, und der knallrot bemalte Mund. Ich schloss kurz die Lider, als ich an die panischen Schreie dachte, die ihm entwichen waren.

Im Hinblick auf die Mode vermutete ich, dass das Verbrechen im Zeitraum Ende der Sechziger- bis Anfang der Siebzigerjahre stattgefunden hatte. Ein wichtiger Hinweis auf die Identität des Opfers war das silberne Namenskettchen, das bei ihren verzweifelten Versuchen, sich zu wehren, an ihrem Hals aufgeblitzt war: Cindy. Ihr Vorname, wie ich vermutete. Von dem Täter – ihrem Mörder? – wusste ich nur, dass es ein Mann war, von ihm hatte ich allein die Hände gesehen, große Hände …

In einer Freistunde suchte ich die Bibliothek auf, um wie im Fall Patricia Kelly zu recherchieren. Diesmal saß eine Mrs. Adams am Tisch der Bibliothekarin. Die zierliche Frau hörte mir aufmerksam zu, verzog keine Miene, als ich – angeblich wieder für ein Referat – um die gebundenen Chronicle-Ausgaben der Jahre 1967 bis 1973 bat. Wortlos erhob sie sich und machte sich auf den Weg ins Archiv. Sie schien ebenso effizient zu arbeiten wie ihre Kollegin Mrs. Ashton, denn schon kurz darauf kehrte sie mit den sechs schweren Bänden im Arm zurück, die ich ihr rasch abnahm, weil sie unter deren Gewicht schnaufte.

Ich bedankte mich und suchte mir einen Platz, an dem ich für mich war. Nahm mir den ersten Band vor, blätterte ihn aufmerksam durch. Nichts.

In den weiteren Ausgaben entdeckte ich einige Artikel über Verbrechen, die im Großraum Detroit verübt worden waren.

Ich überflog einen Bericht über den Mord an einer Highschool-Schülerin, doch deren abgedrucktes Jahrbuchfoto zeigte ein gänzlich anderes Mädchen.

Da war nichts, das in Zusammenhang mit Cindy stand. Fehlanzeige. Enttäuscht klappte ich den letzten Band zu, trommelte mit den Fingerspitzen auf der Tischplatte, überlegte. Hielt dann inne.

Mir war ein Gedankenfehler unterlaufen! Ich war von Detroit und Umgebung ausgegangen. Doch der Angriff oder Mord konnte überall in den USA stattgefunden haben. Der Cadillac, Baujahr 1957, hatte mit Sicherheit einige Male den Besitzer gewechselt, ehe Joshs Vater ihn kaufte. Es war unklar, in welchen Bundesstaaten die gelebt hatten. Frustriert stöhnte ich auf. So kam ich nicht weiter.

Tief in Gedanken brachte ich die Zeitungsbände zu Mrs. Adams zurück. Ich musste mir einen neuen Weg einfallen lassen, um an Informationen zu gelangen.

Ich kam zu dem Schluss, dass die einzige Möglichkeit, etwas herauszufinden, darin bestand, ein weiteres Mal den Cadillac zu berühren. Wollte ich mir das wirklich antun? Nun, ich würde – im Gegensatz zu dem grässlichen, unerwarteten Sturz in die Vergangenheit am Partyabend – vorbereitet sein. Gewappnet.

Die Idee reifte heran. Ich müsste nachts einen Abstecher zum Carport der McAllens unternehmen, wenn es dunkel war und sich möglichst niemand draußen herumtrieb.

Am besten gleich in der kommenden Nacht.

Nach nur wenigen Stunden Schlaf schrillte um ein Uhr mein Wecker. Sofort stellte ich ihn aus, damit meine Eltern nicht geweckt wurden, und stand auf. Mir war richtig übel vor Müdigkeit, und bei dem Gedanken an die nächtliche

Kälte draußen verzog sich mein Gesicht. Doch ich kniff jetzt nicht, sondern schlüpfte in die dunklen Klamotten, die ich mir zurechtgelegt hatte, und schlich die Treppe hinab. Im Flur zog ich mir eine schwarze Strickmütze über den Kopf und steckte noch eine kleine Taschenlampe in die Jackentasche, bevor ich das Haus verließ.

Es war äußerst ungemütlich draußen, wie ich feststellen musste, mich fröstelte, als ich durch die verwaiste Siedlung zum Chestnut Grove radelte. Dort angekommen blickte ich mich um. Alles ruhig. Nur wenige Laternen erhellten Fußweg und Straße, die Grundstücke lagen im Dunkeln.

Ich ließ mein Fahrrad hinter die Hecke der Auffahrt sinken, die zum Haus der McAllens führte, und hastete geduckt bis zum Carport. Alle drei Luxuswagen standen darunter, im Architektenhaus brannte kein Licht.

Familie McAllen träumt ihre finsteren Träume, zog mir durch den Kopf. Neben dem Cadillac ging ich in die Hocke. Holte tief und erschauernd Luft, baute eine Art innerer Mauer gegen das Folgende auf, ehe ich meine Finger vorsichtig auf den schwarzglänzenden Lack der Autotür legte. Nichts passierte. Kein Kribbeln. Ich berührte den Griff der Beifahrertür, als das ebenfalls nicht funktionierte, den Außenspiegel. Wieder empfand ich rein gar nichts außer der Kälte des Chroms. *Shit!* Das durfte doch nicht wahr sein. Hatte ich diesen ungemütlichen, schlafraubenden Ausflug hierher vergebens auf mich genommen?

Stopp! Ich war durch die Berührung des *inneren* Türgriffs in die Vergangenheit gefallen, also musste ich jetzt irgendwie in den Oldtimer gelangen. Nacheinander betätigte ich, den Wagen umrundend, die restlichen Türgriffe. Verschlossen. Auch die Scheiben waren hochgekurbelt. *Verdammter Mist!*

Ich legte meine Handflächen zusammen, hob sie an den

Mund, die Gedanken rasten. *Denk nach, Abby.* Mit jeder verstreichenden Minute vergrößerte sich die Gefahr, entdeckt zu werden.

Eine Erinnerung stieg in mir auf. *Der Schlaufentrick!* Fieberhaft versuchte ich mich genau zu entsinnen. Die Wongs hatten mich letztes Jahr mit auf einen Familienausflug in einen Freizeitpark genommen. Auf dem Parkplatz hatten wir den Wagen verlassen, wollten uns gerade auf den Weg zum Eingang machen, als Mr. Wong bemerkt hatte, dass der Autoschlüssel noch im Zündschloss steckte. Aber alle hatten wir nach dem Aussteigen brav die Knöpfe heruntergedrückt, um die Türen zu verriegeln.

»Na, klasse. Das ist definitiv nicht unser Tag. Wem auch immer er gehört, bitte sofort abholen!«, hatte Maylin gesagt, woraufhin Lee genervt gestöhnt hatte.

»Kein Problem«, hatte ihr Vater erwidert, bevor die Mutter sich aufregen konnte. »Das haben wir gleich. Gib mir bitte einen deiner Schnürsenkel, May.«

Ungewohnt folgsam war sie in die Knie gegangen, hatte ihren Turnschuh aufgeschnürt und den Schnürsenkel herausgefummelt. Wenn es darum ging, etwas Interessantes zu lernen, war sie immer ganz bei der Sache.

Mr. Wong hatte eine Schlaufe in die Mitte der Schnur gezogen, diese in die rechte, obere Ecke der Tür gesetzt und sie langsam hin- und herbewegt, bis die Schlaufe im Inneren des Wagens gewesen war. Dann hatte er das Band hinabgeführt, bis die Schlinge auf die richtige Höhe gelangt war. Nach einigen Anläufen hatte er es geschafft, sie um den Knopf zu legen und festzuziehen. Ein Ruck am Band hatte den Knopf nach oben bewegt, die Tür war entriegelt gewesen. Das Ganze hatte keine fünf Minuten gedauert, und Maylin hatte ihren Vater ehrfürchtig angesehen, als der die Autotür geöffnet und den Schlüssel abgezogen hatte. »Cooler Auftritt, Dad.«

Mr. Wong hatte ihr den Schnürsenkel zurückgegeben und mit ernster Miene zu uns drei Mädchen, aber vor allem in Richtung May, gesagt: »Man darf nur den eigenen Wagen mit dem Schlaufentrick öffnen, andere Autos sind tabu, das ist illegal, und wir tun nichts Illegales, verstanden?«

Wir hatten genickt, und Maylin hatte versprochen: »Keine Sorge! Großes Ehrenwort.«

(Gleich am nächsten Tag hatte sie auf dem Weg zur Schule zwei Playboy-Hefte in einem Mülleimer gefunden und grinsend eingesteckt. In der Pause hatte sie mich angewiesen, Schmiere zu stehen, während sie das Auto unseres alten, humorlosen Physiklehrers Mr. Piper geknackt und ihm die Hefte auf den Beifahrersitz gelegt hatte. So viel zum Thema großes Ehrenwort.)

Nun löste ich meinen Schnürsenkel aus dem Turnschuh. Verflucht, war das finster, ich brauchte Licht. Sonst würde ich Mr. Wongs Trick überhaupt nicht hinbekommen. Ich schaltete die kleine Taschenlampe an und klemmte sie mir zwischen die Zähne, um die Tür des Cadillacs zu beleuchten. Als ich es fast geschafft hatte, die Schlinge hinter der Scheibe zum Knopf zu ziehen, hörte ich – ganz nah – ein Rascheln auf dem Nachbargrundstück. Vor Schreck rutschte mir die Taschenlampe aus dem Mund, fiel mit einem Scheppern auf den Asphalt und rollte unter den Wagen. Ich hielt den Atem an, mein Herz klopfte. Ein tiefes Grollen, dann krachte ein Monstrum von einem Hund mit gefletschten Zähnen gegen den Zaun, bellte wild und geiferte in meine Richtung. *Ach, du Scheiße!*

Zum Glück konnte er nicht zu mir herüber, führte aber keine zwei Meter von mir entfernt einen irren Tanz auf, von dem garantiert die gesamte Nachbarschaft – inklusive der McAllens – erwachte. Hastig rutschte ich unter den Oldtimer, griff nach der brennenden Lampe und knipste sie aus. Keine Sekunde zu früh.

»Barney, hierher!«, hörte ich eine Männerstimme rufen, aber der Köter ließ nicht von seinem Vorhaben ab, zu mir zu gelangen. Schritte näherten sich, der Lichtkegel einer Taschenlampe bewegte sich über den Boden, glitt über die Nobelkarossen der McAllens. »Barney, was ist hier?« Das Ziehen in meinen Eingeweiden wurde augenblicklich stärker.

Würde der Nachbar jetzt den Schnürsenkel entdecken, der in der Scheibe des Oldtimers steckte, und Alarm schlagen? Oder sich bücken und unter den Wagen leuchten? Oh Gott, dann war ich geliefert …

Ein zweiter Hund bellte auf der Straße, Barneys Kehle entstieg wieder das widerliche Grollen, und er hetzte los, um sich über den Artgenossen herzumachen, doch sein Besitzer rief ihn mit harter Stimme zu sich. Er und Barney – den ich eher Godzilla getauft hätte – verschwanden im Nachbarhaus. Einen Moment blieb ich noch mit klopfendem Herzen unter dem nach Benzin und Öl muffenden Cadillac liegen, rutschte erst hervor, als ich sicher war, dass wieder Ruhe herrschte.

Mann, das hatte ich mir irgendwie einfacher vorgestellt. Die nächsten Minuten verwandte ich darauf, die Wagentür zu öffnen, und stieß erleichtert den Atem aus, als der Türknopf in die Höhe schnellte. Ich öffnete die Tür und ließ mich auf den Beifahrersitz gleiten, bildete den Schirm und zog die Tür wieder zu. Rutschte ein Stück nach unten.

Dann endlich legte ich meine zitternden Finger auf den Griff, ließ die Barriere sinken, und es wurde schwarz um mich.

Ich befand mich auf dem Rücksitz des fahrenden Cadillacs, vernahm das Schnurren des Motors. Es schien Nacht zu sein, die Scheinwerfer entgegenkommender Autos blendeten mich, ehe das Innere des Wagens wieder dunkel wurde, wenn sie vorbei waren. Am Steuer saß ein Mann, groß wie vermutet, neben ihm auf dem Beifahrersitz befand sich Cindy. Im Dämmerlicht leuchtete ihr langes Haar fast weiß. Aus dem Radio plärrte der Jimmy Hendrix-Song *Purple Haze*.

Das Scheinwerferlicht des Oldtimers ließ ein Ortsschild aufleuchten, ehe wir es passierten. *Welcome to Waynesboro, Pearl of Pennsylvania.*

»Danke, Mister, dass Sie mich mitnehmen«, hörte ich Cindy sagen, sie klang so jung. »Hab' Blasen an den Füßen, vom Tanzen.«

Der Mann, den ich nur als Schemen sah, lachte. Es klang irgendwie unangenehm. »Kein Wunder, bei den Absätzen. Wäre noch ein weiter Weg zu Fuß bis Waynecastle. Aber – sind sexy, deine Stiefel, echt. Bist mir gleich aufgefallen, am Straßenrand.«

Plötzlich lag seine Hand auf ihrem Oberschenkel. Selbst in der Dunkelheit nahm ich wahr, dass Cindy zuckte und ihre Beine zusammenpresste. Seine Hand schob sich unter ihren Minirock. »Lassen Sie das!«

»Nun hab' dich mal nicht so, ich seh' dir doch an, dass du scharf bist.«

Cindys Atem ging schneller, aber nicht, weil sie erregt war, sondern vor Angst. Auch mein Atem hatte sich beschleunigt, wie mein Herzschlag. Die Furcht vor dem, was ich gleich sehen würde, umklammerte mich in ihrer triumphierenden Umarmung.

Cindy versuchte seine Hand unter ihrem Rock wegzustoßen, aber sein Griff wurde noch fester.

»Finger weg!«, kreischte sie.

Abrupt bog der Wagen von der Straße ab, in einen schmalen, von Büschen gesäumten Feldweg, der holprige Boden ließ den Cadillac ruckeln. Der Weg war so schmal, dass die Zweige der Büsche an den Scheiben entlangkratzten.

»Wo fahren Sie hin? Ich will sofort aussteigen! Anhalten!« Ihre Stimme war schrill geworden, sie tastete nach dem Türgriff, wollte flüchten. Der Mann machte eine Vollbremsung, sodass sie heftig nach vorne kippte, würgte den Motor ab, die Musik erstarb. Dann packte er in ihr Haar und riss ihren Kopf zurück. Presste seinen Mund auf ihren. Sie versuchte ihn abzuwehren, schlug nach ihm.

Plötzlich ließ er von ihr ab, wischte sich über die Lippen. »Hast mich gebissen, kleine Schlampe!«

Die kalte Wut in seiner Stimme ließ mich frösteln, dann ging alles ganz schnell. Der Dreckskerl zog das Messer hervor. Genau die grauenvolle Szene, die ich bereits hatte sehen müssen, spielte sich ein weiteres Mal ab, nur aus anderer Perspektive. Ich duckte mich hinter den Sitz, presste mir die Hände auf den Mund und unterdrückte ein Wimmern. Mein Herz schlug sowieso schon heftig, aber jetzt ging mein Puls noch einmal nach oben, ich vernahm die Geräusche des Gerangels und Cindys Schreien, das irgendwann zu einem Stöhnen wurde.

Dann herrschte mit einem Mal gespenstische Ruhe. Im Wagen hing der Übelkeit erregende Kupfergeruch von Blut. Jetzt stieg er aus.

Mit zitterndem Atem beobachtete ich, wie er die Beifahrertür aufzog und Cindys leblosen Körper herauszerrte, ihn ins Gebüsch schleifte. Er kam zurück und öffnete hinter mir den Kofferraum. Als er im Scheinwerferlicht des Cadillacs zur Leiche zurückkehrte, sah ich nur seinen Rücken und Hinterkopf – sein braunes, gewelltes Haar, er trug einen Spaten in der Hand. Der nächtliche Feldweg löste sich auf, und ich stürzte durch den dunklen Korridor.

Sofort, als ich in der Gegenwart wieder auftauchte, schnappte ich mehrmals nach Luft, bildete den Schirm, riss die Tür auf und verließ hektisch den Wagen. Es kostete mich Überwindung, ihn nochmals zu berühren, um die Tür zu verriegeln und leise zu schließen. Dann rannte ich an der Hecke entlang zu meinem Fahrrad. Ein unterdrückter

Schrei steckte in meiner Kehle, den ich nicht rauslassen durfte, meine Lippen bebten, Tränen liefen mir über die Wangen. Ich trat in die Pedale, als ob mein Leben davon abhinge.

Ruhig, Abby, ruhig, mahnte ich mich. *Dir kann nichts passieren, du bist in Sicherheit.*

Die arme Cindy war es damals nicht gewesen. Warum nur war sie zu dem wildfremden Kerl ins Auto gestiegen? Natürlich, sie war nachts allein auf der Straße und müde gewesen, sie hatte nach Hause gewollt. Rasch zählte ich mir auf, was ich erfahren hatte: Ein Mann, der wesentlich älter gewesen sein musste als Cindy – sie hatte ihn *Mister* genannt –, hatte sie auf einem Highway aufgelesen, kurz vor Waynesboro, einer Kleinstadt in Pennsylvania.

›Wäre noch ein weiter Weg zu Fuß bis Waynecastle‹, hatte ihr Mörder gesagt. In dem Ort hatte sie demnach gelebt. Der Feld- oder Waldweg, in den er eingebogen war – da war ein Wasserturm gewesen! –, konnte nur wenige Kilometer hinter Waynesboro liegen. Dort hatte er sie auch verscharrt. Warum hatte er überhaupt einen Spaten dabeigehabt? Die Gedanken gefroren in meinem Hirn, ich wischte mir über die Augen, wusste nicht, ob mein heftiger Atem von den albtraumhaften Beobachtungen oder der raschen Fahrt kam. Vielleicht von beidem.

Endlich war ich da, stellte mein Rad an seinen Platz und schlüpfte leise ins Haus. Stille empfing mich, mein nächtlicher Trip schien unbemerkt geblieben.

Ich erklomm die Stufen zu meinem Zimmer, zog nur Jacke, Mütze und Schuhe aus und kroch in mein Bett, begann wieder zu zittern. Bald drei Uhr zeigte mein Wecker an. Ich rollte mich zusammen, nach wie vor bebend, bezweifelte inzwischen, dass mein Ausflug eine gute Idee gewesen war. Würden die Bilder jetzt sogar noch schlimmer werden, mich gar nicht mehr loslassen? *Du bist in Sicherheit,* wiederholte ich immer wieder im Kopf, bis ich endlich in einen tiefen Schlaf fiel.

»Abby, warum stehst du heute nicht auf?«, hörte ich meine Mutter fragen. Ich stöhnte. Hatte vergessen, meinen Wecker gestern Nacht neu zu stellen. Gefühlt war ich gerade erst eingeschlafen, doch es war bereits sieben Uhr. »Bist du krank?«

Ich traf die Entscheidung, heute die Schule zu schwänzen.

»Mir geht's nicht gut«, murmelte ich, und das war nicht gelogen.

»Ruh dich aus. Ich sage den Wongs Bescheid, damit Maylin dich entschuldigt. Mrs. Fuller hat für heute abgesagt, aber du kommst auch allein zurecht, nicht?«

Ich bejahte, und Mom verließ mein Zimmer. Kurz darauf waren sie und Dad auf dem Weg zur Arbeit.

Obwohl ich übermüdet war und gähnte, dass mein Kiefer knackte, konnte ich nicht wieder einschlafen. Erneut zog das, was ich nachts erlebt hatte, durch meine Gedanken, sie schwirrten wie Mücken durcheinander. Hatte man Cindys Leiche jemals gefunden? Ihre Eltern hatten sie sicherlich als vermisst gemeldet, nachdem ihre Tochter von dem Tanzabend nicht zurückgekehrt war. Oder hatte sie bereits allein gelebt? *Purple Haze* von Jimi Hendrix fiel mir ein, das Lied war 1969 oder 1970 ein Hit gewesen. Warum hatte im Kofferraum ein Spaten gelegen? *Schluss!* Ich musste meine Gedanken ordnen. Aber zuerst würde ich die verdreckten Klamotten ausziehen, in denen ich ins Bett gestiegen war, und duschen. Richtig wach werden.

Kurz darauf betrat ich mit feuchten Haaren das Arbeitszimmer meiner Eltern und ging zu einem Regal, zog aus den ordentlich aufgereihten *National-Geographic*-Straßenkarten den Band von Pennsylvania heraus, um Lage und Entfernung der Orte Waynesboro und Waynecastle in Erfahrung zu bringen.

Danach holte ich die Schreibmaschine aus dem Schrank. Dorthin war sie verbannt worden, nachdem Mom und Dad sich ihre PCs und Drucker angeschafft hatten. Unter dem heißen Strahl der Dusche waren meine Lebensgeister zurückgekehrt, ich hatte einen Plan gefasst, und dass Mrs. Fuller heute nicht antanzte, passte perfekt hinein.

Ich wusste nicht, ob das Verbrechen an Cindy damals aufgeklärt worden war, und mir fiel keine Möglichkeit ein, das herauszufinden. Das Einzige, was ich für die junge Frau und mein Gewissen tun konnte, war, alle Informationen, die ich nun hatte, weiterzugeben. An eine Behörde, die für die Aufklärung von Verbrechen zuständig war. Die örtliche Polizei. Dafür tätigte ich einen Anruf bei der Auskunft und erhielt Nummer und Adresse des *Waynesboro Police Departments*. Ich würde die Fakten anonym per Post senden, verfasst auf der Schreibmaschine, einem Gerät, das in nahezu jedem Haushalt zu finden war, im Gegensatz zu den moderneren Computern. Vielleicht war ich paranoid, aber ich wollte auf keinen Fall eine Spur hinterlassen, die zu mir führte und mich womöglich unangenehmen Fragen aussetzte.

Ich spannte ein Blatt Papier ein und überlegte, wie ich mein Schreiben formulieren sollte. Dann tippte ich los.

In der Vergangenheit habe ich einen Mord beobachtet.

Es muss 1969 oder 1970 gewesen sein, vielleicht auch ein Jahr später. Aus persönlichen Gründen kann ich dies erst jetzt mitteilen.

Es geht um den Mord an Cindy, sie war zu der Zeit um die zwanzig, hatte blondes, langes Haar und trug in dieser Nacht ein weiß-rot gemustertes Minikleid, weiße Plateau-Stiefel und eine silberne Kette mit ihrem Namen. Sie hat wahrscheinlich in Waynecastle gelebt. Sie war auf einer Tanzveranstaltung oder Party gewesen und stieg auf dem Highway 16 vor

Waynesboro in einen schwarzen 1957er Cadillac El Dorado. Der Mann am Steuer war groß, zwischen dreißig und vierzig und hatte braungelocktes, kurzes Haar.

Nachdem sie seine Annäherungsversuche abwies, hat er die Straße verlassen, bog direkt bei einem hellen Wasserturm in einen Feld- oder Waldweg ab, etwa fünf bis sechs Kilometer hinter Waynesboro. Er stoppte nach etwa fünfzig Metern und hat sie im Wagen mit einem Messer erstochen. Ihre Leiche hat er wahrscheinlich im Gebüsch zur Rechten verscharrt, er holte einen Spaten aus dem Kofferraum.

Ich musste all das mit ansehen, war aber nicht in der Lage, einzugreifen oder den Mord zu verhindern.

Hatte ich nichts Wesentliches vergessen? Ich las mir das Geschriebene durch. Würden die Polizisten es für den Brief eines Irren oder Wichtigtuers halten und ihn achselzuckend in den Müll werfen? Oder nahmen sie die Informationen ernst, da es sich um einen ungeklärten Fall handelte? Da waren zu viele schwammige ›Wahrscheinlich‹-Aussagen, doch näher eingrenzen konnte ich sie nicht. Die Officers oder Detectives würden, gesetzt den Fall, sie hielten mein Schreiben für beachtenswert, davon ausgehen, dass ich mit im Wagen gesessen hatte, ein wichtiger Zeuge oder gar Komplize gewesen war. Konnten sie mich aufspüren? Nein, wie sollten sie? Es gab keinerlei Verbindung zwischen mir, Cindy oder Pennsylvania.

Ich zog das Blatt aus der Maschine und faltete es, dann spannte ich einen Umschlag in die Maschine, tippte die Adresse des Police Departments und klebte eine Marke darauf. Den Brief würde ich in Detroit in einen öffentlichen Briefkasten werfen, in der Anonymität der Großstadt.

Würde es mir dann besser gehen? Ich hoffte es, sehr.

Das, was zwei Wochen später geschah, haute mich um. Der Fall machte mediale Schlagzeilen! Es lief zwei Tage lang auf vielen Fernsehkanälen, die aufgeregten, Mitgefühl heuchelnden Stimmen der Reporter überschlugen sich fast.

Aufgrund eines anonymen Hinweises war nach sechzehn Jahren die skelettierte Leiche der bis dahin als vermisst geltenden Cindy Mahoney gefunden worden. Die damals Achtzehnjährige war im September 1970 nach dem Besuch eines Musikfestivals in Wayneheights, einem Vorort von Waynesboro, verschwunden gewesen. Identifiziert wurden ihre Überreste anhand von zahnärztlichen Unterlagen und dem, was von ihrer Kleidung übrig war sowie dem Namenskettchen. Bilder ihrer ältlichen Mutter flackerten über den Schirm. Sie sah verhärmt aus, als tränke sie seit Jahren zu viel Kaffee und bekäme zu wenig Schlaf. Unter Tränen sagte sie in die Mikrofone: »Ich hab' die ganze Zeit gehofft, dass meine Cindy nach Hause kommt. Aber ich hab' gespürt, dass sie tot ist, eine Mutter fühlt das.«

Dann brach ihre Stimme, und sie wandte sich ab.

Ihr Leid zerriss mir das Herz, auch ich musste weinen. Es folgte ein Aufruf der Polizei, dass der anonyme Zeuge sich melden sollte. Man verdächtigte einen gewissen Stephen Dwayne Sanderson, der Täter zu sein. Man hatte Sanderson, den ›Pennsylvania-Highway-Killer‹, 1975 gefasst, seitdem saß er in Haft. Die Zeugenaussage und eine Gegenüberstellung könnten ihm auch den Mord an Cindy Mahoney zuordnen. Ich starrte auf das eingeblendete Bild des Killers. Ja, braune, lockige Haare, Alter und Statur passten, er konnte es gewesen sein. Ich hoffte sogar, dass er es war, denn dann saß das Schwein im Knast und würde nie wieder dort herauskommen.

Aber ich hatte nicht vor, meine Identität preiszugeben, das war unmöglich. Mrs. Mahoney hatte jetzt die Gewissheit, konnte ihre Tochter begraben und um sie trauern. Mehr vermochte ich leider für die bedauernswerte Frau und Cindy nicht zu tun.

In der folgenden Zeit legte sich allmählich meine Aufgewühltheit, und auch, wenn ich das alles nie vergessen und immer mit Traurigkeit daran denken würde, schloss ich endlich mit dem Fall ab.

10

Spurensuche

Thanksgiving. Das traditionelle Erntedankfest fand wie jedes Jahr am vierten Donnerstag im November statt. Es herrschte reger Verkehr auf den Straßen und Flughäfen, da allerorts Generationen von Familien zusammenkamen. Wie viele andere nahmen sich meine Eltern den folgenden Freitag frei, um ein langes Wochenende mit mir bei Granny in *Oakley Gardens* zu verbringen.

Der Flug von Detroit verlief problemlos, und wir erreichten Charleston am frühen Mittag.

Ich strahlte, als ich Großmutter in der wartenden Menschenmenge ausmachte.

Sie hatte sich seit unserem letzten Treffen nicht verändert. Mit kerzengerader Haltung wie immer stand sie dort, in einen eleganten Mantel gekleidet, die Handtasche über dem Handgelenk, und ihr war die Wiedersehensfreude anzumerken, als wir auf sie zutraten. Vater reichte sie die Hand, Mutter hauchte sie Küsse auf die Wangen. Mich umarmte sie herzlich, und ich drückte sie an mich, atmete ihren vertrauten Duft nach Lavendelseife ein. Wie hatte ich sie vermisst!

Als wir das Flughafengebäude verließen, erwartete uns eine Überraschung. Neben Grannys Limousine stand ein junger Afroamerikaner.

»Meine Lieben, das ist Michael, mein Chauffeur. Er ist Carls Großneffe und ein ausgezeichneter Fahrer.« Michael lächelte, half uns, das Gepäck im Kofferraum zu verstauen, und öffnete für Granny die Wagentür.

Auf der Fahrt zu ihrem Haus gestand sie uns, dass sie letzten Monat einen kleinen Unfall verursacht hatte, bei dem zum Glück niemand verletzt worden war. Doch dies hatte sie davon überzeugt, in ihrem Alter nicht mehr selbst am Steuer zu sitzen, und Carl hatte ihr daraufhin seinen Großneffen empfohlen.

»Es war eine gute Entscheidung. Er ist ein so angenehmer junger Mann«, schwärmte Granny. »Hilft mir bei den Einkäufen, ist umsichtig.«

Im Rückspiegel sah ich Michaels Gesicht, er lächelte wieder. Er schien meine Großmutter ebenso aufrichtig zu schätzen wie sie ihn. Grannys Haus war wie jedes Jahr herbstlich geschmückt. Geschmackvoll, nicht überladen, wie es ihre Art war. Auf der Tafel im Salon lag eine weiße Damasttischdecke, darauf hatte sie das edle Geschirr mit dem Silberbesteck, Stoffservietten und Kerzenleuchter arrangiert.

Nachdem wir unsere Zimmer bezogen hatten, begleitete ich Granny zu einigen der sozialen Einrichtungen, die sie unterstützte. Auch das war Tradition, seit ich klein war.

Immer an Thanksgiving und Weihnachten unternahm ich mit Großmutter diese Besuche.

Meine Eltern blieben derweil in *Oakley Gardens* und machten sich in der Küche nützlich. Mom übernahm jedes Jahr Vorbereitungen für Grannys Kochkünste, und ich erkannte sie dann kaum wieder: Sie, die zu Hause fast nie kochte, trug eine von Großmutters Schürzen und schälte Süßkartoffeln, Möhren und Äpfel. Mein Vater saß bei ihr, neben den Gemüsebergen, zwei Fallakten auf dem Schoß, aus denen er vortrug.

Zuerst fuhr Michael uns zu einem Obdachlosenheim, wo wir vom Leiter herzlich begrüßt wurden. Danach besuchten wir eine Suppenküche und das Waisenhaus. Überall, wo wir auftauchten, brachte man Granny Respekt und Freundlichkeit entgegen. Und das nicht nur, weil sie benötigte Sachspenden hatte liefern lassen und jedes Mal einen großzügigen Scheck überreichte.

Ihre Worte, die sie zu ihrem sozialen Engagement früher einmal geäußert hatte, waren typisch für sie und hatten sich mir, obwohl ich sie erst Jahre später wirklich verstand, eingeprägt: ›Man erkennt den Wert einer Gesellschaft an ihrem Umgang mit den Schwächsten. Daran sollten wir, die wir so viel haben, immer denken, Abby.‹

Am frühen Abend traf Carl mit seiner Tochter ein. Im Haus lag ein Wohlgeruch nach dem gebackenen Truthahn mit Cranberrysauce, den leckeren Beilagen und dem Apfelkuchen nach Familienrezept. Ein Duftpotpourri all der Speisen, die Granny und Mom gemeinsam gezaubert hatten.

Als Tanya ihren Vater im Rollstuhl ins Haus schob, bestürzte mich sein Anblick. Carl schien geschrumpft zu sein, sah gebrechlicher aus, als ich ihn in Erinnerung hatte. Schlohweiß war sein krauses Haar geworden, die Handgelenke knochiger, die braune Haut dünn wie Papier. Als hätte jemand seinen Lebenssaft angezapft. Oder rief diesen geschwächten Eindruck nur der Rollstuhl hervor?

Ich begrüßte ihn herzlich, beugte mich hinunter und umarmte den alten Mann, der sich sichtlich ebenfalls freute, mich zu treffen, und sich mehrmals bei Granny für die Einladung bedankte. Tanya hatte sich gar nicht verändert. Nach wie vor sehr beleibt und wortkarg, schob sie ihren Vater an die Tafel, ehe sie sich neben ihm mit mürrischem Gesicht niederließ. Wie früher zeigte sie kein sonderlich einnehmendes Wesen.

Granny, Mom und ich trugen die Speisen auf, ehe wir uns setzten. Großmutter faltete die Hände und sprach ein kurzes Dankesgebet.

»Schön gesprochen, Missus Mathilda, schön gesprochen«, sagte Carl lächelnd, ehe wir es uns schmecken ließen. Wieder einmal bewunderte ich, wie geschickt der blinde Mann mit Messer und Gabel umgehen konnte, auch wenn seine Finger inzwischen etwas zitterten.

Ich trug das Medaillon, das Granny mir geschenkt hatte, und sie zwinkerte mir zu, als sie es auf meiner Brust entdeckte. Sie war eine exzellente Gastgeberin, vermochte es, Gespräche in Gang zu bringen und am Laufen zu halten.

Nach dem Dessert, dem köstlichen Apfelkuchen mit Vanilleeis, lehnte sich Carl mit zufriedenem Gesicht zurück, legte sich die braunen Hände auf den Bauch und seufzte. »Das war das beste Essen seit Langem!« In Richtung seiner Tochter gewandt, fügte er hinzu: »Nichts gegen deine Kochkünste, Tanya.«

Er griff in seine Sakkotasche, zog eine Pfeife und einen Tabakbeutel hervor.

»Oh, Carl, seit wann rauchen Sie denn?«, fragte Granny.

»Hab’ letztes Jahr damit angefangen. Ich liebe die Düfte der verschiedenen Tabaksorten«, erwiderte er. »Es ist nie zu spät für ein Laster!« Er lachte sein heiseres Altmännerlachen, dann wandte er sich an Tanya. »Meine Liebe, würdest du mich wohl auf die Veranda bringen?«

Sie zog ihre dunklen Augenbrauen zusammen, denn sie hatte sich gerade als Einzige noch ein weiteres Stück Apfelkuchen aufgetan. Ich schob meinen Stuhl zurück und erhob mich.

»Ich begleite Carl hinaus.«

Das war eine gute Gelegenheit, mit ihm unter vier Augen zu sprechen, denn ich hatte etwas auf dem Herzen.

Auf der Veranda empfing uns feuchte Kühle, wenngleich die Temperaturen im Winter hier im Süden selten unter den Gefrierpunkt fielen. Ich breitete eine Decke über Carls Beinen aus, dann setzte ich mich neben den Rollstuhl auf eine Bank. Er lächelte. »Danke, Abby, das ist lieb von dir.«

Während er die Pfeife stopfte, überlegte ich, wie ich mein Anliegen vorbringen sollte.

Zuerst wollte ich jedoch wissen, wie es um seine Gesundheit bestellt war. »Seit wann sitzt du im Rollstuhl? Und warum?«

Carl entzündete den Tabak, paffte aus dem Mundwinkel ein paar Wölkchen in die Abendluft, ehe er antwortete. »Die Gelenke. Hatte zwei Operationen, aber die haben nichts gebracht. Fast nichts. Deine Großmutter wollte mich zu Spezialisten bringen, die Behandlung bezahlen, die Gute, ja, so ist sie. Aber ich möchte das nicht. Es geht mir gut. Tanya kümmert sich um mich. Bin einfach alt geworden.«

Er zog an der Pfeife, aromatischer Qualm hüllte ihn ein. Der Tabak roch nach Vanille und Honig, überraschend angenehm. Wie genügsam Carl neben seiner Liebenswürdigkeit war, dachte ich.

»Was hast du auf dem Herzen?«, fragte er plötzlich. Ich fühlte mich geradezu ertappt, hatte vergessen, wie sensibel der blinde Mann alles in seiner Umgebung erfasste.

»Ich habe seit Längerem das Gefühl … Nein, den brennenden Wunsch, andere zu finden und kennenzulernen, die so sind wie wir«, begann ich.

Carl nickte versonnen. »Das versteh' ich. Kann recht einsam sein mit der Gabe, ja, das kann es.«

»Gibt es in deiner Familie weitere Wanderer?«, fragte ich hoffnungsvoll.

Er schürzte die Lippen, schüttelte leicht das weiße Haupt. »Nein, ich bin der einzige.«

»Aber wie soll ich Menschen wie uns finden? Ich kann ja schlecht eine Suchanzeige in der Schule aufhängen.«

Er lachte leise, dann hauchte er einen Rauchkringel in die Luft. »Wäre einen Versuch wert … Nein, im Ernst. Ich versteh' deine Sehnsucht. Mir ging es genauso, als ich jung war. Aber außer meinem Mentor lernte ich keinen weiteren

Wanderer kennen. Er starb, als ich etwa dreißig war. Wir sind wenige, vergiss das nicht, sehr wenige.«

Ich hatte auf eine andere Antwort gehofft, versuchte, mir die Enttäuschung nicht anmerken zu lassen, doch auch die spürte er. Er tastete zu mir herüber, tätschelte meine Hand, ehe er seine wieder fortzog.

»Aber ... es ist doch erblich, oder? Grannys Schwester ist ebenfalls eine Wanderer gewesen. Darum hatte mich Granny als Kind im Auge behalten, die Anzeichen sofort erkannt. Mich zu dir gebracht. Gibt es in der Familie deines Mentors denn keine Nachkommen mit der Gabe?«

Carl überlegte, zog an der Pfeife, obwohl diese ausgegangen war. Als er es merkte, senkte er die Hände auf seinen Schoß, umschloss das Rauchgerät wie ein kleines Vögelchen.

»Die Familie meines Mentors war groß. Aber nur er besaß die Gabe, soweit ich weiß. Er war Schauspieler, ein verrückter Paradiesvogel.« Carl gluckste in sich hinein, dann wurde er wieder ernst. »Ich weiß nicht, ob die Familie bis heute dort wohnt. Wohin die Zeit sie vielleicht verstreut hat. Ist lange her.«

»Bitte, sag mir, wie dein Mentor hieß, wo er gelebt hat. Ich möchte zumindest versuchen, die Familie zu finden, Kontakt aufzunehmen. Du kannst dich doch an die Adresse erinnern, oder?«

»Selbstverständlich, wie könnte ich die vergessen. Sein Name war Otis Fisher. 765 Clark Street in Charlotte.« Er wandte mir sein Gesicht mit den blinden Augen zu, hob einen Zeigefinger. »Du solltest deine Großmutter einweihen, brauchst ihre Hilfe. Viel Glück bei der Suche.«

Die Hoffnung kehrte zurück. »Ach, Carl, ich bin ja schon froh, dass ich dich kenne!«

Ich umarmte den alten Mann. Dabei nahm ich wahr, dass er fröstelte, und brachte ihn schnell wieder hinein in die

Wärme des Hauses, wo die anderen inzwischen am Kaminfeuer im Salon saßen.

Carl hatte recht. Natürlich würde ich Grannys Hilfe benötigen, denn eine etwa dreistündige Autofahrt trennte mich vom Ort meiner Recherchen in North Carolina. Hoffentlich fand ich – Grannys Unterstützung vorausgesetzt – in der Metropole Charlotte Nachkommen dieses Mr. Fisher. Und ich wünschte mir voller Inbrunst, dass eine Person mit der Gabe darunter wäre.

In einem geeigneten Augenblick zog ich Großmutter ins Vertrauen. Sie reagierte wie erhofft, verstand meinen Wunsch und unterhielt sich kurz allein mit Carl, ehe er und seine Tochter wieder heimfuhren. Vor dem Zubettgehen kündigte sie meinen Eltern an, dass wir ›für einen guten Zweck‹ am folgenden Tag unterwegs sein würden. Das war geschickt formuliert, nicht gelogen, denn meine Großmutter verabscheute Lügen. Sie ließ meine Eltern jedoch denken, dass wir in wohltätiger Sache unterwegs waren. Ich war für ihr Verständnis und ihre Tatkraft dankbar, und es war wieder einer der Momente, in denen ich nicht glauben konnte, dass Granny bereits neunzig Jahre alt war.

Es herrschte dichter Verkehr auf den Straßen, als wir am nächsten Morgen losfuhren, Michael am Steuer. Wir gerieten in einen Stau, sodass wir erst eine Stunde später als erwartet in Charlotte ans Ziel gelangten. Einem recht unscheinbaren Haus, das dringend einen neuen Anstrich benötigte.

Granny und ich erklommen die wenigen Stufen zur Eingangstür. Ein Blick auf die drei Klingelschilder verriet, dass hier niemand mit dem Namen Fisher lebte. Ich seufzte enttäuscht.

»Ich habe nichts anderes erwartet«, sagte Granny. »Bedenke, dass es fünf Jahrzehnte her ist, seit Carl diesen Mr.

Fisher zuletzt besucht hat. Wir werden dennoch nachfragen. Vielleicht haben wir Glück.«

Sie klingelte beim ersten Namen. Eine alte Dame öffnete die Tür, hörte sich Großmutters Anliegen an, verneinte dann bedauernd. Auch die anderen Bewohner des Hauses konnten uns nicht weiterhelfen.

Granny ließ sich nicht entmutigen, läutete bei den Nachbarhäusern, spulte immer wieder die gleichen höflich verpackten Fragen herunter. Fehlanzeige. Die Menschen in dieser Straße schienen nicht einmal ihre Nachbarn zu kennen.

Meine Hoffnung, die Nachfahren von Otis Fisher zu finden, erstarb. Ich wollte mir gar nicht ausrechnen, wie viele Fishers es allein in der Großstadt Charlotte gab, denn es war ein weit verbreiteter Nachname. Und wer sagte, dass die Nachkommen überhaupt noch hier lebten?

Kurz davor, aufzugeben, hörte ich Großmutter sagen: »Wir werden jetzt zum *Preston Theater* fahren, in dem Otis Fisher bis zu seinem Tod gearbeitet hat, wie Carl mir erzählte. Möglicherweise erhalten wir dort Informationen.«

Diese Spur entpuppte sich leider ebenfalls als Sackgasse. Seit Mitte der Siebzigerjahre war das ehemalige Theater ein Kino. Niemand erinnerte sich mehr an den Schauspieler.

Ich war frustriert. Granny neben mir schwieg ebenfalls, als Michael auf den Highway fuhr, der uns zurück nach Charleston führte. Irgendwann seufzte sie leise, ehe sie mir ihre Gedanken offenbarte. »Dann wird es darauf hinauslaufen, dass ich wieder ein Inserat in den großen Tageszeitungen aufgebe. Die geldgierigen Scharlatane und die Verrückten werden mich mit Briefen überschwemmen, wie damals. Aber wenn es zum Erfolg führt, soll es so sein.«

Ich verstand sofort. Und schlug mir innerlich vor die Stirn, dass ich Carl oder Großmutter nie gefragt hatte, wie

ihr Kontakt vor vielen Jahren zustande gekommen war. »So
hast du Carl damals gefunden.«

Granny nickte. »Ich hatte ein anonymes Chiffre-Inserat
aufgegeben, das in den zehn größten Tageszeitungen veröf-
fentlicht wurde. Nur mit den vielversprechenden Verfassern
der Zuschriften traf ich mich.« Sie verzog leicht angewidert
das Gesicht. »Dennoch eine Katastrophe. Alle entpuppten
sich letztendlich als vermeintliche Wahrsager und Möchte-
gern-Medien, die einer alten Dame das Geld aus der Tasche
ziehen wollten. Die hatte ich rasch entlarvt. Dann erhielt
ich – recht spät – einen Brief von Carls Frau, die damals
noch lebte. Sie hatte meine Annonce gesehen, aber lange
gezögert, mir zu schreiben. Dann nahm alles seinen Lauf.«

»Was für ein Zufall, dass Carl in Charleston wohnt wie
du«, sinnierte ich, an die Größe unserer Nation denkend.

»Ja, Schatz, da hast du recht. Das war eine äußerst glückliche Fügung. Ich hoffe so sehr für dich, dass es ein zweites
Mal gelingen wird.«

Sie warf mir lächelnd einen Seitenblick zu, drückte meine
Hand, und ich erwiderte ihr Lächeln.

»Danke, dass du immer für mich da bist.«

*Ich habe die erstaunlichste und loyalste Großmutter der
Welt*, dachte ich mit einem innigen Gefühl in der Brust
und betrachtete voller Zärtlichkeit ihr Profil. Sie würde
nichts unversucht lassen, mir meinen sehnlichen Wunsch
zu erfüllen.

Wäre mir in diesem Moment bewusst gewesen, wen sie
mit der Annonce ausfindig machen würde und was dadurch
ins Rollen geriet, hätte ich neben der Zuversicht auch eine
gewisse Panik verspürt.

11

Zuckerbrot und Peitsche

Die viertägige Auszeit vom Leben in Detroit, das Zusammensein mit Granny, unsere Gespräche über alles, was ich in letzter Zeit erlebt hatte, gaben mir innere Ruhe zurück. Mit diesem Abstand wurde ich mir klarer über das Geschehene.

Über meine Gefühle. Die beendete Beziehung zu Josh, die keine gewesen war. Die beginnende Freundschaft mit Jacob.

Sonntagnacht, wieder zu Hause, allein in meinem Zimmer, hatte ich an die bedrückende Szene gedacht, die ich von Joshs Kindheit gesehen hatte, als ich den Football berührt hatte.

Die Gedanken schweiften weiter, zu seinen kühlen, selbstsüchtigen Eltern und der Schwester, die nicht in Europa weilte, sondern sich aufgrund von Alkohol- oder Drogenmissbrauch in einer Entzugsklinik aufhielt. Was hatten die McAllens nur aus ihren Kindern gemacht? War das das Leben? Wurden in der Kindheit prägende Kerben geschnitzt, die den erwachsenen Menschen formten? Ich hatte die traurigen Gedanken abgeschüttelt. Josh war nicht mein Problem. Nicht mehr.

Zurück in der Schule beobachtete ich am Montag, wie er Mandy, ein eher unscheinbares Mädchen, umgarnte. Sie besuchte mit uns den Geschichtskurs und schrieb in dem Fach – selbstverständlich – beste Noten. Sein Beuteschema.

Josh beim Flirten zuzusehen, schmerzte nicht mehr in dem Maße wie früher, es war eher ein dumpfes, wehmütiges Pochen.

Mandy stand an ihren Spind gelehnt, zwirbelte ihre Haare, während er sich, lässig mit einer Hand an der Tür abgestützt, zu ihr herabbeugte, ihr etwas ins Ohr raunte, was sie kichern und erröten ließ. Ich betrachtete Joshs ebenmäßiges Profil, sah seine weißen Zähne beim Lächeln blitzen, erinnerte mich an den aufregenden Klang seiner Stimme direkt an meinem Ohr, die mir stets wohlige Schauer bereitet hatte. Aber nun, nicht mehr das verliebte Objekt seines Interesses, sondern als Außenstehende, stellte ich fest, dass er dieses Mädchen auf genau die gleiche Art für sich einnahm wie mich zuvor. Mit derselben Mimik und Gestik, wie ein Schauspieler, der seine Rolle verkörpert. Vermutlich sogar mit nahezu identischen Worten.

Mit einem Mal, als hätte mir jemand einen Filter von den Linsen gezogen, den schmeichelnden Weichzeichner fortgenommen, erkannte ich ihn wirklich als das, was er hinter dieser Fassade war: ein selbstverliebter, berechnender Blender. Wie hatte ich nur auf ihn hereinfallen können. Mich ignorierte er inzwischen, als wäre ich Luft, ging einfach an mir vorüber, was aber angenehmer war als seine vorherige Abneigung.

Melissa blieb Joshs Tun ebenfalls nicht verborgen. Im Laufe der Tage wandte sie ihre Feindseligkeit, die sie zuvor auf mich gerichtet hatte, auf die Neue. Was für ein krankes Spiel!

Obwohl sich meine Situation entspannt hatte, empfand ich Mitleid mit Mandy, und ich überlegte, sie zu warnen, vor dem bitteren Erwachen zu bewahren. Aber sie würde mir nicht glauben, mein Einmischen als Eifersucht und enttäuschte Liebe werten. Ich wusste aus eigener Erfahrung, wie überzeugend Josh in seinem Werben war, wie sehr sich

Mandy von der Aufmerksamkeit des attraktiven und beliebten Jungen geschmeichelt fühlte. Auf keinen Fall wollte ich erneut in Joshs Fokus rücken und mir wieder seinen Unmut zuziehen.

Daher unterließ ich es, Kontakt zu dem Mädchen aufzunehmen, wenn auch mit schlechtem Gewissen.

Nur einen Tag später erlebte ich etwas, das mich die Situation mit anderen Augen betrachten ließ. Während des Unterrichts suchte ich das Mädchen-WC auf. Als ich die Tür aufzog, hörte ich ein leises Weinen und Schniefen aus einer der Toilettenkabinen. Wer war das?

»Hey, alles okay mit dir?«, fragte ich in den Raum hinein. Das Schluchzen verstummte. Stille.

»Kann ich dir helfen?«, wagte ich einen neuerlichen Vorstoß. Sofort darauf wurde die Tür entriegelt und aufgerissen. Melissa. Nur einen kurzen Blick erhaschte ich auf ihre geröteten Augen, ihr zorniges Gesicht, da stieß sie mich mit einem gezischten »Fick dich!« zur Seite und stürmte aus dem Raum. Sie hatte mich derart heftig geschubst, dass ich mit dem unteren Rücken an ein Waschbecken geprallt war, ich rieb mir die Stelle. Ihre Eifersucht auf die Mädchen, die Josh anbaggerte, setzte ihr anscheinend zu. Und ich war garantiert die letzte Person, von der sie beim Heulen erwischt werden wollte, erklärte ich mir ihre Aggressivität. Wäre mir bewusst gewesen, um wen es sich bei der Weinenden handelte, hätte ich sie auch nicht angesprochen.

Meine drückende Blase erinnerte mich daran, warum ich hier war, und ich betrat die offenstehende Toilettenkabine. Ein Hauch von Melissas süßlichem Parfüm hing in der Luft, sodass ich mich umwandte, um ein anderes WC zu benutzen, als ich auf dem Boden ein Lederarmband mit weißen Perlen entdeckte. Es ähnelte dem, das Josh mir zum Geburtstag geschenkt und das ich fortgeworfen hatte. War es von ihm? *Vielleicht das Erste aus der Großpackung, die er gekauft hat, bei seinem Verschleiß an Mädchen*, zog es mir sarkastisch durch den Kopf.

Ich setzte mich auf das Klo und erleichterte mich. Dabei starrte ich die ganze Zeit auf das indianische Armband, das Melissa hier – mit oder ohne Absicht – hatte liegen lassen. Ich beugte mich hinunter und berührte das Leder mit dem Zeigefinger. Spürte das verräterische Kribbeln und richtete mich wieder auf. Die Neugier siegte über meinen Vorsatz, nicht mit der Gabe im Leben anderer herumzuspionieren. Bei meinen Eltern und Freundinnen hielt ich mich eisern daran, nicht nur aus Anstand, auch aus Angst, unangenehme Dinge über sie zu erfahren. Doch für Melissa musste das nicht gelten. Bei Miss Finchs kleinem Tanzschuh hatte ich ja auch eine Ausnahme gemacht.

Ich wusch mir die Hände, kehrte dann in die Kabine zurück. Der nach wie vor präsente Hauch von Melissas aufdringlichem Duft ließ mich die Nase rümpfen, aber ich verriegelte die Tür, setzte mich auf den geschlossenen WC-Deckel und hob das Armband auf. Umschloss es mit den Fingern.

Die wirkliche Welt um mich herum verblasste, und ich stürzte durch die Finsternis.

Die Umgebung schärfte sich, und ich sah, dass ich in einem wahren Traum von Highschool-Prinzessinnen-Zimmer stand. Blassrosa Tapete, Rüschenvorhänge, an der einen Wand hingen Poster von Bon Jovi, Madonna und George Michael. Ein mit Kosmetika und Haarstyling-Produkten überladener Schminktisch mit Spiegel, an dem Fotos von Josh pinnten. Jede Menge Plüsch und Kissen in grellem Pink, dass ich nah dran war, Zahnschmerzen davon zu bekommen. Die andere Wand war übersät mit Siegerschleifen, Schärpen und Urkunden von Schönheitswettbewerben und Mini-Miss-Wahlen. *Mini-Miss-Elegance. Little Miss Michigan. All Stars Kid Covergirl, American Royality Miss – National*

Beauty, um nur einige zu nennen. Ihre größten Erfolge hatte Melissa demnach als Kleinkind gefeiert. Neben den jeweiligen Preisen hingen Fotos, auf denen sie übertrieben geschminkt und frisiert in die Kamera grinste. Eine gedrillte, lebende Puppe. Auf manchen Bildern presste sich eine Frau an sie, die große Ähnlichkeit mit ihr besaß und ebenso verbissen ihre Zahnreihen zeigte. Unverkennbar ihre Mutter, die ihre Tochter, seit diese laufen konnte, von einem Wettbewerb zum nächsten geschleift hatte ...

Ein Rascheln und Kichern ließ mich zum Bett umwenden und stocksteif innehalten. Ich hatte mich allein im Raum geglaubt, doch unter der Bettdecke steckten Melissa und Josh, wie ich peinlich berührt feststellte. Als Josh sich aufrichtete und die Decke ein Stück herunterschlug, sah ich, dass die beiden kaum bekleidet waren, und Hitze stieg mir in die Wangen. Oh mein Gott, ich war doch kein Spanner! Rasch blickte ich von dem Paar weg, hin zu den Schärpen, nahm nur aus den Augenwinkeln wahr, dass Melissa Josh wieder zu sich herunterzog.

»Können wir nicht jetzt schon richtig zusammen sein?«, hörte ich sie fragen. Pause. Die Tatsache, dass er nicht antwortete, ließ mich abermals zu ihnen hinschauen, und ich bemerkte, dass sein Gesicht einen ›Nicht-das-schon-wieder‹-Ausdruck zeigte.

»Ich will das so nicht mehr ...«, setzte Melissa erneut an.

»Wie oft muss ich dir das noch erklären?« Josh sprach zu ihr, als wäre sie schwer von Kapee. »Du bist heiß, das heißeste Mädchen, das ich kenne, aber leider fehlen dir die Fähigkeiten, um mich zu unterstützen.« Seine sanfte Stimme sollte den herablassenden Inhalt mildern, doch Melissa sprang auf, als hätte er sie gebissen, stand nun vor Wut bebend in einem Satin-Hemdchen neben dem Bett.

»Weißt du was? Ich könnte jeden haben, wenn ich mit dem Finger schnippe! Ich muss mir das mit dir nicht antun!

Wie würde dir das gefallen? Ich mit einem anderen?« Trotz der Hitzigkeit klang es wie ein verzweifeltes Festkrallen mit gebrochenen Nägeln.

Angesichts ihrer Worte verfinsterten sich seine Züge. Da war er wieder, der Androiden-Blick. »Um als not-geile Schlampe zu enden, wie deine Mutter, die jeden Monat einen neuen Lover abschleppt und hier einziehen lässt?«

Diese ruhig vorgetragene, ordinäre Gemeinheit ließ mich zusammenzucken und Melissa ein Stück vom Bett zurück-weichen. Sie presste sich kurz eine Hand auf den Mund, die Augen geweitet.

Joshs Gesichtsausdruck wurde wieder weich, regelrecht zerknirscht, er war wahrhaft ein begnadeter Mime.

»Mel, bitte, … komm her.« Sie reagierte nicht. »Wieso machst du mich ständig so wütend, dass ich gemeine Sachen zu dir sage? Das will ich doch gar nicht.«

Er stand auf, trat zu ihr, zog sie in die Arme, aber sie versteifte sich.

»Ein Jahr noch, Baby«, murmelte er in ihr Haar. »Dann geh' ich zum Sportcollege, dann können wir endlich zusam-men sein. Ich liebe dich, das weißt du doch. Und bis dahin haben wir weiter heimlich unseren Spaß, okay?«

Glaub ihm kein Wort!, schoss es mir durch den Kopf.

Melissa löste sich aus seiner Umarmung, wandte sich von ihm ab, und die Milde in Joshs Gesicht erstarb. Widerlich! Er war ein eiskaltes Reptil, das unter der dünnen menschlichen Haut und anerzogenen Manieren lauerte. Mich schauderte, dass ich bis vor Kurzem in ihn verliebt gewesen war.

Melissa stand weiter reglos mit dem Rücken zu ihm. Er gab ein genervtes Stöhnen von sich, hatte es plötzlich eilig, sich anzuziehen.

»Melde dich, wenn du wieder besser drauf bist«, sagte er, ehe er die Tür aufzog und das Zimmer verließ. Nur

Sekunden später wurde draußen ein Wagen angelassen, fuhr davon.

Erst jetzt löste sich Melissa aus ihrer Erstarrung, stieß einen Wutschrei aus, wirbelte herum, griff nach einem gerahmten Foto und warf es gegen die geschlossene Zimmertür. »Scheißkerl!«

Ich wich an die Wand zurück, als sie sich mit verzerrten Zügen weitere Gegenstände schnappte, sie prallten wie Gewehrkugeln auf das Holz, manche zerbrachen, verteilten sich auf dem Boden. Plötzlich hielt sie inne, als hätte sie all ihre Munition verschossen. Legte sich zitternd die Arme um den Oberkörper, als wäre ihr kalt. Dann sank sie mit einem Schluchzer auf die Knie, rollte sich auf dem Teppich zusammen, zog die Beine bis an die Brust und griff nach einem Kuscheltier, das sie fest an sich presste. Ein zutiefst trauriges Geräusch stieg aus ihrer Kehle, das zu einem bitterlichen Weinen wurde, gedämpft vom Plüsch des Teddybären. Tränen quollen unter ihren Lidern hervor, sie wischte sie fort, verschmierte ihre Schminke, ehe sie sich, verhalten wimmernd, immer wieder langsam über die Wange streichelte. Dieses wunderschöne, achtzehnjährige Mädchen, das in der Schule vor Selbstbewusstsein strotzte, benahm sich gerade wie eine misshandelte Vierjährige, es war zutiefst verstörend und mitleiderregend, das mit anzusehen. Ich war erleichtert, dass sich die Szene in diesem Moment auflöste und ich durch den Korridor in die Gegenwart flüchten konnte.

Ich musste zurück in den Unterricht, doch ich blieb noch einige Minuten in der Toilettenkabine sitzen, um meine Fassung zurückzuerlangen. Behutsam legte ich das Lederband auf den Boden.

Josh war ein solches Schwein! Obwohl ich Melissas oft gemeines Verhalten nach wie vor ablehnte, hatte ich begriffen, worin es zum Teil begründet lag. Insgeheim ahnte sie, dass Josh nie offiziell mit ihr zusammen sein wollte. Sie nur hinhielt. Und ihre Mom schien ihr ebenfalls keine Stütze zu sein, sondern eher das Gegenteil.

Die Menschen, die sie lieben sollten, reduzierten sie allein auf ihr Äußeres, auf ihren Körper. Wenn auch aus unterschiedlichen Motiven.

Sie konnte einem nur leidtun, mit dieser Mutter und ihrer Abhängigkeit von Josh.

12

Der Ausflug

Am Freitag nach dem ersten Unterrichtsblock kam Jacob den Schulflur entlang, direkt auf mich zu, als hätte er mich gesucht. Er bewegte sich zielstrebig, ohne hektisch zu wirken, wie es seine Art war, und aufgrund seiner Größe und Statur machten ihm die meisten Schüler unbewusst Platz.

Ein Funkeln lag in seinen braunen Augen, als er mich erreichte, und ein leichtes Lächeln kräuselte seine Mundwinkel.

»Hast du heute Nachmittag schon etwas vor?« Ich verneinte und sah ihn erwartungsvoll an.

»Dann möchte ich dich mit einem kleinen Ausflug überraschen. Passt dir halb vier?«

»Ja. Aber magst du mir nicht verraten, wo es hingeht?«, gab ich zurück, dachte an Dinge wie passende Kleidung und Schuhe. »Sag mir zumindest, ob wir draußen oder drinnen sind.«

Jacob schüttelte weiter lächelnd den Kopf, entfernte sich bereits wieder.

»Dann wäre es doch keine Überraschung«, sagte er über die Schulter. »Bis später!«

Und weg war er.

Nachmittags fuhr er pünktlich mit seinem Wagen vor, und ich stieg ein.

»Du verbindest mir aber jetzt nicht die Augen?«, fragte ich ihn schmunzelnd.

»Nein.« Er lachte leise. Das tat er in letzter Zeit öfter, lachen, zog es mir durch den Kopf. Es machte seinen Gesichtsausdruck weicher, stand ihm gut.

Wir fuhren in Richtung Detroit. Vor einem hallenähnlichen Gebäude parkte er, hielt mir wie ein Gentleman die Beifahrertür auf, als ich ausstieg.

›Northland Roller Rink‹ las ich über dem Eingang. Die Rollschuhbahn! Hier war ich noch nie gewesen, aber Maylin hatte mir davon erzählt. Ich warf einen Blick durch die Glastür. Im Inneren war es dunkel, weder drinnen noch draußen waren weitere Gäste zu sehen. Die Tür schien verschlossen zu sein, denn Jacob drückte einen Klingelknopf, und wir warteten.

Ich zeigte auf eine kleine Tafel mit den Öffnungszeiten. »Die öffnen erst um siebzehn Uhr.«

»Ich weiß«, antwortete Jacob nur. Ein Mann mittleren Alters kam durch den unbeleuchteten Flur zum Eingang und schloss auf. Sicher würde er uns darauf hinweisen, später wiederzukommen.

Stattdessen beobachtete ich, wie er und Jacob sich herzlich begrüßten und kurz umarmten, wobei sie sich gegenseitig auf den Rücken klopften, ehe sie sich mir zuwandten.

»Abby, darf ich vorstellen? Das ist mein Onkel, Sam Miller. Ihm gehört der Roller Rink. Sam, Abby ist …« Er hielt kurz inne, schien nach einer passenden Formulierung zu suchen, die unsere Beziehung beschrieb.

»Eine Freundin aus der Schule«, ergänzte ich schnell, registrierte, dass Jacob sich darüber freute, und schüttelte seinem Onkel die Hand. Er war nicht so groß wie sein Neffe, kaum größer als ich, aber sie besaßen ähnliche Gesichtszüge.

»Du weißt ja, wo du alles findest«, sagte Mr. Miller, während er die Tür wieder verschloss. »Ich schätze, du hast

Größe achtunddreißig?«, fragte er mich dann nach einem kurzen Blick auf meine Füße. Er lag richtig. »Dann viel Spaß, ihr zwei.« Mit einem Augenzwinkern verschwand er in einer Seitentür.

Jacob führte mich durch den Gang in die Halle, wo Musik lief, und bat mich, kurz auf einer Bank Platz zu nehmen. Während er die Rollerskates holte, blickte ich mich um. Der Raum hatte in etwa die Ausmaße unserer Schulsporthalle. Das Licht war gedimmt, bunte Scheinwerfer leuchteten den Boden aus. Drei von Lichtquellen angestrahlte Discokugeln kreisten unter der Decke, ließen helle Pünktchen über die Bahn gleiten. Jacob kehrte zurück, reichte mir ein Paar Leih-Skates. Ich registrierte, dass seine Schuhe anders aussahen.

»Das sind meine eigenen, ich bin ziemlich oft hier«, erklärte er, während er einen Rollschuh überstreifte.

»Hat dein Onkel jetzt allein für uns die Bahn aufgemacht?«, fragte ich.

»Dann müssen wir uns den Platz die erste Stunde nicht mit vielen anderen teilen. Am Wochenende ist es immer voll hier. Oder magst du nicht mit mir allein sein?« Er hatte es leichthin gefragt, doch ich spürte eine gewisse Unsicherheit hinter seinen Worten.

»Doch, sicher«, antwortete ich rasch. »Ist wahrscheinlich besser, denn das letzte Mal bin ich als Grundschülerin gefahren. Ich weiß nicht, ob ich es noch kann. Oder es überhaupt jemals konnte.«

»Gibt es demnach etwas, was du nicht kannst?«, neckte er mich.

Ich schnürte den zweiten Schuh zu. »Es gibt einiges, was ich nicht gut beherrsche. Flirten zum Beispiel.« *Herrje, warum platzte ich nur dauernd mit solchen Dingen heraus?*, dachte ich im gleichen Moment und spürte Röte in meinem Gesicht aufsteigen.

Jacob fing langsam an zu lächeln, sein Lächeln vertiefte sich, bis es schließlich zu einem herzlichen Lachen wurde. »Schon wieder eine Gemeinsamkeit.«

Er ergriff meine Hand und zog mich auf die Füße. »Passen die Schuhe? Sam irrt sich so gut wie nie im Schätzen der Größe.«

Ich wackelte mit den Zehen, nickte, und er geleitete mich auf die Bahn. Dort ließ er meine Hand los, und sofort schwankte ich, als ich langsam auf den Skates vorwärts rollte. Jacob fuhr schlängelnd rückwärts, beobachtete mich, stoppte dann. Seine Bewegungen waren geschmeidig und sicher, während ich mich kaum traute, die Füße anzuheben, und mit den Armen das Gleichgewicht auszubalancieren versuchte. Es war mir peinlich, wie eine tollpatschige Ente über die Bahn zu eiern.

Er fuhr auf mich zu und ergriff wieder meine Hände, fuhr rückwärts, zog mich mit sich. Erst langsam, dann nahmen wir Fahrt auf. Er erklärte mir Techniken, und allmählich klappte es besser, jedes sich anbahnende Stolpern meinerseits unterband er geschickt, wobei ich erneut spürte, welche Kraft er besaß.

Währenddessen sah er mich fast unentwegt an. Mit dieser Art Blick, der in mein Innerstes zu dringen schien, als ob er mich genau kennen würde. Aus seinen Augen sprach eine solche Zuneigung und Intelligenz, dass ich ein wenig verlegen, fast befangen wurde. Doch nach einer Weile entspannte ich mich und begann, das Fahren mit ihm zu genießen. Als sein Onkel hinter dem Geländer auftauchte und nach ihm rief, wandte sich Jacob zu ihm um, stoppte, und ich ließ seine Hände los. Rollte weiter, mit zu viel Schwung. Verlor das Gleichgewicht und landete äußerst unsanft auf dem Hosenboden. Mein Steiß tat höllisch weh. Sofort war Jacob bei mir.

»Hast du dir wehgetan?« Er half mir wieder auf die Füße.

Ich erinnerte mich an einen von Maylins Sprüchen. »Nein, ich habe den Boden umarmt.«

Er grinste. »Mit Tränen in den Augen?«

Ich musste auch grinsen. »Ja, es war ein sehr emotionaler Moment.«

Jetzt lachte er auf, mir so nah. Die Musik setzte aus, plötzlich war es vollkommen still in der Halle. Weiter stand er dicht bei mir, für einfache Freunde zu dicht. Aber es war mir nicht unangenehm. Meine Hände lagen in seinen, er sah auf mich hinunter, plötzlich wieder ernster, suchte nach passenden Worten.

»Beim Schulball haben wir beide nicht getanzt. Ich hatte mich nicht ... Ich meine, es war nicht der richtige Zeitpunkt, dich aufzufordern. Wollen wir das jetzt nachholen?«

Seine Ehrlichkeit, die Verletzlichkeit, die darin lag, war entwaffnend. Ich konnte nur nicken, und er hob kurz die Hand, ein Zeichen für Mr. Miller, denn die Musik setzte wieder ein. Whitney Houstons *Greatest love of all.* Das Eröffnungslied vom Ball, bei dem ich damals nur Augen für Josh gehabt hatte. Nichtsahnend, welch fabelhafter Mensch Jacob hinter seiner abweisenden Fassade war und dass er sich für mich interessierte ... Das war also der Grund, warum er hier mit mir allein sein wollte. Wir grinsten uns etwas verlegen an, setzten uns in Bewegung.

Mühelos glitt er mit mir durch die Halle, wir drehten uns im Kreis, fuhren mal langsam, mal schneller, wie es zur Musik passte. Er ließ mich sogar Pirouetten drehen und dabei keinen Augenblick meine Hände los. Und fast hätte ich angefangen mitzusingen, so angenehm und befreiend fühlte sich das Fahren mit ihm an. Als der Schlussakkord verklang, blieb Jacob stehen, zog mich plötzlich an sich, seine Arme ruhten auf meinem Rücken. Mein Kopf lag an seiner Brust, ich spürte die Wärme seines Körpers, seinen beschleunigten Herzschlag, meinen eigenen Puls bis in den Hals pochen.

»Danke«, murmelte er in mein Haar, mich weiter haltend. Er hatte wirklich eine wundervolle Stimme. Ich schloss die Augen und atmete seinen Duft ein. Ein Gefühl von Sicherheit, von der Gewissheit, am richtigen Ort zu sein, durchströmte mich plötzlich. Eine Art Vertrauen und Geborgenheit, wie sie mir bisher nur Granny hatte vermitteln können.

Als ich endlich zu ihm aufschaute, schlug auch er die Lider auf. Im weichen Licht der Halle glichen seine Augen wieder warmen Bernsteinen, und erneut nahm ich die tiefe Zuneigung wahr, die er für mich empfand. Nie – da war ich mir sicher – würde er mich absichtlich verletzen, stattdessen auf mich achtgeben, wie eben beim Rollschuhfahren. Und schon zuvor. Mich erfasste ein angenehmer Schwindel, eine Leichtigkeit, die wie Seifenblasen in meiner Brust emporstieg.

Das war der Moment, als ich mich in Jacob verliebte. Ich legte ebenfalls die Arme um ihn und hob ihm mein Gesicht entgegen. Sah freudige Überraschung in seinem aufleuchten, ehe er mich sanft küsste. Es war wie Heimkommen.

Am Tag darauf erhielt ich einen Brief von Granny. Ihm lag eine ausgeschnittene Zeitungsannonce bei, die sie in den großen Tageszeitungen aufgegeben hatte. Diese würde am folgenden Samstag ein zweites Mal erscheinen, entnahm ich ihren Zeilen.

›Besitzen Sie die Fähigkeit, durch das Berühren von Gegenständen Informationen über die Geschichte eines Objekts, über Menschen oder Orte zu erhalten? Über diese in die Vergangenheit zu sehen? Können Sie dies unter Beweis stellen? Nur ernst gemeinte Zuschriften. Von Hellseherdiensten oder Angeboten anderer ungewöhnlicher Fähigkeiten soll dringendst abgesehen werden. Es geht allein um die parapsychologische Psychometrie. Zuschriften unter Chiffre 22054‹

Das hatte Granny gut formuliert. Jetzt hieß es abwarten, wer sich darauf meldete.

13

Stoney Point

Der November war der Monat, den ich am wenigsten mochte, mit seiner Dunkelheit, der feuchten Kälte und dem ganzen Grau. Aber dieses Jahr zog mich das triste Wetter nicht herunter, denn Jacob hatte begonnen, mein Leben mit bunten Farben auszumalen. Ich war verliebt in ihn, bis über beide Ohren, und er in mich, wie er mir auf vielfältige Weise zeigte. In uns brannte unser eigenes Licht.

»Hast du Lust, das Wochenende mit mir in Stoney Point zu verbringen?«, fragte er mich, als wir dienstags von der Schule nach Hause fuhren. Die kleine Hafenstadt lag am Lake St. Clair, auf der kanadischen Seite, und war ein beliebter Urlaubsort, aber eher im Sommer.

»Wie kommst du auf Stoney Point?«

»Sam hat dort ein kleines Haus am See, direkt am Strand gelegen. Er ist dort manchmal, zum Angeln. Wenn du möchtest, können wir beide von Freitag bis Sonntag hinfahren.«

»Mit dir gehe ich überall hin«, sagte ich lächelnd und küsste ihn.

Beim Abendessen erzählte ich Mom und Dad, was ich am Wochenende vorhatte. Mit großer Begeisterung ihrerseits hatte ich nicht gerechnet, aber auch nicht mit dem, was auf meine Ankündigung folgte. Mom legte ihr Besteck nieder und starrte mich über den Tisch hinweg an. »Du willst *was?*«

»Mit Jacob das Wochenende im Ferienhaus seines Onkels verbringen. Was ist dabei?«, erwiderte ich.

»Demnach ist das was Ernsteres mit euch ...« Aufgrund ihres Tonfalls hielt Dad ebenfalls beim Essen inne, sah erst sie, dann mich über den Rand seiner Brille hinweg an.

»Er war erst ein- oder zweimal hier, wir kennen den Jungen gar nicht.«

Ich merkte, dass Ärger in mir hochstieg, ließ ihn aber nicht durchklingen, als ich sprach. »*Ich* kenne ihn gut, und ich liebe ihn. Er ist absolut zuverlässig und verantwortungsbewusst. Und ich würde gerne mit ihm fahren.«

Mein Vater wischte sich den Mund mit der Serviette ab. »Wie heißt er noch mit vollem Namen?«

»Jacob Hunter.« Ich sah ihm an, dass er im Kopf durchspulte, ob er eine Familie Hunter kannte. Anscheinend nicht.

»Was sind die Eltern von Beruf?«

Oh Gott, nicht das schon wieder ... Die Inquisition. Mom und er würden jetzt nachhaken, bis ich ihnen die gewünschten Antworten gab, so wollten sie sich ein Bild von meinem Freund machen. Ich seufzte innerlich. Josh hatten sie toll gefunden, allein wegen der Fassade seines prominenten, reichen Elternhauses, dabei war er das Gegenteil von vertrauenswürdig und zuverlässig ... Sie würden sich nie ändern.

»Sein Vater ist Kurator im *Detroit Institute of Arts.*« *War es bis vor Kurzem,* wäre korrekt gewesen, doch das verschwieg ich besser. »Seine Mutter ist leider verstorben.«

Kurator im Kunstmuseum war nicht der große Wurf, aber in Ordnung, las ich an Dads Miene ab.

»Trinkt dieser Jacob Alkohol? Raucht er?« Ihm fehlte das Klemmbrett, um darauf meine Antworten abzuhaken, dachte ich sarkastisch.

»Weder noch, Dad.« Langsam klang ich gereizter.

»Und, wie macht er sich in der Schule?«, mischte sich Mom wieder ein, bevor sie an ihrem Weinglas nippte.

Ausgezeichnete Frage, jetzt konnte ich auftrumpfen. »Super Noten, in nahezu allen Fächern. Bevor wir zusammenkamen, hatte ich ihn den ›Musterschüler‹ genannt. Nächstes Jahr geht er aufs College, er will Medizin studieren.«

Damit schienen sie zufrieden, aber eine Sache brannte meiner Mutter noch unter den Nägeln.

»Du bist sechzehn und hast vor, über das Wochenende mit einem älteren Jungen wegzufahren. Du würdest – gesetzt den Fall, wir erlauben es dir – zwei Nächte allein mit ihm verbringen. Ich meine ... Seid ihr schon intim? Du denkst doch an Verhütung?«

Ich merkte, dass ich rot anlief, und Dad zeigte einen Gesichtsausdruck, als ob ihm eine Wurzelbehandlung im Augenblick deutlich lieber gewesen wäre als dieses Thema.

Auch ich wollte keinesfalls mit meinen Eltern darüber plaudern.

»Alles geklärt«, presste ich zwischen den Lippen hervor, schob meinen Stuhl zurück und stand auf. »Erlaubt ihr, dass ich mit Jacob fahre?«

Dad sah Mom an, die wiederum mich. Für wie spießig ich meine Eltern im Allgemeinen auch hielt, verboten hatten sie mir bisher selten etwas. Ein kaum merkliches Nicken von ihr, dann: »Wir vertrauen auf deine Reife und Klugheit, du weißt, was ich meine.«

Ich verließ den Raum.

Alles geklärt ... Das stimmte nicht ganz. Jacob und ich hatten häufiger heftig geknutscht und uns gestreichelt, waren bisher aber noch nicht ›intim‹ gewesen, wie Mom es ausgedrückt hatte. Doch es erfüllte mich mit prickelnder Aufregung, gepaart mit leichter Unsicherheit, dass es vielleicht dieses Wochenende passierte.

Am nächsten Tag lagen zwei Packungen auf meinem

Nachttisch, die eine enthielt Antibabypillen, die andere Kondome. Mom wollte auf Nummer sicher gehen.

Freitag, nach der Schule, packte ich rasch eine kleine Reisetasche, die ich in den Kofferraum legte, als Jacob mich abholte.

Die Fahrt nach Stoney Point dauerte eine knappe Stunde, dann parkten wir vor dem Holzhaus. Holzhäuschen, genauer gesagt. Im Hintergrund lag der See, es sah aus, als wären wir am Meer, kleine Wellen mit weißen Schaumkronen brachen sich am Strand.

Der Nachmittagshimmel hing tief und schwer über dem graublauen Gewässer, und kreischende Möwen segelten im Wind, der recht heftig blies. Im Sommer, wenn die Sonne schien, leuchtete das Wasser an den flacheren Stellen vermutlich türkisgrün, waren hier viele Urlauber. Jetzt, im November, lag der Strand praktisch verlassen da.

Wir betraten das Haus. Nur zwei kleine Zimmer, eine Kochnische, ein winziges Bad, einfach eingerichtet, aber gemütlich und sauber.

»Lass uns einen Spaziergang machen, ich zeige dir den Ort«, sagte Jacob.

Gut, dass ich mir eine Mütze aufgesetzt und einen Schal umgebunden hatte, denn der kalte Herbstwind pfiff uns am Strand entgegen, rötete unsere Wangen.

Wir kehrten in ein kleines Café ein. Es war ›durch und durch bezaubernd‹, wie Granny es ausgedrückt hätte. Weiße, rustikale Holzmöbel standen auf dem Dielenboden, in einem Kamin brannte ein Feuer. Ich atmete neben dem leichten Räuchergeruch eine berauschende Mischung aus Kaffee, frischen Backwaren und der Luft vom See ein, die durch ein geöffnetes Fenster in sanften Brisen hereinwehte. Wir bestellten uns heißen Kakao.

»Meine Eltern haben mich über dich ausgequetscht, ehe sie mir die Erlaubnis gaben, mitzufahren«, meinte ich. »Man könnte denken, sie hätten für die CIA gearbeitet, ehe sie ihre Kanzlei gründeten.«

Jacob entlockte ich mit dem scherzhaften Zusatz nur ein winziges Lächeln, seine Augen blieben ernst. Ich dachte an seinen Vater, den arbeitslosen Alkoholiker, der den Tod der Frau nicht verkraftet hatte. Mist, warum hatte ich das erzählt. Er sollte nicht glauben, dass ich diese Informationen an meine Eltern weitergegeben hatte.

»Ich konnte sie davon überzeugen, dass du weder ein Top-Spion noch ein Terrorist bist, sondern der ehrlichste, beste und zuverlässigste Mensch der Welt«, fügte ich hinzu, um die Stimmung aufzulockern, ehe wir über anderes sprachen.

Danach schlenderten wir durch den kleinen Ort und guckten uns in den Läden um.

Es war bereits dunkel geworden, als wir zum Haus zurückkehrten. Dort bezogen wir das Bett mit frischen Bezügen, die Jacob einem Schrank entnahm, und ich verspürte wieder dieses prickelnde Gefühl von Vorfreude und Unsicherheit, ihm heute Nacht so nah zu sein.

Er war wirklich ein Romantiker, zündete erst den Holzstapel im Kamin und dann viele Teelichter an. Knisternde Wärme breitete sich in dem gemütlichen Raum aus. Ich saß am Tisch, stützte mein Kinn in die Handfläche und beobachtete ihn liebevoll.

»Gefällt es dir hier?«, fragte er, als er das Streichholz an den letzten Kerzendocht hielt. Statt zu antworten, stand ich auf, ging auf ihn zu und küsste ihn. Er spürte meine Rührung wohl, denn er legte beide Arme fest um mich und erwiderte den Kuss länger und inniger, als ich erwartet hatte. Es war ein herrliches Gefühl. So, als kehrte man nach Hause zurück.

»Du machst es dir jetzt gemütlich, und ich besorge uns was Leckeres zum Abendessen.«

»Ich kann mitkommen.«

»Nein, es regnet wieder. Reicht, wenn einer von uns beiden nass wird. Nimm doch ein Bad.«

Der Gedanke war verlockend. Ich ließ Wasser in die altmodische Wanne ein, und während ich mich im warmen, duftenden Bad entspannte, machte er sich auf den Weg zur *Oldfield Tavern*, von wo er eine halbe Stunde später mit zwei Tüten in den Händen zurückkehrte.

Ich rubbelte mir, im zu großen Bademantel seines Onkels, das Haar mit einem Handtuch trocken und beobachtete, wie Jacob den Tisch deckte.

Womit habe ich diesen wunderbaren Jungen verdient?

Als er die Speisen auspackte, stieg ein verlockender Duft von ihnen auf. Beide liebten wir Fisch und genossen die Muschelsuppe mit frischem Baguette, die gegrillte Dorade und den warmen Schokoladenkuchen für zwei.

Später legten wir Kissen und Decken vor den Kamin und ließen uns darauf nieder. In Jacobs Gesicht spiegelte sich das Licht des Feuers. Ich seufzte vor Wohlbehagen und kuschelte mich an ihn. »Es ist traumhaft hier.«

»Ich habe mich so darauf gefreut, mit dir hier zu sein.« Jacob ergriff meine Hand, begann sachte mit seinem Daumen über meine Handinnenfläche zu streicheln.

Mein ganzer Körper vibrierte durch die Berührung. Ich fühlte mich magnetisch angezogen von ihm, seiner Präsenz, als griffe eine unsichtbare Hand in meine Brust und zöge mich an meinem Herzen vorwärts, zu ihm.

Ich näherte meine Lippen den seinen. Er reagierte sofort, neigte den Kopf, um mich zu küssen. Erst zart, dann so leidenschaftlich, dass meine Nervenenden bebten. Gott, er konnte mit seiner Zunge die erstaunlichsten Kunststücke vollführen. Er erzeugte ein solches Feuer in mir, dass das Blut hörbar wie ein Trommelwirbel durch meine Adern schoss. Mein Atem wurde flach, ich spürte Schweißperlen am Haaransatz.

»Ich liebe dich«, raunte er, während seine warme Hand unter dem Bademantel über meinen Rücken glitt.

»Und ich liebe dich und will dich mehr als alles andere.«

Zum ersten Mal hatte ich derartige Worte gesprochen, doch sie waren mir überhaupt nicht peinlich. Es fühlte sich richtig an. Wir ließen uns auf die Decken zurücksinken.

»Ich wollte schon mit dir zusammen sein, als ich dich das erste Mal sah«, hörte ich Jacobs Stimme dicht an meinem Ohr, sie ließ mich wohlig erschauern. Seine Hände streichelten mich, waren ebenso geschickt wie seine Lippen, lösten Empfindungen in mir aus, die ich bis dahin nicht gekannt hatte.

Mein erstes Mal war unbeschreiblich schön. Jacob begleitete mich auf einen unglaublichen Flug, ließ mich keinen Herzschlag, keinen Atemzug allein. Ich hatte das Gefühl, als wäre alles andere Millionen Meilen entfernt. Danach lagen wir engumschlungen und flüsterten die albernen Versprechen, die sich Liebende gaben.

Es war das aufregendste und intensivste Wochenende, das ich je erlebt hatte, und ich war von tiefer Glückseligkeit erfüllt. Ich hatte das Gefühl, als ob nichts zwischen uns kommen konnte, weder im wörtlichen noch im übertragenen Sinne.

Ich sollte mich täuschen.

14

Offenbarungen

Ende November hatte sich Jacob in der Schule seit zwei Tagen krankgemeldet. Ich vermisste ihn, rief mehrmals bei ihm an, doch niemand hob ab. Nach dem dritten erfolglosen Versuch, ihn zu erreichen, hinterließ ich eine Nachricht auf dem Anrufbeantworter. Daraufhin rief er endlich zurück.

»Hi Abby, ich hab' deine Nachricht gehört. Tut mir leid, dass ich mich nicht gemeldet habe.« Seine Stimme klang irgendwie seltsam, anders als sonst, was mich alarmierte.

»Bist du sehr krank? Kann ich irgendetwas für dich tun?«, fragte ich.

»Nein, nein. Wird schon wieder. In ein, zwei Tagen bin ich zurück in der Schule, dann können wir uns auch sehen.«

Wir tauschten noch ein paar Belanglosigkeiten aus, ehe wir uns mit einem gegenseitigen »Ich liebe dich« verabschiedeten und auflegten.

Meine Sorge war durch das Telefonat nicht weniger geworden. Mir fiel auf, dass er mir gar nicht mitgeteilt hatte, woran er erkrankt war. *Hatte er mich sogar von dem Thema abgelenkt?*, grübelte ich. Das war merkwürdig, passte nicht zu ihm. Genauso wenig wie die Tatsache, dass er sich tagelang nicht bei mir gemeldet hatte. Darum entschloss ich mich zu einem spontanen Besuch. Wenn er was Ansteckendes hatte, konnte ich ja auf Abstand bleiben, aber zumindest wollte ich ihn persönlich sehen und sprechen, für ihn da sein.

Bisher hatte er mich noch nicht zu sich eingeladen, aber ich erinnerte mich an das Haus mit dem ungepflegten Vorgarten, zu dem ihn Josh damals nach dem Ball gefahren hatte. Obwohl Minustemperaturen herrschten und ein scharfer, eisiger Wind wehte, fuhr ich mit dem Fahrrad. Spürte die Kälte auf dem Gesicht wie feine Nadelstiche. Sie drang auch durch meine Kleidung, und ich wünschte, während ich fest in die Pedale trat, ich wäre schon älter und besäße Führerschein und Auto.

Bei Tageslicht betrachtet sah das Haus der Hunters trotz des verlotterten Gartens freundlicher aus als damals in der Nacht. Ich schob mein Rad bis vor die Haustür, blies mir auf die vor Kälte steifen Finger und klingelte. Es dauerte eine Weile, bis geöffnet wurde. Jacobs Vater. Ich registrierte seine ausgemergelte Gestalt, sein verhärmtes Gesicht, das die typischen Merkmale eines Alkoholikers aufwies und in dem nun Überraschung aufblitzte.

»Oh, ich dachte, Jacob hätte den Schlüssel vergessen. Er ist einkaufen gefahren«, begrüßte er mich. Seine Stimme klang etwas schleppend. Trotz der Distanz zwischen uns wehte mir eine Alkoholfahne entgegen, und er schwankte leicht, was er zu unterdrücken versuchte. Wahrscheinlich wäre er nicht zur Tür gegangen, hätte er nicht geglaubt, sein Sohn würde läuten. Ich spürte sein Unbehagen, und auch ich fühlte mich unwohl, vergaß, mich ihm vorzustellen.

»Ich sollte wieder gehen«, entfuhr es mir.

Mr. Hunter sah mir wohl an, dass ich fror, denn er beeilte sich zu sagen: »Nein, nein, tritt ein. Jacob müsste jeden Augenblick zurück sein.«

Mit einem Mal kam mir die Idee des spontanen Besuchs nicht mehr sinnvoll vor. Doch da ich wirklich vor Kälte zitterte, folgte ich seiner Aufforderung. Nur kurz aufwärmen, dachte ich.

Er führte mich in ein unordentliches Wohnzimmer, räumte halbherzig ein paar Sachen weg. Es sah aus, als würde dort jemand schlafen, Bettzeug lag auf dem Sofa. Die zugezogenen Vorhänge schlossen das Tageslicht aus, und es roch etwas muffig nach abgestandener Luft und verschüttetem Alkohol. Mr. Hunter vermied es, mich anzusehen, während er zwei leere Flaschen aufhob. Dabei stieß er sich das Bein am Couchtisch.

»Er ist bestimmt gleich zurück«, nuschelte er, die Stimme leise vor Verlegenheit, und verließ das Wohnzimmer. Warum war Jacob zum Einkaufen gefahren, wenn er krank war? Oder besorgte er gerade Medikamente aus der Apotheke? Sein Vater konnte sich mit dem Alkoholpegel ja schlecht ans Steuer setzen.

Unschlüssig, was ich tun sollte, blickte ich mich um. Machte einige interessante Antiquitäten in der Unordnung aus, die ich unter anderen Umständen zu gerne berührt hätte, um mehr über ihren Ursprung zu erfahren. Sie ließen mich daran denken, dass Mr. Hunter noch vor einiger Zeit im Museum gearbeitet hatte. Dann entdeckte ich auf einer Kommode Familienbilder, auf denen Jacob vor ein paar Jahren gelöster wirkte, der Vater wesentlich mehr Vitalität ausstrahlte, fast wie ein anderer Mensch aussah. Lange betrachtete ich die verstorbene Mutter. Sie hatte dichtes, dunkles Haar besessen, wie ihr Sohn, und warme braune Augen. Ein ansteckendes Lächeln zierte ihr Gesicht. *Mom war immer die Starke in unserer Familie gewesen,* erinnerte ich mich an Jacobs Worte. Mitleid mit Mr. Hunter ergriff mich, der nur noch ein jämmerlicher Schatten seiner selbst zu sein schien.

Ich zuckte zusammen, als ich hörte, dass die Haustür aufgeschlossen wurde. Mein Herz klopfte. Nun fühlte es sich absolut falsch an, dass ich hier unangemeldet aufgekreuzt war. Jacob musste mein Fahrrad vor der Tür gesehen haben.

Mit langen Schritten durchquerte er den Flur, rief dabei in unfreundlichem Ton nach seinem Vater. Im Türrahmen blieb er stehen und bohrte seinen Blick in meinen, sah mich finster und vor Zorn bebend an, wie einen unerwünschten Eindringling, als hätte es all die kostbaren, liebevollen Momente zwischen uns nie gegeben. Meine Kehle war wie zugeschnürt, mir wurde flau. Beide wussten wir nicht, was wir sagen sollten. Merkwürdig, wie alle Wärme und alles Licht verschwinden konnten, weil ich eine solche Kluft zwischen uns fühlte.

Mr. Hunter tauchte in der Tür auf. Jacob wandte sich ihm zu.

»Hattest du nicht gesagt, du würdest diesen Schweinestall hier aufräumen?«, fuhr er ihn an. »Warum fängst du schon wieder mittags an, dich volllaufen zu lassen!«

Weitere barsche Worte kamen aus seinem Mund. Mr. Hunter verzog das Gesicht, als hätte sein Sohn ihn geschlagen. Ich erkannte Jacob nicht wieder, so eklig benahm er sich gerade. Der Vater sackte regelrecht in sich zusammen, ehe er wie ein geprügelter Hund aus dem Raum schlich. Jacob würdigte mich keines weiteren Blickes, drehte sich um, nahm die Papiertüten im Flur auf und trug sie fort, in die Küche, wie ich vermutete. Ich legte die Hand vor den Mund und schluckte, versuchte, die aufkommenden Tränen wegzublinzeln. Jacobs Verhalten schockierte mich. Sollte ich einfach gehen? Nein, das konnte ich nicht. Wir mussten uns aussprechen, es sollte wieder in Ordnung kommen zwischen uns. Sonst hätte ich keine ruhige Minute mehr. Also folgte ich ihm in die Küche und sah ihm einige Sekunden lang dabei zu, wie er mit zusammengepressten Kiefern und unterdrückt wütenden Bewegungen die Einkaufstüten auspackte, Dinge und Lebensmittel einräumte.

»Es tut mir leid, dass ich hier so hereingeplatzt bin«, sagte ich leise. Er antwortete nicht. »Ich habe mir Sorgen gemacht …«, setzte ich erneut an, aber er ignorierte mich weiter. Als die Tüten leer waren, drückte er sie platt und legte sie auf den Mülleimer. Blieb davor stehen, mir den breiten Rücken zuwendend.

»Jacob.« Ich hörte, dass meine Stimme zitterte. »Sprich mit mir.«

Er wirbelte herum, sein Zorn sprühte wieder. »Wieso tauchst du hier auf? Gefällt dir etwa, was du siehst? Oder findest du es asozial, stößt es dich genauso ab wie mich?«

Jetzt erst nahm ich hinter der Wut seine Verzweiflung wahr. Deshalb hatte er sich nicht bei mir gemeldet, war mir ausgewichen. Die Scham. Ich begriff, dass er fürchtete, er könnte mich wegen dieser Umstände verlieren. Oder hätte mich gerade verloren.

»Du solltest jetzt nach Hause fahren.« Er blickte aus dem Küchenfenster, ich tat es ihm gleich. Draußen hatte ein ungemütlicher Schneeregen eingesetzt.

»Ich fahre dich nach Hause«, korrigierte er sich, bewegte sich jedoch, genau wie ich, keinen Zentimeter von der Stelle. Ein belastetes Schweigen voller ungesagter Worte hing zwischen uns im Raum. Ich hielt es nicht mehr aus. Auch auf die Gefahr hin, er könnte mich zurückstoßen, trat ich auf ihn zu, legte meine Arme um ihn, nahm wahr, dass er sich versteifte. Dennoch drückte ich mich an ihn, spürte seinen Herzschlag.

»Egal, was ich hier sehe oder wie unangenehm dir das ist, ich möchte nicht gehen, nicht fort von dir. Ich liebe dich.«

Eine Art unterdrücktes Schluchzen entfuhr seiner Kehle, ehe er mich – endlich – ebenfalls innig umarmte.

»Verzeih mir«, flüsterte er. Er hätte nichts zu sagen brauchen, sich nicht für sein rüdes Verhalten entschuldigen müssen, ich verstand ihn auch so. Eine Weile blieben wir eng umschlungen stehen. Er war genauso erleichtert wie ich, das spürte ich.

Dann bat er mich in sein Zimmer, das penibel sauber und aufgeräumt war. Wir setzten uns auf sein Bett, ich kuschelte mich an ihn, fühlte mich wieder sicher, genoss das wiederhergestellte Gefühl der Zusammengehörigkeit.

Während mir Jacob von seiner Mutter erzählte, verspürte ich eine innere Taubheit, teilte den dumpfen Schmerz. Sie war viel zu jung gewesen, um zu sterben, gerade einmal vierzig. Er erklärte mir, warum er seinen Vater gleichzeitig liebte und verachtete, ihn wegen dessen Schwäche, des Selbstmitleids und der Trunksucht manchmal regelrecht hasste. Er allein war es letztendlich gewesen, der die Mutter gepflegt hatte vor ihrem Tod, während sich sein Vater immer weiter zurückgezogen hatte. Er hatte sich von ihm im Stich gelassen gefühlt. Ich konnte seinen Schmerz, die Empfindung des Verlustes so gut nachvollziehen. Die Einsamkeit, die sich wie eine offene, graue Weite vor ihm ausgebreitet hatte. Dadurch, dass Mr. Hunter seine Arbeit im Museum verloren hatte, mussten sie sich zudem finanziell stark einschränken. Jacob verrichtete zwei Nebenjobs, nachmittags nach der Schule.

»Es ist absurd, so als wäre ich der Vater und er das kranke Kind. An manchen Tagen, wie im Moment, kann ich ihn nicht alleinlassen. Ich hab' dann Angst, er könnte sich was antun. Ich weiß, es klingt furchtbar, wie ich mit ihm rede. Aber wenn ich es nicht mit dieser Härte sage, dringe ich gar nicht mehr zu ihm durch, lässt er sich noch mehr gehen.« Er atmete laut aus.

»Kann er sich nicht Hilfe holen?«

»Hat er schon versucht. Und jedes Mal abgebrochen.« Kurz hielt er inne. »Ich vermisse Mom, genau wie er. Aber sie hätte nicht gewollt, dass das aus ihm wird. Oder dass ich so mit ihm umgehe und spreche«, endete er schlicht. Dennoch war es mit das Traurigste, was ich je gehört hatte.

»Sie war bestimmt eine wunderbare Frau.«

»Ja, das war sie.« Die Erinnerung machte die Linien seines traurigen Gesichts weich. »Sie hatte ein wenig Ähnlichkeit mit dir. Klug und warmherzig, mitfühlend, auch humorvoll. Schade, dass du sie nicht kennenlernen kannst. Du hättest sie sehr gemocht. Und sie dich.«

Doch, zog es mir durch den Kopf, *ich könnte sie etwas näher kennenlernen. Aber dazu müsste ich dir meine Gabe offenbaren.* War das der richtige Zeitpunkt? Wann überhaupt war für eine derartige Beichte der passende Moment? Vielleicht gerade jetzt, da er nach seinem Ausbruch wieder so sanft und zugänglich war, über die Eltern und Gefühle redete und sich mir ebenfalls anvertraut hatte.

»Ich muss dir etwas über mich sagen.«

Mein Tonfall alarmierte ihn wohl, denn ich fühlte, dass er sich neben mir anspannte, und beeilte mich, weiterzureden, damit er mich nicht dabei unterbrach, ihm mein größtes Geheimnis anzuvertrauen. Mit raschen Worten umriss ich ihm meine besondere Fähigkeit, die ich weiterhin vor allen anderen geheim halten wollte.

»Nur meine Großmutter weiß es, und jetzt du. Und das muss auch so bleiben«, schloss ich und suchte seinen Blick. Er aber starrte geradeaus, an die gegenüberliegende Wand.

»Sag etwas, bitte.« Neuerliches Unwohlsein kroch in mir hoch.

»Wenn das ein Scherz ist, der mich aufheitern soll, dann weiß ich nicht so recht«, murmelte er. Ich griff nach seiner Hand, zwang ihn, mich anzusehen. »Nein, es ist wahr. Und es ist mir nicht unbedingt leichtgefallen, darüber zu sprechen.« Ich entdeckte Zweifel in seinen Augen, dann wurden sie schmal, und er presste die Lippen zusammen. Darum umfasste ich seine Hand fester, damit er sie mir nicht entzog. Oh Gott, er glaubte mir nicht. Aber was hatte ich erwartet? Warum nur war ich so schrecklich impulsiv!

»Ich kann es dir beweisen! Gib mir einen Gegenstand deiner Mutter.«

»Abby, was soll das alles?« Jetzt klang er gereizt.

»Bitte, gib mir etwas, das sie oft berührt oder benutzt hat«, wiederholte ich. »Vertrau mir, so wie ich dir vertraue.«

Diese Worte gaben den Ausschlag. Sein Gesicht drückte nach wie vor Skepsis aus, doch er beugte sich zur Seite, nahm etwas aus der Nachttischschublade. Auf seiner Handfläche lag ein schmaler Goldring. Er hielt ihn mir entgegen. »Das war ihr Ehering.«

Einen Moment zögerte ich, denn ich wusste nicht, wie ich aussah oder auf einen Beobachter wirkte, wenn ich in die Vergangenheit reiste. Darin lag eine große Verletzlichkeit für mich. Sollte ich den Raum mit dem Ring verlassen? Nein, das würde noch seltsamer wirken. Letztendlich wollte ich offen und ehrlich zu ihm sein. Wenn er mich nicht für verrückt oder abartig hielt, seine Liebe zu mir der folgenden Erfahrung standhielt, dann war sie echt. Ich streckte die Hand aus, die leicht zitterte, und er legte den Ring hinein. Dann schloss ich die Augen, um Jacobs Reaktion nicht sehen zu müssen, deckte den kleinen Goldreif mit den Fingerspitzen zu. Spürte, dass es funktionierte. Ich konzentrierte mich, blendete Jacobs Anwesenheit aus und trat die Reise durch die Dunkelheit an.

Mehrere flimmernde Bilder, wie eine Abfolge von Dias auf einer Leinwand, spulten sich vor meinem inneren Auge ab. Immer wieder Jacobs Mutter. Im Bikini am Strand, lachend beschirmt sie ihre Augen gegen die Sonne. *Klick.* Sie liegt im Bett, sieht zärtlich auf ein neugeborenes Baby – Jacob! –, das in ihrem Arm schlummert. *Klick.* Mrs. Hunter eilt in Schwesterntracht durch einen Krankenhausflur zu einem Zimmer, in dem ein Patient den Notrufknopf gedrückt hat. *Klick.* In meinen Ohren rauschte das Blut, mein Kopf schmerzte. Warum geschah das? Das rasche

Aufblitzen von Szenen verwirrte mich und strengte mich zugleich an. Dennoch erhöhte ich meine Konzentration, die folgende Erinnerung festzuhalten. Ein Hotelzimmer? Ja, jetzt befand ich mich in einem Hotelzimmer. Mrs. Hunter saß in einem Hauch von Nachthemd in einem Sessel und hatte das linke Bein auf den Hocker hochgelegt. Es war eingegipst. Am Spiegelschrank hingen ein Hochzeitskleid und ein Schleier auf einem Bügel.

»Uh, mein Bein bringt mich um.« Sie stöhnte, aber trotz ihrer Schmerzen wirkte sie äußerst zufrieden.

Mr. Hunter, eine jüngere, gesündere Ausgabe von ihm, bekleidet mit einer Anzughose und einem weißen Hemd, trat auf sie zu, strich ihr über das dunkle Haar. »Wir hätten die Hochzeitsfeier verschieben können, Liebling. Oder du hättest nicht so unvernünftig sein müssen, so viel zu tanzen mit dem Bruch.«

Sie lachte. Ein perlendes, ansteckendes Geräusch, das meine Mundwinkel hob. »Alle Gäste aus- und erneut einladen, oh nein. Keine Sorge, morgen ist es wieder besser.«

Mr. Hunter kniete neben seiner frischgebackenen Ehefrau nieder, ergriff ihre Hand. Seine Stimme bebte vor Zärtlichkeit. »Dass du mich Langweiler wirklich geheiratet hast.«

»Das frage ich mich auch«, neckte sie ihn, ehe ihr Blick sanft wurde und sie ihm ihre Hand mit dem Goldring an die Wange legte. »Dafür gibt es nur zwei gute Gründe: Weil du der interessanteste und beste Langweiler der Welt bist und ich ohne dich nicht sein möchte.«

Sie küsste ihn, und während sich die Szene auflöste, ich in Jacobs Zimmer zurückkehrte, ergriff mich wieder dieses tiefe Mitleid mit ihm und dem Vater, der seine große Liebe verloren hatte.

Ich schlug die Augen auf, blinzelte. Jacob sah mich an. Mit einem unergründlichen Gesichtsausdruck. Ich berichtete ihm, was ich im Hotelzimmer gesehen hatte, wiederholte den Dialog der Eltern.

»Das hast du dir schön ausgedacht.« Seine Stimme klang so sarkastisch, dass ich zusammenzuckte, mir die Nägel in die Handflächen bohrte. Er glaubte mir nicht! »Dass meine Mom eine fröhliche, starke Frau war, sieht man auf den Bildern, das habe ich dir auch erzählt. Ich weiß nicht, was du mit diesem Unsinn bezweckst, aber –«

Ich fiel ihm ins Wort. »Das ist kein Gerede oder Unsinn. Es ist mir unglaublich wichtig, dass du mir glaubst, denn du bist mir wichtig. Dass du mich auch … damit noch magst!«

Er hörte wohl die Verzweiflung in meiner Stimme. Jedenfalls sah er etwas sanfter drein. Aber keinesfalls überzeugt. Verdammt, warum hatte ich ihm das alles überhaupt erzählt? Es war zu früh gewesen. Vielleicht war ich gerade dabei, unsere wunderbare Beziehung zu beenden. Sollte ich einfach auflachen und zugeben, dass es ein mieser Scherz gewesen war, um ihn auf andere Gedanken zu bringen? Nein. Dann konnte ich schlecht ein zweites Mal versuchen, mich ihm zu offenbaren. Ich musste es jetzt bis zum Ende durchziehen. Er kaufte es mir unter anderem nicht ab, weil ich ihm etwas berichtet hatte, was vor seiner Geburt geschehen war. Es war sinnvoller, ihm eine Begebenheit aus der eigenen Kindheit zu zeigen, dann konnte er die Echtheit der Information nicht in Frage stellen.

Ich erhob mich und wanderte mit suchendem Blick durch den Raum. Berührte einen Globus, der nicht funktionierte. Mist, sein Zimmer war so sparsam eingerichtet wie das eines Soldaten in der Kaserne. Dann entdeckte ich, halb versteckt in einer Kiste, ein altes Kuscheltier, einen blauen Elefanten, verstaubt war der Plüsch. Vorsichtig legte ich die Fingerspitzen darauf. Das bekannte heißkalte Prickeln breitete sich über meine Haut aus, ehe ich ein zweites Mal den dunklen Korridor durchquerte.

Ein Krankenhauszimmer. Drei Betten standen darin, in zwei davon lagen Kinder. Ich betrachtete sie. Ein blonder Junge im Grundschulalter schlief. In dem anderen Bett erkannte ich Jacob, vielleicht ein Jahr jünger als sein Bettnachbar. Er hielt in der linken Hand ein Bilderbuch. Das Umblättern fiel ihm schwer, denn sein rechter Arm steckte in einem geschienten Verband. Wie kindlich weich seine Züge damals gewesen waren, dachte ich voller Zärtlichkeit. In diesem Moment ertönte eine tiefer verstellte Frauenstimme von der Tür her. Der jüngere Jacob und ich wandten gleichzeitig den Kopf. Der blaue Elefant wackelte im Eingang, aber die Person, die ihn hielt, versteckte sich im Flur, ließ das Plüschtier zweimal trompeten.

»Hey Jacob, dein alter Freund Larry ist zu Besuch!«

Ein Strahlen trat auf Jacobs Kindergesicht. Er streckte die Arme aus. »Mom!«

Mrs. Hunter trat ein, mit diesem ansteckenden, lebendigen Lächeln, das ich schon auf dem Foto gesehen hatte. Sie setzte sich zu ihrem Sohn auf die Bettkante und umarmte ihn vorsichtig, legte dann den Elefanten auf sein Kopfkissen.

»Oh, der Kleine neben dir schläft«, flüsterte sie, um dann dem Kuscheltier in gespielt strengem Ton zuzuraunen: »Pst, Larry, sei nicht so laut. Wir wollen ihn nicht wecken.« Jacob kicherte. Mrs. Hunter strich ihrem Sohn über den Kopf, sprach weiter mit gedämpfter Stimme. »Der Doktor hat gesagt, dass du morgen nach Hause darfst.«

Die Szene begann zu flackern. Gerne hätte ich mehr gesehen, doch ich konnte die Konzentration nicht mehr aufrechterhalten. Vielleicht, weil es die zweite Reise innerhalb kurzer Zeit war, dachte ich, während ich durch die Dunkelheit ins Jetzt zurückkehrte.

Als ich Jacob diesmal von der gespeicherten Erinnerung erzählte, nahm sein Gesicht zuerst einen verblüfften

Ausdruck an, bevor Tränen in seine Augen traten, die er kaum zurückhalten konnte. Einen Moment war er sprachlos. »Das hatte ich fast vergessen, dass sie mir damals Larry ins Krankenhaus gebracht hat«, murmelte er. »Ich hatte einen Fahrradunfall gehabt.«

Kurzes Schweigen senkte sich über uns.

»Jacob«, sagte ich leise, suchte seinen Blick. »Hältst du mich jetzt für einen Freak?«

Unbewusst hielt ich den Atem an, denn ich fürchtete mich vor seiner Reaktion. Ich würde ihm ansehen, wenn er log. Dafür war er zu ehrlich. Aber in seinem Gesicht entdeckte ich keine Zweifel mehr, nicht eine Spur von Ablehnung, nur Verwunderung. »Nein, du bist kein Freak. Jedenfalls nicht für mich.« Er grinste mit einem leichten Kopfschütteln. »Unglaublich, was du kannst. Funktioniert das mit allen Gegenständen? Das muss ich erst mal sacken lassen.« Er zog mich in seine Arme. »Aber ich liebe dich, genauso, wie du bist.«

Jetzt teilte er mein größtes Geheimnis, und Erleichterung durchflutete mich. Es war solch eine Erlösung, dass ich aufschluchzte. Ich hatte mich nicht in ihm getäuscht. Unfähig, etwas zu antworten, zog ich sein Gesicht zu mir herab und küsste ihn innig, ehe ich meine Arme um seinen Nacken schlang.

Das waren die beruhigendsten und schönsten Worte gewesen, die er mir hätte sagen können.

15

Peti Pooh

Etwa eine Woche später lag ich nachmittags gemütlich auf meinem Bett und las, als es läutete. Da ich nicht verabredet war, reagierte ich nicht, sondern ließ Mrs. Fuller die Tür öffnen, die dabei war, das Abendessen zuzubereiten. Erst als ich Jacobs Stimme erkannte, erhob ich mich, legte das Buch beiseite und eilte nach unten in die Küche.

Ein Karton stand auf dem Boden. Jacob, in Sportklamotten, und Mrs. Fuller, in ihrer Schürze, beugten sich darüber, blickten auf etwas darin. Unsere Haushälterin gab einen Laut des Entzückens von sich, ehe sie die Arme in der Kiste versenkte und ein kleines, pelziges Etwas heraushob.

»Wie goldig!«, flötete sie und drückte ein cognacfarbenes Katzenbaby an ihren Busen, ich hörte es leise maunzen.

Jacob und ich begrüßten uns mit einem Kuss.

»Was ist hier denn los?«, fragte ich.

»Ich war joggen, meine übliche Runde. Da habe ich neben dem China-Restaurant im Park diesen Karton entdeckt. Irgendjemand hat die Katzenbabys dort einfach entsorgt.«

Ich warf einen Blick in den Karton. »Wo sind die anderen?«

Jacobs Züge überschatteten sich. »Die waren bereits tot. Nur dies hier ist übrig.«

Auch mein Gesicht verzog sich vor Bedauern. Was waren das für Menschen, die ungewollten Haustiernachwuchs einfach fortwarfen wie Müll.

Mrs. Fuller gab ein Schnalzen der Empörung von sich. »Barbarisch!«

Voller Wärme sah sie auf das Kätzchen an ihrer Brust herab. »Armes Kleines. Was hast du nur hinter dir.«

Ich hatte gar nicht gewusst, dass unsere stoische, ordnungsliebende Haushälterin zu solch sanften Gefühlen fähig war, so liebevoll mit Tieren umging. Wie um meine Erkenntnis zu bestätigen, sagte sie: »Ich habe selbst drei Katzen, zwei davon Findelkinder wie dieses. Aber wenn ich das Kleine ebenfalls noch aufnehme, dann platzt meiner Vermieterin endgültig der Kragen.« Sie wendete es vorsichtig, betrachtete es mit Kennerblick. »Es ist übrigens ein Kater. Wieso behalten Sie ihn nicht, Jacob?«

Der schüttelte den Kopf. »Unmöglich. Ich bin zu wenig zu Hause, und mein Vater mag keine Katzen.« Er wandte sich an mich. »Ich hatte an dich gedacht, Abby.«

Überrascht sah ich ihn an. »Aber ...« Ich hielt inne.

Früher, als ich jünger war, hatte ich mir sehnlichst ein Haustier gewünscht, am liebsten einen Hund oder eine Katze. Nicht nur, weil ich keine Geschwister hatte und oft mir selbst überlassen war. Ich hatte alle beneidet, die ein Tier, einen persönlichen Freund, zur Seite hatten. Bei Mom und Dad hatte ich mit meinem Betteln und Werben leider auf Granit gebissen. Das würde heute nicht anders sein.

»Meine Eltern machen sich nichts aus Tieren. Sie werden wieder ihre Gründe anführen, warum der Kater nicht bei uns leben kann: mangelnde Zeit, er könnte haaren, an den Designermöbeln kratzen oder die Teppiche verunreinigen, bla, bla, bla.«

Mrs. Fuller trat auf mich zu und hielt mir das Tier entgegen, ich öffnete die Arme, und sie legte es behutsam hinein. Es war so leicht und unglaublich weich, dass ich sein Fell kaum spürte. Zärtlichkeit und Beschützerinstinkt stiegen zeitgleich in mir auf, als das Kätzchen vorsichtig mit einer Samtpfote nach einer meiner Haarsträhnen schlug, damit spielte. Mich dann aus seinen blauen Augen betrachtete, herzhaft gähnte, dabei seinen rosigen Gaumen und spitze Zähnchen zeigte, ehe es an meiner Brust einschlief.

»Der Kater mag dich. Ihr passt zusammen. Ich werde mich bei deinen Eltern dafür einsetzen, dass du ihn behalten darfst.« Ihr Gesicht sah entschlossen aus. »Und ich kann sehr überzeugend sein, wenn mir etwas wichtig ist. Jetzt solltet ihr ihn aber zum Tierarzt bringen. Er muss entwurmt und geimpft werden. Fahrt zu Dr. Peters, zu dem gehe ich auch. Jacob, sind Sie mit dem Auto hier?« Er nickte. »Was sonst benötigt wird, besorge ich später«, fuhr Mrs. Fuller fort.

Die resolute Frau reichte Jacob den Karton, wedelte uns hinaus, und ich trug das Katzenbaby wie ein rohes Ei zum Wagen.

Im Wartezimmer des Tierarztes war zum Glück nichts los. Außer uns hatte dort nur eine ältere Dame mit einem Katzenkorb gesessen, die jetzt in der Sprechstunde war. Wir würden die Nächsten sein. Der Kater war inzwischen wieder wach und inspizierte den Raum. Wir betrachteten ihn.

»Wie willst du ihn nennen?«, fragte Jacob.

»Ich denke nicht, dass er bei mir bleiben kann. Warum sollte ich ihm einen Namen geben?«

Jacob lächelte. »Mrs. Fuller war sich sehr sicher, dass du ihn behalten kannst.«

Jetzt begann das Kätzchen, seinen eigenen Schwanz zu jagen, drehte sich rasch im Kreis. Mein Blick streifte den Karton, in dem Jacob es gefunden hatte. ›Peter's Pancakes‹ stand darauf gedruckt. Ich nickte zu der Kiste. »Wie wäre es mit Peter? Immerhin sitzen wir hier auch bei Dr. Peters.«

»Er sieht ein bisschen aus wie Winnie Pooh, findest du

nicht?« Jacob lachte. »Ich meine den Kater, nicht den Tierarzt.« Auch ich musste grinsen.

»Stimmt. Die Farbe des Fells, die eher runden, flauschigen Ohren. Aber Peter klingt so alt.«

»Wie wär's mit Peti Pooh?«

In diesem Moment trat die Arzthelferin ins Wartezimmer, bei der wir uns angemeldet hatten. »Miss Hill bitte, mit ...?«

Sie blickte fragend auf den kleinen Kater, den ich nun wieder im Arm hielt.

»Mit Peti Pooh«, rief ich und folgte ihr in das Behandlungszimmer. Jacob schenkte uns ein breites Grinsen und zeigte den Daumen.

Der Kater war zum Glück gesund, der Tierarzt schätzte sein Alter auf etwa fünf Wochen, sodass er auch schon feste Nahrung zu sich nehmen konnte. Nach der Behandlung setzte der Doktor Peti in den Karton und wünschte uns alles Gute.

Jacob und ich fuhren heim, und sofort, als wir in die Einfahrt einbogen, sah ich die Wagen meiner Eltern unter dem Carport. Mein Magen zog sich leicht zusammen. Gleich würde ich zu hören bekommen, das Kätzchen ins Tierheim bringen zu müssen, da war ich mir sicher.

Wir betraten die Küche. Meine Eltern und Mrs. Fuller standen sich gegenüber, die Stimmung wirkte gereizt. Dad hatte die Augenbrauen zusammengezogen, und Moms Mund bildete einen Strich. Allein Mrs. Fullers Gesicht trug einen leicht selbstzufriedenen Ausdruck, den sie, nicht sonderlich erfolgreich, zu verbergen versuchte.

»Hi«, grüßte ich unsicher, den Karton im Arm.

»Deine Eltern haben gerade zugestimmt, dass du das Kätzchen behalten darfst.« Mrs. Fuller zwinkerte mir zu, fast nur ein Blinzeln.

»Probehalber, Mrs. Fuller, nur probehalber«, fiel ihr meine Mutter sofort ins Wort. »Sollte sich herausstellen, dass das Tier sich nicht angemessen verhält oder zum Problem wird, muss es das Haus verlassen.« Dad nickte finster. Keiner der beiden wollte einen Blick in den Karton werfen. Dennoch bebte meine Brust vor Glück. Ich konnte Peti wirklich behalten. Aber ich würde höllisch aufpassen müssen, dass er keinen Unfug anstellte, nichts kaputtmachte.

Ich stellte den Karton ab und hob das Kätzchen heraus.

»Seht doch mal, wie süß er ist.« Ich trat auf Mom zu, doch sie wich ein Stück zurück und hob abwehrend die Hand.

»Nein. Dein Vater und ich haben noch zu tun. Am besten nimmst du das Tier mit in dein Zimmer.« Sie griff nach ihrer Tasche und verließ mit Dad die Küche.

Kaum waren meine Eltern hinaus, versuchte Mrs. Fuller nicht mehr, ihren Triumph zu verbergen. Sie lächelte breit.

»Wie haben Sie das nur geschafft?«, fragte ich fast ehrfürchtig.

»Es war eine harte Diskussion, aber sagen wir so: Ich hatte ausgesprochen gute Argumente.« Fragend blickte ich sie an, aber Mrs. Fuller wollte mir diese wohl nicht mitteilen. Stattdessen meinte sie: »Ich habe alles gekauft, was der Kater braucht. Gefüttert wird er in der Abstellkammer, deshalb darf die Tür nur angelehnt bleiben. Die Katzentoilette steht ebenfalls dort und muss gewissenhaft sauber gehalten werden. Und jetzt nehmt den Kleinen mit auf dein Zimmer, wie deine Eltern gesagt haben. Wir wollen sie nicht reizen.«

Ich reichte Jacob das Kätzchen, trat auf die Haushälterin zu und umarmte sie kurz. Das hatte ich noch nie zuvor getan. »Ich danke Ihnen.«

Mrs. Fuller freute sich sichtlich, errötete sogar ein wenig. »Nun geht schon.«

Sie scheuchte uns freundlich hinaus. Im Flur griff Jacob nach meiner Hand, gab mir einen zärtlichen Kuss. »Jetzt hast du einen Freund und einen Kater. Was wünschst du dir als Nächstes für dein Leben?«

Ich küsste ihn zurück. »Nichts. Es ist perfekt, so kann es bleiben.«

Das hatte ich so dahingesprochen, aber zu einem späteren Zeitpunkt sollte ich noch voller Wehmut an diese Worte zurückdenken.

16

Lucille Blackfeather 1986

Der Dezember hatte Detroit mit beißender Kälte und Schneemassen überzogen. Die Weihnachtstage verbrachten wir wie jedes Jahr als Familie in Charleston, wo das Klima weit milder war. Obwohl ich Jacob innig vermisste und täglich mit ihm telefonierte, genoss ich das Zusammensein mit Granny, die weihnachtliche Atmosphäre in *Oakley Gardens.*

Meine Eltern reisten nach den Feiertagen wieder heim, während ich bis zum Ende der Ferien in Charleston blieb. Diesmal nutzten Granny und ich die gemeinsame Zeit auch dafür, die Briefe durchzusehen, die auf die Annonce hin gesandt worden waren. Eine einzige Zuschrift hielten wir für vielversprechend. Granny nahm daraufhin Kontakt zu einer gewissen Lucille Blackfeather auf und schaffte es, kurzfristig ein Treffen für Ende Dezember zu vereinbaren. Die Dame hatte eine Adresse in Atlanta angegeben. Die Großstadt in Georgia war etwa fünf Autostunden von Charleston entfernt. Gut, dass der Süden von Schneemassen und Eisglätte verschont blieb. Und ein Glück, dass die Frau nicht im Westen, etwa in Kalifornien, lebte, was eine wesentlich längere Anreise und Zeitverschiebung bedeutet hätte.

Als ich den Namen Lucille Blackfeather das erste Mal hörte, stellte ich mir aufgrund ihres altmodischen Vornamens eine betagte Dame vor. Der Nachname ließ mich an indianische Vorfahren denken. Allein sie hatte den Test mit

Carls Gegenstand, einem billigen Füller, bestanden. Wenngleich sie nur einen einzigen Satz dazu aufgeschrieben und – zusammen mit dem Schreibgerät – an Granny zurückgesandt hatte: ›Dieser nette afroamerikanische Junge hat es leider nicht geschafft, das College zu absolvieren.‹

Allerdings traf die kurze Aussage die gespeicherte Erinnerung vollkommen. Mit diesem Füller hatte Carls Großneffe Michael, Grannys jetziger Chauffeur, vor zwei Jahren seine schriftlichen Prüfungen am College geschrieben und war gescheitert.

Genau dieser Michael fuhr uns nun routiniert über den Highway nach Atlanta und dann durch den dichten Stadtverkehr der Metropole.

Die Adresse entpuppte sich als einer der modernen Wolkenkratzer in Midtown Atlanta mit Blick auf den *Piedmont Park*. Michael fand sofort einen Parkplatz, öffnete uns die hintere Wagentür und half Granny aus dem Auto.

»Warten Sie bitte hier auf uns. Ich weiß nicht, wie lange das Treffen dauern wird. Vorgesehen ist eine Stunde«, sagte sie zu ihm. Er nickte höflich und stieg wieder ein.

Wir strebten auf die Glastüren des Eingangs zu. Ein wenig eingeschüchtert blickte ich an der in den Himmel strebenden Fassade mit den spiegelnden Fenstern empor, bevor wir eine elegante Marmorhalle betraten. Die Klänge unserer Absätze hallten von Decke und Wänden wider. Das Haus verfügte über einen Sicherheitsdienst. Die beiden Männer in Uniform prüften die Anliegen der Besucher, meldeten sie erst per Haustelefon an, ehe sich diese zu den Fahrstühlen begeben durften. Granny trat in gerader Haltung an den Tresen und begrüßte sie.

»Wir haben einen Termin bei Mrs. Blackfeather«, fuhr sie fort.

»Einen Augenblick, M'am«, antwortete der eine Wachmann. Während er kurz in ein Telefon sprach, überflog ich die hinter ihm an der Wand angebrachten goldenen Plaketten mit den Namen der Firmen in diesem Hochhaus. Es waren um die zwanzig, doch einen Hinweis auf Mrs. Blackfeather entdeckte ich nicht darunter. Irgendwie mochte meine Vorstellung, die ich mir immer noch von der Frau machte, nicht zu diesem Bürokomplex passen. Dennoch war sie hier, denn der Wachmann legte den Hörer auf und wandte sich wieder an Granny.

»Oberstes Stockwerk, M'am. Miss Blackfeather erwartet Sie.« *Miss*. Sie schien demnach unverheiratet zu sein.

Per Knopfdruck öffnete er die elektrische Schranke, und wir bewegten uns auf die Fahrstühle zu. Ein dicker, roter Teppichboden schluckte jetzt jedes Geräusch unserer Schritte. Die Fahrstuhltüren öffneten sich, wir traten ein, und Granny drückte auf ›Penthouse‹.

»Nobel, nobel«, murmelte sie. »Die Dame scheint ein Vermögen zu besitzen oder zu verdienen.« Ich stimmte ihr zu. Das Penthouse, die oberste Etage, war in jedem Hochhaus oder Hotel in der Regel das exklusivste Appartement.

Mit leisem Surren beförderte uns der Lift in die Höhe, die Fahrstuhltüren öffneten sich und gaben den Blick frei auf einen geschmackvoll eingerichteten Bereich, der an ein Wartezimmer erinnerte. Genau gegenüber vom Fahrstuhl befand sich eine einzelne Tür, in deren Rahmen eine schlanke Frau in einem taubengrauen Hosenanzug stand, die Lucille Blackfeather sein musste. Das Einzige, was sie mit meinem bisherigen Bild von ihr gemeinsam hatte, war ihre offenkundig indianische Abstammung. Die erkannte ich an den markanten Gesichtszügen, dem blauschwarzen Haar, zum Pagenkopf geschnitten, und der walnussbraunen Haut. Nicht erwartet hatte ich ihr junges Alter sowie ihre ungewöhnlich hellen Augen. Sie besaßen die Farbe von gefrorenem Gletscherwasser und blickten uns ebenso kühl wie ein solches entgegen.

»Guten Tag, Miss Blackfeather, sehr freundlich, dass Sie uns empfangen«, sagte Granny mit einem höflichen Lächeln, während wir auf die Frau zuschritten. Doch die ignorierte Großmutters ausgestreckte Hand, stand, uns stumm musternd, im Türrahmen. Ich sah, dass sie Handschuhe trug, dünn und schwarz, was mich zuerst erstaunte. *Warum benötigte jemand im Inneren eines Gebäudes Handschuhe? Oder waren ihre Hände so sensibel, ihre Fähigkeit derart ausgeprägt, dass sie diese stets tragen musste?*, zog es mir sofort durch den Kopf. Miss Blackfeather verzichtete auf eine Begrüßung.

»Ich ziehe es vor, allein mit Ihrer Enkelin zu sprechen.« Ihre Stimme klang wie in Nikotin und Whisky mariniert.

»Wie meinen Sie das?«, fragte Granny leicht pikiert.

»So, wie ich es gesagt habe. Sie warten hier. Kaffee, Tee, Wasser, Zeitschriften, alles zu Ihrer Verfügung.«

Das Gesicht meiner Großmutter verzog sich misstrauisch, und sie setzte zu einer Erwiderung an, doch die Frau kam ihr zuvor. »Sie teilten mir mit, dass es Ihre Enkelin ist, die die Gabe besitzt, und nicht Sie.« Sie wartete eine Antwort nicht ab. »Dann wird auch nur Ihre Enkelin den Termin wahrnehmen.« Ihre frostig-klaren Augen richteten sich auf mich. »Tritt ein.«

Es klang wie ein Befehl.

Granny einen verunsicherten Blick zuwerfend, doch folgsam machte ich ein paar Schritte vorwärts durch die Tür. Wieder an Großmutter gewandt fuhr Miss Blackfeather fort: »Falls Sie vorhaben, an der Tür zu lauschen – sie ist schallisoliert. Und jetzt sollte das Mädchen die Zeit nutzen, die Sie ihr großzügig bezahlt haben.«

Granny konnte ihre Empörung kaum verbergen, die Falten in ihrem blass vor Zorn gewordenen Gesicht vertieften sich, und sie starrte die Frau kalt an.

»Was erlauben Sie sich!« Ihre Nasenflügel bebten, als

hätte sie einen leicht unangenehmen Geruch wahrgenommen. Ich war ebenso empört wie sie, wollte jedoch das
Blickduell beenden, einen Streit verhindern.

»Bitte, ich möchte mit ihr sprechen, auch wenn das die
Bedingung ist.«

Ich sah Großmutters widerstreitende Gefühle, war erleichtert, als sie ihre Fassung zurückerlangte und einlenkte.
Sie sah allein mich an, als wäre die Frau im Türrahmen, an
der sie vorbeistarrte, nicht anwesend. »Nun gut. Nutze die
Zeit. Ich –«

Lucille Blackfeather schloss die Tür, ehe sie den Satz beendet hatte. Eine neuerliche Unhöflichkeit meiner Großmutter
gegenüber, die mich schmerzte und erboste.

Die Frau schüchterte mich ein, dennoch hatte ich das Bedürfnis, meine Missbilligung über ihr Verhalten zur Sprache
zu bringen. Ich suchte nach der passenden Formulierung,
denn ich wollte auf keinen Fall provozieren, dass sie unser
Treffen beendete, ehe es begonnen hatte. Dieser Termin
war mir einfach zu wichtig.

Um Zeit zu gewinnen und etwas über seine Bewohne-
rin zu erfahren, sah ich mich im Penthouse um. Durch die
Glasfronten war es lichtdurchflutet, bot eine atemberauben-
de Aussicht auf die Skyline und den See im grünen *Piedmont Park*. Die Einrichtung des Büros war eine interessante
Mischung aus Modernem und Antiquitäten indianischen
Ursprungs. Alles wirkte kostspielig. Miss Blackfeather umrundete derweil auf hohen Absätzen ihren Schreibtisch und
nahm dahinter Platz. Wies auf den gepolsterten Sessel, der
davor stand, woraufhin ich mich setzte. Mir war etwas un-
behaglich zumute, denn die Augen der Frau musterten mich
so kalt wie die Splitter eines Steins.

»Das war nicht nötig, meine Großmutter derartig zu
beleidigen. Ich vertraue ihr vollkommen, sie lauscht nicht
an Türen.«

Mein Gegenüber zog spöttisch eine gezupfte Augenbraue in die Höhe.

»Du wärst überrascht, was bestens erzogene Ladys alles tun, wenn sie ihr Liebstes in Gefahr wähnen.«

Gegen meinen Willen musste ich ihr in Bezug auf Granny innerlich zustimmen, die mich stets wie eine Löwin vor allem Unangenehmen beschützen wollte.

Ich überlegte, wie ich anfangen sollte, mochte keine unbedachten Äußerungen von mir geben. Dabei betrachtete ich Miss Blackfeather. Sie war nicht gutaussehend im herkömmlichen Sinn. Dafür waren ihre Züge zu hart. Ihre Attraktivität rührte von ihrer Persönlichkeit her, sie strahlte Intelligenz und Selbstsicherheit aus, hatte eine starke Aura. Ihr Alter war schwer zu schätzen. Sie konnte alles zwischen Ende zwanzig und gut erhaltenen vierzig sein. An ihrer rechten Halsseite entdeckte ich eine fein gearbeitete, schwarze Tätowierung, den zurückgelegten Kopf eines Wolfes, dessen Körper sich unter ihrer weißen Seidenbluse weiter über Schulter und Rücken ziehen musste.

»Wie lange willst du mich noch angaffen?« Kurz hatte sie ihre bisher äußerst kultivierte Ausdrucksweise unterlassen, und ich spürte, wie ich errötete. Was für eine schroffe, arrogante Person sie war! Und ihr Ton wurde nicht freundlicher. »Du bist hier, weil mir deine Großmutter eine fürstliche Summe überwiesen hat. Im Gegensatz zu dir suche und brauche ich niemanden. Dies ist ein rein geschäftliches Zusammentreffen. Die alte Dame hat für eine Dreiviertelstunde bezahlt. Du hast noch exakt«, sie blickte auf ihre goldene Armbanduhr, »vierzig Minuten Zeit.«

Ich schluckte, hörte sie mit ihrer rauen Stimme weitersprechen. »Bevor ich mich auf dich einlasse, dir Fragen beantworte, wirst du einen kleinen Test absolvieren. Ich habe bewiesen, dass ich über die Gabe verfüge. Jetzt will ich sehen, ob auch du sie wirklich besitzt.«

Sie griff in eine Schublade, entnahm ihr etwas, schob es mir mit ihren behandschuhten Fingern über die Schreibtischplatte zu. Eine indianische Knochenkette, an der zwischen den länglichen Knochenperlen mehrere Zähne eines Tieres aufgereiht waren. Eines kleinen Hundes oder Fuchses, vermutete ich aufgrund ihrer Größe. Ich schluckte wieder. Dieses Treffen lief anders, nein, wesentlich schwieriger ab, als ich es erwartet hatte. Wie naiv war ich gewesen, zu denken, dass unsere seltene Gabe uns irgendwie verbinden, ja, verbrüdern würde. Die Frau war mir unheimlich. Was bekäme ich zu sehen, wenn ich die Kette berührte? Wenn ich in die Vergangenheit reiste, säße ich ihr hier, im Jetzt, einen Moment lang vollkommen wehrlos gegenüber. Als ich von dem Schmuckstück in ihr Gesicht aufblickte, bemerkte ich, dass sich ihre Mundwinkel geringschätzig kräuselten.

»Was ist? Skrupel?« Ihre Verachtung, ihr ganzes überhebliches Gebaren, ließ eine gewisse Wut in mir aufsteigen. Außerdem lief mir die Zeit davon, ich hatte bisher rein gar nichts erfahren.

Gut, ich werde dir zeigen, was ich kann.
Entschlossen bildete ich den Schirm und legte die Fingerspitzen auf die Kette. Schloss die Augen, um mich besser konzentrieren zu können. Das vertraute Prickeln von Hitze und Eis fuhr meine Arme hinauf, und ich ließ vorsichtig die zuvor errichtete Barriere sinken. Mein Herz klopfte heftig, das Zimmer schien vor meinen Augen immer weiter wegzuwirbeln und zu verschwinden. Die Dunkelheit empfing mich und spuckte mich wieder aus.

Das Erste, was ich sah, als sich die Umgebung schärfte, waren viele gutgelaunte Gesichter, die elegant gekleideten Menschen gehörten. Ich stand mitten unter ihnen, musste die Augen leicht zusammenkneifen, denn das Sonnenlicht war scharf wie eine Klinge, blendete mich zuerst. War ich in einem Park? Einem Garten? Da waren Stehtische, Sonnenschirme, ein mit Speisen überladenes Buffet, an dem sich die Gäste bedienten. Viele hielten Teller und Sektgläser in den Händen.

Gespräche, Lachen und Rock-'n'-Roll-Musik drangen an meine Ohren. Die Petticoat-Kleider und Glockenröcke der Frauen waren typisch für die Neunzehnhundertfünfzigerjahre. Die meisten Männer trugen Hemd mit Krawatte und manche ihr Haar mit Gel zurückgekämmt.

Plötzlicher Szenenwechsel, wie ein Schnitt im Film. Dunkelheit. Ich schnappte kurz nach Luft, als ich bemerkte, dass ich den Ort gewechselt hatte. Das passierte jetzt bereits das zweite Mal während eines Trips! Verwirrt ließ ich den Blick über mein neues Umfeld schweifen. Hier war es Abend oder Nacht. Ich war draußen. Auf einem ländlichen Grundstück. Die Luft roch frisch und kühl, nach Gras und Erde, wie beginnender, feuchter Herbst. Flammen loderten in einer mit Steinen umlegten Feuerstelle, erhellten flackernd die Züge einer indianisch-stämmigen Frau, die auf dem Boden vor dem Steinkreis kniete. Sie trug Kleidung, die vor etwa fünfzehn Jahren modern gewesen war, und – die Kette. Sich rhythmisch vor- und zurückwiegend summte sie etwas. Eine Art klagender Singsang. Ihr schwarzes Haar fiel ihr in einem geflochtenen Zopf über den Rücken. In ihren dunklen Augen entdeckte ich eine derart tiefe Traurigkeit und Qual, dass es mir einen Stich versetzte.

Wieder der blitzartige Wechsel. Zurück auf der Feier, im prallen Sonnenschein. War es eine Geburtstagsparty? Alle Gäste blickten nun in dieselbe Richtung, und ich schob mich vorsichtig an den Leuten vorbei, die vor mir standen und mir die Sicht nahmen. Sie bildeten einen Kreis um ein Paar. Eine junge Frau in einem schlichten Hochzeitskleid, ein kurzer Schleier saß auf ihrem rabenschwarzen, langen Haar. Und sie trug die Kette. Es war die Frau vom Feuer, nur etwas jünger! Sie hielt einen blondhaarigen Mann mit attraktivem Profil umschlungen, schaute glückstrahlend auf in sein Gesicht, und er ebenso verliebt und zärtlich auf sie hinab. Als jemand neben mir dem Brautpaar etwas zurief, wandte uns der Bräutigam lachend den Kopf zu, und ich erstarrte. Er besaß exakt die auffälligen, gletscherblauen Augen von Lucille. Das mussten ihre Eltern sein!

Neuerlicher Schnitt, zurück am nächtlichen Feuer in dem Garten. Es kostete mich einige Kraft, die Konzentration trotz dieser Sprünge aufrechtzuerhalten. Ich merkte, dass ich zu schwitzen begann und mir schwindelig wurde, meine Haut kribbelte.

Ich schob mich näher an die Feuerstelle heran. Spürte die Wärme der Flammen auf meinem Gesicht und den Armen, roch den beißenden Rauch. So nah, wie die Frau dem Feuer war, musste die Hitze für sie fast unerträglich sein. Ich betrachtete sie genauer. Und zuckte zurück. Ihre Hände umfassten eine Schusswaffe! An der Vorderseite und am Ärmel ihrer Strickjacke entdeckte ich dunkle Flecken. War das Blut? Hatte sie sich verletzt? Oder war es das Blut von jemand anderem? Das, was sie getan oder erlebt hatte, wühlte sie auf. Ich blickte mich im Garten um, konnte in den dunklen Schatten jedoch nichts ausmachen, nur die schwarzen Silhouetten der Bäume und des Hauses. Was war passiert? Nun zuckten ihre Schultern, Tränen strömten über ihre Wangen, sie neigte den Kopf, als bäte sie um Vergebung. Ihre Verzweiflung war greifbar, lag wie eine dunkle, alles erstickende Wolke über der Szenerie, ehe sich diese gespeicherte Erinnerung auflöste und ich durch den Korridor ins Heute zurückkehrte.

Zurück im Penthouse war mir schwindelig von der intensiven Erfahrung, die ich soeben gemacht hatte, mein Herz pochte unangenehm in meiner Brust. Ich musste das Gesehene verarbeiten, unterdrückte ein Kopfschütteln, atmete tief durch, um wieder klarer zu werden. Lucille sah mich an. Lauernd. Sie besaß wirklich außergewöhnliche Augen, das Licht schien durch sie hindurch wie Sonnenstrahlen durch Meerwasser. In der Zwischenzeit hatte sie sich einen dünnen Zigarillo angezündet, von dem sich Rauch emporkräuselte. Er steckte in einer schwarzen Spitze zwischen ihren behandschuhten Fingern. Die Luft im Raum roch unangenehm und stechend nach dem Qualm, den sie nun aus Mund und Nase stieß, er erinnerte mich an das Feuer. Ich berichtete ihr, was ich gesehen hatte, bis ins kleinste Detail. Kurzes Erstaunen flackerte in ihren Husky-Augen auf. Dann huschte ein dünnes Lächeln über ihr Gesicht, schattenhaft wie die feinen Wellen, die ein kalter Wind auf einem See verursachte, ehe es wieder erlosch. Ich schloss mit einer Frage.

»Können Sie mir erklären, warum ich innerhalb der Zeit gesprungen bin? Das ist mir jetzt das zweite Mal passiert.«

»Deine Fähigkeiten scheinen stärker zu werden. Andere, vor dir, sahen nur den freundlichen Teil meiner Mutter. Du hast auch ihre dunkle Seite erfasst. Einen späteren Zeitpunkt. Die Kette war ein Hochzeitsgeschenk, sie zeigt jemandem mit der Fähigkeit viel aus der Vergangenheit, Schicht für Schicht, denn Mutter trug sie jeden Tag.« Ihre Augen wurden schmal. »Du weißt jetzt mehr über meine Herkunft, als mir lieb ist. Wer hat dich ausgebildet? Die Gabe ist für dein Alter recht beachtlich – wenngleich der meinen nicht ebenbürtig.«

»Mein Mentor war Carl Jones, ein alter, blinder Mann, der auch in Charleston lebt.«

Sie zuckte mit den Schultern, um anzuzeigen, dass ihr der Name nichts sagte, ehe sie an ihrem Zigarillo zog.

»Was war damals in diesem Garten passiert?«, wollte ich wissen. Ein Verbrechen? Das tragische Schicksal ihrer Mutter berührte mich.

Miss Blackfeathers Mund wurde ein harter Strich. »Kein Kommentar. Frag etwas anderes.«

Ihre neuerliche Abweisung fühlte sich an wie eine leichte Ohrfeige. Doch ich gab nicht auf, so viel wie möglich zu erfahren. Ich sah sie herausfordernd an. »Wie ausgeprägt ist meine Gabe als *Wanderer*?«

Ihrer Kehle entfuhr ein belustigtes Geräusch, während sie wieder Rauch aus ihren Lippen blies. »So so, ›Wanderer‹ sagt ihr in Charleston. Ich bevorzuge den Ausdruck ›manidooke‹, wie meine Vorfahren.«

»Was heißt ›manidooke‹?«

»In der Sprache der Ojibwa bedeutet es ›magische Kräfte‹. Es ist mein zweiter Vorname. Den Namen Lucille suchte mein französischer Vater aus.«

Ihr Gesicht verschloss sich wieder, als hätte sie sich dabei ertappt, zu privat zu werden. Dennoch schien sie mich endlich etwas zu respektieren, war gesprächiger geworden. Ich musste sie weiter am Reden halten.

»Verdienen Sie Ihr Geld mit der Gabe?«

Sie drückte den Zigarillo in einem Aschenbecher aus. »Sie ist vielfältig einsetzbar: Ich nutze sie als Medium, Wahrsagerin, Beraterin. Werde zeitweise von Museen engagiert, um die Echtheit erworbener Kunstschätze zu prüfen. Selten werden auch meine Dienste als Privatdetektivin gewünscht. Ich brauche keine Werbung, Mund-zu-Mund-Propaganda reicht vollkommen. Ich kann mir meine Kunden aussuchen.«

Sie hielt kurz inne, sah mit einem Mal aus wie die Katze, die den Kanarienvogel gefressen hatte. Ein grausamer Zug lag um ihren Mund. »Manche hätten es unterlassen sollen, meine Bekanntschaft zu machen. Ist ihnen teuer zu stehen gekommen.«

Die unverfrorene Andeutung ließ mich ahnen, dass sie vor Erpressung nicht zurückschreckte, wenn sie dunkle

Geheimnisse erfuhr. Sie tat alles, um Geld zu scheffeln. Raffiniert und gewissenlos. Eine gefährliche Person.

Eine weitere Frage brannte in mir, die ich jetzt, da sie etwas aufgetaut zu sein schien, stellte. »Warum tragen Sie Handschuhe?«

»Kein Kommentar.«

»Haben Sie schon mehrere getroffen, die so sind wie wir?«

»Wenige. Damals, als ich noch Teil der Ojibwa-Familie war. Später suchten und fanden sie mich, so wie du.«

Ich überlegte kurz. »Besteht die Möglichkeit, dass ich diese Menschen kennenlernen kann?«

»Nein«, erwiderte sie scharf. »Ein wesentliches Merkmal meiner Persönlichkeit ist Diskretion. Du würdest auch nicht wünschen, dass ich Fremden über dich erzähle oder ihnen deine Adresse kundtue.« Es klang endgültig.

Ich versuchte mir die Enttäuschung nicht anmerken zu lassen, warf einen unauffälligen Blick auf meine Uhr. Über die Hälfte der Zeit war vorbei.

»Was ist das Größte, dass Sie je mit der Gabe erreicht haben?« Ich hielt die Frage für unverfänglich, aber ihr Gesicht verfinsterte sich wieder. Sekundenlanges Schweigen folgte. Mist. Ich überlegte rasch. Miss Blackfeather besaß in meinen Augen nur zwei Eigenschaften, die ihre Achillesferse sein konnten. Ihre Geldgier und ihre Eitelkeit. Ich musste es versuchen.

»Wenn ich offen sein darf, bin ich zutiefst beeindruckt von Ihnen. Sie müssen unglaubliche Fähigkeiten besitzen. Mit Ihrer Stärke haben Sie sicher etwas Außergewöhnliches vollbracht, es kann gar nicht anders sein! Ich bitte Sie, erzählen Sie mir davon«, schmeichelte ich und zauberte so viel Bewunderung in mein Gesicht, wie ich vermochte.

Hatte ich zu dick aufgetragen? Nein. Ihre Selbstgefälligkeit wurde offensichtlich. Jetzt sah sie aus, als würde sie sich jeden Moment mit halbgeschlossenen Augen in ihrem Sessel räkeln wie eine sattgefressene Katze. Dann seufzte sie theatralisch, was nicht zu ihr passte.

»Nun gut, ich werde dir etwas erzählen. Ich habe heute wohl meinen redseligen, sentimentalen Tag«, gestand sie.

Oh, dann will ich dich nicht an einem deiner normalen Tage treffen, zog es mir sarkastisch durch den Kopf, während ich das bewundernde Lächeln aufrechterhielt.

»Ich habe etwas in der Vergangenheit geändert«, meinte sie. Das verblüffte mich. Damit hatte ich nicht gerechnet. Hatte Carl nicht immer gesagt, das sei unmöglich? Doch war ich schon von Menschen der Vergangenheit aus Unvorsichtigkeit wahrgenommen worden, wie ich mich erinnerte. Interessiert beugte ich mich vor, auch wenn ich es kaum glauben konnte. Wollte sie mich auf den Arm nehmen, würde sie gleich laut loslachen?

»Was haben Sie verändert? Was ist geschehen?«, fragte ich. Sie musterte mich, schien abzuwägen. Inzwischen hatte ich mich an die ungewohnt langen Redepausen gewöhnt. Es war besser, sie nicht zu drängen.

»Du hast meine Eltern bei ihrer Hochzeit gesehen«, sagte sie endlich. »Da waren sie glücklich. Aber mein charmanter, französischer Vater hatte ein Alkoholproblem. Als ich drei Jahre alt war, raste er volltrunken in seinem Wagen über den Highway und verunglückte tödlich.« Sie hielt inne, schien erneut zu überdenken, wie persönlich sie mir gegenüber werden wollte. »Ich wuchs auf mit einer traurigen Mutter, die den verstorbenen Ehemann zum Helden stilisierte und ihn nicht vergessen konnte. Es lag wie ein Schatten über meiner Kindheit.« Neuerliches Schweigen.

»Sie sind später in die Vergangenheit gereist und haben den Autounfall verhindert?«, mutmaßte ich. Obwohl sie nicht antwortete, sah ich an ihrem Gesicht, dass meine Vermutung stimmte. »Wow, wie haben Sie das gemacht?«

Ihre plötzlich aufkommende Wut schnappte zu wie eine Klapperschlange. »Dummes Kind! Ich erzähle dir hier nicht von einem lustigen Zauberkunststück! Man kann das Schicksal nicht austricksen.«

Ich fühlte, wie ich rot anlief. Ich verpatzte alles, machte einen Fehler nach dem anderen. Ihre Augen glühten regelrecht.

»Ja, ich habe den tödlichen Ausgang des Unfalls verhindert, wäre fast dabei draufgegangen. Aber es hat die Gegenwart, vor allem die Zukunft, nicht verbessert. Im Gegenteil: Es hat das Leben von *waabakeshi* und mir in die Hölle verwandelt.«

Sie atmete heftig, war so erregt, dass sie ihre Mutter unbewusst bei deren indianischem Namen genannt hatte. Die Erinnerung an die Geschehnisse und das Leid, das sie ausgelöst hatte, standen in ihren Zügen. In diesem Moment besaß sie irgendetwas, das weit über bloße Eleganz und Intelligenz hinausging und mich in ihren Bann zog. Verborgene Gefühle, ungeheuerliche Erfahrungen, eine gewisse Macht, die mich faszinierte. Wie ein Gewitter oder die Schönheit eines aufkommenden Sturms, weit draußen auf dem Meer, gefährlich und überwältigend schön.

Ich sah sie verwirrt an, traute mich nicht, etwas zu sagen. Als sie sich gefasst hatte, sprach sie ruhiger. »Ich weiß nicht, warum ich dir das alles erzähle. Ist nicht meine Art.«

Sie steckte einen neuen Zigarillo in die Spitze und entzündete ihn, inhalierte tief und blies mir den Rauch über den Tisch entgegen. »Nachdem ich Vaters Unfall abgemildert und ihn gerettet hatte, machte er nicht etwa einen Entzug. Nein, er trank weiter, nahm Drogen. Wurde unberechenbar, gewalttätig, prügelte Mutter. Aber erst, als er mich eines Abends im Rausch halb totschlug, da war ich zwölf, hat Mutter sich gewehrt. Sie hat ihn erschossen. Ehe sie sich der Polizei stellte, zündete sie das Feuer im Garten an. Ich verlor an diesem Abend beide Eltern, wuchs bei einer Tante auf.« Ihre Züge wurden grimmig. »Man kann das Schicksal nicht austricksen«, wiederholte sie. »Es wäre besser für uns gewesen, ich hätte Mutter ihren toten Helden gelassen.«

Der sonnendurchflutete Raum war plötzlich wie mit Schmerz durchtränkt. Hatte sie als Kind gar den Mord beobachtet? Ich konnte mir nicht ausmalen, was diese Frau durchgemacht hatte. Das Furchtbare überstieg meine Vorstellungskraft. So eine Wunde heilte auch im Laufe der Jahre nicht.

Trotz der Tragik des Erzählten keimte plötzlich ein Gedanke in mir. Sie hatte ein Ereignis in der Vergangenheit verhindert. Ihren Vater gerettet. Dass sich die Situation verschlimmert hatte, lag allein an dessen Persönlichkeit, seinem Hang zu Drogen. Konnte auch ich in die Vergangenheit eingreifen? Um Jacobs Mutter zu retten, die eine starke, aufrechte Frau gewesen war, nichts Bösartiges an sich gehabt hatte. Wie funktionierte das? Miss Blackfeather schien an meinem Gesicht abzulesen, was mir durch den Kopf ging.

»Denk nicht einmal dran!«, fauchte sie, geriet wieder in Rage.

»Sie haben gesagt, dass die Gabe bei mir stark ausgeprägt ist. Ich glaube fest, dass man seinem Weg folgen sollte, so wie Sie Ihrem Weg gefolgt sind. Bitte, nehmen Sie mir nicht die Chance, den meinen zu gehen. Ich muss es.«

Sie schwieg.

»Bitte, erklären Sie mir, wie –«, setzte ich erneut an.

Sie fiel mir ins Wort. »Davon abgesehen, dass ich dir niemals verrate, wie es funktioniert, sieh her!« Sie zerrte an einem ihrer schwarzen Handschuhe, streifte ihn ab, schob den Ärmel der Bluse hoch und streckte mir ihren Arm über die Schreibtischplatte entgegen. Meine Augen weiteten sich, ich sog scharf den Atem ein. Ihr Unterarm und ihre Hand wiesen schlimme Narben auf, als hätten sie in Feuer gelegen oder Säure sie verätzt. Zwei Fingernägel fehlten, die Glieder endeten in Stumpen. Ich wandte die Augen von ihren entstellten Händen und Unterarmen ab – sah irgendwo anders hin. Der Raum erstickte mich, der Schrecken lähmte fast meinen Atem.

»Kein schöner Anblick, nicht? Das passiert mit uns, wenn wir versuchen, etwas in der Vergangenheit zu ändern, statt zu beobachten. Jemand mit schwächer ausgeprägter Gabe als ich wäre wahrscheinlich tot.«

Sie musste damals furchtbare Schmerzen erlitten haben, dachte ich, während sie den Handschuh wieder überstreifte.

»Na, jetzt hat es dir die Sprache verschlagen, was?« Sie schnaubte leise, fuhr dann fort: »Ich war tagelang bewusstlos. Die Ärzte fürchteten zuerst, ich würde beide Unterarme verlieren. Man nahm an, ich hätte gezündelt oder mit Chemikalien herumgespielt. Und wofür das alles?« Sie lachte freudlos auf, nahm den glimmenden Zigarillo aus dem Aschenbecher und drückte ihn mit einer Heftigkeit aus, als ob sie ihn töten wollte. »Die wahren Schmerzen kamen erst, als ich zurück war. Zum Glück funktioniert die Gabe auch mit ramponierten Fingern.«

Beide behandschuhte Hände vor sich auf die Tischplatte legend, schloss sie die Augen und atmete ein paarmal, erlangte Ruhe zurück. »Ich bin ein Felsen. Ich habe Leben und Tod gesehen. Ich habe Glück erfahren, Sorgen und Schmerz. Ich lebe ein Felsenleben. Ich bin ein Teil unserer Mutter, der Erde. Ich habe ihr Herz an meinem schlagen gefühlt. Ich habe ihren Schmerz gefühlt und ihre Freude. Ich bin ein Teil unseres Vaters, des großen Geheimnisses. Ich habe seinen Kummer gefühlt und seine Weisheit. Ich habe seine Geschöpfe gesehen, meine Brüder, die redenden Flüsse und Winde, die Blumen, alles, was auf der Erde, alles, was im Himmel ist. Ich bin mit den Sternen verwandt.«

Sie verstummte, schlug die Augen auf und betrachtete mich kühl. Doch ich kannte dieses Sioux-Zitat, es war noch nicht zu Ende. Das war meine Chance, sie zu erreichen, ihr Innerstes zu berühren und sie dabei zurechtzuweisen. Ich war nicht der dumme Teenager, für den sie mich hielt. Ich holte Luft und legte los, das Zitat zu beenden.

»Ich kann sprechen, wenn du mit mir sprichst. Ich werde zuhören, wenn du mit mir redest. Ich kann dir helfen, wenn du Hilfe brauchst. Aber verletze mich nicht, denn ich kann fühlen wie du. Ich habe Kraft, zu heilen, doch du wirst sie erst suchen müssen. Vielleicht denkst du, ich bin nur ein Felsen, der in der Stille daliegt auf feuchtem Grund. Aber das bin ich nicht: Ich bin ein Teil des Lebens, ich lebe, und ich helfe denen, die mich achten.«

Stille senkte sich über den Raum. Ich hatte sie beim Reden beobachtet, damit mir nicht die feinste Regung in ihrem Gesicht entging. Ihre Augen hatten sich zuerst überrascht geweitet, ungewollt anerkennend geflackert. Dann hatte sie Mühe gehabt, ihre Verärgerung zu verbergen. Jetzt lächelte sie leicht, zeigte ihre Zähne, aber die Muskeln in ihrem Gesicht verhärteten sich wie ihre Augen. Sie äußerte sich nicht zu meiner Kenntnis des Zitats.

»Was würdest du in der Vergangenheit ändern wollen?«, fragte sie stattdessen. Ich erzählte ihr von Jacob und seinen Eltern, versuchte, trotz der Tragik sachlich und nüchtern zu sprechen. Dennoch entgingen ihr nicht mein Mitgefühl und meine tiefe Zuneigung.

»Würdest du deine Großmutter einweihen?«

»Nein«, versicherte ich mit Nachdruck. »Nichts davon würde ich ihr erzählen. Sie hätte Angst um mich, würde garantiert versuchen, es mir auszureden, es zu verbieten.« Der Gedanke, Granny mein gefährliches Vorhaben zu verschweigen, überhaupt ein Geheimnis vor ihr zu haben, schmerzte. Fühlte sich an wie ein Vertrauensbruch.

Miss Blackfeather betrachtete mich weiter, schien Gedanken abzuwägen. »Du solltest mir egal sein. Folglich auch, ob du dich in Gefahr begibst«, sagte sie dann. »Aber ich werde dir nicht zeigen, wie man die Vergangenheit verändert. Ich will nicht an deinem Untergang beteiligt sein.«

Sie bemerkte, dass ich widersprechen wollte, hob eine Hand und brachte mich zum Schweigen. Fixierte mich mit ihren blauen Augen, die schon so viel gesehen hatten.

»Du öffnest eine Tür, die geschlossen bleiben sollte. Je länger es her ist, desto mehr Veränderungen löst du aus, wie eine Lawine. Oder als ob du einen zugefrorenen See betrittst, dessen Eisschicht nicht dick genug ist für dein Gewicht. Das Eis beginnt zu splittern, immer mehr, die feinen Verästelungen breiten sich aus, bis du endgültig einbrichst. Je weiter du gehst, umso gefährlicher ist das Eingreifen in die Vergangenheit, nicht nur für dich selbst. Es wird unvorhersehbare Folgen, auch schlimme Konsequenzen geben, für viele Menschen, an die du jetzt gar nicht denkst. Lass es!«

Sie sprach damit eine Wahrheit aus, die offensichtlich war, und dennoch fielen ihre Worte wie Blei in den Raum. Ich schwieg. Diese Frau war wie ein Frettchen, sie jagte mich durch Gänge der Hoffnung, um mich schließlich in die Enge einer schrecklichen Wahrheit zu treiben. Fieberhaft suchte ich nach Argumenten, sie doch noch umzustimmen. Sie warf einen Blick auf ihre Uhr.

»Die Zeit ist um. Geh jetzt.«

Verdammt, die Audienz war vorbei. Ihre Sprunghaftigkeit war verwirrend.

»Miss –«, begann ich, doch sie wiederholte ihre Aufforderung, etwas schärfer.

»Geh jetzt. Sofort.«

Ich erhob mich, suchte ihren Blick, aber sie starrte auf die Tischplatte, saß ganz still, bewegte nicht einmal den

Kopf, als ich zur Tür schritt und die Hand auf die Klinke legte. Reglos blieb sie sitzen, versunken in etwas, das ich nicht wahrnehmen konnte. Als ich mich abwandte, um die Tür aufzuziehen und ihren gläsernen Elfenbeinturm zu verlassen, ließ mich ihre rauchige Stimme innehalten. »Komm nicht noch einmal hierher. Nimm nie wieder Kontakt zu mir auf.«

Es klang endgültig. Unfähig zu antworten, trat ich hinaus und schloss leise die Tür hinter mir.

Granny erhob sich mit besorgtem Gesicht von einem Stuhl, sah mich forschend an.

»Alles in Ordnung. Lass uns gehen«, sagte ich nur, während ich sie kurz fest umarmte und ihren tröstlichen Duft einatmete. Dann hakte ich mich bei ihr unter, als wir zum Fahrstuhl schritten. Ich brauchte einen Moment, um mich zu sammeln, würde ihr während der Rückfahrt von dem Treffen berichten, zumindest das, was sie wissen durfte. Granny gab mir diese Zeit, verstand mich ohne Worte, wie immer. Sie spürte, wie es in meinem Kopf und auch im Rest von mir aussah, und bereits dadurch nahm sie mir von meinem Elend und meiner Verwirrtheit etwas ab. Diese Vertrautheit war ein Geschenk, das die verhärtete Lucille Blackfeather nie erhalten würde. Hinter all ihrem überlegenen Gebaren, hinter ihrer Härte und ihrer teuren Kleidung, verschanzt in ihrem exklusiven Büro, war sie so vorsichtig wie ein Geizkragen und misstrauisch wie ein Hund auf fremdem Territorium. Aber vor allem eines: einsam.

Während der Fahrt berichtete ich Granny von den unverfänglichen Anteilen des Treffens. Schwieg danach, tief in Gedanken. Die Idee, dass es möglich war, in die Vergangenheit einzugreifen, ließ mich nicht los. War wie eine juckende Stelle, an der man immer wieder kratzen musste. Ich versuchte mir alles einzuprägen, was Miss Blackfeather gesagt hatte. Bei der Unterredung hatte ich es gut nachvollziehen können.

An jenem Tag schwor ich mir, etwas zu schaffen, was die Menschheit für unmöglich hielt. Was diese Frau jedoch gemeistert hatte. War meine Gabe annähernd stark ausgeprägt wie ihre, zumindest ausreichend? Würde ich auch ohne ihre Hilfe herausfinden, wie es funktionierte? Sie hatte zugegeben, dass meine Fähigkeiten beachtlich waren. Ich musste äußerst vorsichtig vorgehen, um nicht derart böse Verletzungen davonzutragen wie sie. Ich fürchtete mich nicht nur vor den Schmerzen. Jedoch, überlegte ich, war sie wesentlich weiter in der Zeit zurückgegangen, als ich es vorhatte. Das gab mir Hoffnung.

Du kannst das Schicksal nicht austricksen. Aber andersherum betrachtet: Vielleicht war es genau Jacobs und meine Bestimmung, dass ich die Gabe besaß und wir aufeinandergetroffen waren, ich allein ihm zu helfen vermochte. Ich musste versuchen, Mrs. Hunter zu retten, die Familie sollte wieder vereint sein.

Jacob und seinem Vater sollte es besser gehen! Ich wusste noch nicht, wie das zu bewerkstelligen war, aber ich würde alles dafür tun, alles, was in meinen Kräften stand.

Ich ahnte nicht im Entferntesten, wie sehr und in welche Richtung unsere Leben sich in naher Zukunft ändern würden.

17

Erste Versuche

Wie soll man etwas erlernen und trainieren, das man allein vom Hörensagen kennt? Wofür einem niemand eine Anleitung gibt? Ein Vorhaben, das – nicht nur, wenn man es laut ausspricht – völlig absurd klingt. In meinem Fall: ein Ereignis in der Vergangenheit ändern.

Bis zu dem Treffen mit Miss Blackfeather hatte ich angenommen – wie die Menschheit allgemein –, dass dies absolut unmöglich war. Aber der Großteil der Erdbevölkerung hielt auch meine Gabe für undenkbar.

Was, wenn das nur geprahlt gewesen war? Wenn sie die Geschichte über die Rettung des Vaters erfunden hatte, um bedeutungsvoller und mächtiger zu wirken?

Dann aber dachte ich an die vernarbten Hände der Frau, ihre Bitterkeit und die tief versteckte Trauer. Nein, sie hatte nicht die Unwahrheit gesprochen. Das war wirklich geschehen, das spürte ich.

Ich war allein auf mich gestellt mit meinem Vorhaben, konnte weder Granny noch Jacob einweihen. Großmutter würde es mit aller Macht zu verhindern versuchen – und Jacob? Der hatte vor Kurzem erst verdauen müssen, dass ich psychometrische Fähigkeiten besaß. Legte ich in Bezug auf meine Gabe noch einen drauf, hielt er mich vielleicht endgültig für einen beängstigenden Freak und würde sich von mir zurückziehen. Das durfte auf keinen Fall geschehen! Aber selbst, wenn er auch das an mir akzeptierte, wollte ich keinesfalls eine Hoffnung in ihm wecken, die ich später nicht erfüllen konnte. Denn ich war nicht überzeugt, meinen ungeheuerlichen Plan zu meistern. Dennoch war ich besessen von dem Gedanken, seine Mutter zu warnen und dadurch zu retten.

Was würde sich – gesetzt den Fall, ich schaffte es – verändern? Neben der Tatsache, dass sich Donna Hunter im besten Fall einer heilenden Krebstherapie unterzog und weiterlebte. Daneben fielen mir nur positive Effekte ein. Die Familie blieb vereint. Mr. Hunter würde nicht zu trinken beginnen, seine Arbeit im Museum behalten. Jacob würde nicht die Bürde tragen, die sterbende Mutter pflegen zu müssen, und es bliebe ihm erspart, danach dem Verfall des Vaters hilflos zuzusehen, er würde glücklicher und gelöster sein.

Allerdings waren da Zweifel. War ich stark genug? Miss Blackfeathers mahnende Worte kreisten in meinem Kopf:

Je weiter du zurückgehst, desto gefährlicher wird es. Umso mehr – auch ungewollte und unvorhersehbare – Veränderungen löst du aus. Du kannst das Schicksal nicht austricksen!

Ich zwang mich, die beängstigenden Gedanken auszublenden. Versuchte, mich damit zu beruhigen, dass ich nur zwei, nicht wie Lucille um die zehn Jahre in die Vergangenheit zurückgehen würde.

Ich beschloss, zuerst mit Ereignissen zu üben, die nur wenige Minuten zuvor passiert waren. Dies erschien mir ungefährlicher. Und schon stellte mein Verstand seine halbherzigen Proteste ein. Was kam in Frage? Es musste etwas sein, was einfach zu bewerkstelligen war, ohne großen Körpereinsatz.

Die ersten Versuche, die ich unternahm, scheiterten. Lag es an mangelnder Konzentration oder fehlendem Können? Das frustrierte mich, aber ich war nicht bereit, aufzugeben. Ich kam mir ein wenig lächerlich vor, als ich erprobte, Energie in meine Fingerspitzen zu laden und dabei meinen Geist auf den Wattebausch zu richten, den ich über den Tisch bewegen wollte. Natürlich konnte ich nicht allein mit der Macht meiner Gedanken etwas verändern. Schließlich verfügte ich nicht über telekinetische Kräfte! Dennoch wäre es mir lieber, in der Vergangenheit nichts berühren zu müssen.

Wieder dachte ich an Lucilles zerstörte Arme und Hände, und mein Magen zog sich zusammen. Nein, ich durfte mich davon nicht entmutigen lassen!

Durch unser Haus schlendernd sah ich mich um, wartete auf eine Eingebung. Ich entdeckte eine Staubschicht auf dem Bücherregal im Gästezimmer. Die hatte die gewissenhaft ordentliche Mrs. Fuller übersehen, wahrscheinlich, weil dieser Raum so gut wie nie genutzt wurde. Eine Idee formte sich in meinem Kopf.

Ich ließ die Finger über die Buchrücken gleiten. Da! Eines der Bücher, das einen ledernen Einband mit Goldprägung besaß, funktionierte, das spürte ich an dem vertrauten Kribbeln. Ich zog es aus dem Regal und öffnete es auf einer beliebigen Seite.

Dann konzentrierte ich mich auf genau diesen Moment, um durch die Dunkelheit zu ihm zu gelangen. Ich blätterte eine Seite weiter, indem ich mit dem Zeigefinger darüberwischte, jederzeit bereit, die Hand zurückzuziehen, sollte es wehtun. Mein Finger prickelte kühl, als ob ich mit der Kuppe über Eis glitt.

Vor meinem Mund bildete mein Atem frostig-weiße Wölkchen. Ein Zeichen dafür, dass ich in irgendeiner Form in die Vergangenheit eingriff. Aber ich verspürte keinen Schmerz, wie ich erleichtert feststellte. Nun nahm ich wahr, wie die Kälte zunahm, sich an meinem ganzen Körper eine Gänsehaut ausbreitete. Daher beeilte ich mich, in die Gegenwart zurückzukehren, und hielt gespannt den Atem an, als sich das Buch vor meinen Augen kristallisierte.

Hatte es funktioniert? Ja! Ich hatte in die Vergangenheit eingegriffen, das Buch war an der folgenden Seite aufgeschlagen. Meine Freude über diesen kleinen Erfolg war so groß, dass mir ein triumphierender Laut entfuhr und ich zuerst nicht bemerkte, dass die Spitze meines Zeigefingers unangenehm brannte. Es war, als hätte ich in Schnee gefasst und mich dabei verbrüht. Ich betrachtete die Fingerkuppe, sie war gerötet, fühlte sich tatsächlich an, als hätte ich sie direkt über eine Kerzenflamme gehalten. Mist. Jetzt tat es verdammt weh.

Ich ging in die Küche, nahm mir einige Eiswürfel aus dem Gefrierfach. Wickelte sie in ein Küchentuch und presste sie auf die wunde Stelle, was Linderung verschaffte.

Der Vergleich mit der Kerzenflamme hatte mich auf eine weitere Idee gebracht. Mit dem Daumen der rechten Hand drückte ich das Eiswürfelbündel auf die Wunde, mit der linken wühlte ich in den Schubladen des Wohnzimmerschranks herum. Endlich fand ich sie – meine Taufkerze. Auch sie war ein Gegenstand mit gespeicherten Erinnerungen.

Ich markierte die Kerze am oberen Rand mit drei Strichen in geringem Abstand, entzündete sie. Ließ sie bis zur ersten Markierung herunterbrennen. Jetzt konzentrierte ich mich, kehrte zu dem früheren Moment zurück. Wie sollte ich die Flamme löschen? Einen Luftzug erzeugen, pusten? Das erschien mir ungefährlicher, als ich an meinen schmerzenden Zeigefinger dachte. Ich holte Luft und blies die Flamme aus, ein frostiges Hauchen. Eine kleine wabernde Rauchsäule stieg vom Docht auf. Gespannt hielt ich einen Augenblick den Atem an, mich fröstelte. An meinen Wimpern und auf den Lippen hatten sich winzige Eiskristalle gebildet. Aber ich fühlte keinen Schmerz, nur die Kälte. Plötzlich schoss mir ein Gedanke durch den Kopf. Ich dachte an Menschen, die angebliche Geistererscheinungen erfahren hatten.

Oft beschrieben sie, dass sie nicht nur eine fremde Präsenz bemerkt hatten, sondern es zudem kalt im Raum geworden war, dass sie eine Gänsehaut bekommen oder einen eisigen Hauch wahrgenommen hatten. War es möglich, dass die vermeintlichen Geister in Wirklichkeit *Wanderer* waren? Dass sie, wenn sie sich in der Vergangenheit materialisierten, der Umgebung Energie entzogen und dadurch den Temperaturabfall, den eisigen Luftzug, herbeiführten? Ich würde zu einem späteren Zeitpunkt weiter über diese Theorie nachdenken, jetzt musste ich rasch in die Gegenwart zurückkehren.

Meine Erleichterung darüber, dass ich beim Auspusten der Flamme keinen Schmerz verspürt hatte, währte nur kurz. Zurück im Jetzt registrierte ich zuerst, dass die Kerze nicht mehr brannte, prüfte die Markierung. Ein Erfolg! Dann erst spürte ich ein stechendes Brennen in Kehle und Lunge, meine Lippen glühten, als hätte ich sie an einem zu heißen Getränk verbrannt, sodass ich sie mit den Eiswürfeln kühlte. Mich überkam Hustenreiz.

Zum Glück legten sich diese unangenehmen Symptome nach kurzer Zeit. Allerdings versetzten sie mich in Sorge. Es gab demnach, während ich in der Vergangenheit weilte und Veränderungen vornahm, keine Warnsignale für körperliche Reizungen und Schäden. Die traten erst auf, wenn ich in die Gegenwart zurückkehrte. Das war gefährlich, beunruhigend.

Was wäre, wenn ich zu weit ginge, mich überforderte? Damit das nicht passierte, musste ich trotz meiner Ungeduld äußerst achtsam sein, mich langsam in der Zeit vortasten. Weiterhin üben, um mehr Sicherheit und Erkenntnisse zu erlangen.

Dann erst würde ich mich an das große Vorhaben heranwagen.

18

Melissa zeigt Zähne

Die nächsten zwei Wochen hatte ich nur wenig Zeit, meine Fähigkeiten zu verbessern. Die Zwischenprüfungen in den Hauptfächern standen an. Das bedeutete, dass ich eine Menge lernen und Unterrichtsstoff wiederholen musste. Zudem half ich Maylin, die in einigen Fächern Schwierigkeiten hatte. Dieses Arbeitspensum raubte mir Zeit, die ich lieber auf mein Training in der Vergangenheit verwandt hätte.

Ansonsten lief alles in ruhigen Bahnen in der Schule, womit ich meine, dass Josh und Melissa mich weiterhin ignorierten, was mir recht war. Josh tändelte nach wie vor offensichtlich mit Mandy, was Melissa kaum gefallen dürfte, und ich erinnerte mich an den jämmerlichen Zustand, in welchem ich sie in der Vergangenheit in ihrem Zimmer gesehen hatte.

Dennoch erstaunte es mich und meine Freundinnen, als wir sie und ihr Gefolge dabei erwischten, wie sie Mandy attackierten.

Maylin und ich hatten soeben den Matheunterricht von Miss Finch hinter uns gebracht und waren auf dem Weg in die Pause. Auf dem Flur trafen wir Ruth. Zu dritt schlenderten wir Richtung Mensa, als wir die Gruppe in einer Lesenische entdeckten. Was auf den ersten Blick aussah wie eine Unterhaltung zwischen vier Mädchen, entpuppte sich bei näherem Hinsehen als Einschüchterung und Schikane, wobei Melissa und ihre beiden ›Hofdamen‹ ihr Opfer einkreisten und alle mindestens einen Kopf größer waren. Es lag auch eine gewisse Feindseligkeit in der Haltung der drei Älteren.

Ich streckte meinen Arm aus und brachte Maylin dadurch zum Stehen, nickte in Richtung der Lesenische. Ruth, die gedankenverloren weiterlief, hielt ich kurz an der Kapuze ihres Pullovers fest, damit sie stoppte. Genau in dem Moment, als wir alle zur Gruppe hinüberblickten, hob Melissa lässig eine ihrer manikürten Hände, woraufhin ihre Freundin zur Rechten vortrat und Mandy einen Schlag versetzte, der sie einen Schritt zurücktaumeln ließ. Wir mussten eingreifen! Aber wir würden Hilfe brauchen.

»Ruthy, lauf und hol Miss Finch! Sie ist noch in ihrem Raum.« Sie war die einzige Lehrerin, von der ich wusste, dass sie sich in der Nähe aufhielt. Ruth sah mich verständnislos an. Manchmal ging mir ihre Langsamkeit auf die Nerven. Ich wäre wesentlich rascher bei der Lehrerin, aber wenn es gleich zu einer Auseinandersetzung kommen sollte, wollte ich an Maylins Seite sein. Ruth würde nur wie ein stummer Felsen mit geweiteten Augen daneben stehen. Sie war zu wohlerzogen und sanft, um sich zu streiten.

»Lauf schon! Die machen Mandy fertig.« Endlich setzte sich Ruth in Bewegung, für die Schwere ihres Körpers sogar recht schnell. Nun hörten wir Mandys Stimme.

»Du hast mir gar nichts vorzuschreiben.« Uh – ich hatte ihre stille Art mit Schüchternheit verwechselt, sah jetzt auch den Trotz in ihrem Gesicht. Melissa reagierte sofort.

»Hast du es immer noch nicht kapiert? Er will dich nicht. Ruf nicht mehr bei ihm an und lauf ihm nicht mehr hinterher.«

Ah, darum ging es also. Josh hatte Mandy demnach abserviert. Aber weshalb trat Melissa dann nach? Warum diese Aggression? Das durchschaute ich nicht. Wieder ein kaum merkliches Zeichen, diesmal ein Nicken, das die zweite ihrer

Freundinnen veranlasste, dem jüngeren Mädchen neuerlich einen Stoß zu versetzen. Sie hatte ihre Hofdamen wirklich gut im Griff. Mandy prallte mit Rücken und Hinterkopf an die Wand, blickte ihre drei Peinigerinnen nun an wie ein in die Ecke getriebenes Tier, nach einem Fluchtweg suchend.

Maylin schnaubte und brachte damit ihre ganze Verachtung zum Ausdruck, dann setzte sie sich in Bewegung, ich folgte ihr auf dem Fuß. Die dunklen Augen meiner Freundin blitzten, ob vor Wut oder Vorfreude auf ein Geplänkel mit Melissa, konnte ich nicht sagen. Es war offenbar Letzteres, denn schon ehe wir die Nische erreichten, hob sie ihre Stimme. »Sieh an, sieh an. Gibt's hier gleich Zwergenwerfen zu sehen?«

Alle vier Gesichter wandten sich uns zu. Melissas verzog sich nahezu angeekelt, als sie unserer ansichtig wurde.

»Die beiden haben noch gefehlt«, sagte sie.

»Kein Problem, jetzt sind wir ja da«, antwortete Maylin feixend.

Melissas Augen verengten sich, sie hob das Kinn. »Verzieht euch, das geht euch nichts an.«

Maylins Grinsen wurde breiter, sie wandte sich laut an mich: »Wir sind so willkommen wie zwei Herpes-Viren. Ich bin so neidisch auf die Menschen, die Melissa noch nicht kennenlernen mussten.«

Dann richtete sie ihren Blick wieder auf die Gruppe. »Man sollte ihr ein Eimerchen und Straßenkreide in die Hand drücken und lächelnd sagen: ›Geh doch ein bisschen spielen, Mel, auf dem Highway ...‹«

»Du kleines, chinesisches Ekelpaket!«

Melissas Blick hätte Milch gefrieren lassen können, während Maylin nur lässig erwiderte: »Ja, ich bin klein. Gott lässt die Dinge nur so lange wachsen, bis sie perfekt sind.«

Ich begriff, was sie tat. Sie lenkte von Mandy ab, zog die Aufmerksamkeit auf sich, bis Miss Finch eintraf. Provozierte die Schulschönheit, damit diese sich danebenbenahm und dabei erwischt wurde. Wo blieb nur Ruth mit der Lehrerin?

»Du bist nicht cool, und deine Sprüche sind einfach nur dämlich«, keifte Melissa.

Maylin schob ihre Hände in die Hosentaschen. »Und du bist so hinreißend, sogar mein Essen will hochkommen, um dich zu sehen.«

»Fick dich doch ins Knie, Maylin Wong!«

Derart ordinäre Worte aus solch einem hübschen Mund, schoss es mir durch den Kopf. Meine Freundin dachte wohl dasselbe, denn sie schloss kurz angewidert die Augen, wie eine Katze.

»Ich bitte dich … Mit Anatomie hast du es auch nicht so, oder?« Es schien ihr weiterhin Spaß zu machen, sie zu reizen, während mein Herz zu klopfen begann, denn Melissa stand kurz davor, gewalttätig zu werden.

»Was geht hier vor?« Endlich. Miss Finch näherte sich mit zackigem Schritt und strengem Blick, Ruth in ihrem Kielwasser. Heute sah das Haar der Lehrerin nicht wie ein zerpflücktes Vogelnest aus, es war zurückgekämmt und mit Spray fixiert. Eine kinnhohe Spitzenbluse verlieh ihr ein täuschend echt wirkendes zerbrechliches Aussehen. Dabei war sie von der gleichen Zartheit wie ein Stahlschwert, das wussten wir alle. Sie erteilte öden Unterricht, doch sie besaß Autorität und einen messerscharfen Verstand, war keine Frau, mit der man aneinandergeraten wollte.

Sofort ging eine Veränderung in der Haltung der drei älteren Mädchen vor. Melissa setzte im Bruchteil einer Sekunde ein unschuldiges Gesicht auf, verlieh ihrer Stimme einen ebensolchen Klang. »Wir haben uns hier nur unterhalten. Dann kam Maylin und hat uns übel beschimpft.«

Sie besaß durchaus schauspielerisches Talent. Die Lehrerin betrachtete die Gruppe. Mandy stand mit dem Rücken zur Wand, ihr Gesicht war ausdruckslos. »Da habe ich gerade etwas anderes gehört. Mandy, was war hier los?«

Die Angesprochene schwieg.

»Wir haben uns nur unterhalten, wie ich bereits sagte«, beeilte sich Melissa zu erklären. »Nicht, Mandy?«

Zögern. Dann ein kaum merkliches Nicken.

»Es gibt Tage, da fühle ich mich wie eine Banane. Nur von Affen umgeben«, kommentierte Maylin. Miss Finch starrte sie empört an, sodass sie sich rasch korrigierte. »Sie natürlich ausgenommen, Miss Finch. Was ich eigentlich meinte: Wir hätten Sie kaum hinzugeholt, wenn die vier hier nur nett geplaudert hätten. Die drei haben Mandy gestoßen und eingeschüchtert, das ist die Wahrheit.«

Erneut fixierte die Lehrerin Mandy, ihre Stimme wurde schärfer. »Stimmt das? Sprich!«

Das Mädchen blickte zur Seite. Miss Finch gab ein genervtes Geräusch von sich.

»Scheint sich nicht aufklären zu lassen, wenn nichts Brauchbares gesagt wird. Und ich habe jetzt Pause wie ihr. Aber ich sage euch eins: Ich behalte euch alle im Auge. Und …«, nun blickte sie erst Melissa eindringlich an, dann Maylin, »ihr solltet euch lieber der Mathematik zuwenden, statt eure Zeit mit Scharmützeln zu verschwenden, ihr befindet euch in den Zwischenprüfungen. Die Leistungen einiger Anwesender bedürfen stark der Verbesserung.«

Den letzten Satz hatte sie eindeutig in Melissas Richtung gesprochen. Die presste die Lippen zusammen, die Züge versteinert, denn in Mathe war sie eine Niete.

»Vielen Dank für den Rat, ich werde ihn mir zu Herzen nehmen«, erwiderte Maylin süßlich lächelnd, ließ sich von der strengen Miene nicht einschüchtern.

»Das will ich hoffen.« Miss Finch straffte die Schultern. »So viele Dinge kommen zurück und sind wieder modern.

Ich kann es kaum erwarten, bis Moral, Respekt und Intelligenz wieder im Trend sind.«

Maylins Lächeln wurde ein breites, anerkennendes Grinsen. Die Lehrerin zeigte selten trockenen Humor, aber der war ganz nach ihrem Geschmack. Ich konnte regelrecht sehen, wie sie sich den Spruch im Geiste für spätere Gelegenheiten notierte.

Miss Finch warf einen letzten mahnenden Blick in die Runde, dann entfernte sie sich mit ihrem energischen Gang. Mandy nutzte die Gelegenheit, schnappte sich ihren Rucksack, schob sich an den Mädchen vorbei und flüchtete in die andere Richtung, wie fließendes Wasser, das in einem Gully verschwindet. Melissa trat einen Schritt auf uns zu, jetzt wieder ein Tiger auf Beutezug, ihre Freundinnen taten es ihr gleich.

»Nimm dich in Acht, Schlitzauge«, zischte sie, fixierte Maylin dabei derart bösartig, dass meine Haut kribbelte. »Nicht schlau, sich mit mir anzulegen … Und abschließend: Du bist einfach das Letzte!«

Maylin zeigte sich unbeeindruckt von der Drohung, grinste wieder frech. »Ich weiß – das Beste kommt zum Schluss. Und, apropos abschließend: Ich würde mich ja weiter geistig mit dir duellieren, aber ich sehe, du bist leider unbewaffnet. Ciao!«

Sie hakte sich bei mir und Ruth unter, wandte sich mit uns um und zog uns mit sich in Richtung Mensa. Ich dachte in dem Moment, dass meine beste Freundin selbst mit einer Pistole an der Schläfe noch Witze reißen würde. Während Ruth sich ängstlich umblickte und ich mich leicht verkrampfte, da ich fürchtete, die drei Älteren könnten uns von hinten angreifen oder etwas nach uns werfen, lief sie vollkommen entspannt.

»Ein gutes Gefühl, dass wir diese Ziegen mit Miss Finchs Hilfe in die Schranken gewiesen haben.« Maylin seufzte zufrieden. »Gebt mir fünf!« Sie hob ihre kleine Hand, und zuerst klatschte ich sie ab, dann, nach kurzem Zögern, auch Ruth.

»Nicht wir haben das getan, sondern du!«, erwiderte ich. »Wir haben doch nur stumm dabeigestanden.«

»Unsinn, Ruthy hat Verstärkung geholt, und deine moralische Unterstützung war äußerst wichtig. Vergiss nicht, zusammen haben wir drei sechs Mittelfinger – wenn Ruthy ihre endlich mal ausstrecken würde!«

Ruth sog schockiert den Atem ein. Sie würde sich vermutlich nie an Maylins derbe Ausdrucksweise gewöhnen.

Und ich konnte mich irgendwie auch nicht wirklich freuen. Der kleine Sieg schmeckte schal, wie ein abgestandenes Getränk, denn ich hatte Angst um Maylin, die mir allzu sorglos erschien. Immer wieder musste ich an die ausgesprochene Drohung und den diamantharten Hass in Melissas Gesicht denken.

19

Des einen Freud', des anderen Leid

Die nächsten Tage blieben ereignislos, und mit ihrem Verstreichen verblasste meine Sorge um Maylin. Vor allem,
wenn ich mit Jacob zusammen war, dachte ich weder an
Melissa noch an meine Freundinnen. Aber das ist normal,
denke ich, wenn man verliebt ist.

Mit jedem Moment, den Jacob und ich gemeinsam verbrachten, wuchsen wir zusammen. Ein unvergleichliches
Gefühl. Nicht nur, wenn wir uns umarmten und küssten,
wurde unsere Beziehung intensiver und enger. Selbst wenn
wir diskutierten und nicht einer Meinung waren, bestanden
Nähe und dieses Zusammengehörigkeitsgefühl, als ob wir
uns schon weitaus länger kannten. Außer Granny hatte
ich mich nie zuvor einem Menschen so nah und verbunden gefühlt wie Jacob, nicht einmal Maylin, die seit der
Kindergartenzeit meine beste Freundin war.

Freitag, nach dem Unterricht, wartete er vor der Schule
auf mich, und wir fuhren zum Lake St. Clair, wie wir es
öfter taten. Wir liebten beide diesen Ort.

Der Frühling war ins Land gezogen, hatte endlich den
langen Winter hier im Norden vertrieben. Überall grünte
und sprießte es, die Vögel jubilierten, und die Sonne schien
recht warm an diesem Mittag auf uns herab. Hand in Hand
spazierten wir am Gewässer entlang. Tiefe Zufriedenheit
erfüllte mich. Nicht nur heute.

Eine Veränderung war mit mir vorgegangen, seit ich

mit Jacob zusammen war. Eine persönliche Entwicklung. Ich war selbstbewusster geworden, im wahrsten Sinne des Wortes. Hätte man mich vor wenigen Monaten einen Mitläufer nennen können, darauf bedacht, nicht anzuecken, die Erwartungen anderer zu erfüllen, fühlte ich mich jetzt mutiger und sicherer, traf eigene Entscheidungen. Konnte diese vertreten.

Das Gefühl der Zuneigung für Jacob überwältigte mich fast. Seine Freundschaft war genauso kostbar wie die Liebe, vielleicht sogar ein noch größeres Geschenk, da sie langsam und stetig wuchs, durch Gemeinsamkeit, durch den Austausch kleiner Scherze, durch gegenseitige Unterstützung, durch das Annehmen der Stärken und Schwächen des anderen.

Plötzlich blieb Jacob stehen, ließ meine Hand los und riss mich dadurch aus meinen Grübeleien. Ich sah ihm zu, wie er von einem rosa blühenden Strauch eine Blüte abbrach, damit zu mir zurückkehrte, um sie mir sanft hinter das Ohr zu stecken. Sein Lächeln, mit dem er mich dabei betrachtete und das bis in seine Augen reichte, war hinreißend. Die Geste war nicht peinlich, sondern süß, deshalb ließ ich die Blüte, wo sie war, als er wieder meine Hand ergriff und wir weiterschlenderten.

»Vielleicht klingt es kitschig – aber du hast mein Leben verändert, zum Guten«, sagte er leise.

Himmel, er dachte und fühlte so oft dasselbe wie ich. Die Ernsthaftigkeit seiner Worte reizte mich zu einer albernen Reaktion. Ich blieb stehen, legte den Kopf zurück und sah ihn neckend an. »Ja, nicht wahr? Ich bin ein Engel.«

Er zog eine kleine Grimasse gespielten Tadels. Sein Blick blieb aber weiterhin liebevoll, als er den Kopf neigte und mit seinen Lippen über meinen Mund glitt, ehe er mich zart küsste. Ein herrlich flatterndes Gefühl breitete sich in mir aus.

»Nein, im Ernst«, flüsterte ich. »Ich empfinde wie du. Du bist das Beste in meinem Leben.«

Ich ahnte nicht, dass Maylin genau zu dem Zeitpunkt in Gefahr geriet, als wir gerade den See erreichten. Erst abends erfuhr ich es, als meine Freundin klingelte und mit runden Augen vor der Haustür stand.

»Da bist du ja endlich, war schon zweimal hier. Ich muss dir was erzählen!« Sie drängte herein und zog mich mit sich in mein Zimmer.

»Du kannst dir nicht vorstellen, was heute nach der Schule passiert ist!«

Sie war immer noch derart aufgewühlt, dass sie sich nicht neben mich setzte, sondern vor meinem Bett auf- und abtigerte. Dabei humpelte sie leicht, wie ich bemerkte. Ich nahm mir vor, sie nicht zu unterbrechen, als sie loslegte.

»Ich hatte meine Sportschuhe in der Halle vergessen, was Lee ziemlich sauer machte, sie wollte den Schulbus nicht verpassen. ›Schussel‹ hat sie mich genannt, mir nachgerufen, dass sie nicht auf mich warten würde, als ich von der Haltestelle zur Sporthalle zurücklief.

Als ich durch den Flur zur Umkleide ging, hörte ich hinter mir plötzlich ein Geräusch. Das Quietschen der Tür, wenn sie aufgezogen wird. Sich dann mit diesem langgezogenen Knarzen von selbst wieder schließt. Du weißt, wie das klingt. Ich blieb stehen, dachte, dass es Lee ist. Es waren aber mehrere Paar Absätze, die über die Fliesen klapperten.«

Sie hielt kurz inne, schauderte bei der Erinnerung, und mich erfasste eine dunkle Ahnung, wie die Geschichte weitergehen würde, ehe meine Freundin fortfuhr.

»Dann sah ich Melissa und ihre Freundinnen um die Ecke biegen. Mit ekligem Grinsen in den Visagen. Hab die angestarrt, als wären sie aus dem Boden gewachsen. *Shit*, hab ich gedacht, *die sind mir gefolgt.*

›Wen haben wir denn da?‹, hat Melissa gesagt, so süß-
lich-fies, wie sie ist. Ich stand wie gelähmt, während die
drei sich langsam näherten, mir den Fluchtweg abschnitten.
Mein Herz hat gehämmert wie eine Maschine, Abby! Es war
niemand außer uns dort, ist ja nie einer da, um diese Zeit.

›Na, jetzt hast du keine große Klappe mehr, fällt dir keine
unlustige Beleidigung mehr ein, was?‹, hat Melissa gesagt,
und ihre Augen haben mich fast aufgespießt.

Ich hab Schiss gekriegt, mächtig Schiss, aber geantwortet:
›Ich hab dich nicht beleidigt, nur beschrieben.‹

Darauf sie: ›So so. Und wenn ich hinterher sage: Ich habe
die Chinesin nicht verprügelt, sie ist einfach immer wieder
in meine Fäuste gelaufen?‹ Ihre dämlichen Freundinnen
haben beifällig gelacht.«

Maylins Redefluss stockte erneut, sie schluckte, in ihren
Augen flackerte kurz die Angst auf, die sie empfunden hatte.
Ihre Selbstsicherheit war verschwunden. Ich sprang auf,
streichelte ihr sanft über den Rücken, fühlte mit ihr, als sie
weiterberichtete.

»Hab nur gedacht: *Das wird jetzt unangenehm, die wollen
mir wehtun.* Die Zicken waren mir so nah, dass mir von
dem billigen Parfüm der einen fast schlecht wurde. Keine
Angst zeigen, nahm ich mir vor.

›Rieche ich da etwa das deutliche Aroma von lahmarschi-
gem Sarkasmus?‹, hab ich Melissa gefragt. Frech, ich weiß.
Sie hat auch nicht lang gefackelt, hat mir ihre Faust in den
Magen gerammt. Hammer, tat das weh. Hab' mich vorn-
übergebeugt und gestöhnt. Aber die drei waren noch nicht
fertig mit mir. Eine griff mir ins Haar, riss mir ein Büschel
aus. Meine Kopfhaut brennt jetzt noch! Die andere versetzte
mir einen heftigen Tritt in den Rücken, der schickte mich zu
Boden. Trat mehrmals zu. Hab die Augen zugekniffen, mir
die Arme vor den Kopf gehalten, die Muskeln angespannt,
um die Schläge und Tritte zu mildern.«

Maylin ballte ihre Fäuste bei der Erinnerung an den Schmerz, und mein Mitgefühl, das ich noch vor Kurzem für Melissa empfunden hatte, löste sich auf. Diese hundsgemeine Hexe!

»Oh, mein Gott, du Arme, das ist schlimm!«, entfuhr es mir, ich musterte meine Freundin auf Blessuren, wollte sie umarmen, doch sie wehrte meine Anteilnahme mit einer Geste ab, war noch nicht fertig.

»Hör zu, jetzt kommt's erst!«, fuhr sie fort. »Mit einem Mal ließen die Ziegen von mir ab. Plötzlich ging alles ganz schnell. Erst hörte ich nur Gerangel, eine fluchte, dann einen Aufschrei. Als ich meine Augen öffnete, sah ich Lee über mir aufragen, die gerade eine Drehung vollführte und mit durchgestrecktem Bein einen gezielten Tritt in Melissas Gesicht platzierte. Uh, das leise, ekelhafte Knirschen hättest du hören sollen. Widerlich. Melissa ist in wütendes Geheul ausgebrochen, hat sich beide Hände vors Gesicht gepresst, ihre Nase blutete. Ihre Hofdamen haben sich rückwärts zurückgezogen, ließen Lee nicht aus den Augen, nach dem, was die mit ihrer Anführerin gemacht hatte. Lee sah aus wie in einem Actionfilm, echt wahr, mit geballten Fäusten an den Hüften, die Beine leicht gespreizt in festem Stand. Hat die drei angestarrt, bereit, wieder auszuholen. Wahnsinn!«

Mir stand der Mund offen. Lee? Das konnte doch nicht wahr sein!

»Abby, ich weiß zwar, dass sie zweimal wöchentlich Taekwondo trainiert. Aber das tut sie nach eigenen Worten nur, um ihre Disziplin und Konzentration zu verbessern, wegen der Beherrschung von Körper und Geist. Dass sie so stark im Kampfsport ist, hab ich nicht geahnt. Auch nicht, dass sie sich so für mich einsetzen würde.«

Es überraschte Maylin immer noch, und es erfüllte sie mit Stolz und Zuneigung, das sah ich ihr an.

»Was passierte dann?«, fragte ich.

»Melissa hat Schimpfworte hinter ihrer Hand gezischt, war kaum zu verstehen. Das Blut lief ihr nur so zwischen den Fingern hervor, tropfte auf die Fliesen. Garantiert macht sie sich Sorgen um ihr hübsches Gesicht ... *Hat die Schulschönheit jetzt eine Zinkennase wie Barbra Streisand?*, hab ich gedacht und fast hysterisch losgekichert. Dann hat sich Melissa mit einem wütenden Knurren umgedreht und ist in Richtung Ausgang abgezogen. Ihre Freundinnen hinterher. Ich hab mich aufgerappelt, hätte den dreien gerne was hinterhergerufen. Hab's aber gelassen, als ich Lee anguckte. Mann, war die sauer, aber auch verunsichert, das hab ich gemerkt.

›Das war echt ... unglaublich‹, hab ich zu ihr gesagt. ›Ich wusste gar nicht, wie meisterhaft du das draufhast.‹

›Sei still! Taekwondo ist zur Verteidigung gedacht, nicht zum Zerstören!‹, hat Lee mich angeschnauzt. ›Bring mich nie wieder in eine derartige Lage. Das, was mir jetzt blüht, möchte ich mir gar nicht ausmalen!‹

»Hat sie Melissa denn die Nase gebrochen?«, fragte ich.

»Weiß ich doch nicht.« Maylin wischte meine Frage weg wie eine lästige Fliege. »Also, obwohl Lee so abweisend geguckt hat, hab ich sie fest umarmt, um mich zu bedanken. Erst hat sie ihren Körper steif gemacht, dann hat sie geseufzt und lockergelassen.

›Musst du immer eine so große Klappe haben und dich und jetzt auch mich in Schwierigkeiten bringen?‹, hat sie geknurrt.

›Ab morgen bin ich wieder brav‹, hab ich geantwortet. ›Aber im Moment ist die Batterie meines Heiligenscheins leer.‹

Lee hat genervt gestöhnt, sich von mir losgemacht. ›Los, hol deine Schuhe und dann nichts wie weg hier. Ich muss nachdenken‹, sagte sie. Danach hat sie kein Wort mehr gesprochen.«

Wieder erstrahlten Maylins Züge voller Ehrfurcht und Wärme.

»Das hab ich ihr echt nicht zugetraut. Ich hoffe, es wird kein böses Nachspiel für sie haben. Melissa hat schließlich angefangen, war doch Notwehr.«

Endlich setzte sie sich neben mich und ließ sich von mir umarmen. Ich tat es sachte, weil ich nicht wusste, wo sie überall blaue Flecken hatte.

»Sei vorsichtig in nächster Zeit«, warnte ich sie. »Wir passen auf dich auf. Lauf bitte nicht mehr allein in der Schule herum, ja?«

Aber Maylin war in Gedanken noch immer bei ihrer Schwester.

»Auf jeden Fall werde ich Lee nie wieder ›streberhafte Bohnenstange‹ nennen.« Sie schmunzelte. »Na ja, in nächster Zeit jedenfalls nicht.«

Aufgrund der Attacke auf May hatte ich ein richtig schlechtes Gewissen, dass ich sie – und auch die anderen Freundinnen – in letzter Zeit wegen meiner Verliebtheit vernachlässigt hatte. Ich würde wieder mehr Zeit mit ihnen verbringen, das nahm ich mir fest vor.

Später hörte ich, dass Melissas Eltern sich wutentbrannt bei den Wongs gemeldet hatten. Sie drohten, Anzeige wegen Körperverletzung gegen Lee zu erstatten. Deshalb suchte Mrs. Wong zutiefst verunsichert anwaltlichen Rat bei meinen Eltern. Sie konnte sich das schockierende Verhalten ihrer älteren Tochter nicht erklären. Auf ihre nüchterne Art interviewte meine Mutter daraufhin Maylin und Lee, zeigte sich nach dem Gespräch zuversichtlich, was die Rechtslage anging, und setzte ein scharf formuliertes Schreiben an die Harpers auf.

Die Sache verlief Gott sei Dank glimpflich, genauer gesagt im Sande, zum einen war Melissas Nase nicht gebrochen, sondern nur geprellt. Zum anderen war sie die

Verursacherin der Auseinandersetzung gewesen. Außer dem Tadel der Eltern hatte Lee nichts mehr auszustehen.

Einen positiven Effekt hatte das Ganze: Melissa ging von nun an nicht nur Lee, sondern auch Maylin in der Schule aus dem Weg.

Und ich konnte nach den Zwischenprüfungen, die ich bestens absolvierte, endlich wieder meine volle Aufmerksamkeit auf die Übungen in der Vergangenheit richten.

20

Donna Hunter 1987

»Das ist unmöglich«, sagt die Angst.

»Zu viel Risiko«, sagt die Erfahrung.

»Wird nicht funktionieren«, sagt der Zweifel.

»Versuchs«, flüstert das Herz.

Mein Entschluss stand fest: Heute wollte ich zu dem Tag vor zwei Jahren zurückkehren, an dem Mrs. Hunter mit ihrem Mann ans Meer gefahren war, statt ihren rettenden Krebsvorsorgetermin wahrzunehmen. Wochenlang hatte ich geübt, war immer ein Stückchen weiter in der Zeit zurückgekehrt, um dort eine Kleinigkeit zu verändern. Es hatte keine schlimmen Folgen nach sich gezogen, nur winzige Blessuren, und ich hatte gelernt: Je mehr Körpereinsatz ich in der Vergangenheit zeigte, desto größer war die Gefahr von Verletzungen. Jetzt besaß ich genügend Erfahrung und Übung für die Umsetzung des ungeheuerlichen Vorhabens, da war ich mir sicher.

Durch unauffälliges Nachfragen hatte ich alle Informationen zusammen, die ich zu benötigen glaubte. Jacob hatte mir viel von seinen Eltern erzählt, auch von dem verhängnisvollen Hochzeitstag vor zwei Jahren, er hatte mir Fotos gezeigt. Seine Mutter hatte das Jubiläum damals vergessen. Der Vater hatte sie jedoch gleich nach dem Aufwachen mit der Ankündigung des gebuchten Hotelzimmers am Meer überrascht und ihr ein goldenes Armband geschenkt. Daraufhin hatte Mrs. Hunter ihren Arzttermin telefonisch abgesagt, es aber versäumt, einen neuen zu vereinbaren. Nach dem Frühstück waren sie losgefahren. Nicht ahnend, dass sich der Krebs bereits in fortgeschrittenem Stadium durch ihren Körper fraß.

Ich wollte zum Morgen dieses Tages zurückkehren. Es musste ein Moment sein, der früh genug war, um sie zu warnen, also ehe sie das Haus verließen. Das Armkettchen, das der Vater der Mutter an dem Tag schenkte, hatte Jacob aufbewahrt und es aus derselben Schublade genommen, in der auch der Ehering lag. Sobald ich das Schmuckstück berührte, hatte ich zufrieden registriert, dass es funktionierte, und es in einem unbemerkten Moment eingesteckt. Nach erfolgreicher Bewältigung meines Plans würde ich es wieder zurücklegen.

Nun saß ich also mit diesem Armband in meinem Zimmer. Die erste Aufgabe war, zum richtigen Zeitpunkt in der Vergangenheit aufzutauchen. Die zweite, einen Weg zu finden, Donna Hunter auf ihre Krebserkrankung aufmerksam zu machen. Ich würde spontan und einfallsreich handeln müssen, improvisieren, wenn sich eine Gelegenheit bot. Jetzt, da die Umsetzung unmittelbar bevorstand, stiegen die Aufregung und die Furcht vor meinem Tun und den Folgen des Eingreifens eisig in mir hoch, während sich mein Magen unangenehm senkte. Aber ich wollte das Risiko eingehen. Ich umfasste das Goldarmband, erhöhte meine Konzentration auf das Maximum und bewegte mich durch den dunklen Korridor zurück zu diesem Morgen im Jahr 1985.

Zuerst sprangen die Erinnerungen wieder hin und her, wie Flöhe, schwer zu greifen. Ein Zeichen dafür, dass Jacobs Mutter das Armband oft getragen hatte, viele intensive Gefühle darin gespeichert waren. Ich musste meine Wachsamkeit und Energie stärker auf den richtigen Moment lenken, spürte einen beginnenden Kopfschmerz. Das war nicht gut, gar nicht gut, aber ich fuhr fort. Eine neue Situation schärfte sich vor meinen Augen. Als ich den Ort erkannte, zwang ich mich unter Aufbietung immenser Willensstärke, dortzubleiben.

Ein Badezimmer. Ich spürte die schwüle Wärme darin, jemand hatte gerade in dem kleinen Raum heiß geduscht. Und wirklich, da stand Mrs. Hunter, splitternackt, und rieb ihre Haut mit einem flauschig wirkenden Handtuch trocken. Auf dem Rand der Badewanne hatte sie einen Becher Kaffee abgestellt. Sie besaß einen trainierten Körper, leicht gebräunte Haut. Leise vor sich hinsummend trug sie ein kleines Lächeln im Gesicht. Und an ihrem rechten Handgelenk blinkte das Goldarmband! Der Frau in diesem intimen Moment so nah, kam ich mir zuerst vor wie ein Voyeur, ehe ich mir ins Gedächtnis rief, dass falsche Scham jetzt unangebracht war. Diese Erinnerung war perfekt. Es musste ein Moment kurz nach oder vor dem Frühstück am besagten Tag sein.

Denk nach, Abby. Du hast nicht viel Zeit!
Mein Blick fiel auf den breiten Spiegel über dem Waschbecken. Er war beschlagen vom Wasserdampf. Intuitiv entschied ich, was zu tun war. Trat heran, vorsichtig darauf bedacht, genug Abstand zu Mrs. Hunter zu halten, und begann, mit dem rechten Zeigefinger auf das blind wirkende Spiegelglas zu schreiben. Die Temperatur in dem zuvor schwülen Raum sank, mich fröstelte. Eiswölkchen entwichen meinem Mund.

Du ... Es war anstrengend, die Buchstaben zu zeichnen, als bewegte ich den Finger in Honig. Die Berührung mit dem Spiegelglas schickte knisternde Eispartikel durch meinen Arm.

hast ... Mein gefrorener Atem wurde zeitgleich stärker, nahm mir jetzt fast die Sicht. Das letzte Wort meiner Botschaft zu schreiben, gestaltete sich derart beschwerlich, als versuchte ich den Finger durch trocknenden Zement zu ziehen. Die Fingerkuppe war inzwischen gefühllos, wie ich mit Erschrecken feststellte, auch, dass ich die Konzentration kaum mehr im benötigten Maße aufrechterhalten konnte. Aber das wichtigste Wort fehlte, darum mobilisierte ich, inzwischen zitternd vor Kälte, während mein Innerstes vor Hitze fast gesprengt wurde, meine letzte Kraftreserve. *Krebs …*

Meine Glieder versteiften sich, mich erfasste Schwindel. Übelkeit. Der Drang, aus der Vergangenheit zu flüchten. Doch ich zwang mich zu bleiben, ich musste erfahren, ob meine Botschaft die Frau erreichte. Das Flimmern setzte bereits ein, als ich beobachten konnte, wie Jacobs Mom, keinen Meter von mir entfernt, plötzlich innehielt. Hoffentlich, weil sie die Nachricht wahrnahm. Ihre Augen weiteten sich kurz, ihr Gesicht erstarrte wie ihr ganzer Körper. Sie fröstelte nun ebenfalls und presste das Badetuch vor ihre Brust, als hätte ein kalter Luftzug oder Geist sie gestreift. Dabei blickte sie sich um, sie ahnte, dass sich eine weitere Person im Bad aufhielt!

»Wer ist da?«, wisperte sie, ehe ich fast explodierte und zurücktaumelte, als hätte sie mich gestoßen.

Oh, Gott – nein! Ein plötzlicher, furchtbarer Schmerz schoss von der rechten Hand in den Unterarm. Entsetzt umfasste ich ihn mit der anderen Hand, die Haut war so kalt und feucht, als hätte ich sie mir vom Friedhof geborgt.

Schreckliche Angst. Das Ringen nach Atem.

Das Gefühl berstender Lungen.

Dunkelheit.

Ich will hier raus!

Ich stand kurz davor, in Panik zu verfallen. Blau lodernde Panik, die durch mich hindurchstürzte wie ein scharfkantiger Stein. Mein Magen verkrampfte sich. Wenn nur endlich das Flackern einsetzte, ich etwas sehen könnte, wieder festen Boden unter den Füßen spürte. Ich nicht länger wie ein im All verlorengegangener Astronaut durch Zeit und Raum trudelte.

Was hatte ich mir nur gedacht, es zu versuchen? Hatte ich es geschafft? Das vermeintlich Unmögliche – oder war ich gescheitert und ging jetzt verloren …

Miss Blackfeather hatte mich davor gewarnt, mir die Konsequenzen und Gefahren aufgezeigt. Aber mein Wunsch, das Leid ungeschehen zu machen, und der Glaube an meine Stärke, an die Macht meiner Fähigkeiten, waren größer gewesen.

Nein, falsch formuliert, korrigierte ich mich voll Bitterkeit. Meine Sturheit und ein Anflug von Größenwahn hatten mich in diese grässliche Lage gebracht, aus der ich jetzt allein herausfinden musste.

Die endlose Schwärze zermürbte mich. Diese nagende, quälende Ungewissheit. Und ihre sadistische Schwester, die falsche Hoffnung.

Ich muss es geschafft haben, gleich bin ich zurück in der Gegenwart, leierte das Mantra in meinem Kopf, während ich ein Schluchzen unterdrücken konnte, aber nicht die Angst.

Ich zuckte zusammen. Hatte ich da eben jemanden atmen gehört? Mein Innerstes verkrampfte sich wieder, die Kehle wurde mir eng, mein Herz hämmerte an meine Rippen.

Ist da jemand? In dieser Tintenschwärze, in der ich trieb. Ich versuchte meinerseits, langsam und lautlos durch den Mund zu atmen, lauschte angestrengt, die Nerven gespannt. Mich überkam ein seltsames Gefühl, das mich wie ein kalter Hauch streifte und beinahe mein Herz stocken ließ.

Ich hörte … nichts. Kein Atmen, kein Rascheln – gar nichts. Es war wie immer. Absolut still.

Dennoch glaubte ich, unsichtbare Augen zu spüren, die auf mir ruhten. Aber wie sollte es möglich sein, dass jemand hier war, in meinem dunklen Korridor? Den ich aber diesmal, auf dem Rückweg, nicht verlassen konnte?

Alles, was ich soeben wahrgenommen hatte – geglaubt hatte, wahrzunehmen –, war dieses Atmen, das mir die feinen Härchen im Nacken und auf den Armen aufstellte.

Unsinn, niemand ist hier, versuchte ich mich zu beruhigen. *Das ist unmöglich.*

Ich konzentrierte mich fester auf die Rückkehr, doch nichts passierte.

Sei stark, Abby, denk nach. Du musst jetzt die Nerven bewahren. Du kannst dir nur selbst helfen. Du bist allein auf dich gestellt. Denk nach!

Wie lange war ich schon hier? Ich hatte kein Zeitgefühl. Dann packte mich das Entsetzen, und meine Eingeweide zogen sich eisig zusammen, als eine seidenweiche, abscheuliche Stimme plötzlich dicht an meinem Ohr raunte: »Abigail.«

Ich spürte noch, wie mir Kälte den Rücken hinunterlief, so als wäre an einem Wintertag die Eingangstür geöffnet worden. Ich versuchte bei Bewusstsein zu bleiben, aber ich entfernte mich immer weiter in die Dunkelheit ... Alles fiel von mir ab.

Jacob. Seine kranke Mutter. Mein Wille, zurückzukehren. Alles entschwand in ein schillerndes Meer des Vergessens, und mir war, als hörte die Zeit auf.

21
Böses Erwachen

Finsternis. Langsam trieb ich an die Oberfläche meines Bewusstseins, wie aufwärts vom Grund eines trüben Sees in Richtung Tageslicht.

Es dauerte einen Moment, bis ich wirklich erwachte, aber ich lag weiter mit geschlossenen Augen da, zu matt, um diese zu öffnen.

In meiner Nähe piepste ein Apparat leise und monoton. Mir stieg der Geruch von Linoleumboden, steriler Bettwäsche und Desinfektionsmittel in die Nase. Der typische Krankenhausgeruch. Mein Kopf brummte, als würde eine dicke, schwarze Fliege darin umherschwirren. Wie in Zeitlupe zwang ich mich, die Lider anzuheben, und ließ den Blick genauso langsam schweifen. Meine rechte Hand und der Unterarm waren bandagiert. Mit dem linken, scheinbar unversehrten Arm hing ich an einem Tropf. Wahrscheinlich wurde mir Schmerzmittel über die Kanüle zugeführt, denn ich fühlte mich leicht schwebend und benommen.

Neben meinem Bett entdeckte ich Großmutter, sie war eingenickt. Bleich vor Sorge, mit tiefen Falten selbst im Schlaf, saß sie in einem Sessel.

»Granny«, krächzte ich. Meine Zunge klebte mir am Gaumen, ich verspürte Durst.

Großmutter schlug sofort die Augen auf und richtete sich im Sessel auf. Erleichterung breitete sich in ihren Zügen aus, glättete sie.

»Gott sei Dank, du bist aufgewacht!«

Sie beugte sich vor und drückte den Knopf, der eine Schwester rief. Dann strich sie mir über meine Wange und sah mich liebevoll und prüfend an. »Wie fühlst du dich? Der Arzt soll kommen und dich untersuchen! Dein rechter Arm –«, sie unterbrach sich, fuhr milder fort als geplant, »kommt wieder in Ordnung. Mach dir keine Sorgen.«

Ihre Hände sprachen etwas anderes, flatterten wie nervöse, kleine Vögel. Was war mit meinem Arm?

»Wie lange war ich bewusstlos?«, flüsterte ich.

»Fast drei Tage«, antwortete Granny. *Dann muss heute Samstag oder Sonntag sein*, rechnete ich automatisch nach. »Ich bin sofort zum Flughafen gefahren, als deine Eltern mich verständigten. Sie waren gestern da. Auch Maylin. Drei Mädchen haben sie begleitet. Die Große mit Hornbrille hat die ganze Zeit geweint.« *Ruthy.*

»Maylin hat sie zurechtgewiesen, sie solle nicht an deinem Krankenbett herumjammern, wer wüsste, was du in der Bewusstlosigkeit alles hörst ... Sie hat dir seltsame Witze erzählt.«

Ein trauriges Lächeln huschte über ihr Gesicht.

»Ach Liebling, wir alle haben uns große Sorgen gemacht. Wie ist das nur passiert?«

Ich wollte sprechen, doch es kam kein Ton mehr aus meiner vertrockneten Kehle. Granny erfasste das. Sie stand auf, hob sachte meinen Hinterkopf an, hielt mir ein Glas an den Mund und half mir, einige Schlucke Wasser zu trinken. Ich räusperte mich, hatte eine Frage. Eine dringende.

»Ist Jacob hier gewesen?«

Grannys blaue Augen weiteten sich leicht, sahen mich irritiert an.

»Sag schon«, drängte ich. »Hat ihn jemand informiert? War er hier?«

»Wer, bitte, ist Jacob?« Verwirrung stand in ihren Zügen, während es mir Brust und Kehle enger schnürte.

»Mein Freund, der Junge, den ich liebe ...« Ich verstummte, denn eine dunkle Vorahnung stieg in mir auf. Zeitgleich jagte etwas Schnelles und Nadelfeines durch mich hindurch, ein Schuss reiner, destillierter Schmerz, der mich verkrampfen ließ. »Erinnere dich – Jacob! Ich habe dir doch so viel von ihm erzählt.«

Sie sah mich weiter verständnislos und mit wachsender Besorgnis an.

»Was ist mit dir? Von wem sprichst du da? Wo bleibt denn nur die Schwester?« Ihre Stimme klang nun leicht panisch, sie erhob sich und eilte, nach einem Arzt rufend, auf den Flur.

Ich muss Maylin anrufen! Ich muss wissen, wo Jacob ist.

Auf dem Beistellwagen am Bett stand ein Telefon. Ich beugte mich hinüber, wobei mein Oberkörper auf meinen bandagierten Arm drückte, was höllisch wehtat. Mit zusammengebissenen Zähnen nahm ich den Hörer mit der gesunden Hand ab, klemmte ihn zwischen Ohr und Schulter und tippte erst die angegebene Durchwahl, dann die Nummer der Wongs ein. Maylin nahm nach dem dritten Läuten ab.

»Hi May, ich bin's.«

»Oh, Abby, was bin ich froh!« Meine Freundin juchzte vor Freude und Erleichterung, doch ich unterbrach sie sofort, auch wenn das Sprechen mich unglaublich anstrengte.

»Hör mir zu: Weiß Jacob, dass ich hier im Krankenhaus bin? Hat jemand ihm Bescheid gesagt?« Schweigen. Mein Herz begann, unangenehm stark zu klopfen.

Dann hörte ich: »Wer soll das sein? Ich kenne keinen Jacob, und soweit ich weiß, du auch nicht.« Maylin kicherte leise. »Hast du etwa von einem coolen Jungen geträumt? Jaaacob! Das liegt an den Drogen in deinem Tropf, mit denen sie dich den ganzen Tag vollpumpen. Ich komme nachher vorbei, und du gibst mir welche ab.«

Ich sank zurück, ließ den Hörer auf die Matratze rutschen, nur noch leise quäkend vernahm ich ihre Stimme, ehe ich einfach auflegte. Ein Schluchzen entfuhr meiner Kehle, dann ein Klagelaut, als ich endlich begriff. Plötzlich war mir kalt, ich fröstelte, als wäre mir ein längst abgetragener Pelz vom Körper gerissen worden, und ich stünde nackt da. Die furchtbare Ahnung von Jacobs Verlust wurde Gewissheit, kroch einem Schimmelpilz ähnlich in meine Seele. *Nein! Nein! Nein! ...*

Es fühlte sich so falsch an! Tränen rollten unter meinen Lidern hervor.

Kurz darauf eilte ein bärtiger, junger Arzt mit Granny herein. Er stellte sich mir vor, doch ich hörte nicht zu, war nicht aufnahmefähig in meiner Verzweiflung. Während er mir mit einer kleinen Lampe in die Augen leuchtete und mich mit einem Stethoskop abhörte, unterdrückte ich den Drang, zu weinen. Sein Mund bewegte sich, die Laute rauschten dumpf an meinen Ohren vorbei. Aber irgendwie kam mir seine Stimme bekannt vor.

Mit einem Mal registrierte ich, dass *er* die abscheuliche, seidenweiche Stimme war, die im dunklen Korridor zu mir gesprochen hatte. Kurz bevor ich in Ohnmacht gefallen war. Ihn also hatte ich vernommen, zwischen den Ebenen. Warum auch immer. Mich beschäftigte jetzt anderes. Ich zwang mich, meine Aufmerksamkeit auf ihn zu richten. Er stellte mir Fragen, wollte wissen, was passiert war, was ich getan hatte, um in diesen Zustand zu gelangen. Um Zeit zu gewinnen, täuschte ich Schwäche und Gedächtnisverlust vor, um mir erst etwas Plausibles auszudenken. Zeit, die ich nicht hatte. Ich musste hier raus, so rasch wie möglich, um Nachforschungen anzustellen!

Lucille Blackfeather hatte recht gehabt. Die Geschichte, die Veränderung, die ich vorgenommen hatte, schlug Wellen wie auf einem Teich. Und vielleicht würde sich die Wasseroberfläche niemals mehr beruhigen. Hatte ich alles verspielt und Jacob verloren? Warum nur? Der Arzt unterbrach meine quälenden Gedanken, fragte mich erneut, ob ich mit Chemikalien hantiert hätte. Ich bat um Ruhe, sagte, ich sei müde. Endlich ging Doktor ›Seidenweich‹ wieder und ließ mich mit Granny und meinen Sorgen allein.

Ich musste noch einige Tage im Krankenhaus bleiben. Vom Verstand her wusste ich, dass das richtig war, doch zur Untätigkeit verdammt zu sein, ließ mich nicht zur Ruhe kommen. Grannys fürsorgliche Anwesenheit half, doch minderte sie nicht meine aufgewühlten Gefühle, die Grübeleien. Die drehten sich vor allem um Jacob, aber auch darum, was ich noch durch mein Eingreifen in die Vergangenheit verändert hatte.

Daher ließ ich mir von Granny die Tageszeitungen der letzten Wochenenden bringen. Blätterte sie durch, überflog die Schlagzeilen. Und wurde zu meinem Entsetzen fündig. Als ich die erste schreckliche Folge meines Tuns entdeckte, weiteten sich meine Augen, hielt ich den Atem an. Ich hatte wirklich in die Leben anderer eingegriffen.

Ein gewisser Senator Arthur McGee, ein älterer Lokalpolitiker, hatte am Steuer seines Wagens einen Herzinfarkt erlitten, war ungebremst in eine Gruppe Menschen hineingerast.

Eine junge Mutter, ihr Baby sowie eine alte Frau waren ihren Verletzungen noch am Unfallort erlegen. Warum das etwas mit mir zu tun hatte? In dem Artikel war ebenfalls zu lesen, dass der Senator wenige Wochen zuvor in einer Bankfiliale zusammengebrochen und von einer beherzten Krankenschwester, einer gewissen Donna H., wiederbelebt worden war. Ich sah auf ihr Foto. Sie, die vor Kurzem erst den Krebs besiegt hatte, war die Heldin des Tages gewesen.

Ich hatte also wirklich Donna Hunter gerettet, die wiederum hatte den Senator gerettet. Nein, ihm nur ein Quäntchen mehr Lebenszeit verschafft, mit fatalen Auswirkungen. Mr. McGee hatte kurz darauf drei Menschenleben ausgelöscht, ehe er selbst am Steuer seines Wagens verstorben war.

Du kannst das Schicksal nicht austricksen … Ich hatte diese Katastrophe verursacht, indem ich Jacobs Mutter vor dem Tod bewahrt hatte. Schuldgefühle packten mich.

Ich ließ die Zeitung sinken, damit mich die Gesichter der Opfer nicht mehr anstarrten. Dann nahm ich die Lektüre selbstquälerisch wieder auf, um nach anderen Hinweisen zu suchen. Bereits in der folgenden Ausgabe der Zeitung entdeckte ich die nächste Schlagzeile. Der Ehemann der jungen Frau, die zu Tode gekommen war, der Vater des Babys, hatte in tiefster Verzweiflung Selbstmord begangen. Der Reporter schlachtete es sensationsheischend aus, während mir beim Lesen schlecht wurde.

Was hatte ich nur getan? Mrs. Hunter hatte ich das Leben geschenkt, aber ihr standen vier Tote gegenüber, die auf mein Konto gingen. Und dies war allein in den letzten Wochen geschehen. Was alles war in den Monaten zuvor passiert?

Ich wollte mir nicht ausmalen, wie viele Schicksale ich noch negativ beeinflusst hatte, von denen ich nie Kenntnis erlangen würde. Es tröstete mich nicht, dass ich bestimmt auch Positives verursacht, gute Verkettungen ausgelöst hatte. Ob Mrs. Hunter auch Schuldgefühle plagten? Sie hatte die Berichte vermutlich ebenfalls gelesen.

Mit den besten Absichten hatte ich Gott gespielt. Und war ungewollt zum Teufel mutiert. Nie wieder würde ich in die Vergangenheit eingreifen, das schwor ich mir. Jetzt galt es, herauszufinden, wo Jacob war. Ob er überhaupt lebte … Die Situation war so abstrus, dass ich mir einen Moment einreden konnte, ich würde in einem Albtraum feststecken und bald zu Hause aufwachen. Dann dämmerte mir, dass es kein Albtraum war, das war mein Leben, und die Angst wälzte sich durch meinen Bauch.

Ich war so müde, dass ich abends innerhalb weniger Minuten einschlief. Doch vor den Nächten graute mir. Düstere Träume plagten mich, ließen mich hochfahren, ein Schrei blieb in meinem Hals stecken, ich wusste nicht, wo ich war. Es dauerte, bis ich wieder einschlief, stets mit einem Gefühl der Schuld und Verlassenheit.

Um den bohrenden Fragen endlich zu entgehen, hatte ich dem Arzt eine Lüge aufgetischt. Ich gab vor, ein chemisches Experiment aus der Schule zu Hause ein zweites Mal durchgeführt zu haben. Auch wenn ich nicht erklären konnte, wo die erforderlichen Chemikalien und Behälter des Experiments nach dem Unfall verblieben waren. Mom hatte mich auf dem kahlen Boden meines Zimmers aufgefunden.

Granny ahnte, wie es in mir aussah, auch wenn ich beteuerte, dass es mir immer besser ging. Wie viele praktisch veranlagte, sensible Menschen hatte auch sie ein außergewöhnlich gutes Wahrnehmungsvermögen. Obwohl sie selbst fast immer ehrlich war, kannte sie sich in der Kunst des höflichen Lügens gut aus.

»Was bedrückt dich?« Es wäre so schön, mich ihr anzuvertrauen. Aber sie würde das alles nicht verstehen, mich für geistig verwirrt halten, vielleicht meine Entlassung verhindern. Daher schwieg ich.

»Wie kann ich dir helfen?«, bohrte sie nach. »Ich spüre doch, dass du unglücklich bist.«

»Wird alles wieder gut, Granny.« Ich griff mit meiner unversehrten Hand nach ihrer.

Beim Wechseln des Verbands sah ich die Wunden auf Hand und Unterarm. Sie waren schlimm, wie erwartet, jedoch nicht so tief wie bei Miss Blackfeather. Es würden Narben zurückbleiben, die mit der Zeit verblassten, aber alle Glieder waren heil und funktionierten, wie mir die Schwester versicherte.

Ich war so weit genesen, dass ich endlich auf eigenen Wunsch entlassen wurde.

Granny brachte mich heim, sie wollte einige weitere Tage in Detroit bleiben, um auf mich achtzugeben.

22

Zweite Chance

Es war Ende März, aber es hatte einen neuerlichen Wintereinbruch gegeben. Das hielt mich nicht davon ab, hinauszugehen. Der besorgten Granny sagte ich, dass ich nach den Tagen im Krankenhausbett Bewegung und frische Luft bräuchte. Das stimmte, ich war rastlos. Was ich aber in Wahrheit vorhatte – zu Jacobs Haus zu fahren, um Nachforschungen anzustellen –, verschwieg ich ihr. Die wenigen schulfreien Tage, die ich zur Genesung krankgeschrieben war, musste ich nutzen. Ich nahm den Bus. Die eisigen Winde schnitten wie Messer durch mich hindurch, als ich an der Haltestelle wartete. Aber mein Körper war vom Schock so betäubt und von meinem Leid so ausgefüllt, dass er darüber hinaus keine Schmerzen mehr wahrnahm.

Während der Fahrt durch die verschneite Stadt war mir mit jedem Meter, den ich zurücklegte, die Dringlichkeit bewusst, Jacob rasch zu finden. Zumindest in Erfahrung zu bringen, wo er sich aufhielt. Beunruhigende Dinge hatten sich zugetragen.

Am gestrigen Nachmittag, vom Krankenhaus heimgekehrt, hatte ich entsetzt festgestellt, dass Jacobs Foto nicht mehr auf meinem Nachttisch stand. An seiner Stelle steckte ein Gruppenbild der vier Freundinnen im Rahmen. Auch alle anderen Hinweise darauf, dass er einen Platz in meinem Leben innegehabt hatte – seine Briefe, kleine Geschenke von ihm, eine Jacke, die er bei mir vergessen hatte –, waren verschwunden. Sowie die rosa Blüte, die er mir am See hinters Ohr gesteckt und die ich gepresst und aufbewahrt hatte. Der nächste Schock war, dass mein kleiner Kater Peti mit all seinen Sachen ebenfalls fort war, als hätte er nie existiert. Und gerade jetzt brauchte ich seine Weichheit und Wärme, sein beruhigendes Schnurren. Was wohl mit ihm geschehen war? Aber es war nur logisch – wenn Jacob und ich uns nicht kannten, dann hatte er auch nicht den Kater in mein Leben gebracht.

Warum war Jacob verschwunden? Hatte ich ihn unwiederbringlich verloren? Dieser Gedanke versetzte mich in Panik.

Zudem passierte etwas mit mir, das mich zusätzlich verwirrte und ängstigte. Es fühlte sich an, wie verrückt zu werden: Mein Gedächtnis veränderte sich. In meinem Kopf herrschte totales Chaos! Plötzlich überlagerten sich Erinnerungen. Zum Beispiel die an den Partyabend, als Jacob mich aus der üblen Situation rettete, nachdem ich mich in Joshs Wagen übergeben hatte.

Blitzartig funkten neue Bilder dazwischen, sprangen die erlebten Momente hin und her, schienen sich zu bekämpfen. Jetzt sah ich mich – neben dem bisherigen Ablauf der Ereignisse – weinend auf dem Boden. Wie Josh wortlos, aber voller Verachtung, einen Eimer mit Putzutensilien vor mir abstellte, ehe er sich umwandte und ging. Wie ich den Wagen reinigte, mich furchtbar schämte und verlassen fühlte. Niemand kam, um mir zu helfen, aber einigen machte es Spaß, mir zuzusehen und Witze zu reißen. Blind vor Tränen taumelte ich irgendwann Richtung Straße, wo ein Autofahrer sich meiner erbarmte, anhielt, mich einsteigen ließ und heimbrachte. Mir wurde regelrecht schlecht, als ich dies gedanklich durchlebte.

Die Erinnerung an Jacobs beherztes Eingreifen verblasste

langsam, war zerbrechlich geworden. Würde sie von der neuen verdrängt werden, bald nicht mehr existieren?

Ich hatte bereits vergessen, wo wir uns das erste Mal begegnet waren. Was wohl noch? Es war wahrscheinlich nur eine Frage der Zeit, ehe sich alles, was Jacob betraf, aus meinem Gedächtnis löschte.

Als diese Veränderungen eintraten, setzte ich mich an meinen Schreibtisch, schlug das samtgebundene Tagebuch auf, das ich zum Geburtstag bekommen hatte, und schrieb: ›Erinnerungen, die ich nicht vergessen darf!‹ Darunter listete ich alle Erlebnisse und Eindrücke in Bezug auf Jacob auf, was ich für ihn empfand. Ich beschrieb, wie er aussah, was seinen Charakter ausmachte. Alles, was mir zu seiner Person einfiel. Mit vom Weinen geröteten Augen lehnte ich mich irgendwann zurück. War es möglich, dass ich in ein paar Wochen – oder schon in den nächsten Tagen – mit diesen Aufzeichnungen nichts mehr anfangen konnte? Ich setzte unter die letzte Zeile hinzu: ›Auf keinen Fall darf ich Jacob Hunter vergessen oder was er mir bedeutet. Ich muss ihn finden. Ich liebe ihn.‹ In diesem Moment bereute ich es erneut zutiefst, in die Vergangenheit eingegriffen zu haben.

Jetzt erreichte ich das Haus der Hunters. Mit steifgefrorenen Fingern drückte ich die Klingel und wartete. Mir war übel vor Aufregung, mein Puls beschleunigte sich. Es schneite wieder. Kalte, dicke Flocken rieselten auf mich herab, schmolzen auf meinem Gesicht. Ich wischte das kühle Nass fort. Was, wenn Jacob mir gleich öffnete, mich aber nicht erkannte? Würde ich das aushalten? Was konnte ich zu ihm sagen?

Die Tür wurde aufgezogen. Es war Mrs. Hunter, die mich aus ihren freundlichen braunen Augen anblickte. Ihr Haar trug sie kurz, es musste nach Beendigung der Chemotherapie nachgewachsen sein.

»Ja, bitte?«, fragte sie. Ihr Gesicht war fröhlich, als wüsste sie einen Witz, den sie erzählen wollte. Es war seltsam, ihr jetzt leibhaftig gegenüberzustehen. Der Frau, die ich zuvor zwar schon nackt in ihrem Badezimmer gesehen hatte, aber sonst nur aus Jacobs traurigen Erzählungen kannte.

Ich stellte mich vor, fragte dann nach Jacob. Mrs. Hunters Züge nahmen einen überraschten Ausdruck an.

»Tut mir leid. Er studiert seit einem Jahr am *Henry Ford College* in Dearborn, er hat dort auch ein Zimmer. Wusstest du das nicht?«

Zwei Empfindungen stiegen gleichzeitig in mir auf. Erleichterung, dass Jacob lebte, dass er unversehrt war, im nur zehn Kilometer entfernten Dearborn wohnte. Enttäuschung und Ungeduld darüber, dass ich ihn jetzt nicht antraf. Aber – ich wäre eine Fremde für ihn. Seine Mutter fröstelte in der eisigen Zugluft.

»Komm doch erst einmal herein, aus der Kälte. Du bist ja voll Schnee.« Ich klopfte mir das gefrorene Weiß von der Jacke und den Schuhen und trat in den Flur.

»Darf ich dir eine Tasse Tee anbieten? Ich habe gerade das Wasser aufgesetzt«, fragte sie mich, während ich ihr in die Küche folgte, wo es angenehm warm war.

»Danke, gerne«, antwortete ich automatisch, öffnete meine feuchte Jacke und sah mich um in der Zeit, die sie zur Zubereitung des Tees benötigte.

Die Einrichtung hatte sich leicht verändert. Sauber und aufgeräumt war es, im Gegensatz zur Unordnung, die bei meinen früheren Besuchen hier geherrscht hatte. Ich entdeckte religiöse Bilder an der Wand sowie Engelfiguren in verschiedenen Größen, sie standen überall. An einer Pinnwand steckten Fotos der Familie. Sofort fiel mir das veränderte Aussehen von Mr. Hunter auf. Er war nicht mehr der verhärmte, gebrochene Mann, den ich hier in seinem Elend erlebt hatte. Jetzt besaß er eine gesunde Gesichtsfarbe, wache Augen, legte auf dem Bild voller Stolz die Arme um Frau und Sohn. Als ich auf dem Foto daneben Jacobs fröhlich lächelndes Gesicht betrachtete, erfasste mich schmerzhaft ziehende Sehnsucht nach ihm.

Mrs. Hunter stellte die Becher und einen Zuckerstreuer auf dem Tisch ab. »Setz dich doch.«

Wir nahmen Platz. Sie musterte meinen bandagierten rechten Arm, als ich die kalten Finger der unversehrten Hand um den dampfenden Becher legte, auf dem ebenfalls ein Engel abgebildet war. Auch um den Hals trug sie einen solchen an einer Silberkette. Sie schien ein Faible für die geflügelten Wesen zu haben, bemerkte meinen Blick. Ein flüchtiges Lächeln lief wie ein Sonnenstrahl über ihr Gesicht, war gleich wieder verschwunden.

»Wunderst du dich über die ganzen Engel hier?« Ehe ich höflich verneinen konnte, setzte sie hinzu: »Ich bin ein wenig esoterisch geworden, seit meiner Krankheit. Ich hatte Krebs, musst du wissen. Aber ich bin geheilt, vorerst, haben die Ärzte gesagt. Er kann zurückkommen, aber ich hoffe, dass mein Schutzengel mich nie im Stich lässt. Er hat mich gewarnt, damals, mich vor dem Tod bewahrt. Ein Wunder. Eine unglaubliche Erfahrung.«

Ich war dieser Engel gewesen!, durchfuhr es mich.

Mrs. Hunter deutete meinen Gesichtsausdruck falsch, denn sie lachte verlegen auf. »Oh je, ich rede über spirituelle Erfahrungen und Engel, das versteht niemand, der es nicht selbst erlebt hat.« Sie schenkte mir ein entschuldigendes Lächeln. »Du musst mich für etwas seltsam halten. Ich bin Krankenschwester, im Grunde sehr bodenständig. Aber zu dir. Woher kennt ihr euch, Jacob und du?«

Neugierig musterte sie mich über den Rand ihrer Tasse hinweg, ehe sie einen Schluck trank. Was sollte ich antworten?

»Er hat mir mal Nachhilfe in Mathe gegeben. Das hat

meine Noten verbessert«, schwindelte ich. »Wir haben uns gut verstanden.« Das zumindest stimmte.

»In Mathematik und den Naturwissenschaften war er in der Schule nahezu brillant. Er will weiter Medizin studieren, wenn er das College abgeschlossen hat.« Sie strahlte vor Stolz.

»Ja, das hatte er damals schon gesagt«, murmelte ich leise.

Irgendetwas in meiner Stimme oder meinem Gesicht ließ sie stutzen und berührte sie offenbar, denn in ihre Augen trat ein Ausdruck freundlicher Aufmerksamkeit.

»Habt ihr euch … nahegestanden?«

Ich schluckte, starrte auf den Engel auf meinem Becher, unterdrückte krampfhaft die Tränen.

Mrs. Hunter erhob sich. »Verzeih, was für eine aufdringliche Frage. Ich werde dir seine Telefonnummer aufschreiben, damit du Kontakt zu ihm aufnehmen kannst.«

Sie verließ den Raum, und ich atmete schwer aus. Versuchte, mich auf das Positive zu konzentrieren. Tröstlich war in diesem Moment, zu wissen, wo Jacob war und dass ich ihm, nein, der ganzen Familie durch die Rettung der Mutter eine Menge Leid erspart hatte. Sie war eine sympathische Frau. Jacob hatte recht gehabt mit seiner Vermutung: Ich mochte sie.

Mein Blick suchte erneut sein lächelndes Gesicht auf dem Foto. Aus einem Impuls heraus streckte ich die Hand aus und löste die Nadel, die das Bild festpinnte. Es fiel auf den Tisch. Rasch steckte ich es in die Jackentasche. Ob Mrs. Hunter den Diebstahl bemerkte? Ich ließ es darauf ankommen, mit nur leicht schlechtem Gewissen, denn ich brauchte dieses Foto. Für den Fall, dass ich vergaß …

In diesem Moment öffnete sich die Tür zum Flur einen Spaltbreit und eine cognacfarbene Katze schlich mit erhobenem Schwanz hindurch.

»Peti!«, entfuhr es mir. Die Überraschung war perfekt. Erleichterung gesellte sich hinzu, dass Jacob den kleinen Kater trotz meiner Änderung der Vergangenheit gefunden und gerettet hatte wie zuvor. Dass die Familie ihn, obwohl Mr. Hunter Katzen nicht mochte, behalten hatte. Mein Peti Pooh! Ich betrachtete ihn voller Zärtlichkeit. Er rieb sich an meinem Bein, ehe er schnurrend auf meinen Schoß sprang. Ich kraulte ihn und presste das Gesicht in sein seidenweiches Fell.

»Was bin ich froh, dass es dir gutgeht«, murmelte ich, als Jacobs Mutter zurückkehrte. Erstaunen blitzte in ihren Zügen auf, als sie das Tier auf meinen Beinen entdeckte.

»Na, so was, dass Winnie so zutraulich ist. Fremden gegenüber zeigt er sich normalerweise sehr scheu.«

»Ich liebe Katzen. Das spürt er vielleicht«, sagte ich. ›Winnie‹ hatten sie ihn also genannt, wegen seiner Ähnlichkeit mit Winnie Pooh. Mrs. Hunter reichte mir einen Zettel mit Jacobs Nummer, den ich zu dem Foto in die Jackentasche gleiten ließ. Dann setzte ich den Kater sanft auf den Boden und erhob mich vom Stuhl, zog den Reißverschluss meiner Jacke hoch, um anzuzeigen, dass ich gehen wollte.

»Grüß Jacob von mir, wenn du ihn sprichst. Nächsten Samstag kommt er für das Wochenende heim. Vielleicht magst du uns dann nachmittags noch einmal besuchen?«

»Vielen Dank, Mrs. Hunter, auch für den Tee«, wich ich der Frage aus. Ich verabschiedete mich und ging. Wusste nicht, ob ich diese nette Frau und Peti – jetzt Winnie – jemals wiedersehen würde.

Während der Rückfahrt im brummenden Bus dachte ich nach. Setzten sich die Informationen zu einem schlüssigen Ganzen zusammen. Erst jetzt ging mir auf, dass Jacob sich – vor meinem Eingreifen – letztes Jahr eine Auszeit von der Schule genommen hatte, um die Mutter zu pflegen. Im Nachhinein logisch. Sie hatte, aufgrund meiner Warnung, nicht monatelang im Sterben gelegen, sondern Therapien erhalten, zu denen ihr Mann sie begleitete. Denn der war wiederum nicht verzweifelt aufgrund einer aussichtslosen Lage und des folgenden Verlusts seiner Frau, hatte sich nicht in Alkohol und Tabletten geflüchtet. Nein, er hatte Stärke und Loyalität gezeigt, seine Frau unterstützt, während sie gegen die Krankheit kämpfte. Den Krebs letztendlich besiegte, weil er nicht zu spät diagnostiziert worden war. Jacob hatte deshalb die Highschool letztes Jahr planmäßig verlassen, war inzwischen auf dem College.

Darum hatten wir uns nicht getroffen. Nicht kennengelernt. Waren kein Paar geworden. Das über den Jungen, den ich liebte, zu sagen, klang absurd.

Verdammt, hätte ich vorher nur genauer nachgedacht oder nachgefragt, mehr Informationen gesammelt. Dann wären mir die möglichen Folgen meines Tuns bewusst gewesen.

Mir war, als hätte ich inzwischen zu viele Erinnerungen an Jacob verloren. Ich zog sein Foto aus der Tasche, strich mit den Fingern darüber. Wie anziehend er aussah, wenn er keine Sorgen hatte. Mein Inneres zog sich schmerzhaft zusammen vor Sehnsucht.

Ich musste nach Dearborn fahren. Zum College. Wäre da wieder diese Magie, wenn wir aufeinandertrafen und unsere Augen sich verbanden?

Ein neuer, fürchterlicher Gedanke keimte in mir und wuchs zu einer Bedrohung heran. Was, wenn Jacob jetzt ein anderes Mädchen liebte, mit ihr zusammen war? Ich hatte keinerlei Anspruch auf ihn. Kälte kroch im Bus herab, legte sich über mich, ließ mich frösteln. Das durfte nicht sein!

Ich richtete meine ganze Hoffnung darauf, dass Jacob ungebunden war, ich ihn ein zweites Mal kennenlernen, neu erobern konnte. Er hatte damals gesagt, dass ich ihm an meinem ersten Schultag bereits aufgefallen war. Er mich attraktiv gefunden hatte. Das gab mir Mut.

Noch immer tief in Gedanken betrat ich unser Haus. Granny tauchte auf. »Da bist du ja! Du warst so lange fort, draußen in der Kälte. Soll ich dir ein warmes Bad einlassen? Eine heiße Schokolade kochen?«

Ihre Besorgnis beschämte mich. Die ganze Zeit hatte ich keinen Gedanken daran verschwendet, dass sie sich um mich ängstigen könnte, wenn ich, tags zuvor aus dem Krankenhaus entlassen, für einen einfachen Spaziergang zu lange fortblieb. Zudem wusste ich, dass sie sich in unserem modernen Haus nicht wirklich wohlfühlte. Erst recht nicht, wenn sie dort allein war. Nur mir zuliebe, und um meine Eltern zu entlasten, verbrachte sie ein paar Tage hier. Montag würde sie abreisen. Ich trat auf sie zu und zog sie kurz in die Arme.

»Mir geht es gut, Granny. Tut mir leid, dass du dir Sorgen gemacht hast. Ich bin mit dem Bus zu einem Freund gefahren, aber er war nicht zu Hause.« Ich vermied es, den Namen Jacob zu erwähnen, aber auch, als ich weitersprach, versuchte ich möglichst nah bei der Wahrheit zu bleiben.

»Er studiert inzwischen in Dearborn. Ich werde morgen dorthin fahren, um ihn zu besuchen.«

Ich sah Granny an, dass es ihr auf der Zunge lag, zu fragen, was das für ein Freund sei. Zu meiner Erleichterung verkniff sie es sich. Stattdessen bot sie an: »Möchtest du, dass ich dich begleite? Ich meine, nicht zu dem Treffen mit deinem Freund, sondern auf der Fahrt. Ich könnte ein Museum besuchen.«

»Es wäre schön, wenn du mich begleitest. Wir werden den Bus nehmen.« Ich lächelte sie an. Sie erwiderte mein Lächeln. Da ich nicht wusste, was mir morgen bevorstand, war ich wirklich froh, Großmutter an meiner Seite zu wissen.

Die Fahrt nach Dearborn dauerte nicht lange. Unterwegs gab Granny ihrer Neugier doch noch nach. »Wer ist denn dieser Junge, den du besuchst?«

»Ein Freund aus der Schule, der jetzt am College studiert«, gab ich zurück und wiederholte damit nur, was ich bereits gesagt hatte.

»Aha.« Sie sah mich erwartungsvoll an, aber ich wechselte das Thema.

Am Busbahnhof vereinbarten wir eine Uhrzeit, zu der wir uns in dem Café gegenüber wiedertreffen würden. Grannys schmaler Gestalt nachblickend, als sie, aufrecht wie immer, davonging, fiel mir erstmals auf, dass ihre Bewegungen an Kraft verloren hatten, beschwerlicher wirkten. Ihr Alter wurde sichtbarer, das schmerzte mich.

Ich machte mich auf den Weg zum *Henry Ford College*, der glücklicherweise ausgeschildert war. Nach kurzer Strecke betrat ich das Campusgelände und blieb stehen, ließ den Blick schweifen. Hier studierte und wohnte Jacob also. Ihm jetzt so nah zu sein, versetzte mich wieder in Aufregung, ehe ich das Verwaltungsgebäude betrat.

Eine gelangweilt wirkende Dame mit hochtoupiertem Haar und zu viel Make-up saß hinter dem Tresen. Ich begrüßte sie, was sie mit widerwilligem Gesicht den Kopf vom PC-Bildschirm in meine Richtung wenden ließ. »Ich suche einen Ihrer Studenten, Jacob Hunter. Er hat hier auf dem Campus ein Zimmer.«

Die Sekretärin entpuppte sich als eine recht zähe Nuss. Es gab einiges Hin und Her, und erst, als ich schwindelte, ich sei Jacobs Cousine und müsse ihm eine wichtige Nachricht übermitteln, erhielt ich endlich die gewünschten Informationen. Unter anderem, dass in Kürze die Mittagspause begann und ich ihn am ehesten in der Mensa antreffen würde.

Ich begab mich umgehend dorthin. Die ersten Hungrigen trudelten bereits ein, während ich vor dem Eingang vor einer Informationstafel stand und vorgab, die Aushänge zu lesen. Aber aus dem Augenwinkel musterte ich die mich passierenden Studenten. Allmählich wurde mir kalt, aber ich zitterte nicht nur wegen der frostigen Temperaturen.

Da sah ich ihn. Er wäre mir überall aufgefallen. Nicht nur aufgrund seiner Größe. Unvermittelt hatte ich Schmetterlinge im Bauch, bekam weiche Knie. Sein Begleiter redete zu ihm, und Jacob lachte leise auf. Wie ich dieses Lachen liebte! Trotz des Frosts trug er keine Jacke, nur einen Pullover, der seine breiten Schultern und schmalen Hüften betonte. Er fror nicht so schnell, das wusste ich ja. Ich unterdrückte den Drang, auf ihn zuzustürmen, betrachtete sein Profil, öffnete bereits den Mund, um etwas zu sagen, als er sich mir näherte, aber er nahm mich nicht wahr. Schon war er vorbei.

Ich folgte ihm in den Speisesaal, zum Buffet. Andere Studenten reihten sich vor mir in der Schlange ein, sodass ich nicht direkt hinter ihm stand. Ich musste eine Gelegenheit abpassen, Jacob auf mich aufmerksam zu machen. Sollte ich ihn gleich ›versehentlich‹ anrempeln und mich entschuldigen? Ja. Ich setzte ein Lächeln auf und machte den ersten Schritt, als ein blondes Mädchen an mir vorbeieilte, direkt auf Jacob zu. Sie rief seinen Namen, und ich sah den Jungen, den ich liebte, sein Tablett abstellen, sie ebenfalls anstrahlen und musste dann beobachten, wie die beiden sich herzlich umarmten.

Ich erstarrte, mir stockte der Atem, als ob kaltes Meerwasser über mich hinwegrauschte. Zeitgleich erstarb das Strahlen auf meinem Gesicht. Da ich stehen geblieben war, schoben sich die Studenten genervt an mir vorbei und drängten mich aus der Schlange. Jacob nahm mit der Blonden an einem Tisch Platz. Sie erzählte ihm etwas, mit leuchtenden Augen voller Zuneigung, während er aufmerksam lauschte und sie anlächelte. Aus der Entfernung vernahm ich natürlich nicht den Inhalt ihrer Unterhaltung, aber ihre Körpersprache wirkte eindeutig. Jetzt drückte er ihre Hand. Ich biss mir auf die Lippe. Sie besaß in etwa meine Größe und Statur, war ziemlich attraktiv. Blass schimmernde, reine Haut, langes blondes Haar, hellblaue Augen, sie sah aus wie die Lieblingspuppe eines kleinen Mädchens, mit der nie gespielt worden war.

Ich hätte schreien können. Ertrug es nicht länger, ihnen beim Flirten zuzusehen, es tat zu weh. *Raus hier!*, dachte ich, setzte mich mit brennenden Augen in Bewegung. Als ich ihren Tisch passierte, hörte ich das Mädchen sagen: »Ich bin so froh, dass mein Bruder dich mir vorgestellt hat ...«

Ich wandte den tränenverschleierten Blick von den beiden ab und flüchtete aus der Mensa, dann vom Collegegelände.

Es war zu spät! Er hatte sich verliebt. Würde keine Augen mehr für mich haben. Ich hatte ihn verloren. Wie sollte ich damit fertigwerden?

Ich wartete an einem Tisch im Bahnhofscafé. Vor mir stand seit über einer Stunde ein unberührtes Getränk. Endlich sah ich Granny eintreten. Wie gewohnt durchschaute sie sofort meine Gefühlslage, umarmte mich, ehe sie sich setzte.

»Er war nicht da oder euer Treffen verlief nicht wie gewünscht, richtig?«, mutmaßte sie sanft. Ich schloss kurz die Augen, schüttelte den Kopf. »Er hat inzwischen eine Freundin.«

Mehr konnte ich nicht sagen, weil unterdrücktes Schluchzen meinen Körper zu schütteln begann und mir Tränen über die Wangen liefen. Granny nestelte in ihrer Handtasche nach einem Taschentuch, reichte es mir. Sah mich voller Mitgefühl an, während ich mir über Augen und Nase wischte.

»Das tut mir leid, Liebes. Du hattest so hoffnungsvoll gewirkt, als wir hierherfuhren. Aber auch, wenn du das jetzt nicht hören magst, weil alles schmerzt: Du wirst jemand anderen finden, der dich liebt, so wie du ihn. Den Richtigen, und mit ihm glücklich werden.«

Granny!, schrie ich innerlich voller Verzweiflung. *Ich hatte ihn gefunden, den Richtigen, war mit ihm zusammen und glücklich gewesen.* Aber ich, ich allein, hatte es verpatzt.

Es war, als hätte jemand der Hoffnung eine eiserne Tür ohne Klinke vor der Nase zugeschlagen.

23

Wiedersehen

Die Tatsache, dass Jacob ein anderes Mädchen liebte, schmerzte und hatte mich zutiefst erschüttert, aber ich konnte ihn einfach nicht abhaken, nicht aufgeben.

Von Mrs. Hunter hatte ich erfahren, dass er sie dieses Wochenende besuchen würde. Wie eine Motte vom Licht angezogen wurde, so zog es mich am Samstagnachmittag zu ihrem Haus, wo ich mir einen versteckten Beobachtungsposten hinter den Büschen der Einfahrt suchte und wartete. Dort stand ich mit dem Rücken zur Wand, gleich einem Revolverhelden, der seinem Feind auflauerte – aber der wahre Feind war nicht Jacob, sondern mein eigenes Herz. Seit meiner Ankunft hier war inzwischen mehr als eine Stunde vergangen, eine lange Zeit im Freien bei Minustemperaturen.

Würde er dieses Mädchen mitbringen? Um sie den Eltern vorzustellen? Aufgrund des Gesprächsfetzens, den ich in Dearborn aufgeschnappt hatte, ging ich davon aus, dass die beiden frisch zusammengekommen waren. Alle frühere Panik und Verzweiflung meldeten sich erneut, fraßen an meinem Herzen, ich fühlte mich unsagbar allein. Was tat ich hier nur? Zitternd vor Kälte kam ich mir vor wie ein Stalker, während es zu dämmern begann, das Licht aus dem Haus der Hunters warm und heimelig wirkte. Was, wenn ein aufmerksamer Nachbar mich hier zwischen den Sträuchern erspähte und die Familie – oder schlimmer – die Polizei informierte?

Da! Ein Wagen näherte sich, und als er in die Einfahrt einbog, duckte ich mich und ging hinter dem Gebüsch in die Hocke.

Er war es. Allein. Ich hörte, wie er ausstieg, seine Mom und er sich an der Tür begrüßten. Kaum noch meine Glieder spürend, die nahezu taub vor Kälte waren, wäre ich beinahe umgeknickt, als ich mich aus der kauernden Stellung erhob.

Vorsichtig schob ich mich an das Fenster des Wohnzimmers heran, spähte hinein. Jacob trat auf seinen Dad zu, die beiden umarmten sich kurz, wechselten Worte. Mr. Hunter lachte auf. Dann verließ Jacob mit seiner Mutter den Raum, und der Vater setzte sich wieder auf das Sofa, griff nach einem Buch.

Ich glitt an der Wand entlang, nach wie vor hoffend, dass mich weder die Hunters noch ein Nachbar bemerkten. Warf nun einen vorsichtigen Blick durch das Küchenfenster. Die Mutter stand an der Anrichte, schnitt etwas für das Essen, während Jacob am Küchentisch saß und sprach. Sein Gesicht strahlte geradezu. Ob er ihr von seiner neuen Freundin erzählte?

Plötzlich hielt Mrs. Hunter inne, drehte sich zu ihrem Sohn um und sagte etwas. Der stand auf und eilte aus dem Raum. Was war los? Wo wollte er so hastig hin? Hatten sie mich etwa entdeckt?

Mit einem ganz schlechten Gefühl in der Magengegend hastete ich in Richtung meines Verstecks, mein Herz raste in meiner Brust wie eine gefangene Ratte. Schon hörte ich, wie sich die Haustür öffnete. Im letzten Moment sprang ich in die Sträucher, während Jacob den Wagen anließ und zurücksetzte. Dabei geriet er mit dem Heck in das Gebüsch, touchierte mich fast. Ich schrie auf und stolperte rückwärts. Meine frostgeplagten Glieder waren so steif, dass ich wie ein nasser Sack auf den Gehweg stürzte, auf den Kopf, und fast das Bewusstsein verlor. Pochender Schmerz. Graue Pünktchen tanzten vor meinen Augen.

Jacob beugte sich über mich, sprach zu mir. Ich blinzelte, sah sein vom Schock gezeichnetes, anziehendes Gesicht dicht vor meinem.

»Oh Gott, Verzeihung! Ich habe dich nicht gesehen. Bist du verletzt? Hast du Schmerzen? Kannst du aufstehen?« Die Salve an Fragen überforderte mich, ich war noch nicht ganz bei mir.

Als ich nicht antwortete, schlang er die Arme um mich und hob mich mühelos vom gefrorenen Boden hoch. Er war mir jetzt so nah, dass ich seinen Duft und seine Körperwärme wahrnahm, meine Wange an seine Halsbeuge schmiegte, tief einatmete. Es heißt, der Geruchssinn sei der ursprünglichste unserer Sinne, der, der uns am stärksten berühren und erschüttern kann, weil er in den tiefsten Tiefen unseres Gehirns verankert ist. Jacobs Duft traf mich jetzt jedenfalls mit der Wucht eines Pferdehufs genau in den Magen. Diese Nähe hatte ich so schmerzlich vermisst.

»Ich würde dich so gerne küssen.« Hatte ich das etwa gemurmelt, statt es nur zu denken? *Reiß dich zusammen!* Hoffentlich hatte er mein Nuscheln nicht verstanden!

»Wie bitte?«, fragte er verwirrt und trug mich ins Haus. Im Wohnzimmer legte er mich auf die Couch, rief nach seiner Mutter. Die Eltern eilten herbei.

»Abigail! Was ist passiert?«, fragte mich Mrs. Hunter. Unfähig zu sprechen vor Scham schüttelte ich leicht den Kopf. Schlechte Idee. Es tat höllisch weh.

»Ich habe sie beim Zurücksetzen aus der Einfahrt nicht gesehen, wahrscheinlich angefahren«, erwiderte Jacob. »Sie ist gestürzt. Es tut mir so leid. Du kennst sie?«

»Mir tut es leid, dass ich dich so hektisch losschickte, rote Zwiebeln zu besorgen. Ich habe Abigail eingeladen, als sie dich letzte Woche besuchen wollte«, erzählte seine

Mutter, setzte dann mit leichtem Tadel in der Stimme hinzu: »Du solltest sie auch kennen, du hast ihr früher Nachhilfe gegeben.«

Jacobs Verwirrung war greifbar, und meine Angst, als Lügnerin entlarvt zu werden, leckte wie ein übereifriges Hündchen an meinen Fersen.

»Tut dir etwas weh?«, wandte sie sich wieder an mich. Ich hob die Hand an den Hinterkopf, und sie untersuchte mich vorsichtig. »Ist dir übel?« Dieses Mal verneinte ich, statt den Kopf zu schütteln.

»Du hast eine beachtliche Beule. Aber einen Krankenwagen zu rufen, wird nicht nötig sein.« Dankbar atmete ich aus.

»Ray, besorg bitte etwas zum Kühlen«, wies sie dann ihren Mann an, verließ ebenfalls den Raum, um mir ein Glas Wasser zu holen.

Jacob setzte sich auf einen Stuhl vor das Sofa, sah mich nach wie vor besorgt, aber auch nachdenklich an. »Seltsam, ich kann mich nicht an dich erinnern.«

Du erinnerst dich an vieles nicht, dachte ich.

»Dabei habe ich ein gutes Gedächtnis. Ein hübsches Mädchen wie dich hätte ich bestimmt nicht vergessen.«

Meine Augen weiteten sich. Er lächelte verlegen, wandte den Kopf. Mein Herzschlag beschleunigte sich. Flirtete er etwa mit mir? Warum hatte er das geäußert?

»Was würde deine Freundin dazu sagen, dass du mich hübsch findest?«, platzte ich heraus, um mir sogleich auf die Zunge zu beißen. *Ich Idiotin!* Meine verdammte Impulsivität bildete gerade eine verhängnisvolle Kombination mit der Verwirrtheit durch den Sturz auf den Kopf.

Er sah mich überrascht an. »Ich habe keine Freundin. Wie kommst du darauf?«

Trotz meiner Kopfschmerzen und der peinlichen Situation durchflutete mich unglaubliche Erleichterung. Jacob war ein absolut ehrlicher Mensch, das wusste ich. Wenn er sagte, dass die Blonde in Dearborn nicht seine Freundin war, dann war es die Wahrheit. Hoffnung brandete in mir auf, zeitgleich brannte der Wunsch in mir, ihm die Arme um den Nacken zu legen, ihn an mich zu ziehen, ihm zu sagen, dass ich ihn liebte und seine Abwesenheit quälender war und eine größere Einsamkeit bedeutete, als ich mir hätte vorstellen können. Dass ich ihn unsagbar vermisste. Mir die Nähe und Gemeinsamkeit fehlten. Das Lachen, die Gespräche mit ihm, das Teilen der guten und weniger guten Dinge, seine Berührung. Einfach das Bewusstsein, dass er da war. Doch all das durfte ich nicht äußern.

Seine Eltern kehrten zeitgleich ins Wohnzimmer zurück, unterbrachen den magischen Moment. Mr. Hunter reichte mir das Kühlkissen, das ich auf die Beule legte.

»Kannst du dich aufsetzen? Trink einen Schluck«, wies mich Mrs. Hunter an. Ich folgte ihrer Bitte, das eiskalte Wasser erfrischte mich. Mein Kopf pochte nach wie vor, aber der Schwindel legte sich.

»Möchtest du, dass Jacob dich nach Hause fährt? Aber ich würde mich freuen, wenn du zum Essen bleibst.«

Hau ab, lass dich nach Hause bringen, ehe die Lüge ans Licht kommt, warnte die Stimme der Vernunft in mir. Aber die verliebte, absolut törichte Abby war wieder schneller.

»Danke, ich möchte bleiben.«

Erst war ich etwas nervös, wie eine Katze in ihrem neuen Zuhause. Aber die Stimmung war gelöst. Keiner riss ein weiteres Mal das Thema an, wie Jacob und ich uns kennengelernt hatten, und ich entspannte mich, war – zumindest für diesen Abend – wie ein Teil der netten Familie. Die italienische Pasta, die Jacobs Mom gezaubert hatte, schmeckte köstlich. Mr. Hunter erzählte eine witzige Anekdote aus dem Museum, die uns alle zum Lachen brachte.

Seine Mutter ließ es sich nicht nehmen, ebenfalls eine Geschichte aus ihrer Ausbildungszeit zum Besten zu geben. Die Eltern banden mich in ihre Gespräche mit ein. Zwischendurch spürte ich Jacobs Blick auf mir ruhen. Nachdenklich. Rasch senkte ich die Augen auf meinen Teller, als ich es bemerkte.

Als seine Eltern nach dem Essen das Geschirr abräumten und in die Küche trugen, waren wir allein. Einen Augenblick lang herrschte Stille.

Wieder sah Jacob mich prüfend an, ich war verdutzt von der Intensität. Würde er jetzt noch einmal nachhaken, dass wir uns vor diesem Tag nie begegnet waren? Ich spürte, dass meine Finger zitterten, und verschränkte die Hände auf dem Schoß, aber er sagte etwas absolut Verblüffendes.

»Komisch. Irgendwie kommt es mir vor, als ob wir uns gut kennen. Deine Augen, deine Stimme sind mir ... so vertraut, wie dein Lächeln.«

Unbewusst hatte ich die Luft angehalten vor Aufregung, atmete aus. War es möglich, dass auch er, trotz allem, noch Erinnerungen an mich hatte? Ich hatte das Gefühl, dass ich dümmlich grinste, aber in mir war ein plötzliches, sprudelndes Glücklichsein. »Mir geht es genauso.«

Jacobs Eltern betraten mit Dessertschüsseln den Raum und bewahrten uns davor, dass es peinlich wurde.

Es war schon spät, als ich mich bei den Eltern für das Essen bedankte und ihnen die Hände schüttelte, ehe Jacob mich nach Hause fuhr.

Neben ihm im Wagen zu sitzen, fühlte sich an, als hätte es die Unterbrechung unserer Beziehung gar nicht gegeben. Es war verrückt. Als wir vor meinem Haus hielten und er sich mir zuwandte, war es wie ein Déjà-vu.

»Ich würde dich gerne wiedersehen, Abby.«

Natürlich! Geh nicht fort!, schrie es in mir. Aber ich strahlte ihn nur an. »Morgen?«

Er schüttelte den Kopf, und mein Herz sackte einige Zentimeter tiefer. »Morgen bin ich mit einem Kumpel verabredet. Wie wäre es mit nächstem Samstag?«

»Okay.« Ich versuchte mir meine Enttäuschung nicht anmerken zu lassen.

»Ich hole dich ab, so gegen zehn.« Er schenkte mir ein schiefes Lächeln, es reichte bis in seine Bernsteinaugen.

Besser eine Woche warten, als ihn gar nicht wiederzusehen, dachte ich und betrachtete, eine Hand bereits auf dem Türgriff, sein vertrautes Profil. Wir hatten eine Chance! Fast trunken vor Glück konnte ich mich zusammenreißen, ihn nicht einfach zu küssen. Das wäre für ›unser erstes Date‹ wirklich zu forsch. Ich musste geduldig sein, auch wenn mein Herz vor Verlangen fast platzte.

24

Kennenlernen 2.0

Montag. Heute würde ich wieder die Schule besuchen. Obwohl ich keinen Verband mehr tragen musste, da die Wunden gut verheilten, legte ich mir einen an, denn Hand und Unterarm sahen immer noch aus wie für einen Horrorfilm geschminkt.

Nach dem gemeinsamen Frühstück verabschiedete ich mich von Granny. Wir umarmten uns lange und innig, ehe sie ein Taxi bestieg, das sie zum Flughafen brachte. Trotz der leichten Wehmut beim Abschied war ihr anzumerken, dass sie froh war, heimzufliegen, in ihr vertrautes Terrain.

Ich wiederum hoffte, dass der Schulalltag und das Zusammensein mit meinen Freundinnen mich von den ständig um Jacob rotierenden Gedanken ablenken würden.

Trotzdem erzählte ich Maylin im Schulbus, dass ich mich in einen Jungen verliebt hatte. Ich musste mich einfach darüber austauschen. Natürlich war sie gleich ganz Ohr, bekam sich kaum wieder ein, als ich in leicht abgewandelter Version berichtete, wie wir uns durch einen Beinahe-Unfall kennengelernt hatten. Als sie den Namen Jacob hörte, weiteten sich ihre Augen, und sie unterbrach mich: »Hattest du nicht im Krankenhaus von einem Jungen namens Jacob geträumt? Ist es der? Du hast ihn also schon gesehen, ehe ihr euch das erste Mal traft?«

Ich gab mich überrascht. »Stimmt, May! Ich erinnere mich. Ich träumte von einem Jacob.«

Was für eine Farce! Aber Maylin begeisterte sich für schicksalhafte Begegnungen, Horoskope und Übersinnliches. Die ganze Fahrt über quetschte sie mich über Jacob aus und freute sich für mich – wie sie es schon einmal getan hatte.

Im Kunstunterricht bekamen wir eine ansprechende Aufgabe: Zu einem frei gewählten Begriff sollten wir eine Skulptur aus Ton modellieren, welche das Wort darstellte.

Maylin war sofort Feuer und Flamme.

»Was gibt's Schöneres als die Liebe!«, sagte sie, als sie ihr Stück Ton weich knetete. Ich überlegte länger, während meine Finger sich in dem feuchten, kühlen Material vergruben. Mit einem Mal sah ich es vor meinem inneren Auge, genau das wollte ich modellieren. Hoffentlich reichten meine handwerklichen Fertigkeiten aus, um das Bild, das ich im Kopf hatte, auszuformen.

Neben mir hörte ich Maylin fluchen. Sie versuchte, ein Herz mit Armen und Beinen zu gestalten, das aber immer wieder umkippte. Irgendwann blendete ich die Umgebung aus, benutzte die Werkzeuge, meine Finger arbeiteten wie von selbst. Bis mich die Stimme unserer Kunstlehrerin aus der Versunkenheit riss.

»Die Hoffnung«, sagte sie dicht hinter mir, sodass ich zusammenzuckte. Sie beugte sich über meine Arbeit, inspizierte sie aus der Nähe. Ein Engel mit fein gearbeiteten Flügeln, das Gesicht, wie die Hände, zum Himmel emporgehoben. Erst jetzt bemerkte ich, dass ich der Figur Mrs. Hunters sanfte Gesichtszüge verliehen hatte.

»Liege ich richtig, Abby?«, fragte sie.

Ich nickte.

»Eine grandiose Arbeit, du hast wirklich Talent.« Sie drückte anerkennend meine Schulter, wandte sich dann an Maylin.

»Das funktioniert so nicht. Der Rumpf ist zu schwer für die filigranen Beine, denk dir eine Lösung aus.«

Meine Freundin brummte genervt, als die Lehrerin außer Hörweite war.

»Hilfst du mir, meine Skulptur auch grandioser zu machen, Michelangelo?«, wandte sie sich an mich. Ich nahm ihr den gereizten Ton nicht übel, wusste, dass sie es nicht so meinte.

»Ich will's versuchen.« Ich machte mich an die Arbeit. Dabei dachte ich daran, Mrs. Hunter bald meine Figur zu schenken.

Im Laufe des nächsten Tages erfuhr ich, dass ein Gerücht in Umlauf war, ich hätte einen Selbstmordversuch hinter mir, inklusive wilder Spekulationen, was mich dazu getrieben hatte.

Dadurch erklärten sich die mitleidigen Blicke, das falsche Lächeln und Tuscheln einiger Mitschülerinnen. So leicht wurden Gerüchte in die Welt gesetzt. Es war, als würde jemandem eine Hutnadel zwischen die Rippen gestoßen. Anfangs merkte man nichts davon, und zum Schluss fragte man sich, woher das Blut kam.

Irgendwann würde sich das Gerede schon wieder legen. Mich beschäftigte weitaus mehr das bevorstehende Date mit Jacob.

Die ganze Woche über juckte es mich abends in den Fingern, bei ihm anzurufen, seine Stimme zu hören, aber ich widerstand der Versuchung, wollte auf keinen Fall aufdringlich wirken. Selten hatte ich etwas so herbeigesehnt wie den kommenden Samstag.

Pünktlich um zehn holte Jacob mich ab.

»Hast du gut gefrühstückt? Wir treiben gleich ein wenig Sport«, begrüßte er mich gut gelaunt, als ich zu ihm in den Wagen stieg.

»Welche Art Sport?«, fragte ich zurück.

»Rollerskaten. Hast du Lust?« Die Rollschuhbahn, der *Northland Roller Rink* seines Onkels. Wieder war es wie ein Déjà-vu, auch meine Antwort.

»Klar, aber ich bin eine miserable Läuferin, nur zur Warnung.«

Jacob lachte leise. »Kein Problem.« Er nahm eine Hand vom Lenkrad, griff auf den Rücksitz und legte mir eine weiße Papiertüte auf den Schoß. »Hier, zur Stärkung. Die hat Mom für dich gebacken. Sie scheint ein Fan von dir zu sein. Ich soll dich grüßen.«

Als ich die Tüte öffnete, stieg mir der verlockende Duft nach frischgebackenen Cookies in die Nase. »Lecker, richte ihr bitte meinen Dank aus.«

Noch mehr als über die Kekse freute ich mich darüber, dass Mrs. Hunter mich mochte.

Kurze Zeit später erreichten wir den *Roller Rink*. Aber diesmal kamen wir nicht außerhalb der Öffnungszeiten, mehrere Jugendliche strömten gerade in die Halle, denen wir folgten.

Im Eingangsbereich entdeckte ich sofort Jacobs Onkel, den Besitzer der Bahn. Er hatte uns ebenfalls erspäht und winkte uns zu sich. Wie beim letzten Besuch hier umarmten sich Onkel und Neffe freundschaftlich.

»Guten Tag, Mr. Miller.« Ich streckte dem Mann die Hand entgegen. Er stutzte, ehe er mir seine reichte.

»Kennen wir uns?«, fragte er, mein Gesicht eingehend musternd. Ich errötete.

»Ich bin Abby. Früher war ich öfter hier, mit meinen Freundinnen.« Etwas Besseres fiel mir auf die Schnelle nicht ein, aber er schien die Verwunderung schon abgehakt zu haben, suchte mir passende Schuhe heraus. Jacob zog wieder seine eigenen an, ehe wir die Bahn betraten, auf der schon viele, vor allem Jugendliche und Kinder, ihre Runden zur Musik drehten.

Dieses Mal erschien es mir zu gefährlich, mich mit meinem unsicheren Fahrstil allein unter die anderen zu mischen.

»Kannst du mich anfangs etwas führen?«, bat ich.

Jacob ergriff schmunzelnd meine Hand, geleitete mich dann sicher an den Fahrenden vorbei, wie ich es von ihm kannte. Dennoch schaffte ich es, einmal zu stürzen. Er half mir hoch.

»Ich will dich nicht beleidigen, aber wie kommt es, dass du so mies fährst, wenn du früher öfter hier gewesen bist?« Autsch – das war ungewohnt uncharmant von ihm!

»Ich hab's nie richtig gelernt«, wich ich aus. »Dein Onkel ist ein wirklich netter Mann«, fügte ich hinzu, um das Gespräch in eine andere Richtung zu lenken. Erst, als ich wahrnahm, dass Jacob die Stirn runzelte, bemerkte ich den neuerlichen Patzer. Mist, schon der zweite in so kurzer Zeit, dachte ich und errötete wieder. Und als ich das merkte, wurde ich noch roter.

»Woher weißt du, dass Sam mein Onkel ist?«

»Das habe ich vermutet, wegen der Familienähnlichkeit.«

Würde das Lügen jetzt immer so weitergehen? Mein Magen zog sich leicht zusammen. Ich bewegte mich wirklich auf unsicherem Parkett, in zweifacher Hinsicht.

Zu meinem Glück wurde in dem Moment ein Lied von Michael Jackson eingespielt, das Jacob mochte. Denn sein Gesicht strahlte wieder, als er meine Hände fester umfasste und mit mir im Kreis wirbelte, sodass mir fast schwindelig wurde.

Auf dem Rückweg schlug Jacob vor, an *Pete's Diner* zu halten.

»Hier gibt's leckeres Gebäck und den besten Kaffee von Detroit«, schwärmte er, als er mir galant die Beifahrertür öffnete.

Ich weiß, dachte ich. Auch diese Erinnerung kehrte gerade zu mir zurück. Wir hatten das *Pete's* oft zusammen besucht, als wir noch ein Paar gewesen waren.

»Setz dich doch schon mal, dort, ans Fenster.« Er wies auf einen freien Tisch. »Ich bin gleich zurück.« Damit verschwand er in Richtung der Toiletten.

Ich folgte seiner Anweisung und rutschte auf die lederbezogene Bank. Kaum hatte ich Platz genommen, eilte eine kaugummikauende Kellnerin herbei, den Block gezückt. ›Sandy‹ las ich auf dem Schild an ihrer Bluse.

»Hi, was darf's sein?« Automatisch nannte ich, was wir immer hier bestellt hatten. Hektisch kauend kritzelte Sandy auf ihren Block und hastete dann wieder fort.

»Hast du dir schon was ausgesucht?« Jacob ließ sich auf die Bank gegenüber gleiten.

Mein dritter Fehler.

»Ich habe schon bestellt ... auch für dich.« *Bitte, bohr nicht nach*! Rasch durchstöberte ich mein Hirn nach einem ablenkenden Thema, aber prompt kam die Frage, die ich befürchtet hatte.

»Was hast du denn für mich geordert?«

Jetzt stammelte ich fast. »Einen Sahne-Milchshake, einen Kaffee und ein Stück Pekannuss-Käsekuchen.«

Wie um mein Gesagtes zu untermalen, brachte Sandy genau in diesem Moment unsere Bestellung, setzte sie mit einem »Lasst es euch schmecken!« vor uns ab und huschte zum nächsten Tisch.

Schweigen. Jacobs Miene war ernst, er zog gedankenschwer die Augenbrauen zusammen.

»Kannst du mir verraten, woher du all diese Dinge über mich weißt?«

Ich presste die Lippen zusammen, wusste nicht, was ich sagen sollte. Mir wurde übel.

Auch er stockte und blickte in sein Milchshake-Glas, als

enthielte die cremige Flüssigkeit eine geheime Nachricht, ehe er wieder das Wort an mich richtete.

»Dir ist bekannt, dass Sam mein Onkel ist und wie er heißt. Was ich hier stets esse und trinke.« Jetzt hob er den Blick und bohrte ihn regelrecht in meinen. »Du bist plötzlich bei uns aufgetaucht, an dem Wochenende, als ich heimkomme. Nachdem du zuvor schon Mom besucht und meine Nummer ergattert hast. Und ein Foto von mir hast du auch geklaut, richtig? Als ich dich beinahe angefahren habe, hast du dich an mich gedrückt und wolltest mich küssen … Erst dachte ich, ich hätte wirklich vergessen, wer du bist. Aber …«, er zögerte, ehe er in etwas schärferem Ton weitersprach, »jetzt bin ich mir sicher, dass ich dir nie Nachhilfe gegeben habe, dich gar nicht kenne – aber du mich anscheinend bestens. Was bist du, eine Stalkerin?«

Eiskalt durchfuhr es mich, als hätte er einen Eimer Wasser über mir ausgeschüttet. *Nein!* Was sollte ich sagen, was tun, um ihn von diesem schwerwiegenden Gedanken abzubringen, der garantiert unsere neu aufkeimende Beziehung ersticken würde? Ich konnte ihm doch keinesfalls die Wahrheit als Erklärung liefern!

Jacob deutete mein Verstummen und meinen Gesichtsausdruck scheinbar falsch, denn jetzt starrte er mich an, als hätte ich eine Maske abgenommen, unter der eine Schlange verborgen war. Dabei fühlte ich mich gerade wie das in die Enge getriebene Kaninchen, das vor der Schlange saß. Ich überlegte, ob ich die Unschuldige spielen sollte, und kam zu dem Schluss, dass dies wohl nicht funktionieren würde.

»Heißt dein Schweigen, dass ich recht habe?« Seine Stimme klang kühl.

Ich schüttelte den Kopf, meine Kehle brannte, und ich konnte kaum die aufsteigenden Tränen zurückhalten.

»Nein … nein! So ist es nicht …« Ich brach ab, wusste nicht, was ich als Erklärung bieten konnte. Alles, was ich jetzt sagte, machte es garantiert schlimmer, das sah ich ihm an.

Raus hier! Ehe ich noch losheulte und den letzten Rest meiner Würde verlor. Abrupt stand ich auf und flüchtete aus dem Diner, wobei ich fast Sandy mit ihrem Tablett über den Haufen gerannt hätte. Kaum draußen strömten die Tränen, sodass ich mit eingeschränkter Sicht drei Blocks entlangsprintete, bis ich keuchend stehen blieb, um wieder zu Atem zu kommen.

Langsamer weiterlaufend spürte ich die Kälte. Wurde es dieses Jahr denn überhaupt nicht mehr Frühling?

Ich machte mich auf die Suche nach einer Haltestelle einer Buslinie, die mich heimbringen sollte. Dort ließ ich mich auf eine Bank sinken und vergrub mein Gesicht in den Händen.

Meine Wimperntusche war sowieso verschmiert. Ich registrierte, dass einige Umstehende mich kritisch musterten. Aber auch das war mir egal. Bestand mein Leben nur noch aus Drama und Tränen?

Selbstquälerisch hätte ich ihnen am liebsten zugerufen: ›Darf ich vorstellen: Abigail Hill, lebensuntüchtige Streberin, Königin der Patzer und der unbedachten Bemerkungen, sitzt heulend in einem graffitibeschmierten Wartehäuschen neben einer stinkenden Mülltonne.‹ Bravo, Abby.

Bevor der Bus kam, hielt ein Wagen am Straßenrand, was ich in meinem Selbstmitleid nur am Rande wahrnahm. Erst als jemand direkt vor mich trat, blickte ich auf und zuckte zusammen.

Jacob! Rasch wandte ich mein Gesicht zur Seite, ich musste fürchterlich aussehen, mit der verwischten Schminke, den verquollenen Augen.

»Hey.« Seine jetzt weichere Stimme brachte eine Saite in mir zum Klingen, die ich nicht mehr hören wollte. Verstohlen wischte ich mir unter den Augen entlang.

Er ging vor mir in die Hocke, suchte meinen Blick, was einige der Wartenden dazu brachte, uns interessiert zuzuschauen. Ich versteifte mich vor Scham, wandte den Kopf noch weiter ab, aber er legte eine Hand an meine Wange und drehte mein Gesicht sanft in seine Richtung.

»Sorry, ich hätte nicht so mit dir reden dürfen.«

Das Bedauern in seinen braunen Augen war echt. Die verdammten Tränen wollten schon wieder laufen. Etwas leiser fuhr er fort: »Lass uns woanders miteinander sprechen.«

Er stand auf und zog mich mit sich auf die Füße. Dann ging er zum Wagen, öffnete mir die Beifahrertür, aber ich zögerte, schniefte leise. Ich hatte Bedenken, mit ihm zu reden.

»Lass mich dich wenigstens nach Hause bringen.«

Nun gut. Ich bin vieles, aber kein Feigling, dachte ich und stieg ein.

Wir fuhren schweigend, und zuerst ging ich davon aus, dass er mich einfach nur heimbrachte. Aber etwa auf der Hälfte der Strecke bog er vom Highway ab und parkte auf einem Rastplatz. Eine Weile saßen wir weiter stumm vor uns hinstarrend, ehe er sich mir zuwandte. »Da wir unsere Getränke und den Kuchen stehen ließen, gibt's nur noch die.« Er griff nach der weißen Papiertüte mit den Cookies, hielt sie mir hin. »Möchtest du einen?«

Ich schüttelte den Kopf, und er legte die Tüte wieder weg.

»Ich bin dir bis zur Tür hinterhergelaufen, als du abgehauen bist. Aber ich musste erst noch bezahlen. War gar nicht so leicht, dich dann zu finden.«

Was redete er da? Warum kam er nicht einfach zur Sache? Er schien es selbst zu bemerken, denn er räusperte sich.

»Abby, noch einmal: Es tut mir wirklich leid, dass ich dich vorhin so scharf angegangen bin. Aber ... wenn ich mit etwas ein Problem habe, dann damit, wenn mich jemand anlügt oder Dinge hinter meinem Rücken ausheckt. Mich für dumm verkaufen will.«

»Das tue ich nicht«, wisperte ich, traute mich nicht, ihn anzusehen.

»Dann erklär mir bitte, wieso du so plötzlich aufgetaucht bist und so viel über mich und meine Familie weißt.«

Ich hatte damit gerechnet, dass er das wieder fragen würde, mir blieben nur zwei Möglichkeiten. Schweigen und ihn bitten, mich nach Hause zu fahren. Dann wäre unsere Beziehung wohl beendet. Oder ihm die Wahrheit sagen, zumindest annähernd. Wenn er mich dann für eine Verrückte hielt, liefe es auf das gleiche Ergebnis hinaus. Er legte Wert auf Ehrlichkeit, und aus seiner Sicht konnte ich das verstehen. Auch ich war das ständige Schwindeln und Auf-der-Hut-Sein leid.

In gewissem Sinne hatte ich ihn ja wirklich gestalkt, war nach Dearborn gefahren, hatte an seinem Haus herumgeschnüffelt. War nicht sowieso alles vorbei? Es fühlte sich zumindest so an. Ich atmete durch. »Ich muss dir etwas über mich sagen.«

Déjà-vu.

»Ich habe eine besondere Fähigkeit, die ich geheim halte. Wenn ich sie dir beschreibe, wirst du verstehen, warum.« Jetzt endlich wandte ich mich Jacob zu, denn ich wollte sein Gesicht sehen, wenn ich weitersprach, um zu erkennen, wie er es aufnahm. Selten hatte ich solche Angst gehabt wie in diesem Moment.

Zum zweiten Mal – für ihn natürlich zum ersten Mal – erklärte ich ihm, dass ich durch das Berühren gewisser Gegenstände Vergangenes sehen, gespeicherte Erinnerungen wahrnehmen konnte. Und wie nicht anders zu erwarten reagierte Jacob wie damals, als ich mich ihm offenbart hatte. Noch ehe ich dazu kam, mein Eingreifen in die Vergangenheit zu erläutern, verschloss sich sein Gesicht.

»Was für ein Quatsch!«, unterbrach er mich. »Warum gibst du nicht einfach zu, dass du mich ausspioniert hast, um mich kennenzulernen? Dann würde ich mich zumindest ein bisschen geschmeichelt fühlen wegen deines Interesses. Aber mir diesen Schrott aufzutischen, ist ja wohl das Letzte.«

Obwohl ich damit gerechnet hatte, fühlten sich seine Worte an wie ein Schlag ins Gesicht. Unfreiwillig stieg ein Schluchzen in meiner Kehle auf. Ich senkte den Kopf und drückte die Hand auf die Augen. Es war schwer zu ertragen, und ich begriff, dass es die Hoffnung war, die Menschen verwundbar machte. Und der Glaube, dass alles gut werden würde. Man sollte nicht hoffen.

Und nicht glauben.

Plötzlich fühlte ich Zorn in mir anschwellen, er saß wie ein Eisblock in meiner Brust. Zorn auf Jacob, weil mich seine Worte beleidigten, mir wehtaten, aber vor allem auf mich selbst, meine Naivität. Ich hob das Kinn mit einem Ruck und sah ihn wieder an.

»Du hast überhaupt keine Ahnung, verstehst gar nichts! Erstens: Ich bin keine Stalkerin ... Jedenfalls keine wirkliche. Zweitens: Ich könnte dir ganz einfach beweisen, welche Fähigkeit ich besitze, indem ich es dir zeige. Aber du stempelst mich ab als Lügnerin oder Verrückte.« Ich holte Luft, sprach rasch weiter.

»Da du mich sowieso schon für eine Irre hältst, kann ich noch einen draufsetzen: Wir beide waren mal ein Paar. Bis vor Kurzem. Zu dem Zeitpunkt war deine Mutter an Krebs verstorben, dein Vater deshalb ein tablettenabhängiger Alkoholiker und du noch voller Schmerz über den Verlust deiner Mom, die du bis zu ihrem Tod gepflegt hast. Da war ich so unvernünftig gewesen, in die Vergangenheit zurückzugehen und deiner Mutter eine Warnung auf den Spiegel zu schreiben, damit sie zur

Krebsvorsorge geht, statt mit deinem Vater ans Meer zu fahren.«

Ich hatte mich richtig in Rage geredet. Jacob sah mich sprachlos an, war ein wenig vor mir zurückgewichen. Aber ich war noch nicht fertig, hielt meinen bandagierten Arm hoch.

»Mit dieser Hand habe ich das getan. Es ist gefährlich und schmerzhaft, aktiv in der Vergangenheit etwas zu ändern. Mein Arm sieht aus, als hätte er im Fleischwolf gesteckt, ich lag drei Tage bewusstlos im Krankenhaus. Du hast selbst zugegeben, dass ich dir vertraut vorkomme. Meine Stimme, mein Lächeln. Warum wohl? Wir haben uns geliebt, wir waren zusammen. Bis zu meinem Eingreifen in die Vergangenheit. Da nahm alles einen anderen Verlauf, den ich erst verstehen musste. Denn plötzlich warst du aus meinem Leben verschwunden. Ich musste herausfinden, was passiert war, was sich geändert hatte.« Mein Redeschwall endete.

»Ich wollte dich einfach zurückhaben, weil ich dich liebe«, schloss ich leise, denn der Zorn war verraucht.

Jacob atmete durch, schüttelte leicht den Kopf. »Ich hatte gedacht, du bist nicht nur hübsch, sondern auch echt nett.«

Jetzt sah er regelrecht traurig aus, und das tat mir mehr weh, als wenn er wütend geworden wäre.

»Meine Eltern und ich haben eine schwere Zeit hinter uns, als Mom gegen den Krebs kämpfte.« Er stieß ein bitteres Lachen aus. »Ich bin fassungslos, dass du daraus eine absurde Geschichte zusammenbastelst, um dich interessant zu machen. Sie wird dir von ihrer angeblichen Engelerscheinung erzählt haben, als du bei ihr warst ... Aber ich denke, es ist genug gesagt. Du solltest dir professionelle Hilfe suchen.«

Nach diesem abschließenden Satz drehte er den Zündschlüssel und fuhr los. Während der Fahrt wechselten wir kein Wort mehr, ich starrte auf die vorbeiziehenden

Häuser, spürte sein Unbehagen fast körperlich, es saß zwischen uns wie ein lebendes Wesen. Das Bewusstsein, ihn endgültig verloren zu haben, sowie seine mitleidige Verachtung schnitten mir wie ein rotglühendes Messer in die alte Wunde, immer tiefer, bis auf den Knochen. Dann waren nur noch dumpfer Schmerz und Leere in mir.

Zu Hause stieg ich aus, schloss die Wagentür, ohne ihn anzusehen, und bewegte mich auf die Tür zu, bei jedem Schritt brach mir das Herz. Als ich aufschloss, hörte ich ihn wegfahren. Es war, als wäre ein Teil von mir mit ihm fort.

25

Neuanfang

Ich betrat unser Haus, lehnte mich einen Moment mit dem Rücken an die Tür und schloss die Augen. Stieß zitternd den Atem aus. *Er ist weg, es ist vorbei.*

Das war kein Albtraum, aus dem ich bald erwachen würde. Es war die Realität. Erleichtert nahm ich zur Kenntnis, dass meine Eltern nicht da waren. Ich musste mich sammeln.

Fast ebenso qualvoll wie die Endgültigkeit von Jacobs Verlust war die Einsamkeit, dass ich mich niemandem anvertrauen konnte über das Erlebte, meinen Schmerz. Aber nie wieder, schwor ich mir, würde ich jemandem von meiner Gabe erzählen. Ich sah ja, was dabei herauskam. Dieses Mal hatte Jacob reagiert, wie wahrscheinlich jeder normale Mensch es tun würde. Mit Unglauben und Verachtung. Deshalb sollte es ab jetzt für immer Grannys und mein Geheimnis bleiben.

Granny … Zum ersten Mal verspürte ich nicht den Drang, mit ihr zu sprechen, ihren Trost zu empfangen, so wie es stets gewesen war, wenn ich ein Problem gehabt hatte.

Ich musste allein mit der Situation klarkommen, mir einen neuen Weg zurechtlegen. Endlich erwachsen werden. Dazu gehörte, meine lächerliche, kleinkindhafte Impulsivität zukünftig – nein, ab jetzt! – in den Griff zu bekommen. Sie hatte mir genug Schwierigkeiten gebracht. Wie sehnlich hatte ich mir vor Kurzem gewünscht, keine weiteren

Erinnerungen an Jacob zu verlieren. Jetzt betete ich, dass sie alle möglichst bald aus meinem Kopf verschwanden.

Um mich abzulenken, nutzte ich aus, dass ich allein zu Hause war. Im Wohnzimmer drehte ich die Stereoanlage meiner Eltern fast auf volle Lautstärke, suchte immer wieder neue Sender im Radio, die schnelle, antreibende Hits spielten, und tanzte. Ich erinnere mich noch an *Fire and ice* von Marietta, *Tell it to my heart* von Taylor Dayne und *Big love* von Fleetwood Mac. Mit geschlossenen Augen bewegte ich mich immer wilder, wollte mitsingen, aber meine Stimme versagte, wegen der Tränen, die in meiner Kehle steckten.

Als *Alone* von Heart aus den Boxen schallte, strömten sie, außer Atem und mit erhitzten Wangen ließ ich mich auf das Sofa fallen und vergrub das Gesicht in den Händen, während die melancholische Musik an Herz und Seele zerrte. *Jacob!* Ich fühlte mich ebenso verlassen wie die klagende Sängerin.

Keine zwei Stunden später läutete es, was mich erneut in Aufruhr versetzte. War er das? Ich huschte zur Tür und lugte durch den Spion, sah mit Erstaunen seine Mutter dort stehen. Wollte sie mir jetzt ebenfalls den Kopf waschen, die Meinung geigen, wie enttäuscht sie von meinem Verhalten war? Einen Moment zog ich in Erwägung, nicht zu öffnen. Mein Tagespensum an vernichtender Kritik war erreicht. Dann erinnerte ich mich an meinen Vorsatz, endlich erwachsen zu werden. Und dazu gehörte auch, mich jetzt nicht zu verstecken, sondern Mrs. Hunter gegenüberzutreten und mir anzuhören, was sie zu sagen hatte.

Einen gefassten Gesichtsausdruck aufsetzend zog ich die Tür auf.

»Abigail«, sagte sie nur. Entgegen meiner vorherigen Annahme schien sie nicht erbost zu sein, ihre Züge spiegelten eher Unsicherheit. »Jacob hat mir von eurem Treffen erzählt, er ist ziemlich durcheinander. Ich auch, muss ich gestehen. Hast du Zeit, dass wir ein paar Schritte gehen und uns unterhalten?«

Ich musterte sie, dachte an meine Vorsätze und traf eine Entscheidung.

»Nein. Aber ich will mich aufrichtig bei Ihnen entschuldigen, dass ich diesen Mist von mir gegeben habe. Ich weiß selbst nicht, was in mich gefahren ist. Richten Sie das bitte auch Jacob aus, und dass ich ihn nicht weiter belästigen werde.« Ich wollte die Tür schließen, aber Mrs. Hunters folgende Worte ließen mich innehalten.

»Warte! War das wirklich Mist, was du ihm erzählt hast? Es gibt vieles zwischen Himmel und Erde, das die Menschen nicht verstehen. Darunter fällt wohl auch, was ich vor zwei Jahren erlebte. Und genau das führt mich hierher, und etwas, das ich vorhin Jacobs Worten entnommen habe. Bitte, lass uns kurz miteinander sprechen.«

Ich hatte eine Ahnung, worauf es hinauslief, wollte mich dem nicht stellen. Aber ich mochte diese Frau, sehr sogar, das machte es schwer, ihr die Bitte zu verwehren. Daher griff ich nach meiner Jacke, zog sie über und trat zu ihr hinaus.

Wir schlugen den Weg zum Park ein. Die Hände in den Jackentaschen vergraben schlenderte ich neben ihr her. Tauwetter hatte eingesetzt, der Schnee war fast gänzlich geschmolzen, bildete stellenweise Pfützen auf dem Weg, denen wir ausweichen mussten.

»Erst konnte ich auch nicht wirklich glauben, was Jacob mir erzählt hat, ich ließ ihn deinen genauen Wortlaut wiederholen«, meinte sie. »Was mich stutzig machte, war, dass du von der Nachricht auf dem Spiegel weißt. Die mich dazu brachte, zum Arzt zu gehen, statt mit Ray in den Kurzurlaub zu fahren. Davon wissen nur äußerst wenige, und das hatte ich nicht erwähnt, als wir beide in meiner Küche saßen.«

Shit.

Sie warf mir einen prüfenden Seitenblick zu, aber ich starrte stur geradeaus.

»Abby, zeigst du mir, welche Fähigkeit du besitzt? Du hast Jacob erzählt, du könntest –«

»Bitte, Mrs. Hunter«, unterbrach ich sie. »Ich sagte doch schon, dass ich mir das alles ausgedacht habe. War eine dumme Reaktion, weil er so wütend wurde, dass ich ihn ausspioniert hatte. Es tut mir wirklich leid, ich habe mir vorher keine Gedanken darüber gemacht, was das auslösen könnte.« Ich blieb stehen, sah sie endlich an. »Wir gehen besser zurück, und Sie fahren wieder nach Hause.«

Ein paar Sekunden blickten wir uns über die kurze Distanz hinweg an, die Antworten so nah, dass ich sie in den Sträuchern und den Zweigen über uns tuscheln hören konnte.

»Wieso kommt es mir so vor, als ob du *jetzt* nicht die Wahrheit sagst?« Ihre Worte ließen mich auf die Innenseiten meiner Wangen beißen. »Ich mag dich«, fuhr sie fort. »Und ich glaube, wenn du diese besondere Fähigkeit hast ... Muss es schwierig sein, damit zu leben, nicht anzuecken, das Anderssein zu verbergen. Ich wünschte, du würdest dich mir anvertrauen, ich bin offen dafür und kann ein Geheimnis hüten. Nur Jacob und ich wüssten davon, das versichere ich dir.«

Einen Augenblick geriet mein Entschluss, zu schweigen, ins Wanken. *Nein!*, entschied ich dann. *Keine impulsiven Handlungen mehr.*

»Da gibt es nichts, das ich Ihnen zeigen könnte, verstehen Sie doch. Lassen Sie uns bitte umkehren.«

Mrs. Hunters trauriger Blick stach mir in die Brust, ehe wir schweigend den Weg zurückschritten.

Vor unserem Haus blieben wir stehen. Ich streckte ihr zum Abschied die Hand entgegen. »Danke, dass Sie mir nicht böse sind. Die Sache hat mich gelehrt, keinen Unsinn mehr zu erzählen.«

Mrs. Hunter ergriff meine Hand, schüttelte sie aber nicht, sondern drehte sie um. Ließ mir in Sekundenschnelle etwas Kühles, Silbernes auf die Handfläche gleiten und schloss mit leichtem Druck meine Finger darum. Ihre Engelkette!

»Die ist für dich«, hörte ich ihre leiser werdende Stimme, das heißkalte Prickeln spürend, und schon verschluckte mich der finstere Korridor.

Verflixt, sie hat mich total überrumpelt mit der Aktion. Mein Bewusstsein waberte durch die pulsierende Dunkelheit, die Umgebung schärfte sich wie meine Sinne. So schnell wie möglich musste ich in die Gegenwart zurückkehren, ehe sie meinem leeren Gesicht ansah, dass ich geistig woanders steckte. Zu spät, die Szene aus der Vergangenheit hatte mich – wie stets – bereits gefangen genommen.

Fahles Neonlicht. Scharfer Krankenhausgeruch stieg mir in die Nase. Mrs. Hunter lag auf einer Transportbahre neben einem Krankenhausbett, flankiert von ihrem Mann und Jacob. Ihr Kopf war vollkommen kahl, was ihr ein kindliches, verletzbares Aussehen verlieh. Verstärkt wurde der Eindruck durch ihre Augen, sie wirkten riesig, denn ihr Körper in dem Krankenhauskittel wog mindestens zehn Kilo weniger als jetzt. Mr. Hunter hielt ihre Hand, sein Gesicht war vor Anspannung ganz grau.

»Alles wird gut, Mom.« Jacob versuchte sie anzulächeln, doch er war ein schlechter Schauspieler, seine Augen verrieten die Angst so deutlich, dass sich etwas in mir zusammenzog. Sie ergriff nun auch seine Hand, drückte sie mit ihren dürren Fingern.

»Ja, das wird es, ganz bestimmt. Gott und mein Engel sind bei mir, und wenn ich wieder aufwache, dann seid ihr da.«

Mr. Hunters Lippen zitterten, er wandte sich kurz ab.

Sie wird es überstehen und wieder gesund werden!, wollte ich ihnen am liebsten zurufen. In diesem Moment betrat ein Krankenpfleger das Zimmer.

»Es ist so weit, Mrs. Hunter, ich bringe Sie jetzt in den OP. Dr. Pritchard und sein Team sind bereit.« Er zeigte auf ihren Hals. »Die Kette müssen Sie noch abnehmen. Tragen Sie weiteren Schmuck?« Donna Hunter verneinte, löste die Engelkette und legte sie ihrem Mann in die Hand. Der schloss so fest die Finger darum, dass die Knöchel weiß wurden, ehe er seine Frau innig küsste.

»Komm zurück zu uns, Liebling«, hörte ich ihn wispern, von seinen Gefühlen übermannt. Auch Jacob küsste sie auf die Wange.

»Bis später, Mom«, sagte er leise, als der Pfleger sie hinausschob.

Kaum waren sie allein im Zimmer, begann Mr. Hunters Rücken zu zucken, presste er seine Finger auf die Augen. »Warum schneiden die sie jetzt ein weiteres Mal auf, nach der Chemo und allem, sie ist doch zu –«

»Dad, nicht.« Jacob nahm den Vater fest in den Arm. »Dr. Pritchard ist erfahren, der beste Chirurg hier. Mom schafft das.« Trotz der Bestimmtheit, mit der er gesprochen hatte, glänzten auch in seinen Augen Tränen.

Ich riss mich los von dem Augenblick, bildete den Schirm und zog mich endlich heraus. *Wie lange war ich im Heute schon abwesend?* Das Krankenhauszimmer, Vater und Sohn lösten sich auf, alles wurde schwarz.

Im Hier und Jetzt mit meinem Bewusstsein wieder auftauchend zuckte ich zusammen. Denn das Erste, was ich sah, war Mrs. Hunters Gesicht, keine Handbreit vor meinem. Sie trat einen Schritt von mir zurück, musterte mich aber weiter, als hätte sie gerade eine Offenbarung gehabt.

»Da bist du wieder. Willst du immer noch abstreiten, dass du die Geschichte der Dinge sehen kannst?« Ihre Stimme zitterte.

Statt darauf einzugehen, streckte ich ihr die Kette entgegen. »Die kann ich nicht annehmen.«

Aber sie machte keine Anstalten, sie entgegenzunehmen.

»Was hast du gesehen? Du warst ganz weit fort, hast die ganze Zeit lang nicht einmal geblinzelt!« Mrs. Hunter atmete erregt. Gar nicht gut. Mir fiel keine passende Erwiderung ein, stattdessen beugte ich mich vor, steckte ihr die Kette in ihre Manteltasche.

»Leben Sie wohl.« Ich wandte mich ab, um zu gehen, aber sie hielt mich am Arm fest. Als sie bemerkte, dass es der Bandagierte war, ließ sie ihn sofort wieder los.

»Ich muss es wissen! Bist du es gewesen? Das, was ich für meinen Engel gehalten habe? Bitte, sag es mir.« Jetzt war sie den Tränen nahe, ich presste die Lippen zusammen. Der Tag schien plötzlich dunkler zu werden, das Rauschen des Windes in den Bäumen klang wie ein bedrohliches Flüstern.

»Du brauchst es mir gar nicht zu bestätigen«, fuhr sie fort. »Ich weiß es, und ich will dir danken, dafür, was du für mich getan hast.« Sie schloss mich in ihre Arme, und ich spürte ihren inneren Aufruhr, der sie zittern ließ. »Was du dir damit angetan hast«, fügte sie leise hinzu.

In mir brach der Schutzwall, den ich so mühsam errichtet hatte, all die aufgestauten Empfindungen, Verletzungen und Hoffnungen überwältigten mich. Ich erwiderte ihre Umarmung, schloss dabei die Augen, roch ihren sauberen Duft, und ein Schluchzer stieg in meiner Kehle auf, den ich nicht unterdrücken konnte. Eine Weile blieben wir so stehen.

Nachdem wir uns voneinander und aus dem emotionalen Moment gelöst hatten, rangen wir beide um Fassung, Mrs. Hunter versuchte ein zaghaftes Lächeln.

»Nun, da das geklärt ist, magst du mir jetzt erzählen, was du beim Berühren meiner Kette gesehen hast?«

Das tat ich, umriss in knappen Sätzen die gespeicherte Erinnerung. Sie blinzelte ein paarmal, und ich merkte ihr an, dass meine Worte sie berührten.

»Ich erinnere mich genau an diesen Tag. Alle drei hatten wir Angst vor der zweiten Operation, das war der Tiefpunkt meiner Krankheit. Aber danach ging es bergauf.« Jetzt lächelte sie wieder. »Jacob muss es erfahren. Er darf nicht länger falsch von dir denken. Es hat nicht nur dich, sondern auch ihn mitgenommen.«

»Ich weiß nicht, ob das eine gute Idee ist.«

»Vertrau mir. Du hast so viel für mich und meine Familie getan. Jetzt lass mich das für dich tun.« Sie strich mir mit dem Handknöchel über die Wange. »Du wirst mich jetzt nach Hause begleiten. Dort werde ich kurz allein mit Jacob sprechen, ihn bitten, dir zuzuhören und ihm deine Gabe demonstrieren zu lassen. Nur, wenn er sich bereit erklärt, dir diese Zeit zu gewähren, werde ich dich hereinbitten. Für den Fall, dass er Nein sagt – wovon ich nicht ausgehe –, fahre ich dich wieder heim.«

»Er wird nicht mit mir reden wollen. Er ist nicht wie Sie.«

Mrs. Hunter sah mich warm an. »Doch, er wird mit dir sprechen. Ich kann deine Zurückhaltung verstehen. Jacob hat sich dir gegenüber heute sehr abweisend verhalten, aber für gewöhnlich ist er liebenswürdig und fair.«

Ich weiß, darum schmerzt es ja so!, unterbrach ich sie in Gedanken, während sie weitersprach.

»Ich glaube, er war so furchtbar enttäuscht, weil er sich in dich verliebt hat.« Sie ergriff meine Hand. »Bitte, komm mit und zeige es ihm, dann wird er wissen, was die Wahrheit ist, so wie ich.«

Kurz rang ich mit mir, aber was hatte ich zu verlieren?

Da war sie wieder, meine Impulsivität. Eine neuerliche Abweisung wäre schlimm, rechtfertigte ich sie vor mir, aber nicht so furchtbar wie vielleicht mein Leben lang über die verpasste Chance nachzudenken, oder?

»Ich hole noch etwas.« Ich eilte ins Haus. Dort schlug ich die Engelskulptur in Zeitungspapier ein und stieg damit zu Mrs. Hunter in den Wagen.

Egal, was gleich passierte und wie die Sache ausging, ich würde Jacobs Mutter den Engel schenken. Wenn es in einem Desaster endete, dann wartete zu Hause eine Erinnerung weniger auf mich.

»Es dauert nur einen Moment.« Mrs. Hunter strebte mit raschen Schritten auf ihr Haus zu und verschwand darin, während ich stocksteif mit dem Päckchen auf dem Schoß sitzen blieb. Bange Minuten verbrachte ich damit, mir ihr Gespräch mit Jacob auszumalen. Sie war eine hartnäckige Frau, sie konnte ihn garantiert dazu bewegen, ein Gespräch mit mir zu führen. Aber wie würde er mich empfangen? Distanziert? Frostig?

Aus den Minuten wurde fast eine Viertelstunde. Unruhe und ein schlechtes Bauchgefühl machten sich in mir breit, was war da drinnen los? Endlich kam Mrs. Hunter wieder heraus. Während sie sich auf den Wagen zubewegte, sah ich ihren versteinerten Gesichtsausdruck. Hieß das, Jacob hatte ablehnend reagiert, oder hatten sie nur eine heftigere Auseinandersetzung gehabt? Sie nahm hinterm Steuer Platz. »Es tut mir leid. Ich war mir so sicher, dass auch er die Sache klären will.«

Obwohl ich es geahnt hatte, spürte ich, wie tief in mir der Rest an Leuchtendem zerbrach. Wie eine verglühende Sternschnuppe. Ich konnte nichts sagen. Diese letzte Demütigung war einfach zu viel für mich.

Mrs. Hunter fädelte ihr Auto in den Verkehr ein, stieß einen tiefen Seufzer aus, in den sie jede Unze Missfallen und Zerknirschung legte, die sie aufbringen konnte. »Das habe ich nicht erwartet, sonst hätte ich dich nicht hierhergebracht. Ich erkenne ihn nicht wieder –«

»Bitte, lassen Sie uns nicht mehr über ihn sprechen«, unterbrach ich sie. *Ich erkenne dich auch nicht wieder,* hielt ich im Stillen Zwiesprache mit Jacob. *Wo ist der sensible, auf Harmonie bedachte Junge geblieben, in den ich mich verliebt habe? Oder empfindest du einfach nicht dieselben Gefühle für mich wie früher …? Schluss damit! Das war's!,* fuhr ich mich in Gedanken an, versank in dumpfes Brüten. Wir fuhren schweigend, bis wir mein Zuhause erreichten, und ich hielt ihr das Zeitungspapierpäckchen hin. »Das ist für Sie, ich hatte leider keine Zeit, es hübsch einzupacken.«

»Danke.« Mit verblüfftem Gesicht nahm sie es entgegen, setzte an, etwas zu sagen, aber ich stieg aus.

»Leben Sie wohl, Mrs. Hunter, es hat mich wirklich gefreut, Sie kennenzulernen.« Rasch schloss ich die Wagentür, ehe sie antworten konnte, und flüchtete in unser Haus, in mein Zimmer. Vor meinen Füßen schien sich ein schwarzer Abgrund zu öffnen, in den ich jederzeit zu stürzen drohte. Erst nach einer Weile hatte ich mich ausgeweint. Meine Brunnen waren endgültig leer.

Sonntag. Meine Eltern hatten für den frühen Abend zu einem Klienten-Dinner eingeladen. Drei in teure Anzüge gekleidete Herren waren bereits mit ihren aufgetakelten Ehefrauen erschienen und nippten im Wohnzimmer an den Aperitifs. Das Stimmengewirr und das dröhnende Lachen des einen drangen aus dem Raum. Welchen Erfolg vor Gericht es zu feiern gab, entzog sich meiner Kenntnis, irgendeine Sammelklage, aber meine Aufgabe bestand momentan darin, die Tür zu öffnen, die Gäste zu begrüßen, ihnen Jacken und Mäntel abzunehmen und danach einen Begrüßungscocktail in die Hand zu drücken. Seltsamerweise war es mir willkommen, das zu tun, Kraft zu mobilisieren, um die Fassade aufrechtzuerhalten, denn es lenkte mich von meinen dunklen Gedanken ab.

Als es erneut läutete, zog ich die Haustür mit einem höflichen ›Herzlich-willkommen!‹-Gesicht auf. Augenblicklich fiel mein Lächeln in sich zusammen, als ich sah, wer dort stand. Ich war sprachlos, unterdrückte aber den Reflex, die Tür zuzuknallen, stattdessen krallte ich meine Finger zu fest um die Klinke. Jacob schaute mich auch nicht sonderlich freundlich an.

»Mom besteht darauf, dass wir uns unterhalten«, begrüßte er mich.

»Kannst ja wieder fahren, wenn *du* das nicht willst«, erwiderte ich patzig. *Schlechter Start.*

Im Hintergrund ertönte erneut schallendes Gelächter, als hätte die Runde gerade einen Spitzenwitz gehört, sehr unpassend.

»Außerdem hab ich gerade keine Zeit.«

Jacob schwieg einen Moment, sah auf das Tablett mit den Cocktails, dann zur Seite, nur nicht zu mir. »Mom meint, ich habe mich unfair verhalten, ich solle dir zuhören.«

»So, meint sie das. Und – was denkst du selber?« Ich hob die Augenbrauen, verschanzte mich hinter meiner Unfreundlichkeit wie hinter einem Schild. Die Stimmen aus dem Wohnzimmer wurden lauter, als eine Dame im eleganten Kostüm heraustrat und im Gäste-WC verschwand.

»Anscheinend ist es gerade ein schlechter Moment.« Er steckte die Hände in die Jackentaschen, schaute zu Boden.

»Das hast du richtig erkannt.« Sein ganzes Verhalten wirkte, als wäre er nur der Mutter zuliebe oder auf ihren Druck hin hier. Darauf konnte ich verzichten. Gerade wollte ich die Tür schließen, als ein Mercedes vorfuhr und hinter den anderen Autos parkte. Ein weiterer Herr im Maßanzug mit schmuckbehängter Ehefrau am Arm strebte auf unser Anwesen zu. Jacob schob sich an den beiden vorbei in

Richtung Straße. Jetzt tat es doch weh, ihn gehen zu sehen, aber ich zwang mir ein Lächeln ins Gesicht, bat das Paar herein, schloss die Haustür und spulte das Begrüßungsritual ab. Wenn ich richtig gezählt hatte, waren das die letzten erwarteten Gäste gewesen. Also hätte ich jetzt Zeit für ein Gespräch gehabt ... Aber – wollte ich das überhaupt, nach allem, was geschehen war? Würde sich Jacob noch einmal bei mir melden?

Es klopfte. Ich zog die Tür wieder auf.

»Wann hättest du denn Zeit?« Endlich sah er mir in die Augen, und das, was ich in seinen las, hatte ich nicht erwartet, es ließ meinen Ärger schwinden. Er fürchtete, genauso wie ich, von mir abgewiesen und verletzt zu werden. Wortlos schnappte ich mir meine Jacke und trat zu ihm hinaus. Ein ungemütlicher Nieselregen hatte eingesetzt, kein Wetter für einen Spaziergang. Jacob schien das Gleiche zu denken, denn er ging auf sein Auto zu, öffnete zuerst mir die Tür. Ich stieg ein, während die Fäuste der Unsicherheit von innen zu trommeln begannen. *Ich werde gelassen bleiben. Meine Würde wahren. Und falls das nicht klappt, sage ich zu ihm, er kann mich mal, steige aus und knalle die Autotür zu.*

Er saß neben mir, und es bestand eine Spannung zwischen uns, die jetzt wieder eindrang wie ein plötzlicher Glassplitter, klein, aber überraschend schmerzhaft.

»Ich weiß nicht, was das hier wird«, sagte er.

»Das weiß ich auch nicht, es war die Idee deiner Mutter.«

Wir redeten in unpersönlichem Ton, wie feindliche Kommandanten. Er schien es auch zu bemerken, denn jetzt drehte er sich mir endlich zu. »Also, wenn ich das gestern Mittag richtig verstanden habe, meinst du, durch das Berühren von Gegenständen Ereignisse aus der Vergangenheit zu sehen.«

»Das meine ich nicht nur, das kann ich tatsächlich.« *Du hast es mir schon einmal geglaubt.*

»Und – wenn ich auch das korrekt verstanden habe –

dann kannst du sogar in die Vergangenheit eingreifen, dort etwas verändern?« Er zog spöttisch die Augenbrauen hoch. Es wurde Zeit, dass ich das Gespräch in die Hand nahm.

»Ja, aber das werde ich nie, nie wieder tun. Die Gründe dafür nenne ich dir später, wenn das okay ist.« *Falls du die Unterhaltung nicht ein weiteres Mal vorzeitig abbrichst,* fuhr ich in Gedanken fort. »Gib mir bitte einen Gegenstand von dir, am besten einen, den du häufig benutzt oder am Körper trägst.«

Während er kurz überlegte, waren auf seinem Gesicht zynische Worte zu lesen, die er aber nicht aussprach, ehe er die Armbanduhr vom Handgelenk löste und sie mir entgegenstreckte. Ich berührte das Uhrgehäuse mit den Fingerspitzen, spürte das elektrisierende Kribbeln.

»Gut, sie funktioniert.« Ich bildete den Schirm, bevor ich die Uhr an mich nahm.

»Meine Mom ist leichter zu beeindrucken als ich, also lass dir bitte was Unterhaltsames einfallen.« Damit lehnte er sich zurück, verschränkte die Arme vor der Brust und betrachtete mich wie einen abgehalfterten Varietékünstler. Kurz davor, ebenfalls eine sarkastische Bemerkung fallen zu lassen, unterließ ich es lieber. *Kein Öl ins Feuer gießen.*

»Gleich werde ich etwas seltsam aussehen«, warnte ich ihn noch vor, ließ den Schirm sinken und trat die Reise in seine Vergangenheit an.

Denkbar, dass es an meiner emotionalen Erschöpfung lag, vielleicht auch an dem Druck, unter dem ich gerade stand, jedenfalls musste ich die Konzentration regelrecht erzwingen, denn die Erinnerungen rauschten wie Blitzlichter auf mich ein. Jacob beim Schreiben einer Collegeprüfung. *Klick.* Bei einem Praktikum im Krankenhaus, aufmerksam den Ausführungen eines Arztes lauschend. *Klick.* Mit der lächelnden Blonden in der Cafeteria in Dearborn. *Halt! Zurück!* Das interessierte mich brennend. Ich schaffte es, zu dieser Erinnerung zurückzuspringen und in sie einzutauchen, auch wenn mir deshalb schwindelig wurde und ich zu schwitzen begann vor Anstrengung.

Sie lösten sich aus einer Umarmung, die Blonde hielt Jacob aber weiter an den Händen, schenkte ihm ein Tausend-Watt-Lächeln. »Du bist einfach unglaublich!«

Dieses Kompliment nahm er sichtlich geschmeichelt auf, er errötete sogar ein wenig, und ein Stich der Eifersucht durchbohrte mich.

Hat er mich etwa doch angelogen, ist sie seine Freundin, so wie ich es vermutet hatte?

»Ohne deine Hilfe hätte ich die Mathe-Prüfung nie geschafft. Ich weiß gar nicht, wie ich dir danken soll«, sagte sie.

»Hab ich doch gern gemacht für die kleine Schwester meines besten Freundes.«

»Sarah!«, hörte ich da eine Stimme hinter uns und drehte mich um, genau wie Jacob und das Mädchen. Ein Junge mit verkniffenem Gesicht hatte sie gerufen, seine ganze Körperhaltung strahlte Missbilligung aus.

»Oh, Mike ist anscheinend eifersüchtig. Aber das tut ihm mal gut«, flüsterte Sarah kichernd. Sie legte Jacob die Hände auf die Schultern, stellte sich auf die Zehenspitzen und drückte ihm einen Kuss auf die Wange. »Wir sehen uns.« Ihm noch einmal zublinzelnd eilte sie zu Mike, der offensichtlich ihr fester Freund war und ihr besitzergreifend einen Arm um die Schulter legte, als die beiden wegschlenderten. *Jacob hat ihr nur durch die Prüfung geholfen, sie sind nicht zusammen!*

Das, was ich als Verliebtheit aufgefasst hatte, waren allein Dankbarkeit und freundschaftliche Gefühle gewesen. Ein Lächeln umspielte meine Mundwinkel, dennoch fühlte ich die Erschöpfung stärker werden. Die Szene aus der Vergangenheit begann sich flimmernd aufzulösen, und ich ließ mich mit einer gewissen Erleichterung in die Dunkelheit fallen, bevor ich in Jacobs Toyota wieder auftauchte.

Sein Gesicht schärfte sich, und ich nahm wahr, dass er mich regungslos betrachtete. Bis ins Detail berichtete ich ihm von der Szene in Dearborn, die ich soeben erlebt hatte. Er schwieg, zeigte keinerlei Gefühlsregung, erst bei den letzten Worten zuckte in seiner Wange ein Muskel, dann verhärtete sich sein Gesichtsausdruck. Schließlich brach er endlich das Schweigen.

»Warst du in letzter Zeit in Dearborn beim College?«

Ein Kloß bildete sich in meinem Hals, denn ich wusste sofort, worauf er hinauswollte, bereits ehe er es sagte.

»Hast du mir dort etwa auch hinterhergeschnüffelt? Mein Gespräch mit Sarah belauscht?« Das, was ich bis eben für einen sicheren Beweis meiner Gabe gehalten hatte, untermauerte seine Theorie, dass ich eine Stalkerin war. Das war das Gegenteil dessen, was ich hatte erreichen wollen. Meine Erleichterung war dahin. Selbst wenn ich ihn anschwindelte, dass ich nie in Dearborn gewesen war, würde er mir wohl nicht glauben. Nein, bestimmt nicht, denn jetzt applaudierte er langsam, und seine Stimme triefte vor Ironie. »Aber eins muss man dir lassen: Du hast schauspielerische Qualitäten. Dieser weggetretene Ausdruck, den du durchgehalten hast, ohne zu zwinkern, dabei hatte ich dir zwischendurch sogar zugewunken. Hut ab!«

Schluss! Ich wollte mich nicht wieder in diese Ecke drängen lassen. Warum war es diesmal so furchtbar schwer, ihn zu überzeugen? Hatte er sich so sehr zum Negativen verändert? Nein, das wollte ich nicht glauben. *Nicht aufgeben! Zieh es bis zum Ende durch!*

Obwohl ich viel zu ermattet war, um eine weitere Reise in die Vergangenheit zu unternehmen, umschloss ich die Uhr fest mit den Fingern, ließ den Schirm wieder sinken und stürzte erneut durch die Zeit.

Ich muss die eine *Erinnerung finden, die ihm unumstößlich zeigt, dass ich die Gabe besitze!*

Diesmal strömten die Szenen weit ungeordneter auf mich ein, schossen teils an meinem Geist vorüber, als wäre ich in einen aufgescheuchten Vogelschwarm geraten.

Ein beginnender Kopfschmerz sowie das neuerlich einsetzende Schwindelgefühl lenkten mich ebenfalls ab. *Konzentrier dich!*, fuhr ich mich innerlich an. *Du hast nur diese eine Chance!*

Zunächst war ich zu unentschlossen, wusste nicht, welche Erinnerung ich festhalten sollte. Doch dann ließ ich mich, wie eine Brieftaube, von meinem Instinkt leiten und richtete die ganze verbliebene Energie auf genau diese eine.

Ich stand in einer Kirche. Dunkel war es hier, ein Tisch voller kleiner, brennender Kerzen erhellte eine Nische mit einem Heiligenbild. Zusammen mit den anderen im Kirchenschiff und auf dem Altar entzündeten Kerzen bildeten sie die einzige Lichtquelle. Die großen Bogenfenster zeichneten sich nur als Schemen ab, kein hereinfallendes Tageslicht ließ das farbige Glas erleuchten, draußen schien es Abend oder Nacht zu sein. Die kühle Luft ließ mich frösteln, die Kirchenbänke waren leer.

Durch eine Bewegung zu meiner Linken wurde ich auf zwei Personen aufmerksam und näherte mich ihnen. Beim Taufbecken stand ein älterer Pfarrer in seiner schwarzen Soutane, er war fast ebenso großgewachsen wie Jacob neben ihm. Der flackernde Kerzenschein ließ ihre Gesichter, auch das verwitterte des Paters, weicher erscheinen. Aber nicht nur das Kerzenlicht flackerte, die ganze Szene zitterte immer wieder, wie ein gestörtes Fernsehbild. Ich würde nicht mehr lang hierbleiben können, das war mir klar, ich war zu geschwächt.

Jetzt hörte ich die Baritonstimme des Geistlichen.

»Herr, allmächtiger Vater, ewiger Gott, bitte segne diese

Kette, damit sie eine rettende Hilfe wird. Lass sie die Stütze des Glaubens sein, die Erlösung der Seele. Und lass sie Trost, Schutz und Schild sein. Gott, segne diese Kette, damit sie ein Werkzeug deiner heiligen Gnade sei. Möge sie und die, die sie nutzt, gesegnet sein. Im Namen des Vaters, des Sohnes und des Heiligen Geistes. Amen.«

Nun hielt der Pfarrer das Schmuckstück, das ich als Mrs. Hunters Engelkette identifizierte, über das Taufbecken, schöpfte etwas Weihwasser und benetzte sie damit. Dann überreichte er sie Jacob und legte eine seiner Hände auf dessen Schulter.

»Die Segnung ist eine Bitte an Gott, keine Garantie für irgendeinen Effekt, das weißt du.«

Jacobs Gesicht verzog sich schmerzvoll, er hatte Mühe, Fassung und Haltung zu bewahren, das sah ich ihm an. »Pater Crawford, meine Mutter bat mich, ihre Kette von Ihnen segnen zu lassen. Ich selbst glaube nicht daran. Und wenn Ihr Gott meine Mom, diese wunderbare, liebenswerte Frau, die nie jemandem etwas Böses getan hat, so leiden und jämmerlich sterben lässt, dann bezweifle ich auch seine Existenz.«

Er atmete heftig, und ich erwartete, dass der Geistliche ihn streng zurechtweisen würde. Wieder brachte eine Welle meiner Erschöpfung die Szenerie zum Erzittern, der hintere Teil des Gotteshauses löste sich bereits auf, doch ich hörte den alten Mann noch sanft sagen: »Das Zweifeln gehört zum Menschen. Deine Angst und deine Hilflosigkeit lassen dich solche Worte sprechen, aber auch du brauchst den Glauben. Es liegt allein in Gottes Gnade, was geschehen wird. Ich werde für deine Mutter beten …«

Schwarze Stille, als ob jemand den Stecker des Fernsehers aus der Wand gezogen hätte.

»Hey!« Etwas war auf meinem Gesicht, ein leises patschendes Geräusch ließ mich auffahren und gierig die Luft einsaugen, als wollte ich sie in großen Schlucken trinken. Meine Lider hoben sich wie schwergängige Jalousien, verschwommen sah ich Jacob vor mir. Jetzt erst wurde mir bewusst, dass ich auf dem weit zurückgelegten Autositz lag und er mir soeben mit der Handfläche mehrmals leicht auf die Wange getatscht hatte. Er war mir so nah, dass ich den Geruch von Weichspüler vermischt mit dem ihm eigenen Duft wahrnahm, so angenehm und vertraut.

»Zum Glück bist du wieder aufgewacht, sonst hätte ich die Party deiner Eltern sprengen und dich reintragen müssen. Du bist einfach ohnmächtig geworden, wumms, wie ein Mehlsack mit dem Kopf auf das Armaturenbrett gekippt.«

Wann in seiner neuen Vergangenheit war er so uncharmant geworden? Aber trotz der nicht sonderlich zartfühlenden Worte spürte ich seine ehrliche Besorgnis, sah sie auch in seinen Augen. »Soll ich dich hineinbringen?«

Ich schaffte es, meinen Oberkörper aufzurichten, den Sitz am Schalter wieder in die Ausgangsposition zu bewegen, und atmete noch einmal tief durch.

»Nein, schon okay.« Meine Stimme klang ungewollt kraftlos, so wie ich mich fühlte. Bevor er vielleicht wieder sticheln würde, was für eine Show ich gerade abgezogen hatte, berichtete ich ihm die Erinnerung aus der Kirche, wiederholte auch wortwörtlich jeden gesprochenen Satz. »Und falls du mir immer noch nicht glaubst, ich kann kein weiteres Mal in die Vergangenheit gehen, nicht jetzt.«

Ich hatte mich derart konzentriert, alles korrekt wiederzugeben, dass ich ihn gar nicht angesehen hatte. Als ich es jetzt tat, erschrak ich. Der Mund stand ihm leicht offen, er war kreidebleich und starrte mich an wie eine nächtliche Erscheinung.

»Das kannst du nicht wissen.« Es war nur ein Flüstern. »Ich habe niemandem von dem Gespräch mit dem Pater erzählt, niemandem.« Er wischte sich mit der Hand über das Gesicht, dann senkte er den Kopf, als ob er meinen Anblick nicht länger ertragen könnte.

»Geht es dir wieder besser?«, fragte er, starrte aber weiter auf das Lenkrad.

»Mir würde es schon viel besser gehen, wenn ich wüsste, dass du mir endlich glaubst.«

Meine Lippen bebten, weil ich ebenso aufgewühlt war wie er. Die dumme Heulsuse in mir wollte sich schon wieder vordrängeln, aber noch hielt ich sie in Schach. Jacob schwieg.

»Und falls ja, dann wünschte ich, dass ich in deinen Augen kein Freak bin«, setzte ich leise hinzu. Zermürbende Sekunden verstrichen.

Mist, die Heulsuse entwischte meiner Selbstbeherrschung, meine Augen füllten sich mit Tränen, denn die Angst ergriff Besitz von mir. Angst, dass er mich jetzt abartig fand, mich ablehnte. Sie hüllte mich ein, umgab mich wie ein Sarkophag. Warum sagte er nichts? Warum sah er mich nicht mehr an?

»Dass du überhaupt noch hier bist«, hörte ich ihn jetzt murmeln. Meine Eingeweide zogen sich zusammen. *Schon verstanden. Aus. Vorbei. Dann schnell raus hier, ehe er es direkt ausspricht, dass ich verschwinden soll.*

Ich legte meine Hand auf den Griff, öffnete die Autotür und erhob mich wie eine bettlägerige alte Frau.

»Warte. Geh nicht.«

Wie bitte?

Er zog mich zurück auf den Sitz. Der Nieselregen, der durch die offene Wagentür hereindrang, besprenkelte kühl mein Gesicht.

»Ich habe mich doof ausgedrückt. Was ich eigentlich meinte … Ich hätte dir einfach nur richtig zuhören müssen, dich zeigen lassen sollen. Ach, verdammt, ich hab mich benommen wie ein Arschloch. Gestern im Diner, auf dem

Parkplatz, dann, als ich dich nicht sehen wollte, und jetzt gerade. Das meinte ich eben mit: ›Dass du überhaupt noch hier bist.‹« Endlich sah er mich an, ganz anders als zuvor. Voller Reue. Und ... Zuneigung?

»Ich muss dir wichtig sein, dass du all diese Gemeinheiten ausgehalten hast, dass du zu mir gekommen bist, jetzt hier sitzt und nicht aufgegeben hast.« Seine Hand griff zaghaft nach meiner. »Auch wenn ich das alles hier überhaupt nicht fassen kann und du mir noch viel erklären musst ... Verzeih mir, bitte.«

So viele Dinge wollte ich sagen, fand aber in diesem Augenblick einfach nicht die richtigen Worte. Sein schlechtes Gewissen und sein zärtliches Empfinden für mich waren unübersehbar. Das war endlich wieder *mein* Jacob. Tränen liefen mir über die Wangen, ich musste schlucken und schniefen. Aber im Inneren meines Körpers hatte sich plötzlich ein Knoten gelöst. Die losen Enden der Schnüre flatterten frei im Wind.

»Ich liebe dich«, flüsterte ich, legte meine Arme um ihn und drückte ihn so fest an mich, dass er zusammenzuckte. Seine Arme schlossen sich ebenfalls um mich, bis er mich ebenso festhielt wie ich ihn.

Später fuhren wir zu ihm nach Hause. Mrs. Hunter saß in der Küche, wo es lecker aus irgendwelchen Töpfen duftete. Als sie uns kommen hörte, blickte sie auf von der Zeitung, musterte uns aufmerksam, dann, als sie unsere ineinander verschränkten Hände und gelösten Mienen sah, legte sich Erleichterung über ihre Züge. »Abby, wie schön, dass du da bist!« Sie umarmte mich. »Holla, dass ich das noch erleben darf, hat das lang gedauert. Ich hätte beinahe wieder das Nägelkauen angefangen.«

»Das lag an meiner Sturheit«, sagte Jacob. »Aber ich werde mich bessern, versprochen.«

Wir lächelten uns an. Sie trug wieder ihre Kette, und mir

ging durch den Kopf, dass sie mich mit dem überfallartigen Überreichen gestern offensichtlich nur getestet hatte … Donna Hunter war ganz schön ausgekocht!

Die Engelfigur hatte einen Ehrenplatz zwischen den anderen erhalten. Mrs. Hunter bemerkte meinen Blick. »Er ist wunderschön, Abby.«

Ja, so wie Sie, dachte ich voller Wärme.

Ich blieb zum Essen, zu dem auch pünktlich Jacobs Vater heimkehrte, ahnungslos, welch Drama sich gestern und heute abgespielt hatte. Wie versprochen, behielten Mrs. Hunter und Jacob mein Geheimnis für sich.

Es war heimelig im Kreis dieser kleinen Familie, zu der jetzt irgendwie auch ich gehörte.

Unter dem Tisch fasste Jacob immer wieder nach meiner Hand, und in seinen Bernsteinaugen lag neben dem anhaltenden Staunen dieselbe Zärtlichkeit wie früher.

Himmel, ich habe es doch noch geschafft.

Das Leben konnte so schön sein! Und diesen wunderbaren Moment fest in den Schrein meines Herzens einschließend, strahlte ich sie alle an.

26
1988

Dieses Jahr wurde eines der glücklichsten meines Lebens, voller Liebe, großartiger Erlebnisse und Erfolg. In erster Linie lag das daran, dass Jacob und ich uns wiedergefunden hatten.

Wir passten einfach zusammen. All die Ecken und Kanten, die wir zwei besaßen, griffen ineinander wie die Teile eines Puzzles und machten uns beide ganz. Er akzeptierte mich mit meiner besonderen Fähigkeit. Und selbst wenn ich mich von meiner kratzbürstigen Seite zeigte, schien er mich zu lieben. Das war beruhigend und gab mir Sicherheit. Eine Art Geborgenheit, die mir bisher nur Granny vermittelt hatte.

Es passierte eine Menge, aber vor allem zwei Erlebnisse sind mir in Erinnerung geblieben.

Da war zum einen das Campingwochenende mit Jacob am Eriesee. Der Sommer hatte just begonnen, und es war erstaunlich warm für das Klima in Michigan. Wir liehen uns ein kleines Motorboot, Jacob übernahm das Steuer, und wir erkundeten den See. Irgendwann stellte er den Motor aus, und wir streckten uns nebeneinander auf dem schaukelnden Boot aus. Die Sonne streichelte meine leicht bekleidete Haut, und ich genoss die friedliche Zweisamkeit, lauschte dem leisen Geräusch, wenn das Wasser gegen den Bootsrumpf schwappte, dem Flüstern des Windes, dem Schreien der Möwen, die über uns am Himmel segelten.

»Können wir nicht länger bleiben?«, fragte ich.

»Nein, leider nicht. Dad hat morgen Geburtstag, Mom besteht darauf, dass ich zum Frühstück zurück bin.«

Mitten in der Nacht brach unser Zelt über uns zusammen, was uns erst erschreckte, dann derart zum Lachen brachte, dass andere Camper erbost aus ihren Zelten riefen, wir sollten endlich Ruhe geben. Unterdrückt kichernd krochen wir aus dem Nylongewirr ins Freie.

Wir schliefen in unseren Schlafsäcken unter dem klaren Nachthimmel, nachdem wir aneinander gekuschelt lange in die Sterne geblickt hatten.

Bevor ich zufrieden einnickte, griff ich nach seiner Hand und flüsterte: »Mit dir zusammen ist es überall schön.«

Aber Jacob antwortete nicht, er war bereits eingeschlafen.

In der Frühe schimmerte der See golden in der aufgehenden Sonne, die Sterne verblassten. Wir packten alles zusammen und in den Wagen, mussten wieder heim. Bei der Abfahrt kurbelte ich das Fenster herunter, atmete tief den Geruch des Gewässers, von trockenem Gras und Staub – Sommerduft – ein und beobachtete andächtig, wie die Sonne über dem See aufging.

Das zweite Erlebnis, das sich mir eingeprägt hatte, war das Wochenende, das ich mit Jacob bei Granny in Charleston verbrachte, um ihn ihr endlich vorzustellen. Er riss die Augen auf, als wir über die Auffahrt auf *Oakley Gardens* zukamen.

»Hammer, was für ein Prachtbau!«, entfuhr es ihm.

»Na, hab ich es gut beschrieben?«, fragte ich mit einem gewissen Stolz.

Und als wir die Eingangshalle des Hauses betraten, blieb ihm für einen Moment die Spucke weg. Er hatte Ahnung von stilvollen Antiquitäten, schließlich arbeitete sein Vater im Kunstmuseum.

Granny empfing uns liebenswürdig und charmant wie immer. Am Sonntagnachmittag, als Jacob für sie draußen im Garten ein Tor reparierte, zog sie mich zu einem Fenster, von dem aus wir ihn beobachteten.

»Er ist sympathisch, ein umgänglicher, ganz besonderer junger Mann.«

Ich stand neben ihr und betrachtete Jacob mit Wärme, wie konzentriert er arbeitete.

»Ja, das ist er.«

»Ich denke, du wirst ihn heiraten.«

Das entlockte mir ein ungläubiges Kichern. »Granny, wie kommst du denn darauf, wir sind doch erst ein halbes Jahr zusammen!«

Sie hatte mich wissend angelächelt. »Ich sehe das, und ich habe schon viel gesehen, vergiss nicht, wie alt ich bin. Er ist dir sehr zugetan. Vor allem, wenn er sich unbeobachtet fühlt. Dann zeigen die meisten Menschen ihren wahren Charakter.«

Ihre Worte hatten mich berührt, und ich hatte sie fest umarmt.

Und was den Erfolg betraf, so schnitt ich in den Abschlussprüfungen der *Harrison High School* als Drittbeste ab. Meine Eltern zeigten sich sichtlich zufrieden und machten mir, wie es ihre Art war, ein großzügiges Geschenk: Ich durfte in der Zeit, bis das College begann, eine Europareise antreten. Das Beste daran war, dass Maylin und Ruthy mich begleiteten. Schon Wochen vorher waren wir komplett aus dem Häuschen. Einziger Wermutstropfen war, dass Jacob in Detroit zurückbleiben und ich ihn wahnsinnig vermissen würde.

Unser erstes Ziel war das romantische Paris. Wir besichtigten den Louvre, die Kathedrale *Notre Dame* und erklommen danach die unzähligen Stufen des Eiffelturms, was Ruthy völlig außer Atem brachte. Oben, auf der

Aussichtsplattform, sahen wir, wie ein junger Mann vor seiner Freundin auf die Knie ging, woraufhin diese sich ergriffen eine Hand vor den Mund legte und aufschluchzte.

»Mädel, bloß weil er sich die Schuhe zubindet, musst du doch nicht anfangen zu heulen!«, frotzelte Maylin, ehe der junge Mann seinen Antrag vorbrachte. Ruthy knuffte unsere Freundin empört in die Seite und zerrte uns beide schnell weiter. Auch wenn ich ein Grinsen unterdrücken musste, hoffte ich, dass das Pärchen unsere Sprache nicht verstand. Maylin war wirklich unmöglich!

Nachmittags besuchten wir die Katakomben von Paris. In den finsteren, unterirdischen Gängen stießen wir auf unzählige vergilbte menschliche Schädel und Knochen, allesamt in die groben Wände eingearbeitet. Das Licht war gedämpft, und die Flammen echter Fackeln, die in Halterungen steckten, ließen gespenstische Schatten der Gebeine aufflackern, als würden sie nach Hunderten von Jahren wieder zum Leben erwachen.

»Von 1785 bis zum Beginn des neunzehnten Jahrhunderts wurden im Zuge der Schließung vieler Pariser Pfarrfriedhöfe die Gebeine von etwa sechs Millionen Parisern hierher in die Katakomben, die ehemaligen Steinbrüche, überführt«, begann der Reiseführer seinen geschichtlichen Vortrag, dem ich gespannt lauschte.

Während Maylins Augen beim gruseligen Anblick der Totenköpfe regelrecht funkelten, weiteten sich die von Ruthy hinter der Hornbrille, und sie erschauerte.

»Das ist nix für mich. Ich warte oben auf euch«, presste sie hervor und flüchtete die hundertdreißig Stufen zurück ans Tageslicht.

»Echt spooky.« Maylin grinste und holte ihre Kamera aus dem Rucksack. »Mach mal ein Foto von mir mit dem hier.« Sie reichte mir den Apparat und stellte sich neben einen der bräunlichen Schädel an die Wand.

»Warum gerade mit diesem?«, fragte ich, durch das Objektiv blickend.

»Guck doch hin! Der hat große Ähnlichkeit mit Miss Finch, findest du nicht?«

Am nächsten Morgen nach dem Frühstück suchte ich die Telefonzelle vor dem Hotel auf. Ich hatte solche Sehnsucht nach Jacob, wollte seine Stimme hören und ihm von unseren ersten Tagen in Frankreich erzählen.

Die gläserne Zelle um mich dämpfte nur unwesentlich den Verkehrslärm, der auf der vielbefahrenen Straße herrschte, sodass ich den Hörer fest an das eine Ohr presste und mir das andere mit der Hand zuhielt. Nach dem zehnten Läuten nahm er endlich ab.

»Hey«, murmelte er.

»Hi Liebling, es ist so anders und aufregend hier! Wir waren gestern …«

»Nein, Dad, alles in Ordnung, es ist Abby«, sprach Jacob vom Hörer weg und dann wieder zu mir: »Wir haben geschlafen. Hier ist es drei Uhr morgens.«

Oh je, ich Esel.

»Mist, ich dachte, zu Hause ist es sechs Stunden weiter als hier, nicht früher. Leg dich schnell wieder hin, ich ruf später noch einmal an.«

»Nein, nein, schon okay, jetzt bin ich wach. Es ist schön, deine Stimme zu hören.«

Ich sprudelte unsere ersten Erlebnisse hervor, die er teils mit leisem Lachen quittierte, wobei ich in kurzen Abständen Franc-Münzen in den Schlitz nachsteckte, die der Apparat gierig bis zu meinem letzten Geldstück schluckte.

»Mein Kleingeld ist alle. Ich liebe dich, grüß deine Eltern von mir, und ich freue mich auf dich!«, konnte ich noch sagen, dann war die Verbindung unterbrochen.

Es folgten aufregende Tage in Rom, der Ewigen Stadt. Hier unternahmen wir ebenfalls eine Besichtigungstour, bevor wir mittags in ein kleines, gemütliches Restaurant einkehrten. Wir bestellten unser Essen bei einem wieselartigen Kellner, der kein Englisch sprach, aber Ruthy beherrschte zum Glück leidlich gut Italienisch. Auf Maylins Drängen hin orderte sie Rotwein, wir mussten doch ausnutzen, dass man in Europa bereits mit achtzehn Jahren Alkohol trinken durfte. Kurze Zeit später kehrte der drahtige Mann mit einer Flasche an unseren Tisch zurück, die er vor unseren Augen fachmännisch entkorkte und vor uns abstellte.

»Questo è un buon Barolo di cinque anni. Per favore, attendi qualche minuto, il vino deve respirare.«

»Was hat er gesagt?«, fragte Maylin.

»Wenn ich das richtig verstanden habe, ist der Wein ein Barolo, fünf Jahre alt, und wir sollen noch ein paar Minuten warten, weil er atmen muss.«

»Der Wein muss atmen …« Ich hatte Mühe, ein Losprusten zu unterdrücken. »Der soll doch getrunken und nicht wiederbelebt werden!«

Diesmal war ich schneller gewesen als Maylin, einen Spruch zum Besten zu geben. May lachte Tränen, sodass die Leute an den anderen Tischen sich zu uns umwandten, während dem armen Kellner die Verwirrung ins Gesicht geschrieben stand.

Ruthy hingegen war rot angelaufen und stotterte: »Mi scusi e grazie per il vino, è sicuramente molto bravo.«

Was immer sie außer ›Entschuldigung und Danke‹ zu ihm gesagt hatte, es beschwichtigte den Mann und ließ ihn wieder forteilen.

»Jetzt fängst du auch noch an, Abby! Manchmal seid ihr beide unerträglich«, zischte sie uns dann zu, wobei ihre Mundwinkel jedoch verdächtig zuckten.

Unsere Reise brachte uns weiter nach Mailand, Venedig, Wien, München und Amsterdam. Wie unterschiedlich die Sprachen und die Kulturen dieser Städte waren, die doch so nah beieinanderlagen. London war unsere letzte Station, nach drei Tagen in der Metropole flogen wir wieder heim, wo mich Jacob vom Flughafen abholte. Wie hatte ich ihn vermisst!

Im Monat darauf schloss Jacob das College in Dearborn ab und schrieb sich an der medizinischen Fakultät der Universität in Detroit ein. Gemeinsam gingen wir auf Wohnungssuche und bezogen Ende September ein Appartement im quirligen Stadtteil Greektown. Es war klein und hatte nur zwei Zimmer, aber wir liebten es, denn von nun an konnten wir jeden Morgen gemeinsam aufwachen.

Alles lief so, wie ich es mir immer gewünscht hatte.

Aber es war, als ob hinter all den guten Erlebnissen und Erfahrungen, die mir zuteilwurden, bereits eine Zeitbombe tickte.

Sie tickte lautlos und gemütlich vor sich hin, unbemerkt, bis sie irgendwann einfach explodierte.

Eine Lawine ins Rutschen brachte.

Und mein Leben komplett auf den Kopf stellte.

27
Todesfälle

»Carl ist tot.«

Es brauchte nur diese drei Worte, um mich – drei Tage nach Neujahr – aus der Fassung zu bringen. Genauer gesagt waren es zwei Sätze gewesen.

»Ich habe schlechte Nachrichten für dich. Carl ist tot.«

Granny hatte mich angerufen. Ihre sonst so fröhliche Stimme klang belegt, als wäre sie um Jahre gealtert.

Mein Gesicht verzog sich kummervoll, und ich biss mir mit den Schneidezähnen auf die Unterlippe, um nicht loszuheulen.

»Wann ist er gestorben?«, fragte ich. Als wäre das von Belang.

»Nun, das ist die zweite schlimme Nachricht. Bereits vor vierzehn Tagen. Letzte Woche fand die Beerdigung statt.«

»Was?«, entfuhr es mir. »Wieso hast du mir nicht Bescheid gesagt? Ich hätte auch Abschied nehmen wollen von Carl.«

»Ich weiß es selbst erst seit heute«, entgegnete Granny mit Nachdruck. »Eine gemeinsame Bekannte, die ich beim Einkaufen traf, erzählte es mir. Tanya hat ihren Vater im engsten Familienkreis beisetzen lassen, ohne Feier. Ohne Nachruf.« Ich hörte ihre Verbitterung.

»Aber ... Aber Carl hatte doch Freunde. Auch wir waren seine Freunde! Ach, Granny, ich weiß gar nicht, was ich sagen soll.«

»Ich habe Tanya sofort kontaktiert, als ich es erfuhr, und sie gefragt, ob ich etwas für sie tun kann. Immerhin war sie Carls Tochter.« Granny hielt kurz inne. Als sie weitersprach, bebte ihre Stimme vor Empörung. »Sie hat mich auf ihre barsche Art abgewimmelt, als wäre ich eine Fremde. Ich brachte nur in Erfahrung, auf welchem Friedhof er beigesetzt wurde. Ich habe für die Blindenhilfe gespendet. Und eine kleine Skulptur für sein Grab in Auftrag gegeben. Eine steinerne Sonne. Carl hat Sonnenschein geliebt, das weißt du. Die werden wir beide ihm bringen, Liebes, und zu zweit Abschied nehmen.«

Meine Brust zog sich erneut schmerzhaft zusammen. Die nächste Viertelstunde redeten wir über unseren verstorbenen Freund und versuchten uns gegenseitig zu trösten. Dann verabredeten wir uns für das kommende Wochenende, um sein Grab gemeinsam zu besuchen. Granny würde mir die Flugtickets schicken.

Nur zwei Monate später, es war der siebte März 1989 – das Datum werde ich nie vergessen –, rief meine Mutter an. Ich sollte umgehend nach Hause kommen. Jacob und ich hatten ein halbes Jahr zuvor unsere gemeinsame Wohnung in Detroit bezogen.

»Dein Vater und ich müssen dir etwas mitteilen«, sagte Mom, am Telefon wollte sie nicht darüber reden. Mit einem von dunkler Vorahnung verknoteten Magen stieg ich in meinen Wagen und fuhr zu meinem Elternhaus.

Vaters Gesicht war in ernste Falten gelegt, als er mir entgegentrat, und ich wusste in dem Augenblick, als ich ihn ansah, dass Granny gestorben war. Es erschütterte mich, als meine Eltern mir mit ruhigen, emotionslosen Sätzen mitteilten, dass sie friedlich in ihrem Bett entschlafen war, wie sie es nannten. Innerhalb weniger Monate hatte ich erst Carl und jetzt meine geliebte Granny verloren.

Sie war dreiundneunzig Jahre alt geworden. Obwohl ich

in den letzten Jahren immer gewusst hatte, dass es jederzeit geschehen konnte, weil sie dieses gesegnete Alter erreicht hatte, war ich zutiefst schockiert. Nach dem ersten gelähmten Innehalten walzte die Trauer wie ein Tsunami auf mich zu.

Meine Eltern starrten mich entgeistert an, als ich wie ein verwundetes Tier einen langgezogenen Klagelaut ausstieß und spürte, wie der Tsunami mich mit sich riss. Ich wandte mich um, stürmte aus dem Haus, rannte und rannte, immer weiter, die Straßen hinab, während ich kaum atmen konnte. *Granny!*

Nie wieder würde ich ihr herzliches Lächeln sehen, das sie für mich in ihr gütiges, feines Gesicht gezaubert hatte.

Nie wieder ihrer warmen Stimme lauschen, die mich so oft getröstet und mir vorgelesen hatte. Nie wieder würde ich ihre Umarmung spüren und ihren sauberen Geruch nach Lavendelseife einatmen. Niemals wieder ihre weisen Ratschläge zu allen Lebenslagen erhalten.

Ihre Liebe war der Anker meiner recht einsamen Kindheit zwischen zwei karrieresüchtigen Eltern gewesen und *Oakley Gardens* der Hafen der Geborgenheit, in den ich jedes Jahr einlaufen durfte. Wo meine Großmutter mir all das hatte angedeihen lassen, was Mom und Dad versäumt hatten oder mir nicht geben konnten. Ich vermisste sie schrecklich, ihr Verlust riss ein tiefes, dunkles Loch in meine Seele. Und wir hatten uns nicht voneinander verabschiedet.

Am Tag von Grannys Beisetzung hatte auch der Himmel Trauer angelegt und erschien in dunklem Grau. Viele Menschen kamen, um Abschied von ihr zu nehmen. Obwohl zur Familie nur meine Eltern und ich gehörten, drängten sich die Trauergäste durch das Tor des Friedhofs. Die meisten Gesichter waren mir unbekannt, aber mir wurde wieder bewusst, was für eine besondere und liebenswerte Frau meine Großmutter gewesen war und welchen Verlust ihr

Tod nicht nur für mich bedeutete. Sie hatte sich für mehrere soziale Projekte und ehrenamtlich engagiert, großzügig gespendet. War für ihre Hilfsbereitschaft und Tatkraft bekannt gewesen. Nun erwiesen ihr die vielen Menschen, die sie im Laufe ihres Lebens kennengelernt und mit ihrer Art berührt hatte, den letzten Respekt.

Es nieselte an diesem Märzmorgen. Einige der schwarz gekleideten Trauergäste spannten Regenschirme über ihren Köpfen auf.

Jacob hielt die ganze Zeit meine Hand, blieb dicht an meiner Seite, ganz der Beschützer. Er sah kummervoll aus, obgleich er Granny nur wenige Male getroffen hatte. Den Regenböen ausgesetzt standen wir am offenen Grab. Sie würde ihre letzte Ruhe neben ihrem Mann und ihrem im Kindesalter verstorbenen Sohn finden. Der Pastor sprach bewegende Worte, und überall schniefte und schluchzte es leise. Auch mir liefen unablässig Tränen über die Wangen, die sich mit den Regentropfen vermischten.

Mom zitterte neben mir, obwohl sie einen warmen, schwarzen Mantel trug, und Dad schien trotz seiner Fülle geschrumpft, als wäre seine Jacke plötzlich zu groß für ihn. Ich erschrak, als ich Mutter leise weinen hörte, denn es war das erste Mal in meinem Leben, dass sie vor mir eine derartige Gefühlsregung zeigte. Zuvor hatte sie mit versteinerter Miene am Grab gestanden. Doch als der Pastor den Menschen kundtat, was wir ihm über Großmutter erzählt hatten, gab sie plötzlich einen erstickten Laut von sich, presste sich eine Hand vor den Mund, ehe unterdrücktes Schluchzen ihren Körper schüttelte.

Ich hatte nicht geahnt, wie tief Grannys Tod sie traf. Wie sehr auch sie ihre Mutter geliebt hatte. Sie hatte es nie gezeigt. Ich legte einen Arm um sie, eine unvertraute Geste, während der Geistliche weiter die Stationen von Mathilda Morrisons Leben mit tragender Stimme beschritt.

Ein Stück entfernt warteten die Männer des Beerdigungsunternehmens. Regennass aber würdevoll, wie Krähen auf einem Zaun.

Mir kam das alles so unwirklich vor. Es fiel schwer, zu glauben, dass Granny dort in diesem weißen, liliengeschmückten Sarg lag. Und es war schwierig, zu begreifen, dass sie nicht plötzlich mitten unter uns auftauchen würde, elegant und freundlich lächelnd, um sich für die schönen Blumen zu bedanken. Ich hatte ihr einen Strauß aus ihrem Garten zusammengestellt. Viele hatten ihr Sträuße und Gestecke mitgebracht, das hätte ihr gefallen. Granny hatte Blumen immer geliebt.

Das Testament war eine große Überraschung. Mir allein hatte sie ihr Haus vererbt, mit allem, was darin war. Meine Eltern erhielten ihr Barvermögen, das aus verschiedenen Konten und Aktienpaketen bestand und – zu unserer nächsten Überraschung – beträchtlicher war als angenommen.

Letzteres trug dazu bei, dass Mom und Dad recht gelassen blieben in Anbetracht der Tatsache, dass ich mit gerade einmal neunzehn Jahren die Alleinerbin der prächtigen Villa und der darin enthaltenen Antiquitäten und Schätze war. Sie hätten das Haus verkauft, da war ich mir sicher.

Ich hingegen wollte in *Oakley Gardens* leben, wo ich glücklich werden und meine Großmutter immer um mich herum spüren würde. Das wiederum hatte Granny gewusst.

Eine Zeitlang würde mich die räumliche Distanz von Jacob trennen, der vorerst in Detroit weiter Medizin studierte. Ich vermisste ihn bereits schrecklich, als ich ins Auto stieg und nach Charleston fuhr. Aber er hatte mir versprochen, so bald wie möglich nachzukommen. Bei den wenigen Treffen hatte er sich sehr beeindruckt von meiner Großmutter und ihrem Anwesen gezeigt, und ich freute mich auf die Zeit, wenn wir dort gemeinsam wohnen würden. So veranlasste ich einen Wechsel an das College von Charleston, um einen Monat später in *Oakley Gardens* einzuziehen.

28

Dunkle Geheimnisse

Der Anwalt und Notar, der das Testament verlesen hatte, erwartete mich vor der Villa. Er sprach mir ein weiteres Mal seine Anteilnahme aus und betonte, was für eine großartige Dame meine Großmutter gewesen war.

»Wünschen Sie, dass ich Sie beim Rundgang durch das Haus begleite?« Er war ein freundlicher Mann, meinte es gut, aber ich wollte jetzt allein sein.

»Nein, vielen Dank, Mr. Hopkins, aber das brauchen Sie nicht.«

Mit ihm vor der Eingangstür stehend, war mir mit einem Mal, als schwebte Grannys Geist zwischen uns. Ein seltsames Gefühl.

»Miss Hill, ich habe noch etwas für Sie.« Er zog einen Umschlag aus seiner Aktentasche. »Ihre Großmutter übergab mir dies, nachdem wir das Testament aufgesetzt hatten. Nach ihrem Tod sollte ich es nur Ihnen persönlich und nicht im Beisein Ihrer Eltern aushändigen. Nochmals, mein herzliches Beileid und alles Gute für Sie.«

Mr. Hopkins überreichte mir die Schlüssel und den erstaunlich schweren Briefumschlag, auf dem in Großmutters schwungvoller Schrift mein Name zu lesen war. Dann neigte er respektvoll den Kopf, verabschiedete sich und fuhr davon.

Als ich das Haus zum ersten Mal betrat, ohne dass Granny mich erwartete und an der Tür begrüßte, tat ich es zögerlich. Langsam bewegte ich mich durch die Eingangshalle, wie jemand, der nach einer Operation das erste Mal wieder aufsteht. Da war ein permanentes, leichtes Stechen und Ziehen in meiner Brust, und die Tränen nahmen mir die Sicht. Nach ihrem Tod war aufgeräumt und geputzt worden, auch der Gärtner kam weiterhin, sodass sich nichts verändert hatte. Abgesehen von dieser fremdartigen Leere und Stille, die mich empfing.

Allein das Ticken der antiken Standuhr war zu vernehmen, als ich im Salon kurz verharrte. Ich betrachtete den Flügel, auf dem Granny mir Klavierspielen beigebracht und wir später vierhändig musiziert hatten.

Weiter wanderte ich über die leise knarrenden Bohlen durch die plötzlich leblos erscheinenden Räume, die nun, ohne Grannys Anwesenheit, tatsächlich wie ein Museum wirkten. Erneut weinte ich bitterlich, als mein Blick in jedem Zimmer ihre persönlichen Dinge, ihre lebenslang gesammelten Erinnerungen streifte. Viele davon betrafen mich: Meine Kinderbilder, die ich ihr geschenkt und die sie gerahmt aufgehängt hatte. Neben Fotos von ihr, ihrem Mann und ihren Vorfahren, ihren Kindern und natürlich von mir. Die Vitrine, in der sie ihr feines Porzellan gesammelt hatte, von ihr selbst kunstvoll handbemalt, bis ihre Augen irgendwann zu schwach geworden waren, um dieses Hobby fortzuführen. Inmitten der edlen Kunstwerke stach ein Becher hervor, recht ungelenk von mir bekritzelt, als ich etwa fünf Jahre alt gewesen war. Doch sie hatte ihn für derart kostbar gehalten, dass sie ihn mit in die Vitrine gestellt hatte.

Auf dem Wohnzimmertisch blieben meine Augen hängen. Dort stand eine pastellfarbene Schachtel von der Größe eines Schuhkartons, ein Kärtchen lehnte daran. Ich griff danach, klappte es auf und las: ›Liebe Abby, bitte erst nach dem Lesen des Briefes hineinschauen. Deine Granny‹

Sie kannte mich und meine Neugier so gut, dachte ich wehmütig.

Mit dem Umschlag, den mir Mr. Hopkins gegeben hatte, setzte ich mich an den runden Kirschholztisch und musste heftig schlucken. Mit zitternden Fingern hatte ich Mühe, das Kuvert aufzureißen und die Papiere zu entnehmen. Es waren viele Seiten. Ich begann zu lesen.

Meine liebe Abby!

Sicher bist Du sehr traurig, wenn Du dies liest, denn der Tod ist ein schmerzvoller Abschied und stets schwerer für die, die zurückbleiben, als für die, die gehen.

»Das Leben ist schwächer als der Tod, und der Tod ist schwächer als die Liebe!«, sagte einst Khalil Gibran, und ich finde, er hat recht.

Ich habe keine Angst vor dem Sterben, sei Dir versichert, mein Schatz, es geht mir gut.

Ich durfte ein sehr langes, erfülltes Leben führen und war bis ins hohe Alter so gesund, wie ein betagter Mensch es sein kann. Bis zum Schluss konnte ich in meinem geliebten Oakley Gardens wohnen – das jetzt das Deine ist. Ich weiß, dass Du dieses Haus genauso liebst wie ich und es in Ehren halten wirst. Und ich wünsche mir, dass Du irgendwann mit einem Mann, der Dich verdient, dort wohnst – vielleicht mit dem sympathischen Jacob, er ist bezaubernd! – und ihr viele Kinder in die Welt setzt, deren Lärm und Fußgetrappel das Haus mit Leben füllen werden!

Ich hoffe, dass Dir Deine Eltern wegen der Erbschaft keine Schwierigkeiten machen.
Vermutlich nicht, denn auch sie habe ich reich bedacht und

halte sie trotz anderer Fehler, die sie besitzen, für fair. Sie werden meinen letzten Willen respektieren.

Fehler … Ich weiß, dass ich darüber nicht schreiben sollte, aber wir haben uns einst versprochen, immer ehrlich zueinander zu sein, erinnerst Du Dich?

Hast Du Dich jemals gefragt, warum Deine Eltern so alt waren, als sie Dich bekamen, und Du keine Geschwister hast? Weshalb sie Dir distanziert erschienen und nie etwas dagegen hatten, dass Du in den Ferien wochenlang bei mir lebtest?

Verurteile sie nicht, aber: Deine Eltern wollten keine Kinder, sie gingen schon früher allein in ihrer Kanzlei, ihren Klienten und dem Geldverdienen auf. Ein Kind war in diesem Leben nicht vorgesehen. Es gibt Menschen, die so denken und fühlen, und ich respektierte, dass meine Tochter Helen ein solcher war. Bis zu dem Zeitpunkt, als sie mit fünfundvierzig Jahren ungewollt schwanger wurde, sie vollkommen aufgelöst bei mir anrief und mir davon erzählte. Es war einer der wenigen Momente, in denen sie mich als Mutter und meinen Rat brauchte. Sie überlegte, ob sie das Kind überhaupt behalten wollte. Ich war entsetzt, dass sie es in Frage stellte, und konnte sie überreden, ihr Baby, Dich, auf die Welt zu bringen.

Zudem fühlte ich mich schuldig daran, wie Helen geworden war. Es ist ein dunkles Kapitel in meinem Leben. Ich hatte in ihrer Kindheit schwere Fehler begangen, die ich nie wieder an ihr gutmachen konnte, hatte mich als Mutter desaströs verhalten.

Ich will versuchen, es in Worte zu fassen. Es ist für mich eine Art Beichte, und ich hoffe, dass Du mich danach noch ebenso achtest wie jetzt.

Wie Du weißt, war mein Mann, Dein Großvater, Marineoffizier. Er war oft auf See, manchmal monatelang nicht zu Hause. Ich hatte in den Jahren nach unserer Hochzeit 1912 mehrere Fehlgeburten erlitten, was uns, vor allem mich, schwer traf, denn wir wünschten uns sehnlichst Kinder. Die Tatsache, dass James zur See fuhr, erschwerte es, den Kinderwunsch zu erfüllen.

Erst 1926, da war ich bereits einunddreißig Jahre alt und hatte die Hoffnung fast aufgegeben, brachte ich Deine Mutter, Helen, zur Welt. Ich war glücklich. Sie war von Anfang an ein stilles Kind, das ernst und zurückhaltend die Welt beobachtete, wie sich schon in ihren frühesten Lebensjahren zeigte. Dabei war sie stets brav, tat nichts Unerlaubtes und wollte uns Eltern zu Gefallen sein.

Dann wurde ich noch einmal schwanger, und 1930 wurde Samuel geboren. Bald stellte sich heraus, dass er einen Herzfehler besaß, er durfte sich nicht überanstrengen, was uns zuerst zutiefst besorgte. Aber wir lernten, mit seiner Krankheit zu leben. Sam machte mein Glück perfekt, war ein solch bezauberndes Kind. Ein kleiner Sonnenschein mit blonden Locken und einem einnehmenden Wesen, die Herzen der Menschen flogen ihm zu, sobald sie ihn erblickten. Mein Leben war jedoch anscheinend nicht so perfekt, ich nicht wirklich derart zufrieden, wie ich glaubte – oder war ich einfach kopflos und unvernünftig? Was passiert mit einer hübschen, noch jungen Frau, deren Mann selten daheim ist?

Vielleicht wäre gar nichts geschehen, hätte ich nicht im Sommer 1933 auf einem Gartenfest den kanadischen Maler Clarence Gagnon kennengelernt. Groß, dunkelhaarig und weltgewandt, faszinierte er mich vom ersten Augenblick an. Er besaß eine unglaubliche Ausstrahlung und Präsenz. Ich wiederum übte eine ebenso starke Anziehung auf ihn aus, wir prallten wie zwei Magnete aufeinander und stürzten uns in eine leidenschaftliche, heimliche Affäre. Ich versichere dir, ich habe nicht danach gesucht, ich liebte deinen Großvater und bereute es, aber es ist geschehen.

Clarence lebte vorübergehend in Charleston, hatte sich zu der Zeit ein Häuschen am Meer gemietet, um zu malen. Es war das perfekte, romantische Liebesnest. Wir konnten uns nur tagsüber treffen, denn ich hatte ja die Kinder. Offiziell war ich dann für die Gemeinde unterwegs, besuchte Alte und Kranke. Wenn die Nachbarin keine Zeit hatte, musste die verlässliche Helen allein auf ihren kleinen Bruder aufpassen, wenn ich einige Stunden bei Clarence verbrachte. Das war früher durchaus üblich, dass ein siebenjähriges Kind auf jüngere Geschwister achtgab.

Es war ein heißer, schwüler Sommer. Niemand wusste von Clarence und mir, jeden Dienstag und Samstag fuhr ich zu ihm.

»Ich bin in drei Stunden zurück«, sagte ich jedes Mal zu Helen, und sie hatte nie Widerworte, hatte sich stets gewissenhaft gezeigt. Doch an diesem einen heißen Nachmittag scherte sie aus.

Deine Mutter hörte vermutlich die Nachbarskinder nebenan spielen. Als Samuel wie immer in seinem Bett mittags schlief, schlenderte sie wohl durch unseren Garten, vielleicht hielt sie ihre nackten Füße in den Teich, sah die Töchter der Nachbarin, ihre Freundinnen, lachen und Spaß haben. Ich stellte mir später vor, wie sie am Zaun stand und sehnsüchtig hinüberblickte. Wie die Mädchen sie riefen, Helen loslief, mit ihnen tobte und kühle Limonade trank, die Zeit vergaß. Samuel war irgendwann aufgewacht und hatte nach seiner Schwester gesucht. So hatte ich es mir zumindest zusammengereimt.

Als ich heimkehrte, rief ich im Haus nach den Kindern. Sie antworteten nicht. Ich eilte in den Garten. Dort entdeckte ich Sam mit dem Gesicht nach unten im Teich treibend. Ein furchtbarer Schock! Ich zog seinen kühlen, kleinen Körper aus dem Wasser, versuchte ihn wiederzubeleben. Vergeblich, es war zu spät. Fassungslos starrte ich auf mein totes Kind, presste es an mich und hörte zeitgleich die Mädchen nebenan lachen und spielen. Etwas zerbrach in diesem Moment in mir.

Selbst jetzt, so viele Jahrzehnte danach, tut es unsagbar weh, wenn ich daran denke. Der Schmerz, ein Kind zu verlieren, vergeht nie.

Ich rief nach Helen, voller Zorn und Panik, werde nie ihr freudestrahlendes Gesicht vergessen, mit dem sie auf mich zueilte und das selten so gelöst ausgesehen hatte. Wie es erbleichte und versteinerte, als ich sie grob zum Teich zerrte und ihr den toten Bruder zeigte. Böse Worte warf ich der wimmernden Helen an den Kopf, die ich nie wieder zurücknehmen oder gutmachen konnte.

Ich fiel in eine schlimme Depression, zog mich innerlich und äußerlich zurück. Starrte stundenlang stumm ins Leere, haderte mit mir und meinen Schuldgefühlen, ließ Helen mit den ihren allein, schob meine Tochter von mir.

Sie wurde von Albträumen verfolgt, in denen ihr kleiner Bruder durch den Garten irrte, panisch nach ihr rief. Doch ich ignorierte ihr nächtliches Schreien und Weinen, ihr Rufen nach mir. Meine Gewissensqualen äußerten sich paradoxerweise in Ablehnung Helen gegenüber. James' Verständnis für mich, der wenige Tage, nachdem er die Nachricht von Sams Tod erhielt, zurückkehrte und ebenfalls unsere Tochter für das Unglück verantwortlich machte, verschlimmerte es.

In mir nagte ein doppelt schlechtes Gewissen, auch wenn ich den Maler Clarence nie wiedergesehen habe. Heute spricht man von einer posttraumatischen Belastungsstörung, aber ärztliche oder psychologische Hilfe holte man sich damals nicht. Da ich mich von ihr zurückgezogen hatte, verbrachte Helen immer mehr Zeit bei den Nachbarn. Wir entfremdeten uns, statt uns gegenseitig Trost zu spenden. Und das war allein meine Schuld.

Als ich mich endlich aus diesem desolaten Zustand befreien konnte, aufwachte und bereute, war es zu spät. Etwas war auch in meiner Tochter zerbrochen. Helen wollte meine mütterliche Fürsorge und Nähe nicht mehr, das Vertrauen war *dahin. Dazu musste ich erkennen, dass sie über Clarence und mich Bescheid wusste, die Affäre zumindest erahnte.*

Ein Foto von ihm, auf dem er hinreißend wie ein Filmstar aussah und auf dessen Rückseite ›In Liebe, Clarence, 1933‹ stand, lag eines Nachmittags auf meinem Kopfkissen. Ich hatte es zuunterst in der Nachttischschublade aufbewahrt und nach den tragischen Ereignissen dort vergessen, sowie ich das ganze amouröse Abenteuer verdrängt hatte. Nun stach mir dieses Bild ins Auge, wie eine Anklage. Da James auf See war, konnte es nur Helen gewesen sein, die es in der Schublade gefunden und auf mein Bett gelegt hatte.

Als ich das verräterische Foto dort entdeckte, durchfuhr es mich heiß und kalt, Scham ergriff mich. Ich zerriss das Bild in kleine Stücke und warf diese fort. Was sollte ich meiner Tochter sagen, wer das sei, falls sie mich darauf ansprach? Würde sie es ihrem Vater erzählen, wenn der heimkehrte?

Aber Helen ließ sich nichts anmerken, als wir später aufeinandertrafen, fast nichts. Nur jemand, der sie bestens kannte, so wie ich, bemerkte, dass mich die Augen meiner Tochter an diesem Tag mit wissender Verachtung anblickten, tief darunter spürte ich ihre Trauer und Enttäuschung. Sie hat weder mit mir noch mit James darüber gesprochen.

Sie wurde noch verschlossener, stets höflich, aber kühl und distanziert ließ sie keine Nähe mehr zu. Ich habe ab dem Zeitpunkt mein Leben lang versucht, ihr eine gute und zuverlässige Mutter zu sein und mich mit ihr auszusöhnen. Immer zur Stelle zu sein, wenn sie mich brauchte. Das half jedoch nicht, die Mauer, die sie um sich heraufgezogen hatte, zu überwinden.

Glaub mir, wenn ich die Macht hätte, die Zeit zurückzudrehen, die unselige Affäre und Samuels Tod, dieses tragische Unglück, oder zumindest das Unrecht, das ich danach Deiner Mutter antat, ungeschehen zu machen, ich würde es tun! Um jeden Preis.

Die Buchstaben schienen fast vom Papier zu springen, als hätten sie ein boshaftes Eigenleben, ehe die Zeilen vor meinen Augen verschwammen. Meine Kehle zog sich zusammen, ich ließ den Brief sinken und starrte vor mich hin.

Nach dem Lesen von Grannys Geständnis, was sie erlitten, aber auch, was sie ihrer Tochter – meiner Mom – damals angetan hatte, empfand ich Mitleid mit beiden Frauen. Zum ersten Mal verstand ich ihre komplizierte Beziehung, die ich seltsamerweise nie hinterfragt hatte. Mutters lebenslange Reserviertheit, ihre mangelnde Empathie, auch nahestehenden Menschen gegenüber. Weshalb sie kein Kind hatte haben wollen. Warum sie wurde, wie sie ist, und sich einen ebensolchen Partner gesucht hatte. Obwohl ich nicht nachvollziehen konnte, wieso sie sich nie hatte therapieren lassen und irgendwann mit Granny aussöhnen wollen. Ich nahm den Brief wieder auf und las weiter.

Mein James fiel 1941, wie tausende Amerikaner, mit nur neunundvierzig Jahren beim Angriff der Japaner auf den Marinestützpunkt Pearl Harbor. Ein schwerer Schlag für mich, der mich mit Gott und meinem Glauben hadern ließ. Warum nahm er mir alles, was ich liebte?

James hatte mir ein kleines Vermögen hinterlassen, das ich durch gute Anlage vermehrte, sodass es mich auf Lebzeit finanziell absicherte.

Ich stürzte mich in soziales Engagement, um mich abzulenken, beschäftigt zu sein, das Gefühl zu haben, gebraucht zu werden.

Viele Jahre später wurdest Du geboren. Leider war ich zu alt, um Dich ganz zu mir zu holen, immerhin war ich schon über siebzig. Ich hätte es so gerne getan, aber ich fürchtete mich davor, Dich an mich zu binden, zu sterben und Dich zurücklassen zu müssen. Auch haben sich Deine Eltern Mühe gegeben, Dir auf ihre steife, aber verlässliche Art alles erdenklich Gute zu tun, das weiß ich. Verzeih ihnen und bitte auch mir, wenn es Dir oft nicht genug Nähe war. Ich habe durch meine tiefe Liebe und Verbundenheit zu Dir versucht, die Schuld an meiner Helen zum Teil wiedergutzumachen.

Jetzt kommt es mir gerade seltsam vor, hier zu sitzen und Zeilen zu schreiben, die Du erst nach meinem Tod lesen wirst.

Aber ich möchte Dir noch einmal versichern, dass ich keine Angst vor dem Sterben habe und dass ich fest daran glaube, im Jenseits Frieden zu finden und dort all die Menschen wiederzusehen, die ich geliebt habe. James und Sam, unseren Sohn. Den wunderbaren Carl, der erst vor Kurzem verstorben ist, was mir die eigene Vergänglichkeit aufzeigte, sodass ich Dir jetzt diese Zeilen schreibe und morgen endlich ein Testament aufsetzen werde. Und Elizabeth. Meine Lizzy.

Mit ihr hat der zweite große Fehler zu tun, den ich in meinem Leben begangen habe.

Wie oft hast Du mich nach ihr gefragt, nachdem bei Dir als Kind die Gabe einsetzte, und ich konnte Deine Neugier so gut verstehen, denn sie war wie Du, eine Wanderer. Aber ihr Schicksal, das, was ihr widerfahren ist und dem ich machtlos zuschauen musste, war das zweite schreckliche und schmerzliche Kapitel meines Lebens, und ich hielt Dich lange für zu jung, um Dir davon zu erzählen. Später war da etwas wie eine Barriere, darüber zu berichten. Auch diese tiefe Schuld, die ich ihr gegenüber empfand, hinderte mich daran.

Selbst es heute aufzuschreiben, fällt mir schwer, es macht mich furchtbar traurig und ruft die alte Hilflosigkeit zurück, aber Du sollst es erfahren.

Du hast viel Ähnlichkeit mit Lizzy, auch wenn Dein Haar hellbraun ist und nicht feuerrot. Du hast die gleichen meergrünen Augen wie sie, und wenn Du lächelst, bilden sich in Deinen Wangen dieselben bezaubernden Grübchen wie bei ihr.

Als Kinder hast Du uns bei deinen ersten Besuchen in der Vergangenheit gesehen. Erinnerst Du Dich? Als wir älter wurden, sahen wir beide anziehend aus, aber es war meistens Elizabeth, nach der sich alle umdrehten. Sie war eine wahre ›Belle‹, wie wir im Süden sagen, eine Schönheit, temperamentvoll und zuweilen auch dornig und von spitzer Zunge wie eine wilde Rose. Ich hingegen war eher das Veilchen, zurückhaltend, angepasst und auf eine unauffälligere Weise hübsch.

Lizzy war zwei Jahre älter als ich, und seit dem Zeitpunkt, als sie sechzehn geworden war, standen die Männer Schlange, um bei unserem Vater um ihre Hand anzuhalten.

Sie war sehr angetan von einem gewissen John Mulligan. Er war ein junger Arzt und sah fabelhaft aus, aber er war Ire und katholisch – in den Augen unserer versnobten Eltern, die sich viel auf ihre Herkunft einbildeten, eine Schande –, und er befand sich nicht hoch genug auf der gesellschaftlichen Leiter, um sie darüber hinwegsehen zu lassen. Sie verboten Lizzy den Umgang mit John. Doch sie versuchte sich der Anordnung zu widersetzen, ich weiß, dass sie ihn wirklich liebte. Aber es waren andere Zeiten, und ihr Aufbegehren war zwecklos.

Wäre sie nicht einsichtig gewesen, hätte unser Vater den armen John ruiniert. Die Macht dazu hatte er, und das wusste auch meine Schwester.

Dann tauchte George Lamare aus Atlanta auf, er und Lizzy hatten sich auf einem Dinner kennengelernt. Er hatte sie gesehen und es sich in den Kopf gesetzt, sie zu erobern und zu heiraten, und er war der Typ Mann, der immer bekam, was er wollte, egal auf welchem Weg.

Meine Eltern waren begeistert, als George ihnen seine Aufwartung machte, denn seiner Familie gehörte neben viel Grundbesitz die größte und lukrativste Pfirsichplantage Georgias. Die Familie war ›alter Geldadel‹, wie Vater nicht müde wurde zu betonen, und er zeigte sich äußerst gereizt, dass Elizabeth sich zierte, Georges Antrag anzunehmen.

Er sehe zweifelsohne gut aus, sei reich und charmant, aber sie empfinde nicht so für ihn wie für John, vertraute mir Lizzy an. Aber George schaffte es durch sein drängendes Werben sowie teure Geschenke – er las ihr jeden Wunsch von den Augen ab –, ihr Herz zu erobern, zumal meine Eltern fast täglich auf Elizabeth einredeten.

Die Hochzeit wurde äußerst prächtig und verschwenderisch auf dem Anwesen der Lamares gefeiert, das Fest zog sich über mehrere Tage hin.

Am Tag der Trauung musste ich jedoch eine Beobachtung machen, die mein Herz schwer werden ließ.

Als ich den Waschraum aufsuchen wollte, um mir mein Haar zu richten, hörte ich auf dem Flur ein zorniges Brüllen.

Ich linste um die Ecke, was dort los war, und sah George, wie er auf ein schwarzes Hausmädchen einprügelte, das am Boden lag, und es dabei beschimpfte.

Seinem Geschrei entnahm ich, dass sie ihm nicht schnell genug ausgewichen sei, ihn angeguckt und gestreift habe, als er an ihr vorbeiging. Das Mädchen kauerte dort und hielt sich schützend einen Arm über den Kopf, während er weiter auf es einschlug.

Dann richtete er sich mit einem Mal auf, strich sich die Haarsträhne aus dem Gesicht, die sich während des Ausbruchs aus der Pomadefrisur gelöst hatte, und arrangierte seine Krawatte. Stolzierte einfach weiter, setzte sein blasiertes Lächeln auf, als wäre nichts geschehen.

Das Hausmädchen weinte unterdrückt, als er verschwunden war, ehe es aufsprang und mit einem leisen Schluchzen den Flur hinunterhastete.

Zutiefst erschüttert blieb ich stehen. Auch im Haus unserer Eltern lebten und arbeiteten schwarze Hausangestellte, doch niemals hatte mein Vater, obwohl ein gestrenger Mann, je die

Hand gegen einen dieser Männer und Frauen erhoben oder sie in anderer Form derartig heftig bestraft. Schon gar nicht aufgrund solch einer Nichtigkeit.

Ich hatte George nicht gemocht, doch seit dieser Beobachtung hasste ich ihn, denn hinter der lächelnden, verbindlichen Fassade hatte ich seine wahre Natur erblickt, das brutale Scheusal, das er war.

Und plötzlich hatte ich Angst um Lizzy.

Was, wenn er so mit ihr umgehen würde?, schrie es in mir. Ich raffte meinen Rock und rannte los, entdeckte sie inmitten der Hochzeitsgäste, lächelnd und strahlend schön.

Obwohl sie sich sträubte, zog ich sie fort in ein Zimmer, schloss die Tür und berichtete ihr, was ich gesehen hatte. Sie erblasste zwar und presste die Lippen aufeinander, während sie mir zuhörte, aber als ich geendet hatte, umarmte sie mich und sagte: »Deine Sorge rührt mich. Aber nie – glaub mir –, nie würde George die Hand gegen mich erheben. Er liebt mich und trägt mich auf Händen, das weißt du doch! Er ist einfach angespannt heute, an unserem großen Tag. Vergiss, was du gesehen hast, wir wollen feiern, komm!«

Sie griff nach meiner Hand, und wir liefen zurück zu den Gästen, doch von da an nahm ich nur noch still und bedrückt am Fest teil, auch wenn ich versuchte, es zu überspielen, und krampfhaft lächelte, bis meine Wangen schmerzten.

Ich war erst sechzehn und würde mindestens zwei weitere Jahre zu Hause mit unseren steifen Eltern verbringen müssen, ohne meine Schwester, die so viel Leben ins Haus gebracht hatte und um die ich mir schreckliche Sorgen machte. Zusätzlich stieg Angst vor meiner eigenen Zukunft in mir auf. Mit wem würden unsere Eltern mich verheiraten? Würden sie auch einen derart widerlichen Mann für mich auswählen?

Jedoch stellten sich meine Befürchtungen als unbegründet heraus. Ich lernte Deinen Großvater James kennen. Er war trotz seiner jungen Jahre bereits ein Marineoffiziersanwärter, stammte aus guter Familie, und er sah so schmuck in der Uniform aus, dass ich mich Hals über Kopf in ihn verliebte.

Seine Familie war zwar nicht reich, aber da meinen Eltern mit Elizabeth ›der große Wurf‹ gelungen war, sahen sie bei James darüber hinweg, zumal er, wie ich bereits erwähnt habe, aus einer guten, alteingesessenen Familie stammte. Sie gaben uns ihren Segen, auch das hast Du bereits gesehen, als ich Dir das Medaillon geschenkt habe. James war ein wundervoller Mann, ruhig und bedächtig, dabei unglaublich liebenswert und fürsorglich, unsere Ehe war gut. Im Gegensatz zu der von Lizzy.

Da sie seit ihrer Heirat in Atlanta lebte, was damals eine Tagesreise von Charleston entfernt war, sahen wir uns nicht oft. Meist nur an Feiertagen und zu meiner Hochzeit, an der sie mit George teilnahm.

Ich erschrak über ihr Aussehen. Sie war abgemagert, blass wie ein Leichentuch, und ihr früher so strahlendes Lächeln wirkte gezwungen, ja, lebloser noch als das meine damals auf ihrer Hochzeit.

George beachtete sie kaum. Zwischen den anderen Männern stehend prahlte er mit seinen guten Geschäften, während er Zigarren paffte und sich immer weiter betrank. Von seiner liebevollen Aufmerksamkeit meiner Schwester gegenüber war nichts mehr zu spüren.

In einem geeigneten Moment zog ich Lizzy beiseite und bohrte so lange nach, bis Tränen in ihre Augen traten und sie mir erzählte, was sie bedrückte.

Sie hatte zwei Fehlgeburten erlitten, was George und seiner Familie, die auf einen Erben drängte, sehr missfiel.

Aber das war es nicht allein. George hatte sie mehrmals dabei ertappt, als sie ›Visionen‹ hatte, und die letzte war äußerst peinlich für ihn gewesen.

Bei einem wichtigen Essen mit Geschäftspartnern und besten Kunden wollte er damit protzen, seiner Frau eine teure Halskette zu schenken, ein altes Familienerbstück.

Bevor das Dessert serviert wurde, stand er auf, wartete, bis er die Aufmerksamkeit der am Tisch versammelten Gäste hatte, und legte Lizzy das Collier um den Hals, während er erzählte, dass ein solch kostbares, geschichtsträchtiges Geschmeide nur den Hals einer wundervollen Frau zieren dürfe. Sie hob überrascht die Hand und legte sie auf die Kette.

Die Berührung mit dem Schmuckstück wirkte so unmittelbar auf sie ein, dass sie sich vor dem Einsetzen der Gabe nicht mehr aus dem Raum entfernen konnte. Schreckliche Bilder von Gewalt, böse Erinnerungen wirkten auf sie ein, sodass sie zu schreien begann, sich übergeben musste und am Tisch ohnmächtig zusammenbrach. Welch ein Fauxpas! Was heute in solch gehobener Gesellschaft schon schlimm genug wäre, war damals absolut inakzeptabel, ein Skandal. Es wurde getuschelt und getratscht, George fühlte sich zum Narren gemacht und knirschte mit den Zähnen.

Er sprach Lizzy eine eiskalte Warnung aus: Sollte sie ihn jemals wieder derartig kompromittieren oder in irgendeiner Form blamieren, ›würde er sie aus seinem Leben entfernen wie ein störendes Geschwür‹.

Als Elizabeth diese Drohung vor mir wiederholte, weinte sie bitterlich, und mir wurde kalt. Sie hatte Angst, und ich konnte nicht mehr tun, als sie in den Arm zu nehmen, sie an mich zu drücken und ihr immer wieder zu versichern, dass ich sie liebte und für sie da war.

»Verlass ihn«, platzte ich heraus, zu der Zeit in dieser Gesellschaftsschicht ein ungeheuerlicher Vorschlag, und Elizabeth schüttelte auch nur den Kopf.

»Er bringt mich um, Matty. Und wo sollte ich hin? Unsere Eltern nähmen mich nicht auf. Sie würden mein Gebaren für eine Schande halten und mich zu ihm zurückschicken. Er hat

die Gewalt über mich.« Ihre Stimme brach, erneut schluchzte sie. Ich zog sie wieder in meine Arme, drückte sie an mich.

»Du kommst zu uns, zu James und mir! Wir werden dich aufnehmen!«

Meine Wangen glühten, während des Ausrufs hatte ich trotzig mit dem Fuß aufgestampft, so wie es Lizzy früher als Kind getan hatte, wenn sie ihren Willen nicht bekam.

Nun löste sie sich sanft aus meiner Umarmung, blickte mich traurig an und strich mir über die Wange.

»Ja, das würdest du wirklich tun, liebe Matty. Aber so gutherzig dein Mann auch ist, er darf es nicht. Es könnte ihn seinen Rang kosten und sein, nein, euer gesellschaftliches Ansehen, es würde euch ebenfalls ins Unglück stürzen. Die Familie Lamare ist mächtig, hat weitreichende Beziehungen. Ach, Liebes, es hat mir schon gutgetan, nur darüber zu sprechen. Ich werde vorsichtig sein, eine respektable Ehefrau. Es wird sich alles fügen.«

Sie wischte sich die Tränen aus dem Gesicht, straffte die Schultern. Versuchte ein zaghaftes, tapferes Lächeln, doch ich hatte ihre grünen Augen nie so voller Leere und Trauer gesehen.

In diesem Moment ertönte Georges Stimme auf dem Flur, er rief nach Elizabeth. Er klang gereizt, es jagte mir einen Schauer über den Rücken. Auch Lizzy zuckte zusammen. Sie drückte mir hastig einen Kuss auf und eilte zu ihm, und es sollte das letzte Mal gewesen sein, dass ich sie gesehen und mit ihr gesprochen hatte.

Nur zwei Monate darauf erhielten wir Nachricht, dass Lizzy einen Nervenzusammenbruch erlitten und George sie zur Kur geschickt habe, in das St. Mary Hospital *in Atlanta.*

Unsere Eltern waren schockiert. Aber sie gingen davon aus, dass ihre ›Unpässlichkeit‹ von vorübergehender Natur wäre und sie sich schnell wieder erholen würde.

Nach wie vor hofften beide Familien auf einen Erben. Doch ich wusste es besser, hatte ich doch Georges Worte im Kopf, die meine Schwester mir gebeichtet hatte: ›*Sollte sie ihn jemals wieder kompromittieren oder in irgendeiner Form blamieren, würde er sie aus seinem Leben entfernen wie ein störendes Geschwür.*‹ *Er* hatte *sie entfernt.*

Von einer Freundin erfuhr ich, dass das St. Mary Hospital *kein* ›*Kurheim für reiche, nervlich angeschlagene Ladys*‹ *war, wie George es hatte uns glauben lassen wollen, sondern eine Nervenheilanstalt, die eher einem Gefängnis als einem Hospital glich, was meine Befürchtung untermauerte.*

Ich schrieb einen Brief an Elizabeth, schickte Roberta, unser betagtes Kindermädchen, das ihr Altenteil in unserem Haus hatte, mit meinem Schreiben nach Atlanta. Doch als sie zurückkehrte, weinte die alte Roberta.

Man hatte sie nicht vorgelassen, nicht einmal mein Schreiben wollte man Lizzy aushändigen. Sie sei weder in der Lage, Besuch zu empfangen, noch, Briefe zu lesen. Doch das war nicht alles.

Als man Roberta fortschickte, kam sie an dem umzäunten Park vorbei, in dem die Patienten frische Luft schnappen durften. Da sah sie meine Schwester, sie war ihr wegen ihres feuerroten Haares aufgefallen. Apathisch saß sie in einem Rollstuhl, das einst so schöne Haar hing strähnig herab.

Roberta schrie sich am Zaun die Lunge aus dem Leib, um Lizzy auf sich aufmerksam zu machen, doch die reagierte nicht, wahrscheinlich verabreichten sie ihr Morphium oder andere starke Medikamente.

Irgendwann kam ein aufgebrachter Pfleger angelaufen. Er zwang Roberta, das Gelände zu verlassen. Ich war verzweifelt. Was sollte ich tun?

Ohne Georges Erlaubnis durfte niemand zu meiner Schwester, er ›*hatte die Gewalt über sie*‹*, ging es mir immer wieder durch den Kopf. Meine Eltern wollten nichts davon wissen.*

Sie taten meine Ängste und Robertas Erzählungen als Hirngespinste ab, waren sich sicher, George wolle nur das Beste für Elizabeth.

Oh Abby, ich war so hilflos, so wütend, so furchtbar traurig. Ich sprach lange mit James und weinte in seinem Arm, gemeinsam überlegten wir, wie wir meiner Schwester helfen könnten. Doch kamen wir auf keine Lösung. Das Hospital war wie ein Gefängnis.

Zwei Wochen später war sie tot. Es hieß, sie hätte sich die Pulsadern aufgeschnitten, und man hatte sie nicht rechtzeitig gefunden. Offiziell und bei ihrem Begräbnis wurde jedoch von einem ›tragischen Unfall‹ gesprochen. Aber war es tatsächlich ein Selbstmord gewesen? Oder hatte George gar seine Finger im Spiel gehabt und einen der Pfleger bestochen, Hand an meine Schwester zu legen? Um frei zu sein für eine neue Ehe? Zuzutrauen war es ihm. Während der Beerdigung spielte George überzeugend den trauernden Witwer. Jedoch ging das Gerücht um, dass er seit Längerem eine Geliebte hatte, und schon Wochen, ehe das Trauerjahr vorüber war, präsentierte er die Frau als neue Verlobte.

Ich hätte platzen können vor Wut auf George, der Lizzy unglücklich und krank gemacht und letztendlich in diese Anstalt gesteckt hatte. Auf meine Eltern, die so borniert und ignorant waren und tatenlos zugesehen hatten, wie ihr Kind zugrunde ging. Ich war zornig auf alle, die nun derart heuchlerisch die wirklichen Umstände vertuschten. Aber mir selbst machte ich die größten Vorwürfe, nicht gehandelt, Lizzy nicht, ehe er sie einweisen ließ, zu mir geholt oder sie später nicht durch irgendeine List aus der Anstalt befreit zu haben. Warum nur hatte ich nichts unternommen? Ein unverzeihlicher Fehler. Diese Schuld hat sich mir seitdem eingebrannt, hat mich nie verlassen. Sie ist besonders schwerwiegend geworden, als mir zwei Tage nach Lizzys Tod von einem Krankenhausbediensteten deren persönliche Dinge in ihrem Koffer übergeben wurden. Ich hatte darum gebeten. Als ich unter Tränen ihre Kleidung und Gegenstände durchsah, bemerkte ich ein Knistern in dem blutbefleckten Kleid, das sie an ihrem Todestag getragen hatte. Lizzy hatte einen kleinen Zettel im Saum des Ärmels versteckt. Als ich ihn las, brach die Welt ein zweites Mal über mir zusammen. Es war ein Hilferuf an mich, hastig auf eine herausgerissene Buchseite geschrieben. Sie musste die Nachricht kurz vor ihrem Tod verfasst haben. Hätte mich diese Botschaft doch nur erreicht ...

Ich habe sie aufbewahrt. Sie später Carl gezeigt, als ich ihn kennenlernte, um mehr über das Schicksal meiner Schwester zu erfahren. Aber als er damals das Papier zwischen seine Finger nahm, erbleichte er plötzlich und atmete schwer. Dann riss er die blinden Augen auf, blinzelte und ließ die Nachricht auf den Tisch fallen, als hätte er sich daran verbrannt.

»Was haben Sie gesehen, Carl?«, hatte ich ihn gefragt.

Er hatte nur den Kopf geschüttelt. »Es funktioniert nicht richtig, Missus. Alles verschwommen. Tut mir leid.«

Damals ahnte ich bereits, dass er auswich, mir nicht die Wahrheit sagte. Später, als ich ihn besser kannte, war ich mir sicher, dass er etwas gesehen hatte, es nur nicht hatte äußern, sondern rasch wieder aus seinem Kopf verdrängen wollen. Du weißt, wie Carl war, welch kindliches Gemüt er besaß. Er wollte nur das Gute in der Welt und den Menschen sehen, Gewalt und Bosheit stießen ihn ab und ängstigten ihn. Letztendlich war auch ich erleichtert, dass er mir nicht von Lizzys letzten Tagen in dieser scheußlichen Klinik berichtete. Vielleicht wären meine Selbstvorwürfe sonst gar nicht auszuhalten gewesen.

Falls Du es wagst, kannst Du es mit der Gabe erfahren, aber Du wirst starke Nerven brauchen. Die Botschaft liegt in einem Umschlag in der obersten Schublade des Buffets. Mir wäre es lieber, Du ersparst Dir diese Erinnerungen, aber es ist Deine Entscheidung.

Meine liebe Abby, kannst Du nun verstehen, warum ich Dir all dies nicht früher erzählte?

Weshalb ich viele Jahre später recherchierte und Kontakt zu Carl aufnahm, um zu begreifen, was mit Elizabeth los gewesen war?

Als ich dann erkannte, dass Du dieselbe Gabe besitzt wie meine Schwester, setzte ich alles daran, Dir zu helfen. Dir Deinen Weg in ein sorgenfreies Leben zu ebnen, so wie ich es für Lizzy nicht vermocht hatte.

Schatz, sei nicht traurig. Was geschehen ist, ist geschehen. Die Zeiten waren andere und die Menschen damals nicht bereit, eine besondere Frau wie Elizabeth zu verstehen und zu akzeptieren. Auch heute sind es viele nicht, aber Du bist besser vorbereitet. Das beruhigt mich.

Ich hoffe, dass Du mich nach meiner Beichte noch achtest und genauso liebst wie zuvor.

Mr. Hopkins, mein Anwalt, wird eine fliederfarbene Schachtel auf den Tisch stellen. Darin habe ich Dinge gesammelt, die mir und Lizzy viel bedeuteten, als wir Kinder und junge Frauen waren. Es sind glückliche Erinnerungen, und sie sollen Dir Freude bereiten, wenn Du sie berührst.

Du wirst meine Schwester ein wenig kennenlernen, ich weiß, Du hättest sie ebenso gemocht wie mich. Dein Leben wird wunderbar sein, denn Du bist wunderbar, ein liebenswerter und ganz besonderer Mensch. Du hast mein Leben unendlich bereichert, und ich bin dankbar für jede Minute, die wir zusammen verbringen durften.

Leb wohl, mein Schatz, ich bin bereit, Lizzy und alle, die ich liebte, wiederzusehen. Versprich mir, dass Du nicht lange trauerst und glücklich wirst. Das wünsche ich Dir von ganzem Herzen.

Ich liebe und umarme Dich. Deine Granny

Ich ließ die letzte Seite auf den Tisch sinken. Die Tränen strömten mir über das Gesicht, und ich nestelte in meiner Handtasche nach einem Taschentuch. Konnte gar nicht mehr aufhören zu weinen. Ich verspürte einen furchtbaren, schmerzenden Druck auf meiner Brust und schreckliche Sehnsucht nach Granny.

Irgendwann riss ich mich zusammen, dachte daran, was sie mir geschrieben hatte: ›Sei nicht traurig, lebe dein Leben, sei glücklich.‹ Das war ihr letzter Wunsch gewesen.

Nach wie vor hüllte sie mich ein in ihre grenzenlose Liebe, nun durch ihre Zeilen. Aus jeder einzelnen sprachen ihre tiefen Gefühle für mich – und für ihre tote Schwester. Sowie für meine Mutter.

Sie hatte befürchtet, in meiner Achtung zu sinken, wenn sie mir über ihre Fehler, die sie begangen hatte, berichtete. Doch das würde sie nie. Wie gerne wollte ich ihr genau in diesem Moment versichern, wie sehr ich sie liebte, schätzte und achtete.

Was mussten sie jene tragischen Ereignisse ihr Leben lang belastet haben. Vielleicht war sie genau aus diesem Grund der tatkräftige, integere Mensch geworden, der sie für mich und andere gewesen war.

Sie glaubte, nach ihrem Tod alle wiederzusehen, die sie einst geliebt hatte, ein tröstlicher Gedanke. Ein weiteres Mal wischte ich mir über die Augen.

Dann zog ich die Geschenkschachtel zu mir heran und nahm den Deckel ab. Die verschiedensten Dinge waren darin, obenauf lag die vergilbte Sepia-Fotografie eines kleinen Mädchens im Sonntagsstaat der Jahrhundertwende. Es trug einen Brief sowie einen Strauß Blumen in den Händen, und sein Gesicht zierte ein verschmitztes Lächeln. Elizabeth.

Obwohl das Foto schwarz-weiß war, konnte ich die leuchtend rote Farbe ihres Haares vor mir sehen, das Strahlen in ihren meergrünen Augen, die auch ich besaß.

Ich konzentrierte mich auf Lizzys Gesicht. Schon spürte ich das vertraute Prickeln in den Fingerspitzen aufsteigen, ehe ich die Dunkelheit durchquerte. Und als die erste Szene der Vergangenheit vor meinem inneren Auge entstand und mich die kleine Lizzy voller Vorfreude auf eine Geburtstagsfeier anlächelte, lächelte ich zurück.

Nachdem ich mir einige der Erinnerungen angesehen hatte, lehnte ich mich leicht erschöpft, aber immer noch mit einem Lächeln, zurück. Lizzy und Granny waren wirklich bezaubernde Mädchen und später reizende junge Frauen gewesen. Als ich an Elizabeths folgendes, tragisches Schicksal dachte, erstarb das Lächeln. Wie hilflos und einsam hatte sie den Auswirkungen ihrer Gabe gegenübergestanden, denn sie hatte keinen Menschen an ihrer Seite gehabt, der sie unterwies. Für sie war es ein Fluch gewesen, kein Geschenk. Ich würde mir ihre vor langer Zeit geschriebene Botschaft später ansehen. Jetzt war ich dazu nicht in der Verfassung.

Ich dachte an Grannys Wunsch, die Zeit zurückzudrehen, um die tragischen Ereignisse zu verhindern. Sie hatte nicht gewusst, dass ich in der Lage war, genau dies zu tun. Mein einziges großes Geheimnis, das ich vor ihr bewahrt hatte. Wahrscheinlich hätte sie gar nicht so offen über die Schicksalsschläge ihres Lebens geschrieben, wenn ihr die Macht meiner Fähigkeiten bewusst gewesen wäre. Um mich nicht in Versuchung zu bringen, mich zu schützen.

In mir keimte der Gedanke, auch in ihre Vergangenheit einzugreifen. Sams und Lizzys Tod zu verhindern. Doch müsste ich dazu viele Jahrzehnte in frühere Zeiten zurückreisen und dort Veränderungen vornehmen. Das würde meine Kräfte übersteigen. Das wusste ich. Zumindest zum jetzigen Zeitpunkt. Jedoch – wäre es in der Zukunft möglich, weil meine Fähigkeiten mit jedem Jahr stärker und sicherer wurden? Ich hatte beim Eingriff in die Vergangenheit, der Jacobs Mom rettete, schwere Verletzungen davongetragen.

Und da war ich nur zwei Jahre in der Zeit zurückgegangen. Doch – würde ich vielleicht gar meine eigene Geburt verhindern, wenn ich Grannys Vergangenheit änderte? Wenn ich ihren Sohn Sam rettete und sie und meine Mutter sich nicht entzweiten, wenn Mum nicht in sich gekehrt wurde durch die Schuldgefühle, würde sie dann vielleicht nicht meinen Vater kennenlernen, sondern einen anderen Mann? Himmel, das durfte nicht geschehen!

Meine Gedanken purzelten durcheinander. Ich musste in Ruhe darüber nachdenken, durfte nichts überstürzen. Zum jetzigen Zeitpunkt, das wusste ich, war es undenkbar, das zu versuchen. Zudem war etwas anderes Wichtiges in mein Leben getreten: Ich war schwanger. Wusste es selbst erst seit zwei Wochen. Es war ungeplant geschehen. Eine Katastrophe, wie meine Eltern fanden, sie hatten das Gesicht verzogen, als ich es ihnen mitgeteilt hatte. Doch Jacob hatte sich genauso überrascht, aber glücklich darüber gezeigt wie ich, hatte keinen Augenblick lang gezweifelt. Ich konnte mich wirklich in jeder Lebenslage auf ihn verlassen.

Würde unser Kind meine Gabe besitzen? Es war zu früh, mir darüber den Kopf zu zerbrechen. Zuerst wollte ich ihm eine gute Mutter sein.

Wieder spürte ich Großmutters Geist, ihre Seele, um mich, als ob ihre Wärme mich einhüllte, sanft streifte wie eine Sommerbrise. Mir war fast, als säße sie mir gegenüber, als sähe ich in ihr gütiges Gesicht, ganz weich geworden, mit Tränen der Rührung in den blauen Augen, wenn ich ihr von der Schwangerschaft erzählte.

Ich legte eine Hand auf meinen Bauch, dachte voller Innigkeit an das winzige, zarte Leben, das in mir wuchs.

Wie sehr hättest du dich mit uns gefreut, Granny.

29

Elizabeth

Die letzten Tage hatte es mich immer wieder zu dem antiken Buffetschrank im Salon gezogen, hatte ich die Hand nach der obersten Schublade ausgestreckt, es dann jedoch unterlassen, sie aufzuziehen. Einerseits brannte ich darauf, mehr über Lizzys Schicksal zu erfahren, auf der anderen Seite hatte ich Angst davor. In ihrem Brief hatte mir Granny Carls Reaktion auf das Berühren der Nachricht beschrieben, sein Entsetzen, seine ausweichende Antwort. Was hatte er damals gesehen?

Falls du es wagst, kannst du es mit der Gabe erfahren, aber du wirst starke Nerven brauchen. Mir wäre es lieber, du ersparst dir diese Erinnerungen, aber es ist deine Entscheidung.

Ich traf die Entscheidung, wählte aber einen Tag, an dem Jacob zu Besuch bei mir in *Oakley Gardens* war, denn noch lebte er in Detroit. Es war beruhigend, ihn in der Nähe zu wissen, falls es eine furchtbare Erfahrung wurde.

Wir hatten uns auf die Couch im Wohnzimmer gesetzt, vor mir, auf dem Mahagonitisch, lag der vergilbte Zettel, dem man ansah, dass meine Großmutter ihn oft in den Händen gehalten hatte. Kurz hatte ich Jacob das, was ich von Granny über Großtante Elizabeths Leben erfahren hatte, umrissen.

»Bist du dir sicher, dass du das tun willst?«, fragte er mich zum wiederholten Mal. Besorgnis stand in seinem Gesicht.

»Ja, ich habe das Gefühl, das bin ich Elizabeth schuldig. Es würde mir keine Ruhe lassen.«

»Liest du mir die Nachricht vor?«

Ehe Jacob hier eingetroffen war, hatte ich die Botschaft so oft gelesen, dass ich sie auswendig kannte, aber ich senkte den Blick auf das alte Stück Papier, und meine Stimme bebte leicht, als ich den Hilferuf vortrug, den Elizabeth vor sechsundsiebzig Jahren verfasst hatte:

Geliebte Matty,

hilf mir! Ich weiß nicht mehr, was die Wahrheit ist. Alle hier geben sich höflich, aber hinter ihren verbindlichen Masken sind sie unerbittlich und hart wie Stein.

Einer der Männer sieht mich oft so seltsam an, dass mir graut. Oder bilde ich mir auch das nur ein, wie sie sagen? Verfalle ich wahrhaftig dem Wahnsinn, oder treiben sie mich dazu?

Ich vergesse vieles, habe kein Zeitgefühl. Ständig spritzen sie mir etwas, was ich nicht verweigern kann, und sie beobachten wie Geier, dass ich die Medikamente einnehme. Nichts entgeht ihnen.

Jetzt, in einem meiner klaren Momente, flehe ich Dich an, auf welchem Wege auch immer, hol mich hier raus!

Ich vertraue nur Dir und bete, dass die Bestechung der alten Bediensteten mit meinem Ehering nicht vergebens sein wird und Dich diese Zeilen baldmöglichst erreichen. Du bist meine einzige Hoffnung.

Für immer aufrichtig die Deine, Lizzy

»Sie hatte große Angst, wahrscheinlich zu Recht«, sagte Jacob mit ernstem Gesicht. »Ich weiß nicht, ob –«

Ich unterbrach ihn. »Bitte, versuch nicht mehr, mich

davon abzuhalten. Wenn es zu schrecklich wird, kann ich mich jederzeit daraus befreien, es abbrechen, denn ich bin vorbereitet.« Fest sah ich ihn an. »Außerdem bist du bei mir.«

Er wischte sich über das Gesicht, dann nickte er, auch wenn er immer noch nicht guthieß, was ich jetzt vorhatte.

Mich innerlich wappnend atmete ich mehrmals tief durch, dann nahm ich die Nachricht zwischen die Finger und ließ mich in die Dunkelheit fallen, um zu meiner Großtante ins Jahr 1913 zu gelangen.

Ein Zimmer. Auf den ersten Blick wirkte es wie ein gutbürgerlicher Salon. Nur das an der Wand stehende Bett, an dessen Seiten lederne Riemen herabhingen, mit denen man jemanden auf die Matratze fixieren konnte, sowie die beiden vergitterten Fenster verrieten, dass ich mich in einer Nervenheilanstalt, dem *St. Mary Hospital*, befand.

Und da war Lizzy, in einem elfenbeinfarbenen, mit Spitze besetzten Kleid bewegte sie sich mit unsicherem Gang auf mich zu. Wie krank sie aussah! Sie hatte Gewicht verloren, ihr Gesicht wies eine gespenstische Blässe auf, und ihr rotes Haar, das sie nicht aufgesteckt trug, war länger nicht gebürstet worden.

Ich wich zurück, damit sie mich nicht streifte, als sie dicht an mir vorüber zur Tür schritt und sie aufzog.

Bevor sie den Flur betrat, linste sie erst nach beiden Seiten, ich folgte ihr. Hinter einer der anderen Türen hörte ich ein leises, aber durchdringendes Klagen, sonst war alles ruhig in diesem Trakt. Elizabeth schwankte, stützte sich auf einer Kommode ab, ehe sie pfeifend atmend weitereilte, so rasch ihr geschwächter Körper es erlaubte.

Wo wollte sie hin? Jetzt erst bemerkte ich das gefaltete Stück Papier, das sie in ihrer linken Hand verborgen hielt. Die Nachricht! War sie auf dem Weg zu dieser alten Bediensteten, um sie zu übergeben? Mein Magen zog sich zusammen, als ich daran dachte, dass Granny den Zettel erst nach Lizzys Tod entdeckt hatte … Am Ende des Korridors angekommen zog sie eine schwere Tür auf und huschte ins Freie auf eine Terrasse. Dabei blickte sie sich wieder um, als fürchtete sie, jemand könnte sie sehen. Eine breite Treppe führte hinunter in den Klinikpark. Sie ließ das steinerne Geländer nicht los, als sie die Stufen hinabschritt und ich ihr weiter wie ein Schatten folgte, ihren schweren Atem vernahm.

Unten angelangt wandte sie sich sofort nach rechts, hielt sich dicht am Gebäude. Da schoss eine Hand hervor, packte sie am Arm – ich hörte Lizzy aufschreien – und zog sie hinter die Hausecke. Ein grobschlächtiger Hüne von Mann, der sie um zwei Köpfe überragte, hielt sie weiter gepackt, die zweite seiner dreckstarrenden Pranken presste er auf ihren Mund.

»Na, na, Mrs. Lamare, was schleichen Se denn zur Ruhezeit hier rum?« Ein wölfisches Grinsen kräuselte seine Mundwinkel, ich sah Elizabeths angstgeweitete Augen, ihre geblähten Nasenflügel über der Hand, wie sie vergeblich versuchte, sich dem eisernen Griff zu entwinden. Es war kaum auszuhalten, das mitzuerleben.

Nun huschte der Blick des Mannes über das Gelände, wie um sich zu vergewissern, dass keine unerwünschten Zeugen in der Nähe waren. Mit einer Schnelligkeit, die ich dem fetten Kerl nicht zugetraut hätte, zog er, während er ihr weiter den Mund zuhielt, eine Spritze aus der Tasche seines Arbeitskittels und rammte sie ihr in den Nacken. Drückte den Kolben durch, was Lizzy aufstöhnen ließ. Gleichzeitig beobachtete ich, wie sie am Saum ihres Ärmels nestelte, die Botschaft an ihre Schwester verschwinden ließ! Ich verfolgte die Ereignisse mit wachsendem Entsetzen. Was immer er ihr verabreicht hatte, es wirkte schnell. Ihr Gesicht wurde leer, sie schloss halb ihre Lider, ihr Mund erschlaffte wie ihr Körper, während der Dicke sie halb zerrte, halb trug und sie in einen an der Wand stehenden Rollstuhl sinken ließ.

»Warst früher bestimmt mal 'ne richtig hübsche Lady, was? Bevor dein Alter dich hier ablieferte.« Er gluckste. »Aber die Dollars von deinem werten Gatten sind einfach zu verlockend.«

Wiederum mit schlangengleichen Bewegungen zog er ein kleines Messer aus der Kitteltasche, schob die Ärmel ihres Kleides in die Höhe und machte sich an ihren Handgelenken zu schaffen. Das Blut quoll, bildete wachsende, rote Kreise auf dem elfenbeinfarbenen Stoff, wie erblühende Mohnblumen. Ich unterdrückte einen Aufschrei, saugte zischend die Atemluft zwischen die Zähne, und mein Gesicht verzog sich, als spürte ich den körperlichen Schmerz.

»Farewell, Täubchen, grüß die Engel von mir«, raunte er der Sterbenden ins Ohr, dabei ließ er das Messer wieder in seine Tasche gleiten, holte stattdessen eine große Glasscherbe hervor, die er Elizabeth in die blutige Hand drückte. Dann griff er, eine lustige Melodie vor sich hinpfeifend, nach einer Harke und machte sich gemessenen Schrittes auf in den Park, um wieder seiner Arbeit nachzugehen. Das Letzte, was ich sah, ehe die Szene der Vergangenheit verschwamm, waren Lizzys gebrochene Augen, die ins Leere starrten.

Ich ließ das Papier fallen, schnappte keuchend nach Luft und wartete darauf, dass sich mein Herzschlag normalisierte, das Rauschen in meinen Ohren nachließ. Erst, als ich wieder vollkommen im Hier und Jetzt ankam, bemerkte ich, dass Jacob mich umschlungen hielt, mein Kopf an seiner Brust ruhte. Ich war so dankbar für seine Nähe, mein Körper war wie ausgepowert, es fühlte sich an, als hätte mir jemand Rohrreiniger in die Muskeln gespritzt.

»Er hat sie ermorden lassen, George, dieses Schwein«,
entfuhr es mir.

»Du hättest dir das nicht antun sollen, du bist schwanger,
musst auf dich achtgeben.« Jacob küsste mich aufs Haar.

»Es geht gleich wieder, aber es war so furchtbar mit anzusehen. Dieser Mann, den sie in ihrer Nachricht erwähnte,
ein Gartengehilfe, er hat es getan.« Während ich – nach
wie vor zutiefst aufgewühlt – beschrieb, was ich beobachtet
hatte, hielt mich Jacob weiter in seinen Armen.

»Wie grausam«, sagte er, als ich geendet hatte. »Gut, dass
deine Großmutter es nie in diesen Einzelheiten erfahren
hat.«

»Du hast recht. Aber sie hat es geahnt.«

Arme, arme Elizabeth. Sie war erst zweiundzwanzig gewesen, kaum älter als ich jetzt, als sie ermordet wurde.
Von diesem kaltschnäuzigen Widerling, der nie zur Rechenschaft gezogen worden war, genauso wenig wie ihr Un-
geheuer von Ehemann, der ihren Tod in Auftrag gegeben
hatte.

Ich schloss die Augen, versuchte die Bilder zu verdrängen,
vergebens. Elizabeths furchtbares Schicksal würde mich
noch lange beschäftigen, auch in meinen Träumen, das
wusste ich.

Um mich etwas davor zu schützen, nahm ich mir vor, in
nächster Zeit viele angenehme und erfreuliche Dinge zu
erleben. Ein großer Wunsch von mir erfüllte sich bereits
zwei Tage später: Jacob erhielt die lang erwartete Zusage
für einen Studienplatz an der MUSC, der medizinischen
Fakultät in Charleston, jetzt stand seinem Umzug hierher
nichts mehr im Wege.

30

Die Warnung

Jacob war in *Oakley Gardens* eingezogen, endlich. Und wir hatten uns verlobt, auf Daniel Island vor der Küste Charlestons, hatten dort ein Wochenende in einem romantischen Hotel verbracht. Nun wollten wir unser Glück mit den Verwandten und Freunden bei einer Feier teilen. Ich ließ Einladungen drucken und versandte sie, schickte auch Tanya eine. Schrieb ihr noch einige persönliche Zeilen über meine Schwangerschaft unter den Text.

Warum ich das tat, oder sie überhaupt einlud, war mir selbst nicht klar. Zwar kannten wir uns lange, aber waren uns nie nah gewesen, hegten keine Sympathie füreinander, im Gegenteil. Und die Tatsache, dass sie Granny und mich von Carls Beerdigung ausgeschlossen hatte, war für uns ein schändliches Verhalten gewesen. Lud ich sie aus sentimentalen Motiven ein, um eine Brücke zu schlagen, alte Konflikte hinter mir zu lassen? Vielleicht auch aus Respekt vor Carl, der seine Tochter trotz ihrer spröden Art geliebt hatte. Zudem nahm ich nicht an, dass Tanya überhaupt kommen würde.

Ich sollte mich irren. Sie kam. Aber nicht zur Feier. Eine Woche vor dem Termin läutete es an der Tür. Überrascht blickte ich Tanya an, als ich öffnete. Sie war inzwischen über fünfzig, hatte sich aber seit unserem letzten Treffen vor zwei Jahren kaum verändert. Ihr mürrischer Gesichtsausdruck war derselbe wie immer, genau wie ihr Look, bestehend aus

Leggings und weitem T-Shirt. Letzteres versteckte nicht, dass sie noch fülliger geworden war. Sie hatte sich Gelnägel machen lassen, lange Krallen in schreiendem Pink, passend dazu leuchteten in ihrem glattgezogenen Haar Strähnen derselben Farbe. Das war neu.

Ich bat sie herein, neugierig, was sie zu mir führte. Sie schlurfte hinter mir her in den Salon.

»Setz dich. Darf ich dir was zu trinken anbieten? Tee oder Kaffee? Etwas anderes?«

Sie schüttelte den Kopf, machte keine Anstalten, Platz zu nehmen, sodass ich ebenfalls stehen blieb.

»Wir haben uns lange nicht gesehen, Tanya. Was kann ich für dich tun? Geht es um die Einladung?«

Mich aus ihren schwarzen Kieselaugen musternd, rieb sie mit den Daumen über ihre pinken Krallen, als überlegte sie. Endlich begann sie zu sprechen. Ich hatte fast vergessen, wie dunkel ihre Stimme mit dem breiten Südstaatenakzent klang.

»Ich komm nich zur Feier. Bin hier, um dich zu warnen.« Das verblüffte mich.

»Wie meinst du das?«

Pause. Wieder zögerte sie mit der Antwort. Ich betrachtete Tanya aufmerksam und wartete, dass sie zur Sache kam.

Selbst in diesem ruhigen, im Sonnenlicht liegenden Raum, der mir so angenehm vertraut war, spürte ich eine lastende Vorahnung, die sich nicht ohne Weiteres abschütteln ließ.

»Sag die Feier ab. Du bist schwanger. Achte Woche, haste geschrieben, jetzt neunte. Kennste die Gefahren, die das mit sich bringt?«

»Welche Gefahren?«, entgegnete ich alarmiert. Tanya verunsicherte mich, deshalb sprach ich rascher. »Ich bin kerngesund. Falls du hier bist, um mir zu sagen, dass viele

Frauen vor dem dritten Monat ihr Baby verlieren, finde ich das ... Ich weiß nicht, wie.« Fast hätte ich ›geschmacklos‹ gesagt.

Sie schnaufte, fuhr sich mit der Hand über die Nase. »Nee, das mein ich nich. Du bist 'ne *Wanderer*, hat damit zu tun. Darüber hat Dad nich mit dir gesprochen, was?«

In meiner Kehle bildete sich ein Kloß. Was bezweckte Tanya mit ihrem Besuch, mit diesen Aussagen? War sie neidisch auf mein Glück? Wollte sie Frust ablassen? Sie, die kinderlos ohne Partner lebte, seit ich denken konnte, bis zu Carls Tod tagtäglich ihren Vater umsorgt hatte. Jetzt nickte sie wissend und fuhr fort.

»Na, dann werd ich's dir sagen. Auch Frauen und Männer, bei denen die Gabe nich rauskommt, tragen se in sich, geben se weiter. Die Gabe wird stärker bei Schwangeren, aber das Baby kann nich einen Schirm bilden. Kriegt's voll ab, was die Mutter sieht und spürt. Wenn du«, sie bohrte einen pinken Zeigefinger in meine Richtung, »den Schirm ziehst, kriegt's Baby keine Luft, würgste die Verbindung ab zwischen euch.«

Sie vollführte mit ihren fleischigen Händen eine Geste, als ob sie einem Huhn den Hals umdrehen würde. Tanya war nie einfühlsam oder taktvoll gewesen, aber das setzte noch allem die Krone auf.

»Was beabsichtigst du mit deiner Schwarzseherei? Hast du vor, mich zu verunsichern? Wünschst du mir etwa Schlechtes? Dann solltest du jetzt besser gehen.«

Ich war lauter geworden als beabsichtigt. Zornig starrte ich sie an. Erneut ließ sie einige Augenblicke verstreichen, die Brauen zusammengezogen wie Gewitterwolken, ehe sie antwortete.

»Falsch. Denk nach. Weißte von den ganzen Fehlgeburten? Erinner dich an Dads Blindheit, an and're Krankheiten und Missbildungen bei den *Wanderer*-Kindern.«

Mir wurde kalt. Ihre Worte summten mir in den Ohren, als sie weitersprach. Es kam mir vor, als wäre ich mit Fliegen in einem Marmeladenglas eingesperrt.

»Können se kriegen, wenn se nich vorher verloren werden. Liegt an den Visionen, am Schirm. Is' auch gefährlich, wenn nich die Mutter, nur das Kind *Wanderer* ist!«

Ohne es zu wollen, ratterten in meinem Kopf die Gedanken, zählte ich automatisch die Male, die ich in den letzten Wochen den Schirm gebildet oder Vergangenes gesehen hatte. Der Mord an Elizabeth! *Die Gabe wird stärker bei Schwangeren ...* Das stimmte, stellte ich zu meinem Erschrecken fest, nur hatte ich dem nicht diese Bedeutung zugemessen. Ich dachte, dass ich Tanya zuvor nie so viel am Stück hatte reden hören. Dann besann ich mich auf Grannys Brief, in dem sie von ihren – und Lizzys – Fehlgeburten geschrieben hatte. Von dem Herzfehler des kleinen Sam. Elizabeth war eine Wanderer gewesen, Granny nur Trägerin der Gabe. Sie hatte sie über Mom an mich weitergegeben. Warum betraf die Gefahr auch die Frauen, die nur Trägerinnen waren?

Ich schluckte, war verwirrt. Hatte Tanya recht? War sie tatsächlich hier, um mich vor möglichen schlimmen Folgen zu warnen – oder unkte sie nur herum? Ich sah an dem befriedigten Zug um ihre Lippen, dass sie wusste, was in mir vorging.

»Merkst, dass ich die Wahrheit sag', nich?« Ihre Stimme klang triumphierend. Sie schien mich wirklich nicht zu mögen.

»Woher weißt du das alles? Hat Carl dir das erzählt? Oder bist auch du eine *Wanderer*?«

Wenn ja, warum hatte sie es all die Jahre vor mir geheim gehalten? Damals, auf der Veranda, hatte Carl gesagt, er sei der Einzige mit der Gabe in seiner Familie.

Tanya schüttelte den Kopf, ihre Miene verschloss sich wieder, wie ein Eisentor, doch zuvor hatte ich einen winzigen Moment eine zutiefst traurige Gefühlsregung darin wahrgenommen.

»Dad hat's gesagt. Aber erst, als ich ...« Sie verstummte, ballte die Hände zu Fäusten, vor unterdrückter Wut? Dann sprach sie so leise und undeutlich weiter, dass ich sie kaum verstand.

»Hab drei Babys verloren. Leroy verließ mich deswegen. Hat mit ner andren ne Familie.«

Mein Zorn auf Tanya verrauchte sofort. Mitleid ergriff mich. Das hatte ich nicht gewusst. Sie hatte einen Partner gehabt, war schwanger gewesen. Mehrmals sogar. Erst hatte sie die ungeborenen Kinder, dann den Mann verloren. Hatte sie deshalb die Hoffnung auf eine glückliche Beziehung aufgegeben und ihr Leben in den Dienst ihres Vaters gestellt?

»Verzeih, dass ich dich so angefahren habe. Ich hatte keine Ahnung, dass ...« Ich hielt inne. Wollte ihr mit dem Aussprechen ihres Verlustes nicht ein weiteres Mal wehtun. »Dein Vater hat dich vielleicht nicht für gefährdet gehalten, weil du keine *Wanderer* bist −«

Tanya fuhr sofort dazwischen. »Er hätt's mir sagen müssen!«

Insgeheim gab ich ihr recht, wollte sie aber wieder beruhigen. Ich brauchte Informationen.

»Ich danke dir, dass du gekommen bist, um mich aufzuklären«, sagte ich daher. »Wie soll ich mich deiner Meinung nach jetzt verhalten? Ich will das Baby nicht verlieren.« *Oder dass es mit einer Behinderung zur Welt kommt*, beendete ich in Gedanken den Satz. Mir wurde flau vor lauter Anspannung. Und Angst.

Tanya fixierte mich wieder, mein Stimmungswandel schien sie eher unangenehm zu berühren, denn sie erwiderte barsch: »Bin nur hier, weil Dad das gewollt hätt. Also, nutz nich die Gabe. Bleib für dich, berühr so wenig, wie's geht, auch keine Menschen, is nich gut, wenn dein Baby auch die Gabe hat. Schütz dein Baby!«

Damit wandte sie sich abrupt ab und walzte hinaus. Ich folgte ihr bis zur Haustür, die sie derart heftig aufriss, dass sie an die Wand krachte.

»Warte, Tanya!«, rief ich ihr nach, während sie über den Kiesweg forthastete. Dringende Fragen brodelten in mir, aber ich ließ sie ziehen, weil sie regelrecht flüchtete. Auch vor ihren eigenen Gefühlen?

Ich sah sie in ihren Kombi steigen und davonbrausen. Die Staubwolken, die beim raschen Anfahren vom trockenen Boden aufgewirbelt wurden, legten sich nur langsam.

Mich fröstelte. Zutiefst aufgewühlt starrte ich Tanyas Wagen hinterher, dann ins Leere. Ließ mich auf einen Verandastuhl sinken. Dachte nach, wägte ab.

Später sprach ich lange mit Jacob. Er verstand sofort, hatte beruhigende Worte für mich und versicherte mir, dass er die Informationen überprüfen wollte. Dass er für mich da wäre, alles gut werden würde. Wie ich ihn in diesem Moment liebte!

Wir beide wollten alles tun, um unser Baby zu beschützen. Zwar hatten wir zu dem Zeitpunkt nur Tanyas Aussagen, deren Wahrheitsgehalt wir überprüfen mussten. Doch es fühlte sich besser an, Vorsichtsmaßnahmen zu ergreifen. Daher entschieden wir, dass ich eines der Gästezimmer in *Oakley Gardens* beziehen würde, nachdem Jacob neue, geschichtslose Möbel besorgt hatte. Nach Tanyas überraschendem Besuch, ihrer Warnung, war er zu ihr gefahren, um sie zu befragen. Sie hatte ihm gegenüber nur die knappen Angaben wiederholt, die sie mir bereits mitgeteilt hatte, ehe sie ihm die Tür vor der Nase zugeschlagen hatte.

Danach hatten wir versucht, Kontakt zu Miss Blackfeather aufzunehmen. Wer sonst konnte uns Gewissheit geben, ob Tanyas Aussagen der Wahrheit entsprachen. Allerdings reagierte sie weder auf die telefonischen noch auf die schriftlichen Nachrichten, die wir ihr hinterließen. Es war enttäuschend, aber im Grunde hatte ich nichts anderes von der kalten Frau erwartet.

Was, wenn das alles nur Humbug war? Tanyas boshaftem Geist und ihrer Abneigung mir gegenüber entsprungen? Lachte sie jetzt in ihrem Haus in sich hinein, weil sie uns in Aufruhr versetzt hatte? Nein, das glaubte ich nicht, denn dieser Annahme standen unumstößliche Fakten gegenüber, die Carls und meine Familiengeschichten betrafen, die wir nicht außer Acht lassen durften. Aber warum hatte Carl seine Tochter nicht früher und mich gar nicht über die Gefahr aufgeklärt? Weshalb hatte er Tanya erst mehrere Fehlgeburten erleiden lassen, ehe er sie einweihte? Seine Beweggründe würde ich wohl nie erfahren.

Jacob erfand für die Verwandten und Freunde – ausgenommen seine Mutter, die eingeweiht war – eine plausible Erklärung, warum die Verlobungsfeier abgesagt und ich unter Quarantäne gestellt wurde. Weshalb niemand mich besuchen durfte. Ihm als angehendem Arzt fiel es leichter, die Lüge zu konstruieren und glaubhaft zu vermitteln, dass ich mir eine seltene Krankheit eingefangen hatte, die mich schwächte und mein Immunsystem stark angriff. Er fälschte sogar ein ärztliches Attest. Behauptete, dass ich absolut keimfrei untergebracht werden müsse. Keimfreier, als es in einem Krankenhaus der Fall wäre. Dass ich Ruhe und einen Rückzugsort brauche, um mich und das Baby nicht zu gefährden.

Am nächsten Tag bezog ich das umgebaute Gästezimmer, mein sicheres Gefängnis.

31

Gookoo'oo

Wie jeden Morgen unter der Woche war Jacob zur Universität gefahren. Ich hörte gerade die Zwölf-Uhr-Nachrichten, als die historische Türglocke erklang. Es ließ mich zusammenzucken, das Radio ausschalten. Wer war das? Ich erwartete niemanden, hatte seit Bekanntgabe ›meiner Krankheit‹ vor neun Wochen keinen Besuch mehr erhalten. Meine Eltern und Freundinnen hielten sich an das Kontaktverbot, sie hatten mich auch vor der ›Quarantäne‹ nicht oft besucht, da immerhin eintausenddreihundertvierundvierzig Kilometer zwischen Charleston und Detroit lagen. Allein Donna, Jacobs Mutter, war eingeweiht, aber auch sie kam äußerst selten hierher.

Ich eilte ans Fenster, reckte den Hals und versuchte, einen Blick auf die Person vor der Haustür zu erhaschen. Vergebens.

Stattdessen sah ich einen dunklen Wagen in der Auffahrt stehen. Das Kennzeichen verriet, dass der Fahrer aus Wisconsin an der kanadischen Grenze kam. Wer hatte den weiten Weg auf sich genommen, um mich zu besuchen? Oder wollte er – oder sie – Jacob sprechen? Ich biss mir auf die Unterlippe, ballte unschlüssig die Hände zu Fäusten.

Erneut wurde geläutet, diesmal klang es energischer. Neugier kämpfte in mir mit Furcht, denn ein unangenehmer Gedanke war mir gekommen. War es jemand vom Seuchenschutz? Wie hatten die von mir erfahren?

Mein Herz pochte mir bis zum Hals. Nein, das ergab keinen Sinn, die Gesundheitsbehörde von Wisconsin war hier in Charleston nicht zuständig.

Ich hielt den Atem an, als eine Frau, kleingewachsen wie ein Kind, sich ein paar Schritte rückwärts vom Haus entfernte, dabei prüfend die Fenster von *Oakley Gardens* betrachtete. Sie trug einen Regenmantel und einen Hut, über ihrer Schulter hing eine große Beuteltasche mit Fransen. Jetzt hatte sie mich entdeckt. Verdammt, ich war nicht rasch genug vom Fenster zurückgetreten.

Ein Lächeln breitete sich auf ihrem braunen Gesicht aus, sie winkte mir zu, zeigte auf die Haustür. Ich starrte sie weiter reglos an. Einige Sekunden verstrichen, dann legte sie sich die Hände auf die Brust und wies dann erneut auf die Tür, als wäre ich ein begriffsstutziges Kind. Wie lange hatte ich jetzt schon nicht mehr persönlich mit jemandem gesprochen – außer mit Jacob natürlich. Zwei Gedanken bekämpften sich in mir: Mein Hunger danach, endlich wieder eine Stimme zu hören, jemandem persönlich gegenüberzustehen und mich auszutauschen. Dem gegenüber stand meine Vorsicht, mein Misstrauen, aber die Neugier siegte, ich gab mir einen Ruck, zog dünne Baumwollhandschuhe über und schob die Sicherheitskette vor, ehe ich die Tür einen Spaltbreit öffnete.

»Abigail Hill?« Die Frau besaß eine melodische Stimme in hoher Tonlage. Ihren klugen, dunklen Augen hinter den goldgefassten Brillengläsern schien nichts zu entgehen.

»Was möchten Sie von mir?«

Sie lachte, es klang wie das fröhliche Zwitschern eines Vogels. »Nicht ich will etwas von dir, sondern du von mir.«

Verblüfft betrachtete ich ihr Gesicht mit den vielen Runzeln, das auf indianische Abstammung schließen ließ.

»Wie meinen Sie das?«

Sie zwinkerte hinter der Brille. »Ich bin Shania Taylor. Lucille Blackfeather hat mich kontaktiert. Du brauchst meine Hilfe.«

Nun war die Überraschung perfekt. Ich hatte Miss Blackfeather falsch eingeschätzt.

Sie hatte also doch noch auf Jacobs Anfragen reagiert.

Mrs. Taylor trat von einem Fuß auf den anderen, behielt aber ihren freundlichen Gesichtsausdruck bei.

»Wollen wir alles Weitere nicht drinnen besprechen?«

Da sie eine gewisse Harmlosigkeit ausstrahlte, löste ich die Kette und zog die Tür auf, woraufhin die Fremde mit Trippelschritten mein Haus betrat und sich umsah, während ich darauf achtete, körperlich genug Abstand zu ihr zu halten.

»Wie stilvoll ... Exquisite Stücke«, zwitscherte sie, während sie sich einmal im Kreis drehte, dabei ihren Blick anerkennend über die Einrichtung gleiten ließ.

Endlich fand ich zu meinen Umgangsformen zurück und bot ihr an, uns Tee zu kochen. Sie nickte begeistert und folgte mir in die Küche. Während ich an der Anrichte hantierte, legte sie Hut und Mantel ab, setzte sich an den Tisch. Ihre lederne Beuteltasche behielt sie auf dem Schoß.

»Woher kennen Miss Blackfeather und Sie sich?«, fragte ich, obwohl ich eine Ahnung hatte, als ich das für mich bestimmte – erinnerungslose – Geschirr aus dem Schrank nahm.

»Sie hat als Jugendliche einige Jahre bei unserem Clan gelebt, bei ihrer Tante, nachdem ...« Betrübt hielt sie inne, als wüsste sie nicht, wie viel sie preisgeben durfte, aber ich kannte Miss Blackfeathers traurige Geschichte. Dann fuhr sie fort: »Mit achtzehn Jahren verließ sie uns, um auf eigenen Beinen zu stehen. Ich habe seitdem versucht, Kontakt zu ihr zu halten.«

Ich stellte die Kanne und die Tassen auf den Tisch, setzte mich ebenfalls und schenkte den dampfenden Tee ein.

»Sind Sie auch eine *Wanderer* ... Ich meine, eine mani-dooke, wie wir?«

Ihr Lachen perlte durch den Raum. »*Wanderer, manidooke* ... die *Chevaliers* und die *Mementos* in Kanada, die *Chronisten* in Minnesota. *Wayfarer* nennt sich einer in North Dakota ... und so weiter. Viele verschiedene Bezeichnungen für derart wenige mit ein und derselben Gabe.«

Natürlich war mir nicht entgangen, dass sie meine Frage nicht beantwortet hatte, ich hakte aber nicht nach.

»Was hat Ihnen Miss Blackfeather erzählt, dass Sie von so weit herkommen, um mich zu sprechen?«

Mrs. Taylor häufte mehrere Teelöffel Zucker in ihre Tasse, rührte darin herum. Dabei betrachtete ich ihre zierlichen, aber stark wirkenden Hände, ihr stahlgraues, dichtes Haar, das sie im Knoten trug. Sie musste um die siebzig sein.

»Du bist schwanger und solltest über die damit verbundenen Risiken, aber auch über die Möglichkeiten aufgeklärt werden. Ich bin eine Heilerin und Seherin mit beträchtlichen Fähigkeiten. Ich kann über das in dir wachsende Kind erzählen, dir später bei der Geburt zur Seite stehen, wie ich es viele, viele Male getan habe, auch bei besonderen Frauen wie dir.«

»Das ist sehr freundlich von Ihnen.« Meine Neugier und Hoffnung wuchsen mit jedem Moment.

»Nun, Herzchen, lass uns zuerst über meine Entlohnung sprechen. Nichts ist umsonst, nicht einmal der Tod.« Hinter der sanften Melodie ihrer Worte spürte ich mit einem Mal die Härte von Granit. Mein Gesicht verriet offenbar meine plötzliche Anspannung, denn sie beeilte sich zu sagen: »Ich will das Geld nicht für mich. Nein, ich fühle mich verantwortlich für das Wohlergehen meines Clans, der zu den Ojibwa gehört. Wie du sicher weißt, leben die meisten

Stämme der amerikanischen Ureinwohner nicht sonderlich privilegiert. Ich möchte vor allem unseren Kindern Zugang zu Bildung ermöglichen. Kaufe stückweise auch Land.«

»Welche Summe haben Sie sich vorgestellt?«, fragte ich.

Hatte ihr Blick jetzt etwas Lauerndes? Oder bildete ich mir das nur ein?

»Ich denke, nachher wirst du nichts dagegen haben, wenn ich mir für die Sitzung eine hübsche Antiquität im Haus aussuche. Und wenn wir dein Kind gesund auf die Welt gebracht haben, ein, zwei weitere.« Ihr Mund verzog sich zu einem Lächeln, enthüllte weiße, starke Zähne. »Ich liebe es, zu handeln, den bestmöglichen Preis herauszuschlagen. Dieses Vergnügen wirst du mir für meine Dienste sicher zugestehen.«

Um Zeit für die Antwort zu gewinnen, trank ich einen Schluck Tee. Er war so heiß, dass ich mir die Zunge verbrannte. Im Kopf überschlug ich den Wert der Antiquitäten. Für manche – wie das Turner-Ölgemälde oder das edelsteinbesetzte Fabergé-Ei – würde man garantiert eine sechsstellige Summe erhalten. War diese Frau eine Betrügerin? Sie schien ebenso scharf auf Geld zu sein wie Lucille. Ein abgekartetes Spiel? Wieso hatte Miss Blackfeather Jacob und mich nicht darüber informiert, dass sie jemanden schickte, der uns helfen konnte?

Wieder schien Mrs. Taylor mir anzusehen, was in meinen Gedanken vor sich ging.

»Ich spüre Misstrauen in dir, Abigail. Verständlich, du kennst mich nicht.« Sie beugte sich ein wenig vor, fing meinen Blick ein. »Sei dir gewiss: Ich bin die Einzige, die dir zu helfen vermag. Ich bin eine spirituelle Führerin, besitze die Fähigkeit, zwischen den Welten zu wechseln, ich habe Kräfte. Ich kann sie dir zur Verfügung stellen. Das ist meine Berufung. Aber – alles hat seinen Preis, das haben wir von den Weißen gelernt.«

Eine Spur Bitterkeit schwang in ihren letzten Worten.

»Erklären Sie mir bitte, wie Sie vorgehen. Was passiert in Ihrer ... Sitzung?«

»Nenn es Magie, seit Jahrhunderten überlieferte Praktiken, deren Ausübung allein Auserwählten vorbehalten ist. Schwer zu beschreiben. Ich denke, wenn wir uns handelseinig sind, sollten wir anfangen, damit ich mich heute noch auf den Heimweg machen kann.« Erneut strahlte sie mich an. »Du möchtest doch über dein Baby Bescheid wissen, nicht?«

Einen Augenblick saß ich wie erstarrt, ehe ich nickte, weil ich nicht in der Lage war, an den Glasscherben in meinem Hals vorbeizusprechen, die ich plötzlich dort spürte.

Durfte ich Mrs. Taylor vertrauen? Ich konnte ihr Tun jederzeit unterbrechen, sie fortschicken, sollte ich mich unwohl fühlen, redete ich mir innerlich gut zu. Es war eine Chance. Ich würde beruhigter sein, wenn Jacob jetzt hier wäre. Doch ich musste mich nun allein in die Hände dieser kleinen Frau begeben.

»Wie lange werden wir noch ungestört sein?«, fragte sie, als wir mein Zimmer betraten.

»Jacob kommt in etwa vier Stunden zurück«, erwiderte ich.

Sie nickte mit ernstem Gesicht. »Die Zeremonie darf unter keinen Umständen gestört werden. Wir sollten umgehend beginnen.«

Sie zog die Vorhänge zu und wies in der nun herrschenden Dämmerung auf mein Bett. »Leg dich dorthin und entspann dich. Ich bereite alles vor.«

Ich folgte ihrer Aufforderung, beobachtete dann, wie sie ihrer Beuteltasche verschiedene Gegenstände entnahm. Zuerst einige Kerzen, die sie entzündete. Ihr Schein tauchte den Raum in warmes, flackerndes Licht, das ihre nun konzentrierten Züge verschärfte. Den Kerzen folgten

Kräuterbündel, etwas wie Harzklumpen, ein kleines Fläschchen und Metallschalen auf den Tisch. Sie gab Kräuter und Harz in die Schalen, entzündete auch diese. Aromatischer Rauch verbreitete sich im Zimmer. Biss mir in die Augen und in die Atemwege.

Mir war bekannt, dass zu vielen spirituellen Ritualen der Indianer das Räuchern, das Verbrennen von heiligen Kräutern und Harzen gehörte. Um Kontakt mit den Geistern, den Krafttieren oder den Ahnen aufzunehmen.

»Der Rauch ist doch nicht schädlich für mein Baby, oder?« Der Gedanke ließ mich schlucken, ich unterdrückte einen Hustenreiz. Mrs. Taylor schüttelte den Kopf, während sie sich auf einen Stuhl an mein Bett setzte, ihre Brille abnahm und sich eine mit weißen Federn besetzte Stola um Nacken und Schultern legte. Es sah überhaupt nicht lächerlich, sondern würdevoll aus, genau wie ihre Gesichtszüge.

»Ich versichere dir: Nichts, was ich tue, wird dir oder deinem Kind Schaden zufügen. Schweig jetzt, Abigail. Kein Wort mehr. Ich werde Kontakt zu Gookoo'oo, meinem Totem, aufnehmen.«

Ihr Krafttier, ihr zauberkräftiger Helfer, musste ein weißer Vogel sein, dachte ich, während sie nach dem Fläschchen griff, es aufschraubte und in einem Zug leerte. Daraufhin lehnte sie sich zurück und schloss die Augen. Was hatte sie da eingenommen? Eine Droge?

Es war so still im Raum, dass ich allein ihren ruhigen Atem und das Knistern der glimmenden Kräuter vernahm, ganz schläfrig wurde.

Erst nach einer Weile begann die alte Frau zu sprechen. In der Sprache der Ojibwa. Ihre Stimme klang jetzt tiefer, ruhiger, hatte eine hypnotische Wirkung auf mich. Erst verstand ich kein Wort, doch nach und nach glitt ich in einen tranceähnlichen Zustand, mein Herzschlag verlangsamte sich, und die Bedeutung des wiederholt Gesprochenen erschloss sich mir. Oder verwandte sie nun meine Sprache?

»Gookoo'oo, Nachtadler, Grenzgängerin zwischen den Welten, lautlose Jägerin in der Nacht. In deinen Augen liegt die Weisheit, in deinen Krallen der Tod. Komm zu mir, bring Licht ins Dunkel. Mache mir das Geschenk, schärfe meine Sinne.«

Ihrer Kehle entstiegen summende Laute, sie wiegte sich leicht vor und zurück. »Gookoo'oo, ich rufe dich. Tritt in mein Innerstes, vereinige dich mit mir, spende mir Kraft und Erleuchtung.«

Immer wieder sprach sie die gleichen Worte, ein gutturaler Singsang. Was im Folgenden geschah, war rational nicht erklärbar. War es Hypnose? Lag es an dem benebelnden Geruch der Kräuter, der die Luft erfüllte? So stellte ich mir einen Drogentrip vor, den ich mit halbgeschlossenen Augen, verlangsamt atmend, von meinem Bett aus erlebte. Beobachtete, vernahm und spürte.

Ein Rauschen. Ein Luftzug streifte mich, als glitte etwas Großes mit gespreizten Schwingen über mich hinweg. Eine Gänsehaut überzog meinen Körper, meine Nackenhaare stellten sich auf, etwas Magisches hatte den Raum betreten.

Mrs. Taylor spürte es auch, denn sie breitete die Arme aus, ein ächzender Laut entfuhr ihrer Kehle, dann ein möwenschrei-ähnlicher ›Kjaa‹-Ruf, während sie zeitgleich an die Lehne des Stuhls zurückzuckte, als wäre etwas auf sie geprallt. Sofort setzte sie sich wieder gerade auf, drehte ihren Kopf auf dem Hals, erst in die eine, dann in die andere Richtung – irrte ich mich, oder weiter als ein Mensch es vermochte? Dann senkte sie langsam die Arme, als ob sie Flügel anlegte, richtete ihren starren Blick auf mich. Beugte sich langsam zu mir herab und brachte ihr Gesicht ganz nah vor meines. Hatten sich ihre Augen verändert? Mir schien, sie waren nun von goldbrauner Farbe, mit den Pupillen eines Raubvogels! *Gookoo'oo, die Schnee-Eule, hat sich mit ihr vereinigt,* dachte ich in meinem dumpfen Zustand.

Die Szenerie hatte etwas Unwirkliches, als könnte jeden Moment ein Regisseur ›Cut!‹ rufen.

Die Angst schnürte, trotz der Gelähmtheit, einen Stacheldraht um meine Brust. Die Eulenaugen versenkten sich in meine, und ich hatte das Gefühl, als könnte ich in sie hineingezogen werden und in ihnen ertrinken.

Plötzlich breitete sich Wärme in meinem Körper aus, strahlte vom Brustkorb bis in die Fuß- und Fingerspitzen, ein wohliges Kribbeln. Dennoch war es unheimlich, wie ein vorsichtiges Tasten in meinem Innersten. Federleicht. Dabei berührte Mrs. Taylor mich nicht. Ich atmete aus, die Augenlider fielen mir zu, ich ließ los. War mit ihr verbunden, spürte sie in mir, ihre ganze Macht, die ihres Totems. Aber ich fürchtete mich nicht, denn es waren gute Kräfte, die in mir wirkten. Das wusste ich, woher auch immer.

Ich erwachte von der kühlen Luft, die vom geöffneten Fenster über mich hinwegstrich, die Vorhänge waren wieder aufgezogen, bewegten sich leicht in der Brise. Draußen dämmerte es bereits, ich hörte den Wind durch das Laub der Bäume rauschen. Fröstelnd horchte ich in mich hinein, rührte meine Glieder. Es schien alles in Ordnung zu sein mit mir. Was für eine seltsame Erfahrung hatte ich gemacht. Im Nachhinein kaum zu glauben ...

Die Leuchtanzeige meines Weckers verriet mir, dass Jacob bald eintreffen würde. Nur noch eine Spur des Kräuterrauchs lag im Raum. Der Tisch war leer, der Stuhl, auf dem die alte Frau an meinem Bett gesessen hatte, stand wieder an seinem angestammten Platz. Wo war Mrs. Taylor?

Schwerfällig richtete ich mich auf, setzte die Füße auf den Boden, fühlte mich ein wenig benommen, als hätte ich zu lange geschlafen.

Die alte Frau hatte mir berichten wollen. Über meinen Zustand, über das Kind, das in mir wuchs.

»Mrs. Taylor?«, rief ich und machte mich auf die Suche nach ihr. War sie etwa gegangen? War sie doch eine Betrügerin und hatte meinen Schlaf ausgenutzt, um mich zu bestehlen? Das wollte ich nicht glauben.

Erleichterung stieg in mir auf, als ich sie im Salon fand, auf Großmutters geblümter Couch. Sie schlief, zusammengerollt wie ein kleines Tier.

»Mrs. Taylor«, sprach ich sie leise an, um sie nicht hochschrecken zu lassen. Sie war sofort wach, schlug die dunklen Augen auf. Lächelte mich an, ehe sie ihre goldene Brille vom Tisch nahm und aufsetzte. Jetzt sah sie wieder wie die gutmütige, zarte Dame aus, als die ich sie kennengelernt hatte. Da war nichts mehr von der machtvollen indianischen Zauberin.

»Wärst du so freundlich, mir einen starken Kaffee zu kochen?«, zwitscherte sie.

»Natürlich. Kann ich Ihnen sonst noch etwas anbieten? Haben Sie Hunger?«

»Nein, nein, starker, schwarzer Kaffee ist alles, was ich jetzt brauche. Die Sitzung hat mich doch mehr ermüdet als erwartet.«

Ich eilte in die Küche, kehrte kurz darauf mit einem dampfenden Becher zurück, den ich ihr reichte. Inzwischen hatte sie sich aufgesetzt, und ich nahm ihr gegenüber Platz. Am liebsten hätte ich sie mit Fragen gelöchert, über das Unglaubliche, das vorhin hier geschehen war. Doch ich sah ihre Erschöpfung und war höflich genug, zu warten. Sie trank einige Schlucke, seufzte dann.

»In welchem Alter warst du, als die Gabe sich erstmals bei dir zeigte?«, fragte sie.

»Ich war elf Jahre. Es passierte hier, in diesem Haus«, erwiderte ich. Mrs. Taylor nickte.

»Das ist recht früh. Aber stell dich darauf ein, dass sie bei deinem Kind viel eher einsetzen wird.« Sie trank einen Schluck Kaffee, während mein Herz vor Aufregung klopfte. »Besitzt auch der Vater des Kindes die Gabe?«

Als ich verneinte, zog sie erstaunt die Augenbrauen hoch. »Deine Fähigkeiten sind ausgeprägt. Aber die deiner Tochter werden die deinen in den Schatten stellen.«

Es ist ein Mädchen! Meine Tochter, auch sie besitzt die Gabe ... stärker als ich. Meine Gedanken überschlugen sich.

»Ist sie ... Wird sie gesund auf die Welt kommen?«, presste ich hervor, denn ich fürchtete mich vor der Antwort. Hatte ich ihr durch meine Unwissenheit in den ersten Wochen geschadet?

Mrs. Taylor strahlte mich über den Kaffeebecher hinweg an.

»Oh ja, sie ist gesund und kräftig. Es war vernünftig, dass du dich rasch abgeschottet hast. Gerade in eurem Fall war das äußerst wichtig, denn Mutter und Kind verfügen über Kräfte. Nach der Geburt, sobald eure körperliche Verbindung getrennt ist, wird sie erst einmal außer Gefahr sein. Sie hat gute Anlagen, das habe ich gespürt. Einen aufrechten Charakter. Willensstärke, Großherzigkeit und Mut. Und wirklich beachtliche Kräfte.« Jetzt leuchtete ihr Gesicht geradezu vor Ehrfurcht. »Das habe ich nie zuvor erlebt. Abigail, dein Kind ist außergewöhnlich.«

Mir schwirrte der Kopf, ich konnte all diese Informationen gar nicht so schnell verarbeiten, doch Mrs. Taylor sprach weiter.

»Wäre sie eine der unseren, eine Ojibwa, hätte ich große Pläne mit ihr. Allerdings – Macht und Kraft bergen auch Gefahren. Du und dein Mann, vor allem du, ihr müsst sie leiten und vor unbedachtem Tun, vor ihrem Eigensinn und ihrer Impulsivität schützen.«

Ich lachte nervös auf. »Diesen Charakterzug hat sie auf jeden Fall von mir, nicht von Jacob.«

Es sollte ein Scherz sein, doch Mrs. Taylors Miene blieb ernst. »Ja. Ich habe gesehen, was du getan hast. Dein verbotenes Eingreifen, dem auch Lucille damals nicht widerstehen konnte.« Sie hob mahnend einen Finger. »Das ist es, was ich meine. Behüte deine Tochter davor, Fehler zu begehen, die großes Unglück nach sich ziehen. Auch wenn sie nur das Wohl anderer im Sinn hat.«

Ich schluckte, bohrte mir die Fingernägel in die Handflächen, sie sah es, und ihre Züge wurden sanfter. »Keine Angst, Abigail. Du wirst mit der Mutterrolle wachsen, instinktiv handeln. Mit dem Wissen wirst du das Richtige tun, sie früh genug unterweisen.«

Sie leerte ihren Becher in einem Zug, stellte ihn auf den Tisch. »Ich muss jetzt los. Es wird mir eine Ehre sein, deine Tochter auf diese Welt zu begleiten.« Sie reichte mir eine Visitenkarte. »Ruf mich an, wann immer du mich brauchst. Wenn die ersten Wehen einsetzen, melde dich, frühzeitig, ich nehme dann das Flugzeug und werde rasch zur Stelle sein.«

Und falls sie nicht pünktlich zur Stelle sein würde, wären es auf jeden Fall Jacob und seine Mom, ging mir durch den Kopf.

»Ich danke Ihnen, Mrs. Taylor«, sagte ich voller Wärme, dachte dann an die draußen einsetzende Dunkelheit. »Möchten Sie hier übernachten? Es ist ein weiter Weg bis Wisconsin.«

»Nein, nein, keine Sorge, ich lege wieder einen Zwischenstopp bei meiner Freundin in Indianapolis ein. Ich bin es gewöhnt, lange Strecken zu fahren, auch nachts. Kann dabei meine Gedanken ordnen, mich erden.«

Schade, ich hätte es begrüßt, wenn Jacob sie kennengelernt und alles aus erster Hand erfahren hätte.

Als die alte Frau sich erhob, tat ich es auch. Sie zog ihren Mantel an und setzte sich den Hut auf. Griff nach ihrer Tasche.

»Und nun zu meiner Entlohnung, Herzchen.« Sie strahlte, ihre dunklen Augen leuchteten voller Vorfreude.

Wie ich befürchtet hatte, wählte sie mit Kennerblick das wertvolle Fabergé-Ei, das sie in ihre Tasche gleiten ließ, ehe sie ging.

Aber die neu erlangte Zuversicht und das, was sie für mich und mein Baby zukünftig tun würde, übertrafen in meinen Augen dessen Wert.

Epilog

Ich lege den Stift nieder, bewege die Finger. Meine Hand ist ganz verkrampft, sie schmerzt vom vielen Schreiben, und mit einem Mal fühle ich mich erschöpft. Zugleich bin ich aufgewühlt von den Erinnerungen und Ereignissen, die ich gerade zu Papier gebracht habe, hauptsächlich von den letzten. Mrs. Taylors Besuch ist jetzt drei Monate her. Vor Kurzem habe ich noch gedacht, dass Hoffnung und der Glaube daran, dass alles gut wird, verwundbar und schwach machen. Aber das stimmt nicht. Im Gegenteil, Hoffnung und der Glaube an das Gute verleihen Stärke, lassen einen Menschen nie aufgeben.

Ich spüre, wie mein Baby sich in mir bewegt, mich leicht tritt, als ob es mir zustimmt. Das lässt mich voller Zärtlichkeit lächeln, und ich lege mir die Hand auf den Bauch, der mit jeder verstreichenden Woche runder wird.

Alles wird gut, Kleines. Es ist bald geschafft.

Die Uhr verrät mir, dass ich mehrere Stunden ununterbrochen geschrieben habe. Ich sehe aus dem halbgeöffneten Fenster hinaus in den spätsommerlichen Abend, lausche dem einsetzenden Konzert der Zikaden und Baumfrösche. Der frische Wind reißt immer wieder die Wolken auf, und leuchtende Bahnen der untergehenden Sonne übergießen den Garten mit ihrem seltsam klaren Licht. Ich atme den herben Geruch ein, der draußen in der Luft liegt und in leichten Brisen zu mir hereinweht, von reifen Beeren in den Hecken und frisch umgegrabener Erde.

Ein Pochen an der Tür reißt mich aus meinen Betrachtungen, sofort darauf tritt Jacob ein. Er lächelt.

»Hallo Liebling«, begrüßt er mich, kommt auf mich zu, beugt sich herab und nähert sein Gesicht meinem. Wärme und ein leichtes Flattern steigen in mir auf, wie immer, wenn er mir so nah ist. Tief atme ich seinen Duft ein. Kurz bevor seine Lippen meine berühren, zieht er den Kopf zurück. Inzwischen seufze ich nicht mehr vor Enttäuschung. Diese Begrüßung ist eines unserer täglichen Rituale, der angedeutete Kuss. In meinem jetzigen Zustand, der gewachsenen Sensibilität, könnte jegliche Berührung gefährlich für unser Baby sein, das hat mir Mrs. Taylor erklärt.

In Jacobs Bernsteinaugen lese ich seine Liebe für mich, ehe sein Blick auf den Stapel beschriebener Papiere fällt, der vor mir liegt.

»Uh, du warst fleißig. Schreibst du einen Liebesroman?«, neckt er mich.

»So etwas Ähnliches«, erwidere ich schmunzelnd und erzähle es ihm.

»Steht da etwa auch alles über mich? Ungefiltert? Du hast mich anfangs für einen miesepetrigen, langweiligen Streber gehalten, den finsteren ›Musterschüler‹, das hast du selbst gesagt. Und später habe ich dir erst nicht geglaubt, stattdessen den ignoranten Fiesling gegeben.« Er wirkt nahezu verlegen darüber, was unsere Tochter irgendwann in der Zukunft über ihn lesen könnte.

Ich zwinkere ihm zu. »Ach, so schlecht kommst du gar nicht weg. Über mich stehen viel peinlichere Sachen darin, glaub mir.«

Das Baby versetzt mir erneut einen Tritt, diesmal mit Wucht. Es lässt mich kurz das Gesicht verziehen, ich atme pfeifend aus. Presse instinktiv meine Hand auf die Stelle unter den Rippen. Jacob weiß warum und muss lachen.

»Siehst du, sie will deine ›Lebensbeichte‹ gar nicht lesen.«

Mit gespielter Empörung ergreife ich ein Kissen und werfe es nach ihm.

Wie viel lieber würde ich ihn in meine Arme ziehen, ihn küssen, mein Gesicht in seiner Halsbeuge vergraben. Seine Nähe fehlt mir so. Aber das muss warten. Erst wenn unser Kind auf der Welt ist, wir nicht mehr miteinander verbunden sind, kann ich mein altes Leben wieder aufnehmen, mich frei bewegen und ihn und unsere Tochter umarmen. Alle umarmen, die ich mag und seit vielen Monaten vermisse. Ich kann es kaum erwarten.

Dann unterhalten wir uns über seinen Tag. Erst mitten in der Nacht verlässt er das Zimmer, und uns wird, wie die anderen Nächte, eine Wand trennen.

Nachdem ich mich bettfertig gemacht habe, lege ich mich auf die Matratze und lasse die Gedanken treiben. Habe ich sie alle gut getroffen, die Menschen, die in meinen Aufzeichnungen vorkommen? Bin ich ihnen gerecht geworden? Habe ich nichts Wesentliches vergessen?

Meine Gedanken schweifen zu Maylin und meinen anderen Freundinnen. Wir telefonieren häufig, sie schreiben mir regelmäßig, jede auf ihre charakteristische Art. Maylins Briefe bringen mich meist zum Schmunzeln, ihren letzten, den ich gestern bekommen habe, muss ich noch beantworten.

Donna, Jacobs Mom, ist mir eine wirkliche Stütze. Trotz unseres Altersunterschiedes ist sie wie eine Freundin, und ich bin froh, solch eine fantastische Schwiegermutter zu haben, die mich mit meiner besonderen Gabe akzeptiert und schätzt. Und sie wird unserem Kind eine ebenso fantastische Großmutter sein, das weiß ich.

Ich male mir aus, wie ich unseren Familien und Freunden meine Tochter vorstellen werde. Dieses besondere Kind, das ich gut auf sein Leben vorbereiten und führen muss. Niemand außer Jacob, Donna und mir wird wissen, über welche Fähigkeiten sie verfügen wird.

Hilf deiner Tochter, ihre Kräfte angemessen und vorsichtig einzusetzen, bewahre sie davor, Fehler zu begehen, die großes Unglück nach sich ziehen. Auch wenn sie nur das Wohl anderer im Sinn hat ... Mrs. Taylors Worte hallen in mir nach, sie lassen auch eine gewisse Unsicherheit in mir aufsteigen. Es ist eine große Verantwortung, die ich mit Liebe und Voraussicht meistern will, das habe ich mir fest vorgenommen. Wie immer, wenn ich an diese schwer kalkulierbare Aufgabe denke, steigen auch Bilder von Elizabeth in mir auf, von ihrem traurigen Schicksal, von dem ich lange keine Ahnung hatte.

Meine geistigen Streifzüge enden bei Granny. Sie fehlt mir. Es versetzt mir einen Stich, dass sie ihr Urenkelkind nicht kennenlernen wird, wie jedes Mal, wenn ich daran denke. Ich wende den Kopf zu ihrem vom Mondlicht beschienenen Foto an der Wand, auf dem sie mich voller Güte anstrahlt. So viel habe ich ihr zu verdanken. Sie ist nicht mehr da, aber all das, was sie mich lehrte, das Geschenk ihrer bedingungslosen Liebe und Loyalität, alle meine kostbaren Erinnerungen an sie kann mir niemand nehmen. Ich hüte sie wie einen Schatz.

Auch wenn unklar ist, wann genau unsere Tochter das Licht der Welt erblicken wird, über eines bin ich mir bereits sicher.

Ich flüstere es in das dunkle Zimmer hinein, als ob Großmutter auf meiner Bettkante sitzen und mir zuhören würde: »Unser kleines Mädchen wird Mathilda Elizabeth heißen, und ich wünsche mir, dass sie ein genauso wunderbarer Mensch sein wird wie du.«

Danksagung

Ich möchte mich bei meinem Mann und meinen Kindern bedanken, für ihre Geduld und ihr Verständnis dafür, dass ich im letzten Jahr so oft in eine eigene Welt abtauchte. Und ich hoffe, dass sie mich beim nächsten Projekt ebenfalls unterstützen, denn mir spukt bereits die Fortsetzung dieser Geschichte im Kopf herum, und ich würde gerne zu Papier bringen, wie es mit Abby, ihrem Mann und ihrer besonderen Tochter weitergeht ...

Ein ganz herzliches »Danke schön!« rufe ich auch den sieben wunderbaren Frauen zu, die diesen Roman vorab gelesen haben, mir wertvolle Tipps und Hinweise (z.B. in puncto Autoknacken) sowie konstruktive, auch humorvolle Kritik lieferten (»Achtung, Trivialliteratur!!!«) oder mir einfach Mut zum Weitermachen gaben.

Danke, Nicola Langenhan, Karin Hufnagel, Ulrike Meißner, Imke Komesker, Manuela Feber, Susanne Hinz und Heike Schierholz.

Und bei Dir, liebe Leserin, lieber Leser, bedanke ich mich auch. Dafür, dass Du Abby auf ihrer Reise bis zum Schluss begleitet und mit ihr mitgefiebert hast. Dass Du vielleicht genauso neugierig darauf bist, wie es mit ihr und ihrer besonderen Tochter weitergeht, so wie ich, die ich mich nun ans Schreiben von Band 2 mache. Danke!

Über die Autorin

 Ursula Kollasch, 1973 in Bremen geboren, hat als passionierte Grundschullehrerin noch drei weitere Leidenschaften: das Theater (spielen & inszenieren), das Lesen spannender Bücher und vor allem das Schreiben. Seit 2012 ist sie Mitglied der Self-Publishing-Plattform BookRix, wo sie unter dem Pseudonym *Goldie Geshaar* Texte in verschiedenen Genres veröffentlicht.

Bisher verfasste sie hauptsächlich Kurzgeschichten, mit denen sie bei diversen Wettbewerben unter den Erstplatzierten war. Das letzte Jahr arbeitete sie – wenn Familie und Beruf die Zeit dafür ließen – an einem langgehegten Wunsch: einen ersten Roman zu schreiben. Mit der Reihe ›A Sensation of Time‹ ist dieser Traum wahr geworden.